ADALÏE

UNA HISTORIA DE AMOR, ROMANCE Y PASIÓN DE VIKINGOS

MARGOTTE CHANNING

ÍNDICE

PROFECÍA DEL BERSERKER

(FRAGMENTO DE LA SAGA NÓRDICA BARJTBÖRG)

«... Y algunos hombres pertenecientes al valiente pueblo vikingo nacerán con un berserker* en su interior, y su alma solo estará completa cuando acepten a su andsfrende en ella. ... Y si se niegan a cumplir con su destino, se reencarnarán en la tierra por tres veces y todas sus vidas estarán llenas de atroces sufrimientos, como castigo por no aceptar a la mujer que les ha sido destinada... Y si continúan rechazando los designios de Odín, serán enviados a la isla mágica de Selaön donde servirán como molugs* durante quinientos años.

Y nunca encontrarán la paz.

*BERSERKER: espíritu muy agresivo con el que nacen algunos guerreros vikingos que termina apoderándose de sus mentes. La leyenda dice que ese espíritu solo se calmará si el hombre que lo porta en su interior encuentra a su compañera, lo que ellos llaman su andsfrende.

*Molugs: extraños seres que habitan en los Bosques Oscuros de la isla mágica de Selaön y que son mitad árbol y mitad hombre. No tienen recuerdos de su vida anterior, y están condenados a servir durante quinientos años como protectores de uno de los palacios de la isla».

CAPÍTULO 1

Año 1250

Tau, Noruega

El castillo había sido construido cincuenta años atrás y estaba situado en la cima de una colina rodeada de bosques. Todo el que lo veía por primera vez se quedaba sin habla, intentando asimilar la genialidad de la formidable construcción. A lo largo de los años le habían puesto muchos nombres, pero hacía más de una década que era conocido como el Castillo de las Ocho Torres. La razón era que la planta de la estructura era octogonal y en cada uno de los vértices había una torre, también de forma octogonal, de dos pisos. Todas las ventanas, tanto las de los dormitorios como las de la sala común, tenían forma ojival.

Para protegerlo de los ataques, estaba rodeado por un muro defensivo aparentemente infranqueable y también estaba provisto de un portón y un rastrillo; aunque desde que la guerra había terminado no se cerraba uno ni se subía el otro.

Hacía unas semanas que sus dueños, Esben y Lisbet Lodbrok, se habían reencontrado con sus hijos, Leif y Finn, después de que se los arrebataran una noche, veinticinco años atrás. Suficiente motivo para abrir de par en par las puertas del castillo familiar, pero, además, tenían otra noticia igual de feliz que celebrar: que su hijo Leif iba a casarse con Ydril, la pupila de Magnus Jorvik, el abad del monasterio de Utstein y tío del novio.

Desde que la feliz pareja anunció que se casarían enseguida toda la familia decidió volcarse la celebración, y dejar para después la búsqueda del hombre que los había secuestrado cuando solo eran un par de bebés.

Lisbet sentía que le habían robado veinticinco años de la vida sus hijos. Se habían criado en un orfanato sin recibir el cariño de nadie, excepto el que se brindaban mutuamente y ella estaba decidida a compensarlos, fuera como fuera. Por eso se había puesto en marcha al día siguiente pensando en la mejor comida y bebida para la celebración. Buscaría músicos y juglares, saltimbanquis... haría que fuera un día inolvidable para todos, pero Leif la buscó para hablar a solas con ella y le dijo que Ydril y él no querían nada de eso; para ellos era suficiente con una comida normal junto a su familia y los amigos.

Faltaban dos días para la boda y Lisbet había decidido empezar esa mañana a las seis una limpieza a fondo del castillo, y los gemelos decidieron aprovechar para escaparse con la excusa de montar a caballo. Leif miraba ceñudo a Finn, decidido a hablar con él. Los dos se detuvieron para mirar el paisaje lleno de espigas verdosas de cebada; ese día se habían dirigido hacia los campos de cultivo, aunque solían cabalgar rumbo al mar.

—No me canso de ver todo esto.

—Lo sé. —Leif lo miró con los ojos entrecerrados. Ya estaba harto de su actitud.

—Finn, no es propio de ti ser tan tacaño con las palabras, ¿qué te pasa? —Su hermano se encogió de hombros, sin contestar—. Vamos, soy yo. Cuéntamelo. —Finn suspiró y giró la cara hacia él.

—¿Por qué no hacemos una carrera? —Leif arqueó una ceja.

—Y si te gano, ¿contestarás a mis preguntas?

—Me has dicho que tenías noticias importantes de Ragnar. —Como hacía cuando le interesaba, intentó desviar la conversación.

—Y es verdad. Ayer recibí su carta confirmándome que viene a la boda. También me decía algo más, pero, si quieres saberlo, tendrás que hablar tú primero.

—Pareces un niño. No sé si Ydril ha visto esta faceta tuya... —amenazó con una sonrisa traviesa, provocando una risotada de Leif. Ydril y Finn se habían vuelto muy amigos, pero Leif no tenía ninguna duda acerca del amor que su prometida sentía por él.

—Te aseguro que sí, ella misma me lo ha dicho muchas veces. Pero eres libre de decirle lo que quieras.

—Eres idiota. —Él sabía que nunca haría nada que pudiera perjudicarlo y le molestaba que lo insinuara siquiera.

—Ya lo sé —aceptó con una sonrisa triunfal—. ¿Y esa carrera? —Finn asintió a la vez que clavaba los talones en Gulltop, su caballo, y salía corriendo sin avisar.

—¡Serás tramposo! —Leif no perdió tiempo e hizo lo mismo con Gullfaxi, que relinchó feliz de poder galopar.

—¡Si no lo hago así, es imposible ganarte! —Finn gritó por encima de su hombro intentando que lo escuchara, a pesar de que ya se había separado bastantes metros de él.

Leif se levantó de la silla inclinándose hacia delante, de manera que solo apoyaba su peso en los estribos, en un intento de ayudar a su caballo. Finn, por supuesto, había hecho lo mismo. Leif sabía que, si él no tuviera a Gullfaxi, no le ganaría jamás porque Finn era el mejor jinete que había visto nunca. Corrieron como locos siguiendo el camino paralelo al río que cruzaba las tierras de su familia. Poco a poco, Leif y su caballo fueron comiendo terreno a Finn y el suyo hasta llegar a adelantarlos; cuando lo consiguieron, los hermanos empezaron a frenar a sus monturas para ponerlas al trote y luego al paso, hasta que se detuvieron del todo. Finn descabalgó y acarició a Gulltop para que se tranquilizara. El caballo respiraba agitadamente y había comenzado a babear.

—Lo has hecho muy bien, no te preocupes. Es imposible ganar a esa bestia. —El animal relinchó, pareciendo estar de acuerdo. Leif movió la cabeza, divertido por cómo trataba su hermano al caballo y bajó a tierra. Palmeó el cuello del suyo agradeciéndole el esfuerzo silenciosamente, aunque no estaba tan cansado como Gulltop, parecía sediento.

—¿Los llevamos a beber al río?

—Sí, pero vamos andando. Así les dará tiempo a calmarse y que no les siente mal el agua.

Hicieron el camino hasta el río en silencio, cada uno sumido en sus propios pensamientos. Dejaron a los caballos bebiendo y se sentaron bajo un árbol. Leif apoyó la espalda en el tronco y Finn, frente a él, arrancó una de las hierbas que crecían en la ribera y se la enseñó a su hermano.

—¿Te acuerdas? —Leif asintió con una sonrisa.

—Claro. —Observó cómo aplanaba la larga hierba con los dedos y luego, cómo la doblaba en dos para enrollarla después—. Hace muchos años que no te veía hacer eso. —Finn cogió el pequeño tubo que había formado sujetándolo entre los dedos índice y pulgar de las dos manos—. Yo nunca fui capaz de hacerlo —susurró Leif.

—Eras un impaciente, el truco está en sujetarlo suavemente mientras soplas. Si lo aplastas, lo rompes. —Se lo llevó a la boca y sopló despacio, y de la hierba surgió un sonido suave, pero musical. Finn sopló unas cuantas veces más a través del falso flautín produciendo una agradable melodía.

—Es increíble —musitó Leif. Cuando su hermano apartó la hierba de su boca y vio que estaba más tranquilo, volvió a preguntar—: ¿Ahora vas a decirme qué te pasa? —Finn tiró la hierba hacia el río y observó cómo flotaba, resistiéndose durante un momento al empuje del agua, pero, segundos después desapareció arrastrada por la corriente. Luego, volvió a mirar a su hermano. Había llegado el momento de decirle la verdad, demasiado tiempo había conseguido ocultárselo.

—He tenido dos ataques en pocos días. Cuando volvamos de la corte, me iré a la isla. —Leif, que estaba relajado con la espalda apoyada en el tronco de un árbol, al escucharlo se irguió, incrédulo y furioso, a la vez.

—¿Cuándo ha sido? Y ¿por qué no me has dicho nada? —Finn se encogió de hombros con una mueca de amargura.

—No quería fastidiarte la boda...

—¿Cuándo? —volvió a preguntar, pero en sus ojos ahora solo había miedo.

—El primero fue hace diez días y el último anteayer.

—¿Es porque estamos aquí o...? —Finn no le permitió seguir con la frase.

—Leif, no. Sabes que estoy feliz por haber encontrado el lugar al que pertenecemos; a nuestros padres y todo esto —señaló lo que los rodeaba—, pero parece que, finalmente, la oscuridad me ha encontrado. —Leif ahora podía ver lo que su hermano le había ocultado en los días pasados. Las nuevas sombras que había en sus ojos y que anunciaban que las tinieblas se estaban extendiendo en su interior—. Hasta ahora he tenido suerte. En las dos ocasiones me ha dado tiempo a montar en Gulltop e internarme en el bosque y allí, a solas, he esperado a que el ataque se me pasara.

—Finn, no dejaré que te marches; perteneces a este lugar, igual que yo. Pero si te vas, me voy contigo.

—¿Te has olvidado de Ydril? ¿Le vas a pedir que se quede aquí, esperándote, o que te acompañe a la isla y que viva rodeada de un puñado de berserkers medio locos? —Leif, aturdido, volvió a apoyarse en el tronco. No sabía qué decirle y tampoco sabía cómo había podido olvidar, aunque fuera por un momento, a su andsfrende, la mujer con la que iba a casarse en dos días y sin la que no podía vivir. Esa misma mañana después de vestirse, se había quedado observando cómo dormía durante unos instantes, asombrado de su suerte.

—De todos modos, no consentiré que vuelvas. Buscaremos la manera de que, cuando te dé un ataque, no puedas hacer daño a nadie. Además, en la isla casi no queda ninguno de nuestros amigos.

—¿Quiénes siguen allí?

—Orvar, Knut y Jan.

—¿Van a venir a la boda?

—Desgraciadamente no. Orvar tiene miedo de que le dé otro ataque como el de la última vez y no quiere estar rodeado de gente, y Jan y Knut han decidido quedarse a cuidar de él, por si acaso. Me imagino que Ragnar nos dará más detalles cuando venga.

—Pero del ataque de Orvar hace ya mucho tiempo, no tiene por qué repetirse… —Finn se calló, al ver la expresión de su hermano—. ¿Qué pasa?, ¿ha vuelto a tener otro?

—Eso parece, aunque lo contuvieron a tiempo, y en esta ocasión no pasó nada.

Varios años atrás, en un acceso de locura, Orvar había herido a los gemelos con un cuchillo cuando intentaban sujetarlo para que no hiciera daño a nadie. Afortunadamente, no fue nada grave.

—Entiendo. —En la boca de Finn volvió a aparecer un rictus de amargura—. Eso confirma lo que te he dicho.

—Me da igual lo que digas. —Entrecerró los ojos al ver la sonrisa de su hermano ante su respuesta—. Finn, hablo en serio. Si quieres, hablaremos con nuestros padres y construiremos un lugar donde puedas estar tú solo, por si volviera a ocurrir —miró a su alrededor—, puede ser en el bosque, lejos de la casa. —Finn lo miraba sintiéndose culpable porque se hubiera enterado antes de la boda. Decidió aparentar que accedía para no seguir amargándole el día.

—Está bien, ya veremos lo que ocurre ¿Quiénes van a venir a la boda?

—¿Te refieres en general o a nuestros amigos?

—Muy gracioso. —Leif estaba tan contento de que Finn hubiera accedido a no marcharse, que soltó una risotada antes de contestar:

—Ragnar y Sigrid, Wulf y Raine y Lars y Finna.

—¿Y Aren? Estaba seguro de que no se perdería una fiesta...

—Ragnar no dice nada sobre él en la carta. Puede ser que, como vive tan lejos, no le dé tiempo a llegar. —Escucharon el cuerno que soplaban los hombres de los campos para avisar de que era la hora de comer—. ¿Nos vamos? Seguro que están buscándonos. —Se levantó y Finn lo imitó.

Los dos sabían que, si acaso, lo buscarían a él para hablar sobre algo relacionado con la boda, como ocurría muy a menudo en esos días; algo que Leif no llevaba demasiado bien. Que hubiera suavizado su carácter arisco gracias a la influencia de Ydril, no quería decir que se hubiera vuelto el más sociable de los hombres y en casa de sus padres había mucha gente para su gusto; aunque estaba seguro de que terminaría acostumbrándose.

—Sí, vamos.

Después de recoger sus caballos, volvieron al castillo.

Convento de Santa María
Isla de Hovedoya, Noruega

La muchacha estaba sentada con las manos en el regazo, algo que ahora hacía sin esfuerzo; pero aprender a mantener la inmovilidad en esa posición el tiempo necesario, le había costado años de castigos. Era una joven menuda que tenía el pelo negro y brillante, aunque lo llevaba recogido bajo una cofia ocultándolo a la vista, como era preceptivo; también había aprendido a que sus ojos plateados e inteligentes lucieran apagados e insulsos, pero no podía cambiar sus orejas pequeñas y ligeramente puntiagudas, aunque también intentaba ocultarlas bajo la cofia.

Suspiró suavemente imaginándose que estaba en el bosque, rodeada de animales salvajes que la aceptaban tal cual era, en lugar de estar allí. Para la ocasión se había puesto el uniforme que debía llevar siempre y que estaba hecho de una tela tan áspera que le arañaba la piel, pero se resignó pensando que, en cuanto terminara de hablar con la madre superiora, se cambiaría y se esfumaría durante un par de horas. La puerta del despacho, al abrirse, la sobresaltó e hizo que volviera a la realidad:

—Pasa, Mary. —Obedeció andando despacio y con la mirada baja, intentando parecer lo más tímida e insulsa posible, como sabía que les gustaba a las monjas—. Siéntate. Tenemos que hablar, ha llegado carta de tu padre. —A pesar de los años que habían pasado desde la última vez que lo había visto, cada vez que oía hablar de él se tensaba esperando que ocurriera algo malo; pero sabía que no debía mostrar sus sentimientos hacia él. Eso también se lo habían enseñado en el convento y como todas las lecciones que se aprendían con dureza, no se le olvidaría con facilidad. Permaneció en silencio y la superiora la observó como si pudiera ver lo que escondía en su interior—. Me extraña verte tan tranquila, pero puede que hayas madurado, por fin —musitó y, a continuación, preguntó—: ¿Es así?, ¿por fin eres consciente de lo que se espera de ti? —La falsa Mary simuló una sonrisa pacífica que esperaba que pareciese auténtica y contestó:

—Sí, madre.

ESBEN ESTABA HARTO DE ESPERAR. Hacía más de diez minutos que había sonado el cuerno avisando de la hora de la comida, y era el único de la familia que había aparecido. Apretando los dientes se levantó del asiento y caminó hacia la cocina, pensando que Lisbet estaría allí hablando con Frida sobre los platos de la dichosa boda. La anciana cocinera lo miró cuando entró y movió la cabeza negativamente. Lo conocía desde hacía demasiados años y sabía a qué había ido.

—¿No sabes dónde está? —Frida lo miró como si le estuviera preguntando alguna necedad y se vio obligado a contestar—: ¡Qué!, ¡no lo sé! —Cuando terminó, ella suspiró y le dijo con la poca paciencia que le quedaba después del día que había tenido:

—Esben, anoche escuché perfectamente cómo te decía que esta mañana traían el vestido de novia y que la costurera tenía que adaptárselo a Ydril.

—Ya, pero eso fue hace más de cuatro horas ¿Cuántas necesita una mujer para probarse un vestido? —Frida, acalorada por estar junto al fuego vigilando uno de los guisos, se echó la larga trenza blanca hacia atrás.

—No lo sé. Bastante tengo con cocinar para todos.

—¿Están en la habitación de Ydril?

—Eso creo.

Con un gruñido, volvió por el pasillo hasta llegar a la escalera que conducía a la segunda planta. Subió los escalones de dos en dos, algo que todavía podía hacer a pesar de su edad, aunque a veces, por las noches sobre todo, habían empezado a dolerle las rodillas. Anduvo hacia la habitación, hambriento y disgustado, porque su mujer y él nunca comían separados cuando estaba en casa. No obstante, cuando llegó frente a la puerta, antes de llamar, respiró hondo sabiendo lo importante que era todo esto para Lisbet. Le abrió una de las doncellas.

—Mae, dile a mi mujer que estoy aquí. —La muchacha dejó la puerta entornada. No podía verlas, pero sí escuchó la conversación.

—Es Esben. —Lisbet maldijo en voz baja. Al escucharla, sonrió y, enseguida, la oyó acercarse. Abrió la puerta y lo miró con cara de arrepentimiento, luego se puso de puntillas para saludarlo con un beso en los labios; él tuvo que inclinarse para que pudiera hacerlo ya que su coronilla le llegaba a la altura del pecho. Para ayudarla, la sostuvo por la cintura.

—Estaba solo en el salón, rodeado de comida.

—Suenas como un niño pequeño. —Con una sonrisa cariñosa acarició la barba, rubia y canosa, que ella misma le recortaba una vez a la semana—. Perdona, pero la cintura le estaba muy grande y hemos tardado mucho en arreglárselo. Ydril ya se está cambiando… ¿por qué no te adelantas tú? Te seguiremos en pocos minutos. —La miró a los ojos antes de contestar:

—Te espero en la mesa. —Sin ganas, la soltó y se marchó.

Cuando iba a entrar en la sala de nuevo, escuchó la puerta de la calle y se asomó para ver quién era. Una sonrisa involuntaria se instaló en su cara al ver a sus dos hijos, Leif y Finn. Se quedó quieto, mientras los veía hablar entre ellos; sus figuras eran iguales a la que él tenía a su edad, y su pelo y ojos también eran como los de él. En cuanto al carácter, Leif era más parecido a Esben y Finn a Lisbet. Al ver que seguían parados en el pasillo, los llamó, harto de pasar hambre.

—¡Muchachos!, ¿vais a venir o no? —Leif lo miró, arqueando una ceja como él solía hacer muchas veces.

—¿Muchachos? —Finn rio por lo bajo—, yo diría que hace mucho tiempo que hemos perdido esa condición, padre. —Le había costado semanas de peleas, pero por fin había conseguido que lo llamaran así. No sabía por qué razón a Lisbet enseguida la llamaron madre, pero a él les había costado más aceptarlo como padre o eso parecía.

—Cuanto tengáis mi edad, ya veréis lo que pensáis de dos jovenzuelos como vosotros ¡Si casi sois unos niños!

Ser adulto era algo muy importante para cualquier vikingo y a él le apetecía pincharlos un poco por haberlo dejado solo toda la mañana. Finn, al que no le molestaban esas bromas, lo miró con los ojos entrecerrados sabiendo que algo le ocurría:

—¿Por qué estás enfadado?

—¿Dónde habéis estado toda la mañana? —Se sentó en su silla y ellos lo imitaron. Finn junto a la que ocuparía Lisbet y Leif al lado de su padre.

—Montando —Esben resopló al escuchar la contestación de Leif y Finn decidió que sería mejor cambiar de conversación.

—¿Dónde están todos?

—Magnus y Hans todavía no han vuelto; esos dos sí que son listos —murmuró— y en cuanto a vuestra madre, algo pasaba con el vestido de Ydril... —Miró a Leif de reojo, aunque su cara seguía girada hacia Finn—. Me ha parecido escuchar que así no se casaba o algo parecido. —Sonrió, ladino, y Finn no pudo evitar reír a carcajadas. Hasta a Leif se le escapó una sonrisa involuntaria por la travesura de su padre. Abrió la boca para contestarle, pero los interrumpieron:

—¡Ya estamos aquí! ¡Esposo, sabes muy bien que nadie ha dicho nada parecido!

Sus hijos, que todavía no la habían visto esa mañana se levantaron a darle un beso en la mejilla, que ella aceptó encantada. Ydril recibió otro en los labios de su novio, además de un abrazo con un murmullo tranquilizador en el oído; ella estaba muy ruborizada y parecía nerviosa. Los demás se habían sentado y observaban a la pareja, que seguía de pie, murmurando algo entre ellos. Cuando Esben carraspeó para que se sentaran, Lisbet le pegó una patada en la espinilla que provocó que él se la quedara mirando con los ojos entrecerrados. Ella abrió mucho los ojos y ladeó la cabeza, retándolo a que le reprochara algo, pero él cogió su vaso y bebió un trago largo de agua. Sabía que, cualquier cosa que dijera en ese momento lo pagaría más tarde, así que decidió callarse.

Los novios se sentaron y Esben sirvió los platos en el orden de siempre, primero a su mujer, luego a su nuera y, por último, a sus hijos. Cada día servía a cada uno de los gemelos antes que al otro porque no sabían cuál era mayor de los dos. Era una costumbre de la familia de Esben en la que el padre, al contrario de lo que era habitual en el resto de las casas, servía la comida a los demás antes de servirse él y que simbolizaba que antepondría siempre la vida de su familia a cualquier otra, incluida la suya.

—Madre, ¿cuándo vuelve el tío Magnus? —Finn recibió un proyectil hecho de miga de pan en la cara, lanzado por su gemelo, que lo miró con mucha sorna cuando consiguió su atención.

—¿Tío... Magnus? ¿También vas a llamar a Hans... primo? —Finn le contestó con una sonrisa igual que la que tenía su padre en ese momento, aunque seguía tomándose la sopa como si no los estuviera escuchando.

—Nos han pedido muchas veces que los llamemos así —Lisbet asintió, con claras muestras de aprobación.

—Claro que sí. —Irguió la barbilla cuando Esben simuló un ataque de tos—. No le hagáis caso a vuestro padre. Magnus es vuestro tío y tiene derecho a que lo llaméis así. —Luego miró a Leif que agachó la mirada convenientemente y se dedicó a su sopa—. No sé por qué os cuesta tanto aceptarlo; y Hans es mi primo, por lo tanto, también lo es vuestro —sentenció y comenzó a comer sopa, pero todos sabían que Lisbet no pararía hasta conseguir que los gemelos hicieran lo que ella creía justo. Ydril quiso evitar enfrentamientos tan cerca de su boda.

—¿Ya sabéis cuántos invitados van a venir a la boda? —Lisbet y Esben se miraron, comunicándose algo silenciosamente. Finalmente, contestó él:

—Hemos decidido no invitar a ningún vecino a la boda. Ya les hemos dicho que cuando volvamos del viaje, haremos otra fiesta en la que estarán todos invitados. Hemos preferido que esta sea para vuestros amigos y la familia.

—Las habitaciones de vuestros amigos ya están preparadas. —Su madre se tomaba muy en serio todo lo referente a la hospitalidad—. ¿Cuándo creéis que llegarán? —Miró a los gemelos alternativamente. Finn se encogió de hombros y Leif tragó el trozo de pan que había masticado antes de contestar; ahora tenía mucho cuidado y no hablaba con la boca llena para que no lo regañaran.

—Si todo va bien, por la tarde.

—Bien —asintió, pensativa—. Frida ha cocinado suficiente comida para la noche. Magnus y Hans también vuelven esta tarde, al menos eso es lo que me dijo vuestro tío. —Dejó la cuchara en el plato y miró a Leif—. Hijo, me gustaría que volvierais a pensaros lo de venir a la corte. —

Leif negó con la cabeza, aunque intentó que no se le notara cuánto le molestaba que insistiera en esa petición en particular.

—Madre, ya lo hemos hablado. No vamos a cambiar de opinión.

—Pero estaréis recién casados. No es la mejor manera de empezar una nueva vida. Piensa en Ydril. —Se volvió hacia su marido—. Esben, ayúdame a convencerlos. —Pero Esben se negó:

—No, porque no estoy de acuerdo contigo. La ofensa es demasiado grave para dejarla pasar, aunque si Leif no quisiera acompañarnos, no se lo reprocharía. Pero, tampoco puedo decirle nada si actúa como cree que debe. —Ydril no pudo resistirlo más.

—Perdonad, pero creo que no estáis teniendo en cuenta que yo también quiero ir. Leif pretendía que me quedara aquí y lo esperara, pero le he asegurado que, si me dejaba aquí, iría a la corte por mi cuenta. —Miró a Esben y a Lisbet, a Finn y finalmente a su marido—. Siento mucho lo que os hizo mi padre, lo sabéis. —Se le estranguló la voz, emocionada, pero tragó saliva y pudo seguir hablando—: Se comportó de una forma horrible, pero cuando ese monstruo lo convenció para que huyera con dos bebés inocentes, él mismo no era más que un niño de doce años que se moría de hambre en las calles. Sin familia, ni nadie a quien recurrir. —Esperó que alguno de ellos dijera algo, pero en sus caras pudo observar que estaban de acuerdo—. Repito que fue un acto horrible aceptar el encargo de asesinar a dos bebés —miró a los gemelos—, a vosotros. Algo de lo que siempre me avergonzaré, pero a su favor hay que decir que no se decidió a hacerlo y que, por abandonaros en el orfanato, os salvó la vida. Por todo eso, siento que yo también debo ir y ayudar a que ese malvado pague por lo que hizo.

El silencio que siguió a su parlamento fue sobrecogedor.

Leif cogió la mano de Ydril y la apretó suavemente y ella, con una sonrisa temblorosa, le devolvió el apretón. Entonces, Finn afirmó, mirando a su madre:

—Estoy orgulloso de que Ydril sea mi hermana y, si yo estuviera en su lugar, tampoco me quedaría. Además —su seriedad fue remplazada por una sonrisa que, con toda seguridad, anticipaba una broma—, la he visto entrenar con Leif en el patio y, si hay que pelear, lo hará mejor que él. —Cuando lo escuchó su hermano, que estaba bebiendo agua, escupió un chorro que empapó a su padre. Esben se miró la túnica mojada y luego a sus dos hijos que parecían a punto de ponerse a pelear.

—¡Ni se os ocurra discutir en la mesa! —Su madre no solía levantar la voz, pero cuando lo hacía, nadie se atrevía a llevarle la contraria. Lisbet, muy molesta, se dirigió a Ydril:

—No sé cómo los aguantas. Separados parecen dos hombres adultos, pero juntos... se comportan como dos niños pequeños. —Ambos gemelos miraban su plato como si estuvieran muy interesados en la comida. Ydril, con una sonrisa divertida, objetó:

—No siempre que están juntos se comportan así, solo cuando estáis vosotros con ellos. —Esben y Lisbet la contemplaron como si estuviera loca y luego hicieron lo propio con los dos hermanos, que observaban a la muchacha con idéntica expresión de enfado. Pero ella no se arredró—. Me da igual cómo me miréis, es la verdad. Cuando estáis con vuestros padres, os comportáis como dos bebés —su voz se dulcificó antes de proseguir—: Solo se lo he dicho porque no quiero que piensen que siempre sois así, porque no es verdad.

Esben carraspeó pidiendo la atención de su familia. Aunque las palabras no eran su fuerte, desde que sus hijos habían llegado quería decirles algo y parecía haber llegado el momento:

—Hijos, además del día de vuestro nacimiento, el más feliz de nuestra vida es cuando volvisteis a nosotros. No lo dudéis nunca. Ni que os queremos más que a nadie. A los dos.

Lisbet tenía los ojos húmedos e Ydril se limpió una lágrima disimuladamente. Esben, inesperadamente, alargó una mano para coger la de Ydril:

—Y a ti también, cariño. —Lisbet, después de limpiarse los ojos con la servilleta, ordenó:

—Ahora, terminemos de comer. Todavía hay muchas cosas que preparar antes de poder celebrar la boda.

—Solo falta que padre nos explique por qué dice que Magnus y Hans han sido listos, marchándose de casa estos días. —Estaba claro que Finn pretendía alegrar el ambiente con la complicidad su padre y Lisbet decidió seguirles el juego. Se volvió hacia su marido con una sonrisa traviesa.

—Sí, marido mío, ¿por qué dices tal cosa? —Esben se encogió de hombros con calma y contestó:

—Porque ni Odín podría soportar vivir en esta casa estos días. Además, siempre he dicho que Magnus era muy listo; eso de no casarse... —Chasqueó la lengua evitando continuar y apartándose a tiempo para que la servilleta que Lisbet le había lanzado, no le diera en la cara. Los jóvenes reían a carcajadas jaleándolo cuando, a continuación, la cogió por la cintura y, le dio a traición un beso apasionado en los labios. Cuando se separaron, ella sonreía ruborizada y el azul de los ojos de Esben se había vuelto mucho más brillante, recordando a todos que él también era un berserker.

CAPÍTULO 2

Magnus y Hans agradecieron muchas veces durante el viaje que Hans los hubiera convencido para viajar a caballo, en lugar de en su carro. Si no hubiera sido así, hubieran tenido que darse la vuelta antes de llegar, ya que algunos de los caminos eran tan estrechos y difíciles que hubiera sido imposible pasar con el carruaje. Se pusieron en marcha cuando amanecía, después de desayunar; la única que se había levantado para despedirlos fue Lisbet que les dio una bolsa con comida suficiente para dos días, los abrazó con fuerza y, cuando se apartó, reprochó a Magnus:

—No entiendo que tengas que marcharte ahora y te prometo que, si no vuelves a tiempo para la boda de Leif, no te lo perdonaré.

—Llegaré a tiempo, no te preocupes. Y no te enfades, ya te he dicho que es algo que debo hacer. —Inspiró profundamente—. ¿Sabes que hueles como mamá? Cuando me has abrazado he recordado cuando éramos niños y ella nos consolaba. —Lisbet pestañeó rápidamente y se apartó para dejarlo subir al caballo, aunque ahora sonreía. Magnus siempre había sabido quitarle el malhumor.

—Eso es lo más bonito que me has dicho nunca, pero si no llegas a tiempo para la boda, no te lo perdonaré.

—Volveré a tiempo, gruñona.

Su primo Hans permanecía en silencio montado en el caballo mientras los observaba con una sonrisa paternal, aunque los tres eran, más o menos, de la misma edad. Lisbet los saludó por última vez con la mano y, después de ver cómo se alejaban, entró en la casa; estaba preocupada por el lío en el que se estaba metiendo su siempre inquieto mellizo. Hans y ella habían hablado con Magnus para que les dijera qué pretendía, pero él no hacía más que darles evasivas. Quizás había llegado el momento de insistir:

—Primo. —Magnus estaba pensando en sus cosas. Miraba al frente, distraído, meciéndose al compás del tranquilo paso del caballo. Lo miró.

—¿Mmmm?

—Cuéntame a qué vamos allí y no me digas que a ver a Sverre. Lo teníamos mucho más cerca cuando estábamos en Stavanger y nunca has querido ir.

Magnus decidió contárselo:

—Tengo una mala intuición.

—¿Sobre qué? —Su primo movió la cabeza negativamente.

—Ese es el problema, que lo desconozco —resopló, frustrado—. Sé que algo está pasando en la orden y no sé qué es, pero hace tiempo que me he dado cuenta de que el prior me miente.

—¿Qué? —Hans arrugó la frente y Magnus lo malinterpretó.

—Si quieres, puedo ir solo. No necesito que vengas.

—Estás siendo más idiota de lo habitual. ¿Crees que te dejaría solo en un momento así? —recriminó, enfadado—. Es que me indigna que no lo hayas mencionado antes.

—Hans, te he dicho varias veces que no me gustaba nada

la obsesión que tenía Rhun por la isla y que no me gustaba la actitud del prior ni del obispo, presionándome para que se la venda. Y sus razones para que acceda no son por el bien de la orden, como dicen ellos. —Negó con la cabeza—. Estoy seguro de que hablan así por alguna razón interesada.

—Eso ya lo sé, pero ¿por qué ahora todo eso te preocupa más?

—No lo sé, como te he dicho, es un presentimiento. Por eso vamos a ver a Sverre; se ha marchado de la orden.

—¿Qué dices?, ¿por fin lo han expulsado?

—Eso es lo que va diciendo el prior, pero me parece que no es cierto. Quiero saber por qué se ha ido y si sabe algo... esto me da muy mala espina y estoy decidido, más decidido que nunca a no venderle a Otto la isla.

—¿Cómo te has enterado de lo de Sverre?

—Ayer me llegó una carta suya. —Lo miró—. No dice gran cosa, solo que tiene información que podía interesarme y me daba unas indicaciones sobre cómo llegar hasta el lugar donde vive ahora; por si me interesaba venir a hablar con él.

—¿Qué dice Lisbet? Al fin y al cabo, ella conoce a Otto más que ninguno de nosotros.

—Si te refieres a cuando él la pretendía siendo jóvenes, sabes tan bien como yo que lo rechazó varias veces. Siempre sintió un rechazo instintivo hacia él, aunque nunca supo decirme por qué. Ella cree que lo único que lo mueve es la ambición, pero yo no estoy de acuerdo... hay otras islas, pero está obsesionado con la nuestra.

—¿Por qué?

—No lo sé, Hans. No lo sé. —Entrecerró los ojos, porque a lo lejos le pareció ver unas chozas, construidas junto al camino—. ¡Mira, debe de ser ahí! —Hans asintió y espolearon a los caballos.

Sverre salió de una de las dos barracas construidas con ramas, que no parecían capaces de aguantar una lluvia fuerte, y saludó con la mano a Magnus y a Hans en cuanto los reconoció. Era de su misma edad y, por eso, Magnus se sorprendió al ver lo envejecido que estaba. Se había quedado completamente calvo y tenía la barba larga y descuidada; seguía siendo rojiza, pero mucho más clara que antes por las canas. Se apearon de los caballos y se acercaron, cayéndoseles el alma a los pies al ver el lugar. Había unos veinte enfermos durmiendo juntos en una de las chozas, directamente sobre la tierra, y en la otra solo tenían una exigua despensa con casi nada más que unas pocas hierbas medicinales y algo de pan mohoso. Ante las miradas atónitas de Magnus y Hans, Sverre confesó, sonriente, a pesar de todo:

—En la pequeña dormimos nosotros, para no molestar a los demás, ya están bastante apiñados en la otra. Si pones primero la capa antes de acostarte sobre el suelo, no es tan incómodo, ¿verdad, Orl? —El monje aludido hizo un sonido sospechosamente parecido al nombre por el que le había llamado y Sverre aclaró:

—Ese es el único ruido que puede hacer el pobre, por eso lo llamo Orl. Me lo encontré vagando por el camino. Creo que era un dominico, o eso parece por su hábito, pero eso da igual a los ojos de Dios.

—Puede que ni siquiera sea un fraile. Que alguien le diera el hábito o lo encontrara en algún sitio. —Sverre se encogió de hombros como si tal cosa no le importara. A Magnus se le ocurrió algo—. Espera. —Se acercó al caballo y desató el saco de comida que le había dado su hermana. Se lo entregó—. Toma, espero que haya para todos. Al menos cenarán algo.

—¡Bendito seas! Hoy no íbamos a poder darles nada de comer. Orl, toma, llévalo a nuestra choza. Hay que repartirlo para que haya para todos. —Orl se lo llevó y Sverre murmuró —: Gracias a Dios.

—¿Hace mucho que estáis así? ¿Y cómo se te ha ocurrido

instalarte aquí? —Sverre movió la cabeza y su larga barba canosa se balanceó alegremente.

—Primero fue lo de Orl. Después de que nos encontráramos en el camino, no quiso separarse de mí. Un día que yo estaba tan cansado y que no podía seguir caminando, decidí que durmiéramos aquí, junto al camino, por si adentrándonos en el campo encontrábamos algún animal salvaje. Nos íbamos a quedar un par de días aprovechando el buen tiempo. El primer día llegó hasta nosotros una mujer muy anciana que venía caminando; lloraba sin parar diciendo que su familia la había abandonado; era muy vieja y murió a los pocos días, yo creo que de pena. Ese mismo día, un poco más tarde, vino un hombre joven que estaba enfermo, no podía respirar bien. Todos los días viene alguien. Algunos están sanos, pero no tienen dónde ir. Construimos las chozas con ramas y Orl o yo vamos a mendigar al pueblo más cercano todos los días y si algún viajero pasa por aquí, también le pedimos ayuda. Llevamos aquí tres meses.

—¿Cuántos enfermos tienes a tu cargo?

—Veintitrés.

—¿Si te ofreciera un lugar bajo techo y comida para todos vosotros, lo aceptarías?

—¿Qué pregunta es esa? —Lo miró como si estuviera loco—. ¿Acaso puedes hacer tal cosa?

—Recuerda que el monasterio y la isla son míos, nunca me decidí a donarlos a la orden. Y llevo tiempo pensando en transformarlo en un hospital. —Sverre miró a Hans sin atreverse a creerlo, pero Hans asintió con una sonrisa.

—Es cierto, ha pedido permiso al prior para transformar la abadía en un hospital varias veces, pero nunca le ha dejado.

—Después de ver cómo vive esta pobre gente, me da igual lo que digan el prior o el obispo —aseguró Magnus. Sverre lo abrazó entusiasmado, pero, enseguida comenzó a llorar.

—Sverre —Magnus palmeó su espalda con delicadeza—,

tranquilízate. No es nada al lado de lo que tú has hecho todo este tiempo. Vamos, siéntate en esta roca. Hans, ¿puedes traer el pellejo? —Le dieron un poco de agua y poco a poco se fue calmando. Orl fue a buscarlo para que lo acompañara a la choza, seguramente sería para repartir la comida. Magnus y Hans se sentaron en la roca que Sverre había dejado libre y Hans le dijo:

—Si te digo la verdad, tengo hambre. Tampoco hemos desayunado tanto —bromeó.

—Nos viene muy bien ayunar. —Se palmeó la barriga suavemente—. Últimamente hemos engordado.

—¡Eh! ¡Habla por ti! ¡Que yo estoy en plena forma! —Se estiró el hábito sobre el cuerpo para que se viera que no tenía tripa. Magnus lo miró irónicamente porque Hans comía como una lima, pero no dijo nada.

Mientras los enfermos comían, aprovecharon para dar agua a los caballos y decidieron dormir fuera, bajo las estrellas. Cuando Sverre volvió, él y Orl traían cuatro tazas de barro con un brebaje hecho con unas hierbas que él mismo había recogido. Les dio una taza a cada uno y después de sentarse en el suelo, junto a ellos, comenzaron a beber. Al ver la cara de asco de los dos primos, rio por lo bajo y les dijo:

—Si os resulta demasiado asqueroso, podéis tirarlo, no me voy a ofender. Yo lo hago muchas veces, aunque en otras ocasiones, el hambre me supera y consigo beberlo. —Magnus y Hans, como si se hubieran puesto de acuerdo, volcaron el contenido de las tazas al suelo con un giro rápido de la muñeca.

—Espero que tampoco te ofendas si te digo que sabe a meado de oso. —Todos rieron al escuchar a Hans.

—Creo que es lo más asqueroso que he bebido nunca. Y he bebido cosas asquerosas… —confirmó Magnus. Pero Sverre había recobrado su conocido sentido del humor y contratacó, dirigiéndose a Hans:

—¿Has bebido muchos meados de oso para saberlo? —Todos, incluido Orl, volvieron a reír a carcajadas y más cuando Hans reconoció no haberlo hecho. Todavía.

—Orl, ¿por qué no comes tú algo de lo que nos han traído estos amigos?

Ahora que podían verlo tranquilamente, el supuesto fraile parecía más joven de lo que habían creído, pero tenía tanta suciedad acumulada sobre la piel que era difícil saber cómo era en realidad. El aludido se negó a la petición de Sverre con la cabeza, y se levantó para volver a la choza donde estaban los enfermos. Cuatro de ellos habían salido y estaban de pie, inmóviles, mirándolos. Sverre observó cómo Orl se acercaba a ellos, y luego miró a Magnus.

—No sé exactamente qué le pasa, pero no es solo la mudez. Tiene un miedo irracional a algo que por las noches no lo deja dormir.

—Quizás lo han tratado mal, ya sabes cómo son algunas personas.

—Sí —admitió con un suspiro—. Me alegro de que nos hayas encontrado, aunque no estaba seguro de que lo hicieras.

—Ya sabes que mi visita es interesada. Decías tener información que me podía interesar.

—Sí, sobre el prior y el obispo. Y te concierne a ti directamente, por eso te escribí la carta. —Se levantó con dificultad para sentarse encima de la gran roca que tenían al lado—. Perdonadme, pero después de pasar la noche en el suelo prefiero sentarme en otro sitio, si puedo. —Cuando se acomodó, comenzó a explicarse—: Ya sabes que llevo mucho tiempo pidiendo a Arild, el prior, que permitiera que volviéramos a fabricar cerveza en nuestra congregación. La habíamos estado haciendo durante años siguiendo una receta de mi familia y luego la vendíamos. Gracias a la cerveza, teníamos dinero para ayudar a todos los necesitados que acudían a pedir ayuda a nuestro monasterio. Pero, repentinamente, se nos prohibió que siguiéramos fabricándola.

—Sí, me extrañó mucho que hiciera algo así. Todo el mundo sabía lo mucho que ayudabais a los necesitados — Sverre asintió con la mandíbula contraída por el enfado.

—Cuando me convencí de que el prior no cambiaría de opinión, se me ocurrió hablar con otra persona para pedirle ayuda: con el obispo. Para eso fui a la nueva casa que acababa de estrenar en Bergen. ¡Qué inocente fui! Pensaba pedirle que intercediera con Arild para que cambiara de opinión sobre lo de fabricar cerveza. Recuerdo que el día era muy frío, me había puesto la capa y hasta la capucha, y ya estaba frente a la casa cuando los vi.

—¿A quién?

—A Arild y al obispo Eisbig. Me quedé tan sorprendido que al principio no reaccioné, pero, luego, decidí seguirlos. Hablaban y bromeaban entre ellos como si fueran grandes amigos. —Magnus arrugó la frente, extrañado.

—Creía que no se llevaban bien.

—Eso es lo que quieren que creamos, pero lo más increíble de todo viene ahora. Estuvieron caminando unos cientos de metros hasta llegar a la casa de Otto Rhun, donde entraron. —Magnus se quedó rígido—. Esperé una media hora, por si se trataba de una visita rápida, pero ninguno de los dos salió. Y yo me volví por donde había venido.

—¿Qué hiciste después de eso?

—Hablé con el prior y le conté lo que había visto. Estaba muy enfadado porque nos tomaran a todos por tontos, siempre vigilando que cumpliéramos los preceptos, sobre todo el de la pobreza, cuando tanto él como el obispo vivían como ricos. La casa que el obispo tiene en Bergen es un verdadero palacio, pero cuando me he enterado de su relación con Otto Rhun, he entendido por qué querían que dejáramos de fabricar cerveza. ¿Sabías que había otros tres monasterios fabricándola y compartiendo el dinero que conseguían sacar gracias a su venta?

—No. Creía que erais los únicos.

—Éramos cuatro y a todos nos han prohibido que sigamos elaborándola. A ellos también les he enviado una carta para contárselo, pero creo que tienen miedo.

—¿Por qué prohibir algo así? Simplemente con la parte de los ingresos que va a llegar al obispado y al prior, saldrían beneficiados. No lo entiendo.

—Porque alguien les da más dinero a cambio de no tener competidores. ¿No sabes quién es el mayor fabricante de cerveza del país?

—No.

—Otto Rhun. Está comprando monasterios, especialmente en sitios aislados y no demasiado lejos de alguna ciudad importante, para ampliar su negocio.

—Ahora entiendo por qué tanto interés en comprar nuestra isla.

—Exacto.

Magnus se volvió hacia Hans que tenía cara de enfadado y que aseguró, con los labios formando una fina línea:

—No le dejaremos que se salga con la suya —Magnus asintió con la misma expresión de rebeldía que su primo.

—Mañana volveremos y hablaremos con la familia. Pero no venderé, ahora menos que nunca. —Se volvió hacia Sverre —: En cuanto a tus enfermos, cuando te he ofrecido mi ayuda antes lo decía en serio. —Los ojos del anciano se agrandaron.

—Eso sería maravilloso, pero ¿cómo voy a llevarlos hasta allí?

—¿Sabes dónde está mi abadía?

—Sí, enfrente de Stavanger. La he visto desde lejos, aunque nunca he estado.

—Toma. —Sacó una bolsa de monedas que llevaba oculta y se la entregó—. Con esto tendrás de sobra para que comáis durante unos días y, además, para comprar un par de carros grandes donde todos podáis viajar hasta allí. Hazlo mañana mismo. —Miró hacia el cielo. Estaba raso—. Afortunadamente, hoy no va a llover.

—Pero ¿de verdad que podemos quedarnos allí?

—Sí. Hans y yo no podemos acompañarte porque tenemos que volver a Tau. Tengo que casar a mi sobrino, pero creo que al día siguiente saldremos hacia la abadía y, aunque lo hagamos después que vosotros, creo que llegaremos antes. Además de ir en carro, al llevar a estas personas, no podrás ir deprisa. Imagino que tardarás unos cuatro días en llegar. —Sverre no era de la misma opinión.

—Al menos una semana. Hay algunos que no podrán estar más de tres o cuatro horas seguidas en el carro.

—Mejor, necesito unos cuantos días para preparar vuestra llegada.

—No sé cómo darte las gracias… —Magnus le hizo un gesto para que no lo hiciera.

—Ni lo intentes. La abadía es muy grande y hace mucho tiempo que quería utilizar parte de ella como hospital, y por fin he encontrado el momento de hacerlo. Yo soy el que debería darte las gracias a ti.

Sverre lo miraba sin saber qué decir. Magnus señaló a Orl, que los observaba a cierta distancia, pero sin acercarse.

—Creo que quiere decirte algo. —Sverre se levantó para acercarse a su amigo. Magnus, aprovechando que estaban solos, le confió a su primo lo que pensaba en ese momento:

—Hans, se avecinan tiempos difíciles. Entendería que no quisieras seguir conmigo. Seguramente nos expulsarán. —Su primo lo miró, incrédulo, y después contestó tranquilamente:

—Lo que yo decía. Cada día, más idiota.

Magnus se rio por lo bajo y observó cómo Sverre y Orl entraban en la choza de los enfermos, mientras comenzaba a planear todo lo que tendría que hacer en cuanto volvieran a la isla.

FINN, Leif y Esben estaban en los establos, que estaban divididos en cuadrículas para aprovechar mejor el espacio, recolocando a los caballos. Querían dejar varios espacios libres para que sus amigos metieran sus monturas; de repente, Ydril apareció corriendo muy agitada y les gritó a los tres, desde el umbral:

—¡Ya se les ve venir por el camino! —Leif corrió hacia ella y, cogiéndola de la mano, salieron corriendo los dos y Finn lo hizo detrás. Esben se quedó mirando la puerta durante un momento con la brida de uno de los sementales en la mano. Se dirigió al caballo, que era el único que podía escucharlo:

—Nos han dejado solos, Brutus. —Le acarició el morro con cariño antes de dejarlo al fondo en un rincón donde estaría cómodo, apartado de lo demás. Lo había montado durante doce años, pero ya no podía cargar con Esben, estaba demasiado viejo; aun así, todos los días lo sacaba a dar una vuelta llevándolo de la brida. Lo apartaba precisamente por su edad, no quería que ningún otro caballo pudiera hacerle daño. Con una última palmada afectuosa a las ancas del animal, lo dejó en el lugar que le había buscado y salió a recibir a los invitados.

RAGNAR, Raine y Wulf montaban a caballo junto a un carro que conducía Lars. A su lado estaba sentada Finna y atrás, junto al equipaje y sobre unas mantas jugaba Sigrid con Ari, su hijo de tres años. Un niño vivaz y travieso que no la dejaba parar ni un segundo.

Finna se acercó a Lars para preguntar, con voz de admiración:

—¿Esa es Ydril?

Estaban a pocos metros de la casa y ya podían ver bien a los dos gemelos y a una jovencita alta y bien formada que estaba junto a Leif. La que debía de ser la novia tenía el pelo color platino, casi blanco, recogido en cuatro trenzas. Desde tan lejos no podían ver sus ojos, pero luego se darían cuenta de que eran intensamente dorados.

—Todavía no la conozco, pequeña. —Lars miró a su mujer fugazmente con una sonrisa íntima y ella bajó la vista. A pesar del tiempo que había pasado desde que se habían casado, todavía le costaba creer que el famoso Lars Belleck fuera su marido. Y que, a pesar de su imagen feroz y salvaje, hubiera resultado ser el hombre más tierno y cariñoso del mundo, al menos con ella.

Cuando el carro se detuvo, Sigrid sujetó a su hijo por la cintura para evitar que se tirara al suelo, algo que solía hacer sin tener en cuenta la altura desde la que estaba. Miró a Ragnar, pero él ya había espoleado a su caballo para que se pegara al carro y alargó los brazos hacia ellos.

—Suelta a ese salvaje —sugirió a su esposa. Ella lo hizo y a continuación gritó cuando Ari le pegó una patada en la pierna, con las prisas por salir corriendo hacia su padre. Se frotó la piel, segura de que le saldría un moratón. Finna lo había visto y le agarró del hombro, preocupada.

—¿Estás bien?

—Sí, no es nada. Es que cuando ve a su padre se vuelve loco.

Las dos miraron a Ragnar que había bajado del caballo de un salto con el niño en brazos, provocando que Ari riera a carcajadas. Lo lanzó al aire varias veces cogiéndolo sin esfuerzo, provocando que riera aún más y se acercó a los gemelos. Leif se abrazó a él palmeando su espalda y se volvió hacia su prometida.

—Ydril, este es Ragnar, el amigo que nos acogió en sus tierras. —Ella sonrió inclinando la cabeza y estrecharon sus manos.

—Encantada, Ragnar.

—Es un placer. Además de muy bella, debes de ser una mujer muy valiente, Ydril, para casarte con semejante gruñón —ella asintió repetidamente como si le estuviera dando la razón y Leif puso los ojos en blanco. Ragnar se volvió hacia Finn para abrazarlo, después de dejar a su pequeño en el suelo. El niño miraba a su alrededor decidiendo hacia dónde podría salir corriendo. Ydril se puso en cuclillas frente a él.

—Y tú, ¿cómo te llamas? —Ari la miró con los ojos agrandados por la sorpresa. Observó fijamente a la muchacha y se acercó a ella; alargó una manita y le tocó suavemente la nariz.

—Tienes pecas. Creía que solo tenían pecas los niños, pero tú eres vieja.

—¡Ari! —Sigrid lo regañó, pero Ydril le hizo un gesto para que no lo hiciera.

—Imagino que todos te parecemos viejos. Es normal. —El niño se encogió de hombros observando cómo Ydril se ponía de pie para saludar a los demás, pero volvió a agacharse junto a él en cuanto terminó de hacerlo. El resto de los adultos hablaban muy animados entre ellos—. ¿Te aburres mucho?

—Sí.

—¿Te gustaría conocer a mi yegua? Es negra y se llama Tirion. —Alargó los brazos hacia él y Sigrid confesó con voz lastimera:

—No te molestes, solo deja que lo coja en brazos su padre. —Pero Ari seguía mirando fijamente a la novia.

—Eres guapa. —Esa cualidad pareció decidirlo y le alargó los bracitos para que lo cogiera. Cuando Ydril lo levantó en brazos y se marchó con él, todos rieron por la precocidad del niño. Sobre todo, sus padres.

Esben se cruzó con Ydril a medio camino de los establos. Vio que llevaba a un niño en brazos. Se detuvo para saludarlos y luego siguió su camino hasta detenerse frente a su mujer, sus hijos y los recién llegados. Había una gran algarabía porque todos hablaban a la vez y a gritos. Sus hijos parecían exultantes de alegría y Lisbet lo observaba todo con una sonrisa feliz en los labios, a cierta distancia. Se desvió ligeramente hacia la izquierda para unirse a ella, cogiéndola por la cintura y dándole un beso en la sien.

—¿Qué haces aquí, sola? —Lo miró.

—Disfrutando con las vistas.

—Me gusta esa sonrisa. —Ella rio como si fuera una niña que estuviera a punto de cometer una travesura, recordándole cómo era cuando se conocieron y él la imitó. No se dieron cuenta de que todos se quedaban en silencio observando la increíble estampa que formaban los dos. Un matrimonio de su edad con dos hijos adultos como los gemelos, que seguían teniendo esa mirada y se ruborizaban todavía como dos adolescentes. Esben se inclinó y le dijo algo al oído a Lisbet que provocó que ella se ruborizara más y que le diera una suave palmada en el brazo.

—Eres increíble —murmuró. Entonces los dos se dieron cuenta de que todos se habían quedado callados, observándolos. Finn se adelantó un par de pasos, levantó el brazo en un gesto teatral para señalarlos y alardeó:

—Esos dos licenciosos jovencitos son nuestros padres. —Rieron de nuevo—. ¡Padres, acercaos para que os presentemos a nuestros amigos!

Esben y Lisbet bajaron los cuatro escalones que los separaban de los demás. Finn iba a empezar con su actuación cuando le interrumpió un grito agudo que pareció traspasarle el oído, y que provocó que Sigrid se mordiera el labio, nerviosa. Ragnar, sin embargo, rio con ganas, explicándoles quién era:

—No os preocupéis por el ruido. No es ningún cerdo al que están matando, es mi hijo Ari. Cuando grita y se ríe suena como un cochino. Parece increíble que un cuerpecito tan pequeño provoque semejante chillido, pero así es. Lo hace cuando se cansa de estar en brazos, os apuesto lo que queráis a que aparece por aquí antes de... —En ese momento el niño salió del establo corriendo como una flecha y riendo a carcajadas porque Ydril lo perseguía, hasta llegar junto a ellos y arrojarse contra las piernas de su padre que lo levantó en brazos—. Por cierto —continuó tan normal, como si aquello fuera algo que Ari hiciera todos los días. Su hijo, mientras, seguía riendo a carcajadas confirmando que hacía el mismo sonido que si fuera un cerdito—, esta es mi mujer, Sigrid. —Echó el brazo izquierdo sobre sus hombros mientras con el derecho sujetaba a su hijo, que había empezado a tirarlo de la barba. Entonces, Ragnar se quedó en silencio durante unos segundos, los suficientes para echarle una mirada amenazante que dejó lo que estaba haciendo con una sonrisa inocente. Ragnar suspiró y siguió hablando—: Yo soy Ragnar y este monstruito es mi hijo Ari. —El niño sonrió, cándidamente, aunque ya no engañaba a nadie.

—Lo he tenido que dejar en el suelo cuando ha empezado a gritar como si estuvieran matándolo. —Ydril, que estaba junto a Leif y Finn, movía la cabeza asombrada mientras explicaba lo que había pasado. Su cuñado, como siempre, bromeó:

—Entonces, ¿vas a replantearte lo de tener varios hijos? —Ella rio acompañada por todos.

—Es posible —contestó, siguiéndole la broma.

Ari ahora parecía tener un ataque repentino de timidez y escondió la cara en el pecho de su padre. Sigrid aprovechó para dirigirse a los padres de los gemelos:

—Muchas gracias por invitarnos en un día tan importante.

Era una preciosa mujer pelirroja con los ojos verdes, pero lo que realmente sorprendía en ella era su voz, que resultaba muy relajante. Lisbet recordó que los gemelos le habían dicho que era una hechicera y tenía un gran don. Su marido, un hombre grande y fuerte, moreno y con los ojos azules, permanecía callado escuchándola atentamente, acostumbrado a que todos se sintieran atraídos por la voz y el aspecto de su mujer. Lisbet cogió la mano de Sigrid entre las suyas y le contestó de corazón, mirándola a los ojos:

—Muchas gracias a vosotros, no solo por venir a celebrar la boda de Leif, sino por haber dado a mis hijos un refugio cuando más lo necesitaron. No sé qué hubiera sido de ellos si no hubiera existido la isla. —Ragnar se encogió de hombros.

—Fue un placer tener a los gemelos allí. Tanto en el ejército como después en la isla me demostraron que son leales, fuertes y valientes. Me alegro de que os encontraran, pero espero no echarlos de menos… —Sigrid se volvió hacia él y le dijo algo en voz baja, parecía regañarlo—. Perdonad, como dice mi mujer, no es el día adecuado para hablar sobre esto. —Esben intervino:

—Las mujeres suelen tener razón. —Lisbet lo miró, sorprendida por sus palabras. Él, como respuesta, arqueó una ceja y continuó—: Pero a mí sí me gustaría que me contaras qué problemas tenéis en la isla y si podemos auxiliaros de alguna forma. —Finn y Leif observaban a Ragnar con la misma expresión de preocupación y Leif se lo preguntó directamente.

—No nos has dicho nada ¿Ha pasado algo? —Ragnar suspiró y miró detrás de él. Sus otros amigos esperaban detrás de ellos para saludar a los padres de los gemelos.

—No. No es eso, pero Sigrid tiene razón. Mejor os lo cuento en otro momento.

—Está bien.

Después, se acercó la siguiente pareja, formada por Wulf y Raine. Él era el más grande de todos los hombres presentes. Esben no recordaba haber visto nunca a uno de ese tamaño. Los gemelos también les habían hablado acerca de esa pareja; él había sido un gran apoyo mientras estuvieron en la isla, siempre ayudando y protegiendo a todos. En cuanto a su mujer, era una guerrera digna hija de su padre Varal Norensen, que había intentado emular a las antiguas Skjaldmö, igual que Ydril. Era fibrosa y alta, aunque no tanto como su marido, que le sacaba una cabeza. Sus ojos plateados les dijeron que su arma más afilada era su inteligencia. Esben se dirigió a ella primero:

—Raine, es un honor teneros aquí. He admirado toda mi vida a tu padre, fue un gran guerrero. El mejor y el más valiente. —Raine, contradiciendo su apariencia fría y dura, sintió que se le llenaban los ojos de lágrimas y contestó con la voz ronca:

—Estoy muy orgullosa de él, yo también le considero un gran hombre. Gracias por invitarnos, Wulf tenía muchas ganas de volver a ver a los gemelos. —Lisbet estrechó su mano con una sonrisa.

—Somos nosotros quienes siempre estaremos agradecidos a todos vosotros por haber cuidado de ellos. —Wulf dio una palmada en el hombro de Finn sin previo aviso, provocando que, a pesar del tamaño del gemelo, trastabillara hacia delante.

—Son buenos chicos. Ayudaban mucho, sobre todo cuando alguien tenía un ataque. —Finn se puso rígido recordando que no sabían nada sobre lo suyo, pero mantuvo la sonrisa como pudo.

Los últimos en saludar fueron Lars y Finna y los ojos de Lisbet se iluminaron por conocer por fin al famoso compositor y fabricante de arpas. Finn, por supuesto, no desaprovechó la oportunidad.

—Te advierto que mi madre es tu más ferviente admiradora. —Al contrario de lo que esperaba, Lisbet ni siquiera se molestó en regañarlo. Estrechó la mano de Finna y luego la de Lars.

—Tengo que reconocer que es cierto. He visto varias muestras de tu trabajo y es maravilloso. —Lars, poco acostumbrado a los halagos ya que hacía lo que podía por evitarlos, enrojeció, aunque sonreía a la vez y su sonrisa dividió su cara de forma extraña debido a la cicatriz que le cruzaba la mitad del rostro.

—Muchas gracias.

—Estoy seguro de que ya sé cuál va a ser tu regalo de boda —bromeó Finn, dándole un codazo. Lisbet hizo un aspaviento y se tapó la boca como si fuera una niña pequeña.

—¿Un arpa? ¿De verdad? —Esben la miró aparentemente horrorizado y estrechó la mano del pobre Lars que parecía algo angustiado, y le dijo:

—Como le he dicho a tu mujer, sed bienvenidos y no hagas caso a mi esposa; no debe haber dormido bien hoy. —Lisbet le dio una palmada en el brazo, pero él siguió sonriendo como si no lo hubiera notado.

—Venid, os acompañaremos a vuestras habitaciones. Dejad todo en el carro, ahora bajaremos a por los arcones.

Leif, Ydril y Finn encabezaron la marcha seguidos de cerca por sus amigos. Mientras caminaban, les explicaban que su abuelo fue el que mandó construir el castillo, y todo lo que sus padres les habían contado sobre la construcción durante esas semanas. Lisbet se agarró del brazo de su marido e inspiró hondo con expresión de felicidad. Se habían detenido en la entrada, observándoles subir las escaleras hacia la segunda planta donde estaban los dormitorios. Esben se apartó de ella para dirigirse a la puerta.

—Voy a empezar a meter el equipaje. —Ella lo sujetó por el brazo, mirándolo como si se hubiera vuelto loco.

—Ahí van cinco hombres que son, al menos, veinte años más jóvenes que tú. Que lo suban ellos. —Al ver que él aceptaba su proposición, apoyó la cabeza en su hombro—. Qué contenta estoy, esta casa ha vuelto a la vida desde que los chicos han vuelto.

—Cierto.

CAPÍTULO 3

Wulf y Raine estaban contemplando las vistas desde la ventana de la habitación de la torre que les habían asignado.

—¡Se puede ver el mar desde aquí! Creía que estaba más lejos. —Wulf, que estaba detrás de su mujer rodeando su cintura, apoyó la cabeza en su hombro.

—¿Quieres que nos escapemos más tarde para montar a solas?

—Claro que sí. —Se volvió para mirarlo de frente y sonrió, rodeando su fuerte cuello con los brazos. Atrajo su cabeza hacia ella para besarlo, pero los interrumpió el sonido de unos nudillos en la puerta. Wulf le dio un beso rápido en los labios y fue a abrir. Eran Leif e Ydril.

—¿Qué tal la habitación?

—¡Muy bien! —Contento de verlos, sonrió—. Pasad, pasad. —Raine se acercó.

—Venimos a ver si necesitáis algo. —Wulf escuchó sorprendido las palabras de su amigo, pero se dirigió a Ydril al contestar.

—Ydril, te felicito por haber conseguido educar a este

salvaje. Antes jamás se le hubiera ocurrido algo así. —Ydril se rio y lo negó.

—No, no. Ha sido idea suya, te lo aseguro. —Los dejó discutiendo en broma entre ellos y se dirigió a Raine:

—Me he fijado que viajas con la espada colgada del cinturón. ¿Siempre la llevas?

—Cuando voy de viaje, sí.

—¿Tu padre te enseñó a pelear con ella?

—Con ella y con todas las armas que conocía. —Raine parecía sorprendida por las preguntas de Ydril, pero cuando escuchó su proposición, lo entendió todo.

—He aprendido a luchar con la espada y me gustaría... —se mordió el labio inferior, nerviosa. Ella también había oído hablar del padre de Raine— si no te importa... que practicáramos un poco en el patio. Y que me digas cómo puedo mejorar.

—¿Ahora? —Raine sonreía, entendiéndola. A ella también le gustaba practicar, era la única forma de mejorar.

—Sí, si te parece bien. —Las dos mujeres sonreían mirándose fijamente, pero Leif y Wulf no lo hacían, al contrario. A ellos no parecía hacerles ninguna gracia. Ydril, con expresión pícara, dijo—: O, si lo prefieres, podemos hacerlo mañana por la mañana.

—¡Mañana nos casamos! —Leif casi gritó su desaprobación haciendo reír a la otra pareja, sobre todo cuando Ydril contestó con una sonrisa traviesa:

—¡Ah, es verdad!

Raine, entre risas, contestó:

—Creo que mejor vamos ahora. —Por fin había encontrado a otra mujer con la misma pasión que ella—. Me gustas, Ydril. Y eso es mucho para mí. —Wulf lo corroboró.

—Desde luego. A mi mujer no le gusta casi nadie. —Sus ojos chispeaban divertidos, a pesar de su voz seria. Se sobresaltó al sentir un puñetazo de su mujer en el brazo.

—¡Ay! —Se llevó la mano al lugar donde le había dado intentando darle pena, pero Raine salió de la habitación después de coger su espada meneando la cabeza y murmurando algo sobre lo infantil que se volvía su marido cuando se juntaba con sus amigos.

~

FINN Y ESBEN los vieron pasar y, extrañados, los siguieron al patio trasero. Allí pudieron contemplar a Ydril y Raine armadas con espada y escudo, comenzar a luchar. Ydril era buena, se notaba que había practicado mucho, pero Raine era invencible. Su padre la había entrenado desde pequeña y Valar había sido el mejor maestro de guerreros que había habido en la historia del país. El combate duró poco porque Ydril cayó al suelo tres veces seguidas en pocos minutos. La última vez que se levantó ayudada por Raine, le pidió:

—Eres muy buena, ¿me enseñarías algunos trucos?

—Claro. Mira, primero te voy a explicar cómo debes colocar las piernas y los pies para tener mejor equilibrio y que no sea tan fácil derribarte...

Esben volvió a entrar en la casa con una sonrisa. Hacía rato que su cuñado tenía que haber llegado y Lisbet había empezado a ponerse nerviosa. Teniendo en cuenta que era el que iba a oficiar la ceremonia al día siguiente, si no llegaba a tiempo, tendrían que buscar a alguien que lo hiciera en su lugar. Entonces, escuchó un sonido de cascos a lo lejos. Fue a la puerta principal y se colocó mirando hacia el camino; su vista no era la de antes, pero vio un par de caballos acercándose al paso. Entrecerró los ojos y esperó unos segundos para estar seguro de que eran Magnus y Hans; después, fue a buscar a Lisbet. Ella y Esben se acercaron a recibirlos, agradecidos de que por fin hubieran llegado. Lisbet esperó a que Egil, el muchacho que cuidaba de los caballos y mantenía limpios los establos, se llevara a las monturas antes de hablar.

—¿Qué ha pasado? —Conocía muy bien a su hermano, no en vano eran mellizos.

—No tengo ganas de hablar, Lisbet. —Esben conocía el carácter de los dos hermanos y decidió mediar:

—¿Por qué no vamos al salón pequeño? —Era una habitación donde solía reunirse la familia por las tardes—. Os serviré una copa para que os limpiéis la boca del polvo del camino.

—Vamos a cenar enseguida —Lisbet protestó suavemente.

—Mujer, deja que descansen un poco, además, antes tendrán que lavarse y cambiarse de ropa. —Antes de que pudiera decir nada, la cogió de la mano para tirar de ella y que lo acompañara. Los monjes los siguieron.

Cuando se sentaron en la acogedora sala, Esben les dijo:

—Te advierto que todos están entretenidos en el patio de atrás con una sorprendente exhibición, pero no creo que nuestros hijos tarden demasiado en empezar a buscarnos. Comen como jabalíes y no dejan que las comidas se retrasen ni un minuto. —Magnus estaba de acuerdo. Ahora mismo prefería contarle lo que sabía a ellos dos a solas.

—He encontrado a Sverre viviendo a la vereda de un camino, y con veintitrés personas, casi todos enfermos, a su cargo. Sin nada para darles de comer, sin poder cuidar de ellos como es debido, solo acompañándolos. Eso ha hecho que me decida.

—¿Vas a transformar la abadía en un hospital? —él asintió con un gesto rígido. Lisbet siempre le había animado a que lo hiciera, a pesar de lo que dijera el prior de su orden, pero él no se había decidido hasta ese momento porque le gustaba ser monje. Cuando ingresó en la orden lo hizo convencido de que acudía a la llamada de Dios, pero ahora pensaba que había sido un egoísta porque todo le había sido muy fácil.

Después de ver lo que estaba haciendo Sverre sin nada, le parecía una vergüenza tener desaprovechado el edificio de la abadía—. ¡Eso es estupendo, Magnus!

—Ya.

—Pero ha pasado algo más, ¿no? De otro modo, no estarías así —Lisbet hablaba suavemente, con la mano apoyada en su brazo.

—Tienes razón. Gracias a la visita a Sverre he podido entender por qué Otto tiene tanto interés en la isla, al parecer, se está haciendo con todos los monasterios que puede a lo largo del país para fabricar cerveza. Quiere ser el único fabricante de cerveza del país; por eso el prior prohibió que en el monasterio de Sverre siguieran fabricándola.

—Y ¿qué tiene que ver Otto con el prior?

—Están todos de acuerdo. Tanto Otto como el prior y el obispo Eisbig deben de estar enriqueciéndose con todo esto. De ahí la casa que tanto Otto como el obispo se han construido en Bergen, la ciudad más cara del país por ser donde reside el rey. Además, Sverre ha visto a Arild y a Eisbig entrando en la casa de Otto en Bergen. Por eso tiene tanto interés en comprar nuestra isla y me presionan para que venda. —Lisbet le apretó el brazo.

—Lo siento, Magnus. Sé cuánto significa para ti ser monje.

A través de la puerta cerrada, escucharon un ruido inconfundible de voces y risas por los pasillos.

—Se ha acabado la tregua —ironizó Esben—. Propongo que os vayáis a cambiar y nos veamos en la cena, si no queréis ser atropellados por esos dos salvajes que se hacen llamar hijos míos —bromeó, orgulloso. Dio una palmada tranquilizadora a su cuñado—. Si os parece, seguiremos hablando después.

Al salir al pasillo se encontraron con Ydril, Raine y Wulf hablando. Los gemelos algo separados de ellos, departían sobre uno de los golpes que le habían visto dar a Raine y que pretendían que les enseñara. Lisbet le dijo a Esben:

—Voy a ir a la cocina para hablar con Frida y avisar de que sirvan la cena en media hora. Mañana nos tenemos que levantar todos muy temprano. —Esben cogió su mano y le dio un apretón.

—Bien. Nosotros nos encargamos de avisar a los invitados. —Lisbet se dirigió a la cocina y él llamó a los gemelos—. Id a avisar al resto de los invitados, incluyendo a Magnus y a Hans, de que vamos a cenar en media hora. —Después de que sus hijos se dirigieran a las escaleras, Esben se adelantó hacia Wulf que escuchaba cómo Ydril y Raine seguían absortas en su conversación sobre los diferentes estilos de lucha.

—Acompañadme, por favor. Estaremos más cómodos sentados alrededor de la mesa mientras esperamos a los demás.

Lisbet anduvo lo más deprisa que pudo por el corredor hasta llegar a la cocina que hervía de actividad. Al entrar, el olor que le llegó a la nariz provocó que su estómago rugiera de hambre.

—Frida, no pasa un solo día en el que no dé gracias a los dioses porque sigas trabajando.

—Todavía no puedo morirme, ninguno sabéis cocinar como es debido —rezongó la anciana mirándola por encima del hombro. Estaba sentada a la mesa pelando patatas. Frida nunca trabajaba sentada, preocupada, Lisbet se acercó a ella.

—¿Qué ocurre? ¿Te duelen las piernas? —Frida hizo un gesto con las manos para que la dejara tranquila.

—Siempre me duelen. Cuando llegues a mi edad, lo entenderás; solo es algo más con lo que hay que aprender a convivir, como que se te caiga el pelo de la cabeza y te crezca en la barbilla. Es algo sumamente divertido, si no te pasa a ti, claro. —Las tres chicas jóvenes que estaban ayudando ese día se rieron por lo bajo y ella le dijo a Mae, la que siempre solía ayudarla—: Ya te pasará y te acordarás de mis palabras —sentenció. Miró a Lisbet que observaba fijamente una fuente llena de bollos—. Ni se te ocurra, si no, luego no comerás.

—¿Todavía te crees que tengo cinco años?

—Como si los tuvieras. —Arrugó la barbilla como hacía siempre que pensaba que el que hablaba con ella estaba diciendo una tontería—. ¿Ya están todos sentados?

—Les he dicho que cenaríamos en media hora.

—Bien, eso nos da tiempo para preparar los platos como es debido. —Se giró a las muchachas—. ¿No la habéis oído? ¡Vamos, moveos! —ordenó.

Cuando vio que todas empezaban a trabajar a su gusto, volvió su atención hacia Lisbet que se había sentado a su lado con un suspiro de cansancio. La anciana dulcificó su expresión al verla así.

—¿Cómo estás?

—Bien, bien, muy contenta. Es solo que estoy preocupada por el viaje, tengo miedo de que… —Frida alargó su mano huesuda y la colocó sobre la de la mujer que casi había criado.

—Lo entiendo. Tienes miedo de que alguno de ellos salga herido —Lisbet asintió en silencio.

—Esben dice que no me preocupe, que piense solo en que por fin vamos a saber quién fue el que nos arrebató a Leif y a Finn, y que, después, exigiremos justicia. Pero no puedo, Frida. No dejo de pensar en cómo terminará todo esto.

—Es normal. Yo también lo he pensado. Dime una cosa, tú viviste en la corte mucho tiempo, ¿no se te ocurre quién pudo ser el que lo hizo?

—Muchos de los cortesanos son falsos e interesados, pero no sé de nadie que sea tan desalmado para hacernos algo así. No lo sé, Frida.

—Entonces, solo queda rezar para que lo encontréis y que nadie de la familia salga herido.

—Sí.

—Bueno. —La anciana se volvió hacia las tres muchachas que habían dejado de trabajar y escuchaban la conversación desvergonzadamente. Dio dos palmadas en el aire—. ¡Venga, a trabajar, que hay que servir la cena!

Se movía rápida y silenciosamente enfundada en los pantalones y la camisa harapientos que había encontrado en medio del bosque dos años atrás. Completaba su disfraz con un sombrero que se había hecho con una de sus faldas negras, con el que ocultaba bastante bien su pelo y parte de su rostro. Tal y como iba vestida ahora mismo, cualquiera que la viera pensaría que era un chico, seguramente un pordiosero. Al llegar a la portería asomó la cabeza lentamente para ver si la monja portera, que era la más anciana, ya estaba dormida. Cuando se aseguró de que así era, corrió hasta internarse en el bosque.

Caminó hasta llegar al lugar donde estaba su refugio. Se trataba de un tronco hueco que se mantenía en pie milagrosamente y que era tan grande, que ella podía sentarse dentro de él y aún le sobraba espacio. Solía esconderse allí los días que se sentía perdida o asustada, como hoy; entró en el tronco con cuidado para no arañarse con los bordes desiguales y punzantes de la madera y se sentó, encogiendo las piernas y pegándolas a su pecho, rodeándolas después fuertemente con los brazos. Entonces, recordó lo que le había dicho la superiora: «Tu padre quiere que te prepares. Dentro de una semana vendrán a buscarte y te llevarán a la corte, donde conocerás a tu futuro marido. Creo que os casaréis dentro de muy poco».

Si tenía alguna duda sobre lo que sentía por su padre, la conversación con la monja se la había resuelto. A pesar de los años que había pasado en el convento, la simple mención de su progenitor, seguía provocándole temblores. A pesar de eso, cuando la superiora le dijo cuál iba a ser su futuro inmediato, no contestó ni hizo ningún gesto. Tampoco preguntó nada sabiendo que, si lo hacía no la contestarían, se limitarían a volver a llevarla al purgatorio, nombre con el que las monjas llamaban a la aterradora habitación, sin ventanas ni luz, donde la metían cuando no cumplía sus normas. Y no creía poder soportarlo de nuevo.

A pesar de la soledad que había sentido durante los ocho años que había estado allí, sin relacionarse con otros niños ni con nadie aparte de las religiosas, se moría de miedo pensando en lo que su padre tendría preparado para ella, pero no dejaría que él lo supiera. Desde muy pequeña había aprendido que, cuando le demostraba el miedo que tenía, era cuando él más la pegaba. Siempre le decía que prefería verla muerta a que fuera una cobarde. Apoyó la frente en las rodillas intentando dejar de temblar y, aprovechando que nadie podía verla, lloró.

No se dio cuenta de que no se encontraba sola. Como siempre que estaba en el bosque, unos cuantos animales salvajes se habían congregado a unos cuantos metros de ella. Nunca se acercaban demasiado, solo lo suficiente para verla; pero esta vez, sintiendo su aflicción, el tronco se vio rodeado poco a poco por unos cuantos conejos, varios pájaros que habían dejado de buscar comida y una pareja de ciervos. Todos habían acudido al sentir la tristeza de aquel ser tan especial, cuyo espíritu inocente los había atraído desde los rincones más ocultos del bosque.

~

EN UN EXTREMO de la mesa se habían sentado Lisbet y Esben, junto a él, lo hicieron Leif e Ydril y al lado de ella, Magnus;

enfrente, junto a Lisbet, lo hizo Finn y, a su lado, Hans. Después, Ragnar y Sigrid, Wulf y Raine y Lars y Finna. Cuando ya estaban sentados, Mae, Dahlia y Seren, las sirvientas, empezaron a traer jarras de hidromiel, cerveza y agua que distribuyeron por toda la mesa, para que cada invitado se sirviera lo que deseara.

Habían tardado casi media hora en sentarse. El último en hacerlo fue el pequeño Ari que llegó corriendo perseguido por su padre que consiguió levantarlo en brazos; solo entonces prometió portarse bien si lo dejaba sentarse solo. Ragnar aceptó, pero en cuanto lo dejó en el suelo, el niño volvió a salir corriendo como si estuviera loco, riéndose a carcajadas y su padre tuvo que volver a perseguirlo mientras que los ojos de todos los seguían, divertidos. Wulf, Lars y los gemelos reían a carcajadas observando cuánto le costaba a Ragnar atrapar a su hijo y, cuando lo consiguió, cómo respiraba agitadamente sujetándolo, mientras que Ari se revolvía entre sus brazos como si fuera una culebra marina. Hasta las doncellas reían disimuladamente, mientras traían las bandejas repletas de comida de la cocina.

Ragnar se dio cuenta de las risotadas de sus amigos y, entrecerrando los ojos, vocalizó un adjetivo para todos ellos que tuvo la precaución de no decir en voz alta, para evitar la reprimenda de su mujer. Esben carraspeó ocultando una sonrisa y Sigrid, que ya se había sentado, recibió al pequeño Ari entre sus brazos y lo medio tumbó sobre sus piernas cogiéndolo casi como si fuese un bebé, con la cabeza apoyada en su pecho. Todos pensaban que el niño empezaría a gritar, por la posición y por tenerlo sujeto de esa forma, pero se quedaron maravillados cuando vieron que levantaba la mano lentamente, acarició la mejilla de su madre y con una tierna sonrisa, se durmió. Asombrados, observaron en silencio que Sigrid se levantaba con el niño en brazos, murmurando que iba a acostarlo. Ragnar se encogió levemente de hombros al ver la curiosidad en los rostros que lo rodeaban y, después de beber un trago de hidromiel para quitarse la sed, aclaró:

—Mi hijo es incansable y tiene una voluntad de hierro. En muchas ocasiones creo que no conseguiré resistir las ganas de asesinarlo, pero, cuando llega esta hora, se queda dormido, aunque sea de pie. Se resiste un poco hasta que ocurre, pero siempre lo hace; después, duerme doce horas seguidas sin hacer ni un ruido y doy gracias a Odín todos los días por eso… —levantó la jarra para hacer un brindis— ¡por los pequeños salvajes a los que llamamos hijos!

Todos brindaron con él, riendo a carcajadas, y comenzaron a cenar.

Frida realmente se había superado esa noche. Mae, Dahlia y Seren no solo traían las fuentes de comida, sino que ellas mismas servían la comida a los invitados. Se podía elegir entre carne de jabalí, oca o pollo. También había varios tipos de pescado, abundantes verduras y frutas que habían sido traídas del mercado de Stavanger el día anterior. Para el día siguiente el plato principal sería una sopa que se servía en las bodas tradicionales, y que simbolizaba la prosperidad y el amor del matrimonio. Se cocinaba con hierbas, huevos, verduras y diferentes tubérculos, como patata y zanahoria.

Pocos pudieron probar uno de los suculentos pasteles que, como postre, también había hecho Frida; uno de ellos fue Lars que se tomó hasta la última migaja, relamiéndose de gusto. Finna reía por lo bajo, escuchando las bromas de los demás llamándolo goloso, pero él siguió comiendo hasta terminar, sin hacer caso. Luego, murmuró en el oído de Finna:

—Ahora vuelvo. —Ella sonrió misteriosamente, sin decir nada.

Había llegado la hora de entregar los regalos y las tres parejas de invitados se levantaron para ir a por ellos. Los habían dejado en el suelo, a la entrada del salón, envueltos en paños de lana de distintos colores como era tradicional. La ceremonia de entrega de regalos solía hacerse en la cena del día anterior a la boda.

La primera pareja que entregó su regalo a los novios fueron Ragnar y Sigrid. Se trataba de dos broches que servían para sujetar la ropa, llamados fíbulas. Estaban fabricados en plata, tenían forma de círculo y figura de serpiente, en cuya boca se introducía el alfiler de plata que sujetaría la ropa. Los ojos de la serpiente eran dos piezas de ámbar, lo que hacía que el regalo fuera más valioso. Ragnar le dio el suyo a Leif y Sigrid a Ydril; cuando los recibieron, los novios se miraron entre sí, emocionados, ya que llevar el mismo broche era un símbolo de ser parte de la misma familia.

—¡Gracias, son preciosos! —Ydril abrazó a Sigrid, que la correspondió sonriente y Leif hizo lo mismo con Ragnar.

Los siguientes eran Wulf y Raine. Les habían traído una barrica de vino de Hispania y un pequeño arcón. Leif se agachó a abrir el arcón y, al ver unos pequeños sacos de tela, levantó la cara hacia su amigo. Wulf sonrió:

—Son algunas de las semillas de árboles frutales que el padre de Raine trajo de todos los confines del mundo. Muchas de ellas se pueden aclimatar a nuestro suelo, aunque otras todavía no hemos conseguido que lo hagan. —Antes de que pudieran decir nada, Raine se dirigió a Ydril:

—Esos eran los regalos que os habíamos traído, pero, al ver lo bien que luchas quiero darte algo que es muy especial para mí. —A la novia le entregó algo, estrecho y largo, envuelto en un paño. Ydril miró a Leif.

—Vamos, ábrelo.

Cuando lo hizo, todos se quedaron boquiabiertos; se trataba de una espada. Raine estaba emocionada.

—Es la primera vez que la toca alguien que no sea yo, desde que me la dio mi padre. —Ydril la sujetó con las dos manos con devoción—. Él la hizo para mí cuando cumplí los doce, teniendo en cuenta mi estatura y mi tamaño de entonces. Como después crecí media cabeza más, me fabricó otra. Es una estupenda espada que te servirá bien. La verdad es que, hasta que hemos entrenado en el patio, no sabía por qué la había traído a este viaje. —Sonrió, temblorosa—. Ahora sé por qué. Porque tú la necesitabas más que yo, la que usas es demasiado grande para ti. Con esta podrás moverte mejor, con más ligereza, y eso te dará más seguridad. Y cuando quieras, podemos volver a entrenar. Será un honor para mí. —Inclinó la cabeza respetuosamente bajo la mirada orgullosa de su marido y del resto de los invitados, que entendieron a la perfección por qué Wulf estaba embobado con su mujer.

—¡Gracias, gracias! —Ydril se lanzó a los brazos de Raine, emocionándolos a todos. Cuando se separaron, a Ydril le costó dejar la espada en la mesa junto a los demás regalos, pero le quedaba por recibir el de Lars y Finna. Era el más voluminoso de todos, aunque no debía de pesar mucho porque no hizo falta que nadie ayudara a Lars a llevarlo junto a los novios. Estaba tapado por una preciosa manta de lana blanca y rosa. Ydril se inclinó y pasó la palma de la mano por ella, muy despacio.

—¡Qué suave! Y nunca había visto una manta tan bonita. —Lars hizo un gesto a su mujer para que hablara y ella lo hizo, tímidamente.

—La he hecho yo. Hace un par de años que tenemos ovejas en la granja y las mujeres del pueblo me han enseñado a tejer con lana —explicó—. Es para vuestra cama. Si os gusta —sonrió a Lars—, es la primera que hago, pero le he prometido a mi marido que la siguiente será para nosotros.

—Di más bien que esta era para nuestra cama, pero te gustó tanto que decidiste regalársela a ellos —apostilló Lars, aparentando estar enfadado. Ella le echó una rápida mirada cuyo significado solo entendió él y lo hizo reír. Volvió a mirar a los novios—. Me alegro de que os guste tanto la manta, pero ¿no tenéis curiosidad por ver lo que hay debajo? —Entonces, retiró el cobertor descubriendo lo que había debajo provocando un murmullo general de admiración, y todos se levantaron para poder observarlo de cerca.

Era una cuna. Estaba fabricada en una madera muy clara, casi blanca y era mucho más alta y ancha de lo habitual; además, no se sostenía en el suelo sobre cuatro patas como las demás, sino en algo que parecía la mitad de una rueda. Ydril se inclinó hacia ella y, tal y como había hecho con la manta, deslizó un dedo por uno de los travesaños para comprobar si era tan suave como parecía y despidió un susurro asombrado. Leif se acuclilló junto a la cuna, deslumbrado por las figuras que su amigo había esculpido en la parte frontal. Un lobo, un zorro y un oso jugaban en medio de un bosque, lo que hacía de su regalo una auténtica obra de arte. Miró a su amigo con una ceja arqueada.

—Es extraordinaria, pero un poco grande, ¿no, Lars? —El hábil carpintero asintió, divertido.

—Por si son gemelos. —Leif miró a su mujer con sonrisa pícara. Luego, se levantó para abrazar a Lars.

Dejaron que los demás observaran la cuna de cerca y, Lisbet la empujó suavemente para comprobar si se balanceaba; cuando lo hizo, miró a Lars y este contestó:

—Me he fijado que es más fácil dormir a los bebés cuando se les mece suavemente. Y se me ocurrió esto. —Se agachó para acariciar los tablones que había curvado poco a poco, hasta darles la forma necesaria y colocarlos en lugar de las patas—. Conocía el método de curvar la madera gracias a la fabricación de las arpas, por eso no he tardado demasiado en hacerla.

Antes de que todos se sentaran, Finn se acercó a los novios. Ydril y Leif lo observaban con curiosidad, ya que no esperaban ningún regalo de su parte. No era corriente que un hijo soltero que seguía viviendo en la casa familiar, regalara algo a un hermano que se casara. Antes de acercarse, Finn fue a recoger lo que había ocultado debajo de su silla antes de la comida. Era un paquete pequeño que le entregó a Leif.

—Esto es para vosotros. Me ha costado un poco encontrar lo que buscaba, pero, al fin encontré en Stavanger un herrero capaz de hacer lo que yo quería. —Leif arqueó una ceja porque estaban casi todo el día juntos y no sabía cuándo se podía haber escapado. Finn sonrió, adivinando sus pensamientos—. Fue el día que acompañé a nuestro padre al mercado.

—¡Por eso no querías que fuera con vosotros!

—Exacto.

Como los demás, estaba envuelto en un paño, este era de algodón de color blanco. Leif lo abrió después de observar los ojos de su hermano y no encontrar ninguna respuesta allí. Cuando la extendió, encontró su regalo: un par de anillos de plata.

—Siempre he pensado que, si me enamoraba, me resultaría muy difícil separarme de mi mujer; por eso hice que el herrero grabara en cada uno de vuestros anillos el nombre del otro, así llevaréis continuamente su nombre pegado a la piel —en cuanto terminó, Leif lo abrazó con fuerza durante largo rato y le susurró algo que provocó que Finn se estremeciera, y todos los que presenciaban la escena, incluyendo a la novia, aplaudieron. Leif levantó su brazo izquierdo y la novia se unió al abrazo de los gemelos.

Esben y Lisbet esperaron a que los aplausos se detuvieran y que Finn se apartara discretamente, y se colocaron delante de la pareja. Esben, con la mano entrelazada con la de su mujer, anunció:

—El corazón de vuestra madre, de vuestro hermano y el mío, están llenos de felicidad. Nuestra casa es lo bastante grande como para que viváis aquí vosotros y vuestros hijos, además de los de Finn; pero recuerdo muy bien los deseos que sentíamos Lisbet y yo de estar solos cuando nos casamos. Por eso, hemos decidido cederos un trozo de la finca para vuestro uso, tendréis sitio de sobra para construir una casa tan grande como queráis y para cultivar la tierra. Hemos pensado que os gustaría una zona que está lo suficientemente lejos de nosotros —los invitados escuchaban su discurso divertidos—, y desde donde también se puede ver el mar; está junto al bosque del norte y las tierras de cultivo. Además, lo cruza el río para que no tengáis problema de agua. Espero que no os olvidéis visitarnos, aunque si no lo hacéis, iremos nosotros a veros. ¡Cualquiera detiene a vuestra madre!

Después de eso fue imposible detener la algarabía de gritos y alegría que duró bastante rato, antes de que Lisbet se impusiera y se llevara a la novia para acostarla, lo que Ydril agradeció porque estaba agotada. Poco después, los demás, las siguieron.

CAPÍTULO 4

Aún no había amanecido cuando Leif e Ydril se estaban vistiendo en silencio en la penumbra de su habitación. Habían apartado el tapiz con el que cubrían la ventana por las noches para dejar pasar algo de claridad. Cuando terminaron, Leif cogió la copa de vino especiado y caliente que Lisbet y Esben les habían traído unos minutos antes.

—Toma, amor mío. —Ydril tomó el cáliz en sus manos y bebió, mientras escuchaba las palabras ceremoniales que surgían de forma natural de los labios de su futuro marido. Su corazón se ralentizó, y le pareció que se derretía por dentro como la nieve cuando la tocaba el sol—. Bebamos de la misma copa y dejemos que el mundo sepa, aunque nuestras almas lo entendieron hace mucho, que somos uno. —Cuando le devolvió la copa, Leif la giró hasta posar sus labios sobre la huella de los de ella y bebió, mirándola a los ojos. Después, se abrazaron durante unos cuantos latidos hasta sentir que corazones palpitaban a la vez, como hacían siempre que se escuchaban el uno al otro. Con un último beso, salieron cogidos de la mano y bajaron las escaleras.

Allí los esperaban todos los invitados, excepto Sigrid que se había quedado con Ari por si se despertaba. Habían hecho dos grupos; en uno estaban Lisbet, Raine y Finna, esperando a Ydril y en el otro, Esben, Finn, Ragnar, Wulf, Lars, Magnus y Hans, que esperaban a Leif. Lisbet cogió a Ydril de la mano, besó a Leif en la mejilla y se marcharon seguidas por las mujeres, y Esben hizo lo mismo con Ydril, pero se negó a coger a su hijo de la mano; únicamente le dio una palmada cariñosa en el hombro, para que empezara a andar.

—Vamos, que tenemos que bañarte —bromeó.

El día anterior Lisbet y Esben habían decidido en qué parte del río estaría cada uno de los grupos, porque daba mala suerte verse durante la ceremonia del baño. Lisbet encabezó el grupo de las mujeres y se dirigieron hacia la parte derecha del río, por donde corría paralelo a los campos de cultivo y los hombres marcharon hacia la izquierda. Cuando llegaron al trozo que Esben creía que sería el más cómodo, se detuvieron y se desnudaron. Leif los miraba con las manos en las caderas.

—¿No se supone que tenéis que ayudarme a bañarme? —su padre le contestó sin dejar de desnudarse.

—¡Hemos decidido que ya eres bastante mayorcito como para que te bañes solo!

Leif intentó no reírse al ver cómo su padre, Magnus y Hans, se desnudaban a toda prisa y saltaban al río, compitiendo a ver quién salpicaba más, como si fueran tres niños pequeños. Wulf, a su lado, los miraba riendo y le dio un codazo.

—¡Vaya padre que tienes! ¡No siente ni un poco de vergüenza! —Los tres hombres comenzaron a nadar para no quedarse helados. Cuando Esben entró en calor y se detuvo, les gritó:

—¡Venga, tiraros! ¿A qué esperáis? —Leif, cruzado de brazos, miró a Wulf que se encogió de hombros.

—Tienes razón, aprovechemos para pasarlo bien. ¿Cuánto hace que no juegas un poco en el agua? —Leif no contestó, pero se desnudó a toda prisa al igual que Ragnar y Lars; todos habían asistido asombrados al espectáculo que acababa de dar la familia de Leif. Con sendos gritos de guerra, los berserkers más jóvenes se lanzaron desnudos al agua y, entonces, empezó la diversión de verdad. Mientras, el amanecer lo teñía todo con una suave luz naranja.

LISBET SE DETUVO en el lugar que había elegido junto a Ydril el día anterior; un rato antes, las sirvientas la habían ayudado a llevar el aceite de lavanda que había comprado días atrás en el mercado, el jabón y paños de algodón suficientes y lo habían dejado todo cerca de la orilla.

—Señoras, es aquí —anunció.

Estaban resguardadas de la vista gracias a los árboles que bordeaban la ribera; aunque la luz del sol comenzaba a filtrarse entre sus ramas, el ambiente era muy frío y eso parecía echar para atrás a las invitadas, por lo que Lisbet empezó a desnudarse para dar ejemplo.

—En cuanto nademos un poco, se nos pasará el frío. —Raine e Ydril ya se estaban quitando la ropa en silencio; Finna las imitó, aunque se estremeció al pensar en lo fría que estaría el agua, pero no se hubiera perdido ese momento por nada; debido a que había estado enferma gran parte de su vida, esa sería la primera ceremonia del baño de la novia a la que acudiría.

Al principio, debido al frío y a la vergüenza, empezaron a nadar sin hablar entre ellas, hasta que entraron en calor. Entonces, Lisbet les pasó el jabón y se lavaron disfrutando de la tranquilidad que las rodeaba. Después, llegó el momento de bañar a Ydril, pero ella les prohibió hacerlo entre risas, asegurándoles que ya estaba limpia. Lisbet insistió:

—Al menos, deja que te lavemos el pelo. —Ydril hizo una mueca, y ese gesto fue suficiente para que su futura madre le quitara los lazos que ataban sus trenzas y las deshiciera, ayudada por las demás. Se fueron pasando el jabón unas a otras y frotaron levemente el cabello de Ydril, hasta que Lisbet terminó de lavárselo a fondo.

—Ya está. Aclárate. —Ydril se sumergió asegurándose de quitarse todo el jabón y volvió a salir, echándose el pelo hacia atrás. Lisbet dijo en voz alta lo que todas pensaban:

—Ya está. No sé vosotras, pero yo me estoy helando. —Salieron del río corriendo entre risas, y cogieron un paño cada una para cubrirse el cuerpo. Ydril cogió el frasco de cristal con el aceite que Lisbet le había dejado oler el día anterior y lo destapó.

—¡Qué bien huele! ¿Solo tiene lavanda?

—Sí, está hecho con lavanda francesa. Es la que mejor aroma tiene.

Mirando a sus invitadas, Ydril tomó una decisión. Abrió el frasco y les dijo:

—Secaros, que vamos a repartirlo entre todas. —Las invitadas miraron a Lisbet conociendo el valor del preciado aceite, pero su anfitriona asintió con una sonrisa.

—¡Muy buena idea, Ydril!

En silencio, como si se tratara de otro ritual, se fueron pasando el frasco para repartir el aceite dorado entre todas. Después de extenderlo por su piel, las cuatro mujeres se vistieron y volvieron a la casa compartiendo la misma sorprendente sensación de bienestar.

FINALMENTE, había llegado el día que tanto había temido y Adalïe, a la que todos llamaban Mary, esperaba sentada en su cama y agarrada a la bolsa de tela donde poco antes había guardado todas sus pertenencias. Súbitamente entró en su dormitorio una muchacha con la que no había hablado nunca, aunque sabía que trabajaba en la cocina y que se llamaba Irene. Al menos, no la miraba como las otras, con miedo, sino con algo parecido a la lástima. La muchacha cerró la puerta y se acercó a ella, llevaba un vestido colgando del brazo.

—Mary, quieren que te pongas esto. —Se levantó, extrañada porque la llamara así, aunque llevaba más de ocho años escuchando que todos utilizaban ese nombre para dirigirse a ella. Cuando estuvo más cerca, Irene susurró:

—Ojalá tu marido sea bueno contigo. —Adalïe pasó la palma de la mano por el vestido como si no la hubiera escuchado, decidida a no pensar en su inminente casamiento—. Es terciopelo —le aclaró la chica.

—Es muy suave. —Irene se quedó mirándola fijamente.

—Creía que no podías hablar. Nunca te había escuchado hacerlo.

—Si no hablo, tengo menos problemas. —Irene se estremeció al recordar los castigos a los que aquella joven tan frágil había sido sometida, y se apiadó de ella.

—Escucha, cuando salgas de aquí, haz lo que te digan; aparenta siempre ser obediente. No les des excusas para que te peguen o te castiguen más.

—Sí. —Estaba decidida a sobrevivir. A menos que le pidieran que hiciera algo tan horrible que la destrozara por dentro.

—Te ayudaré a ponerte el vestido. Date la vuelta. —Dócilmente, Mary obedeció y la otra le dijo:

—Ha venido una mujer a buscarte. La más guapa que he visto en mi vida. Puede que os hagáis amigas. —Mary sonrió y se animó un poco. Su futuro no podía ser peor que lo que ya le había pasado.

Bajó las escaleras despacio, aunque le hubiera gustado hacerlo corriendo y siguió a la muchacha hasta la sala donde las monjas solían recibir a las escasas visitas que tenían. Y cuando vio a la mujer que había ido a buscarla estuvo de acuerdo con Irene, era la más bella que había visto nunca. Tenía el pelo rubio, rizado y ahuecado en torno a su rostro angelical. Era tan hermosa que no se cansaba de mirarla. Se acercó a ella con una sonrisa que se congeló en su rostro al ver sus ojos, entonces, el don que había heredado de su madre le dijo que el interior de esa hermosa mujer era tan oscuro como el de su padre, que la había encerrado en ese lugar hacía más de ocho años. Su instinto de conservación, aguzado después de tantos años de castigos, la ayudó a componer una sonrisa tranquila e hizo una reverencia como si estuviera encantada de saludarla.

CUANDO LLEGARON a la casa todos se retiraron a sus habitaciones para empezar a prepararse para la boda. En el caso de Lisbet, se secó el pelo como pudo junto al fuego y luego se vistió corriendo, lo que provocó que Esben le dijera:

—¿A qué viene tanta prisa?

—La boda será dentro de tres horas y todavía tengo que ayudar a Ydril a arreglarse; hay que vestirla, peinarla… además de asegurarme que todo lo demás está preparado. —Al ver la cara de su marido, concluyó—: Ya, para ti todo esto es una tontería. —Él, prudentemente, se mordió la lengua—. Por cierto, como vamos a utilizar su habitación, te mandaré a Leif aquí. Iros a dar una vuelta o lo que os apetezca, pero no estorbéis. Y llevaros también a Finn —Esben asintió, pero antes de que se diera cuenta, se había acercado a ella y estaba besándola apasionadamente. —Cuando se separaron, él tenía una sonrisa de suficiencia y Lisbet, ruborizada, se quedó mirando la entrepierna de su marido que formaba un bulto considerable en el pantalón. Susurró con tono de sorpresa:

—¡Esben! —Él se encogió de hombros inocentemente.

—Cuando te he visto con la ropa húmeda, me he hecho la ilusión de que tendríamos un momento para nosotros, pero bueno… esperaré. —Ella se acercó y lo besó acariciando su nuca.

—Te prometo que la espera merecerá la pena. —Con un guiño travieso que lo hizo reír, se marchó.

~

Los primeros en salir de la casa fueron Magnus y Hans. Vestidos con sus hábitos tenían un aspecto mucho más serio y formal que el que mostraban esa mañana en el río, afortunadamente. Detrás caminaban Esben y Lisbet llevando sus mejores galas, ella iba agarrada del brazo de su marido. El vestido de la novia era de lana gris, ajustado al cuerpo; le llegaba hasta los pies y la falda arrastraba un poco por el suelo. Las mangas le cubrían hasta la mitad de las manos en las que llevaba un ramo de flores silvestres, y cubría su cabeza con una diadema hecha por las mismas flores. Leif se había vestido con unos pantalones grises del mismo color que el traje de la novia con unas botas de piel por encima y una camisa azul. Detrás de ellos caminaba Finn junto a Ragnar, Sigrid y Ari, que estaba extrañamente tranquilo; a continuación, Wulf y Raine, y Lars y Finna y después, los sirvientes de la casa: Frida, Mae, Dahlia y Seren, y, por último, Egil, el muchacho de los establos acompañado de los dos hombres que trabajaban en los campos, Ibsen y Ger. Tanto Esben como Lisbet habían querido que todos ellos estuvieran presentes en un día tan especial para su familia.

La comitiva se detuvo en un lugar a medio camino entre el río y la casa, y la familia y los invitados rodearon a los contrayentes y Magnus se colocó delante de ellos. Tanto Ydril como su hermana, su cuñado y él, eran católicos, pero sus sobrinos no creían en ningún dios y Leif había dejado muy claro que no quería una ceremonia religiosa. Pero lo que sorprendió a Magnus fue que Ydril afirmara estar de acuerdo. Según sus palabras, querían una ceremonia lo más sencilla posible y nada de religión.

Antes de empezar, buceó en los ojos azules y más transparentes que nunca, de su sobrino, y después, en los dorados y felices de la que consideraba su hija. Llevaba varios días pensando en las palabras que utilizaría para la ceremonia, pero ahora que observaba admirado la felicidad de la pareja, decidió decir lo que su corazón le dictara en ese momento. Inspiró profundamente y exclamó con voz suave y cariñosa:

—Siempre he creído que el amor se compone de una sola alma que habita en dos cuerpos; por eso, una vez que se encuentran y se reconocen, ya no pueden separarse. Hoy, Leif e Ydril declaran ante nosotros, su familia y amigos, que quieren compartir su vida disfrutando de las alegrías del otro y, también, aliviando su dolor cuando lo sienta. Lucharán juntos para que sus sueños se hagan realidad, apoyándose el uno al otro siempre. ¿Es esto lo que vuestros corazones desean de verdad? —Cuando ellos se miraron, solo se oía el sonido del agua en el río.

—Sí, lo es —contestaron a la vez.

—Entonces, la unión está hecha. Vuestros espíritus ya son uno. —Rodeó las manos de los novios, que seguían unidas, con las suyas—. Igual que vuestras manos están unidas y vuestros dedos entrelazados, así están unidos vuestros corazones y vuestras vidas por el amor y la confianza que os tenéis, que es la mayor unión que existe. Que ese amor os sostenga siempre y que sea lo bastante fuerte para soportar lo que la vida os depare; que sea sanador cuando lo necesitéis, un escudo contra los golpes de la vida y la guía para que os lleve donde queráis. —Lisbet e Ydril lloraban silenciosamente. Leif le hizo una pregunta con la mirada y Magnus asintió en dirección a Finn, que le dio los anillos—. Los círculos de estos anillos simbolizan la eternidad; la plata de la que están hechos también tiene un gran significado para nuestro pueblo. Los hombres la arrancaron de las entrañas de la tierra con esfuerzo y sudor, luego fue calentada y purificada en el fuego para poder darle forma y, por último, se pulió resultando estos preciosos anillos. Al igual que el amor es algo hermoso y perfecto, engendrado por seres imperfectos. —Iba a terminar la ceremonia, pero Leif le hizo otra seña —. Creo que el novio quiere hablar, espero que no sea para decirme que no le ha gustado lo que he dicho. —Leif levantó la mano de Ydril que estaba entrelazada con la suya y la besó. Sus ojos brillaban más que nunca.

—Todo lo que ha dicho Magnus es cierto, Ydril, pero hay más. Mucho más. Tú eres mi otra mitad, mi andsfrende y, solo por eso, me fue imposible separarme de ti desde el momento en que nos conocimos; pero, además necesito que sepas que te querría, aunque no lo fueras. Porque eres la mujer más maravillosa que existe y no puedo imaginar la vida sin ti. Te amo y lo haré siempre. —Ydril se lanzó a sus brazos con un sollozo y lo besó con veneración, sabiendo cuánto tenía que haberle costado desnudar su alma en público de esa manera. Los asistentes aplaudieron, pero ellos siguieron besándose. Magnus dejó pasar unos segundos antes de decir:

—Esta pareja ya está unida para siempre, así que vámonos a comer porque imagino que estaréis tan hambrientos como yo. —Todos estuvieron de acuerdo y volvieron a la casa, excepto los novios que seguían besándose y que fueron los últimos en entrar.

Ningún almuerzo de boda podía ser llamado así, si en él no se servía en grandes cantidades la sopa llamada *suppemalt*, que solía llevar tantos ingredientes como quisiera la cocinera. En esta ocasión, Frida la había cocinado con verduras, huevos y carne, todo ello aderezado con gran cantidad de especias y servida muy caliente. Además, a pesar de que la sopa, por sí sola, solía ser bastante para cualquiera, habían traído de la cocina dos fuentes de asado, una de carne y otra de pescado para evitar la vergonzante situación de que un invitado se quedara con hambre.

Habían colocado la gigantesca olla donde estaba la sopa que había estado cocinándose toda la mañana a fuego lento, sobre un caballete en el suelo junto a los novios, que eran los encargados de llenar los platos de sus invitados. Era muy picante y una de las tradiciones era intentar tragarla sin hacer aspavientos ni beber agua, aunque estaba permitido calmar el ardor de la lengua comiendo trozos de pan. Lisbet esperó a que todos estuvieran distraídos y susurró en el oído de Esben:

—Voy un momento a la cocina. —Él lo esperaba.

Como imaginaba, Lisbet encontró a Frida sentada y agotada. Enfadada consigo misma, por haberla dejado hacer tantas cosas, se acercó y apoyó la mano en su hombro.

—Todo el mundo ha dicho que eres la mejor cocinera del país. Ahora, ¿me dejas que te acompañe a la cama? —La anciana arrugó la boca desdentada en una sonrisa y se frotó la mano derecha. Llevaba doliéndole como un demonio desde hacía dos días; se levantó con un suspiro, sin ánimo para hacerse la fuerte.

—Sí. Me acostaré un rato. —Lisbet la cogió del brazo para ayudarla y la acompañó a su dormitorio.

Leif, sentado entre Ydril y Finn, se dio cuenta de que Lisbet se marchaba.

—¿Qué le pasa a nuestra madre? —Ydril le contestó

después de tragar un trozo de pan que se había metido en la boca para intentar aguantar el picante.

—Está preocupada porque Frida ha trabajado mucho. Intentamos convencerla para que dejara a Mae hacer más cosas, pero es muy testaruda. —A Finn le pareció que Leif estaba lo bastante distraído e intentó convencerlo de nuevo.

—Cuando se termine el almuerzo podríais iros solos a dar una vuelta. No sé cómo aguantáis estar siempre rodeados de tanta gente —bufó. Leif lo miró con los ojos entrecerrados.

—Hermanito, ya te he dicho que voy a estar en esa reunión. Me da igual lo que digas. —Finn hizo un gesto a Ydril para que lo apoyara, pero ella meneó la cabeza.

—Lo siento, pero estoy de acuerdo con él. Y por respeto a los invitados no entro yo también. —Finn tabaleó, malhumorado, en la mesa. Su hermano sujetó su antebrazo para que no siguiera.

—Finn, no puedes protegerme siempre y no voy a dejar esto en vuestras manos. No solo por mí, también por mi mujer. —Lo malo era que Finn lo entendía. Leif siguió la mirada extrañada de su hermano.

—Y ahora, ¿qué pasa? —Lars y Finna habían salido de la habitación con mucho misterio, acompañados por Lisbet.

—No lo sé. —El resto de los invitados sonreían como si formaran parte de una conspiración. Wulf guiñó un ojo a Finn que hizo que este arrugara la frente.

—¿Qué saben estos?

Pocos minutos después volvieron, y Lars y Finna llevaban cada uno un arpa.

—¿Van a tocar? —Ydril se había quedado con la boca abierta, maravillada. Ella no había tenido la suerte de escuchar a Lars, pero los gemelos le habían dicho que era muy bueno.

—¡Joder, esto sí que no me lo esperaba! —Leif y Finn estaban igual de sorprendidos.

—Ni yo.

—Qué suerte, ¿no? —Ydril tenía ganas de dar palmas. Le encantaba la música y no había muchas oportunidades de oír a alguien que tocara bien.

—Sí, no suele hacerlo. Ya te dije que, a pesar de su apariencia, es tímido y no le gusta que lo escuchen tocar. En la isla lo hacía para nosotros solo cuando alguien estaba pasándolo mal y, siempre, en los cumpleaños. —A Leif, recordar aquellos tiempos había dejado de dolerle. Entrelazó los dedos con los de su mujer y colocó ambas manos sobre su corazón, ella lo observaba muy seria. Se inclinó sobre él.

—Yo también, mi amor.

Lars y Finna se habían sentado en el centro de la habitación, enfrente de los novios. Todas las sillas estaban giradas hacia ellos, mirándolos. Él sostenía un arpa grande entre sus piernas que se apoyaba en el suelo. Tenía veintisiete cuerdas y la columna del instrumento era un trozo de madera torneada. Su pie se apoyaba sobre una especie de palanca con la que podía modular el sonido del arpa a voluntad.

En cuanto al arpa de Finna, era pequeña, de seis cuerdas, y tenía que sostenerla sobre las piernas. Estuvieron probando los instrumentos, ajustando las cuerdas durante unos minutos y, por fin, cuando estuvieron preparados, se dedicaron una larga mirada y la música empezó.

La música empezó a sonar tan suavemente que al principio solo era un rumor. Poco a poco el sonido empezó a crecer y les recordó el sonido del viento entre las hojas de los árboles o el de las alas de un pájaro al levantar el vuelo. Sonaba a primavera, al ruido del deshielo de la nieve cayendo en el agua del río. La música se hizo más fuerte y les hizo pensar en una vida que nace, en la alegría y el dolor que toda existencia tiene que soportar. De repente, el ritmo aumentó en rapidez e intensidad; durante unos minutos, Lars y Finna tocaron como si fuesen uno, con tal armonía que los que los escuchaban sabían que estaban ante algo único. Lars mantuvo la última nota durante un largo momento, gracias a su pedal, y después el sonido volvió a bajar de volumen hasta llegar a ser un rumor suave, como el del principio. Como si todo lo que habían sentido hubiera sido un sueño.

Lars había conseguido algo impensable hasta ese momento, les había mostrado lo que para él significaba la vida.

Cuando terminaron, todos se levantaron a aplaudir, incluyendo los sirvientes que habían escuchado el concierto desde el umbral de la puerta del comedor. Lars y Finna saludaron sorprendidos y un poco avergonzados.

—¡Muchas gracias! ¡Habéis estado fantásticos! —Lisbet se había acercado a ellos, emocionada—. Nunca había escuchado algo parecido. —Lars había pasado el brazo sobre los hombros de Finna, ya que ella lo pasaba aún peor que él en esas situaciones.

—Lo hemos hecho encantados. Gracias por no decir nada, queríamos darles una sorpresa. Finna todavía no había tocado en público, solo delante de su familia.

—Pues es maravillosa, como tú.

—Más tarde, si queréis, puede cantar. Lo hace muy bien. —Ella le tiró del brazo suavemente con un murmullo, negándose. Pero Lisbet insistió.

—¿Por qué no ahora? —Lars vio el gesto que le hizo Wulf para que los acompañara. Él, Ragnar y los demás iban a salir del salón.

—Tengo que salir un momento, aunque estoy seguro de que no tardaré mucho. Dejo a mi mujer en tus manos —Lisbet asintió, entendiéndole.

—No te preocupes, nos sentaremos juntas y le pediré que me cuente cómo aprendió a tocar tan bien. —Lars dio un beso en el dorso de la mano de su mujer antes de dejarla con Lisbet.

CUANDO LARS ENTRÓ en el despacho, se sentó en la silla vacía que había junto a Wulf, siguiendo la indicación de Esben. Tanto Leif como Finn estaban de pie, apoyados en el muro que había detrás de su padre, con los brazos cruzados y con idéntica expresión de seriedad. En ese momento, los amigos de los gemelos se dieron cuenta de hasta qué punto se parecían a su padre, y no solo físicamente. Esben reposó los hombros en la silla antes de comenzar. Se dirigió a Ragnar por una razón desconocida para los demás, que se aclaró enseguida.

—Ragnar, no tenemos mucho tiempo; si tardamos demasiado, mi mujer y seguramente las demás, vendrán a buscarnos. Al llegar, diste a entender que estabas preocupado por algo. ¿Puede ser lo que está ocurriendo en el ejército del rey? —sugirió. Ragnar lo observó, pasmado.

—¿Sabes algo?

—Solo he escuchado algún rumor cuando estuve en la corte hace unas semanas. Pero nada concreto. —Se encogió de hombros sin continuar. Los gemelos se miraron igual de asombrados que Ragnar porque su padre no les había dicho nada, pero lo hablarían más tarde con él. Sin embargo, Ragnar asintió como si hubiera entendido perfectamente lo que Esben quería decir.

—Si estamos hablando de lo mismo, te puedo confirmar que es cierto.

Finn se dio cuenta de que Wulf y Lars no parecían sorprendidos y se adelantó para poder ver la cara de su padre.

—¿Podéis hablar claramente de una vez? Ni Leif ni yo sabemos de qué va esto. —Esben miró a Ragnar y este confesó:

—Alguien está atacando el ejército, más concretamente a

los berserkers del rey. Los enemigos parecen saber dónde están en todo momento.

—¿Crees que es un ejército extranjero? —aunque lo preguntó, Finn conocía la dificultad para que alguien extraño conociera siempre la situación del grupo de los berserkers. Su padre volvió a sorprenderlo siendo él quien le contestara y no Ragnar.

—Están organizados, pero todavía no se sabe quiénes son. Puede que sean un grupo de desertores que hayan servido durante un tiempo en el ejército.

—Hay rumores que dicen que vienen del norte —aventuró Ragnar. Esben frunció el ceño, sorprendido.

—¿Estás seguro?

—No lo sé. Ya te he dicho que es un rumor —torció el gesto—, pero tengo la sensación de que eso es lo que quieren que creamos. Hace unas semanas pude hablar con unos cuantos hombres que sobrevivieron a uno de esos ataques, y me han asegurado que ninguno de los que los atacaron hablaban como los bárbaros del norte.

—¿Son berserkers? ¿Están en la isla ahora? —Al escuchar las noticias, Leif se adelantó y, con la mano apoyada en la mesa de su padre, se inclinó hacia Ragnar. Podía parecer que su actitud era agresiva, pero todos los que lo conocían, sabían que estaba provocada por la preocupación.

—Son berserkers —confirmó Ragnar—. Parece que esos cobardes sienten preferencia por las emboscadas a traición y que su objetivo preferido son los berserkers del ejército del rey. Por eso no los he llevado a la isla, pero están en un lugar seguro. —En cuanto lo escuchó, Finn supo dónde estaban.

—Están en la granja de Aren. Los has llevado allí para que Ölisse los cure.

—¡Joder! —exclamó Ragnar—. Sabía que lo adivinarías. ¡Maldita sea! ¡Siempre haces lo mismo, joder! —Su enfado hizo que los otros rieran por lo bajo. Finn se encogió de hombros como si no hubiera podido evitarlo.

—Me ha parecido raro que Aren no haya venido. Siempre decía que vendría a vernos en cuanto pudiera y estábamos seguros de que aprovecharía la boda de Leif para cumplir su promesa —Leif asintió a las palabras de su hermano, pero enseguida volvió al asunto.

—Por lo que decís mi padre y tú, tiene que haber alguien de dentro del ejército que está traicionando al rey. —Ragnar no parecía estar de acuerdo. Wulf le dijo:

—Ragnar, cuenta lo que crees.

—Creo que esto no viene del ejército, sino de alguien con un cargo más importante que un jefe de batallón o un capitán.

—¿Quién crees que es el traidor, Ragnar? —Esben se inclinó hacia delante con la misma postura que su hijo un momento antes.

—No lo sé, pero seguro que es alguien de la corte y como yo no conozco a nadie allí desde que dejé el servicio del rey…

Esben y los gemelos se miraron y Esben habló:

—Nosotros iremos allí en un par de días.

—¿Quién? —Wulf frunció el ceño, extrañado.

—Toda la familia. Imagino que mis hijos os han contado que nos los robaron siendo unos bebés. —Esperó a escuchar el murmullo afirmativo de los invitados y, después, continuó —: Estamos decididos a ir a la corte a descubrir quién fue y a exigir justicia.

—Difícil tarea. Todos conocemos por experiencia propia la falsedad de muchos de los que rodean al rey. —Lars se había puesto muy serio mientras daba su opinión porque eso era lo que más odiaba de la corte. Esben estaba de acuerdo, pero acababa de decidir que podían aprovechar el viaje todavía más.

—En cualquier caso, también intentaremos averiguar

quién está detrás de los ataques a los berserkers del rey —miró a Ragnar—, porque no creo que, el que haya hecho algo semejante, vaya a detenerse ahí.

—No —confirmó Ragnar. Esben y él se entendían, pero ninguno de los dos quiso decir lo que temían. El padre de los gemelos tuvo otra idea.

—Imagino que tu amigo no puede tener eternamente a esos hombres en su granja.

—No, estamos buscando un sitio que sea seguro donde enviarlos. —Ragnar miró a sus amigos, uno a uno—. Nadie debe saber nada. Los traidores que han intentado matarlos podrían enterarse y sería una catástrofe. Varios de ellos todavía se están recuperando —los demás contestaron con un murmullo de asentimiento y alguno un poco indignado, porque creyera necesario decírselo.

—Creo que conozco el lugar adecuado. —Miró a Leif—. ¿Puedes ir a buscar a tu tío? —Leif asintió y salió sin preguntar.

Magnus entró poco después. Saludó a todos y aceptó la silla que le ofreció Wulf al levantarse.

—Te lo agradezco, ya siento los años en los huesos. ¿Qué quieres? —Miraba a su cuñado.

—Hay unos hombres… —se detuvo antes de seguir y preguntó a Ragnar—: ¿Cuántos?

—Diez —contestó y Esben continuó hablando con Magnus.

—Diez soldados del rey heridos, que necesitan un lugar donde recuperarse.

—¿No pueden llevarlos a un hospital? —Los miraba sorprendido.

—No estarían seguros. Nadie debe saber dónde están —Magnus asintió como si entendiera, aunque no era así, pero confiaba plenamente en Esben.

—Imagino que me lo cuentas para que te diga si podemos

recibirlos en la abadía. —Esben lo afirmó con un movimiento de cabeza—. Sí, precisamente mañana vuelvo a Utstein, quiero preparar todo antes de que llegue Sverre con sus enfermos. —Miró a su cuñado y a sus sobrinos, apenado —. Me hubiera gustado acompañaros a la corte, pero no me es posible. Y, por supuesto, que esos soldados pueden venir a la abadía. Es muy grande y habrá sitio para todos.

Ragnar preguntó:

—¿Dónde está tu abadía?

—En la isla de Mosteroy, enfrente de Stavanger.

Ragnar tomó una decisión rápidamente.

—Cuando lleve a mi mujer y a mi hijo de vuelta a casa, iré a buscar a los heridos a casa de Aren y los llevaré hasta allí.

—Yo iré contigo. —Wulf no dejaría que hiciera el viaje solo, y seguramente Raine también querría acompañarlos.

—Entonces, parece que estamos de acuerdo —confirmó Esben—. Mientras vosotros ponéis a salvo a esos berserkers, nosotros iremos a la corte y vengaremos la afrenta cometida contra nuestra familia y descubriremos quién está atacando a los hombres más fuertes del ejército del rey.

—Me parece bien —Finn contestó a su padre con una mueca aprobadora y luego a su hermano, que le siguió la broma.

—Y a mí. Es un buen plan.

La respuesta de los gemelos fue la señal para levantarse y volver al salón y, por la tranquilidad que mostraban todos, se podía decir que la conversación anterior no había existido.

CAPÍTULO 5

Esa misma noche celebraron la cena de despedida. Aunque, según lo acostumbrado, los festejos de la boda tendrían que haber durado varios días más, todos tenían interés en terminar lo antes posible. Ragnar y Wulf debían ir a recoger a los heridos a la granja de Aren, que estaba bastante lejos, y llevarlos después a la abadía y Magnus y Hans volvían a la isla para acondicionar el monasterio y recibir a los enfermos de Sverre primero y a los berserkers heridos después; en cuanto a Esben, Lisbet, Ydril y los gemelos, al día siguiente viajarían a la corte después de que los invitados se marcharan. Ydril acababa de sentarse a la mesa pensando, con una sonrisa, que casarse era muy cansado cuando alguien susurró su nombre junto a ella. Era Sigrid y parecía preocupada. Se levantó, pero ella le hizo un gesto con la mano para que no lo hiciera.

—No, no, siéntate, por favor, ¿Te importa que me siente a tu lado? —Echó un vistazo a Ragnar, que estaba hablando con sus amigos de algo que parecía sumamente serio; llevaba a Ari en brazos que estaba aprovechando para tirar a su padre del pelo. Ydril volvió a sentarse y palmeó la silla que había a su lado como invitación. Sigrid obedeció y se sentó.

—He tenido una visión. —La recién casada la observó, sorprendida. Leif le había dicho que era una hechicera, pero pensaba que era una forma de hablar, que haría mezclas de hierbas y aceites y los enterraría a la luz de la luna o cosas así. Sin saber qué contestar, siguió callada—. Me ha visitado un muchacho joven que se llamaba Cedric. Me ha dicho que era tu padre… ¿es verdad?

—Sí. —Se inclinó hacia ella, con los pelos de punta. Pero no estaba asustada, sino conmovida—. ¿Qué más te ha dicho?

—No pareces sorprendida.

—Mi padre murió cuando yo era una niña, pero cuando llegué aquí soñé con él, pero se me presentó como si fuera un niño. Si me sorprende algo, es que no se me haya aparecido a mí.

—Mi don hace que yo pueda verlos con más facilidad. —Se quedó mirándola fijamente y luego musitó—: Es posible que tú necesites estar en un lugar en concreto para poder comunicarte con él.

Ydril entendió el mensaje y murmuró:

—El Círculo de la Luz del bosque del oeste.

—Tu padre quiere que vayas allí. —La mirada de Ydril se dirigió a su marido que seguía hablando con sus amigos. Sigrid se dio cuenta—. No te preocupes. Hace mucho que no se ven y se van a quedar un rato en el salón para hablar tranquilamente. Seguramente podrás volver a la cama antes de que se dé cuenta.

—La otra vez no podía despertarme. —Sigrid la miró a los ojos tan intensamente que Ydril se estremeció. Después, cogió su mano y le dio la vuelta para ver la palma, siguió las líneas grabadas en ella con el índice murmurando algo ininteligible y, finalmente, le dio un suave pellizco en el monte carnoso que había en la base del pulgar. Luego, dejó la mano nuevamente sobre su regazo. Ydril se miró la palma, no veía nada distinto en ella, pero le hormigueaba.

—Ya no te volverá a ocurrir. Cuando termine su visita, podrás despertarte. —Parecía pensativa—. Es extraño lo que has conseguido sin tener el don, hablar con un espíritu que ha viajado al otro lado. El lazo que había entre vosotros dos debía de ser muy fuerte.

—Yo lo quería muchísimo.

—Y él a ti; si no, no habría podido contactar contigo. Para ellos es muy difícil. —Ragnar, en el centro de sus amigos, las observaba con los ojos entrecerrados—. Tengo que irme. Ragnar no quería que te dijera nada, dice que saberlo solo puede traerte problemas.

—Y ¿por qué me lo has dicho? —Sigrid la miró con una sonrisa burlona.

—Aunque adore a mi marido, sé que no siempre sabe lo que más me conviene. Y recuerda que hay otra forma de pelear con ellos, además de la espada.

Ydril sonrió, distraída. Esperó a que Leif y los demás volvieran a sentarse y pidieran algo de bebida, con la clara intención de hacer lo que le había dicho Sigrid. Entonces, se acercó a su marido y le dio un beso en la mejilla diciéndole que se iba a dormir. Él se levantó, Ydril no sabía si para hablar con ella o dispuesto a seguirla, y le pidió que se quedara un poco más con sus amigos. Leif entrecerró los ojos sabiendo que pasaba algo raro, pero los demás le jalearon para que se quedara un rato más con ellos, convenciéndolo, y volvió a sentarse. Ydril se marchó hacia el pasillo como si fuera a subir por las escaleras que conducían a las habitaciones, pero cuando ya nadie podía verla, corrió hacia la puerta trasera y no paró hasta llegar a los establos. La suerte siguió acompañándola y Egil, el muchacho que siempre estaba por allí, no apareció. Se dirigió al rincón donde siempre estaba Tirion, que relinchó al verla.

—Ya lo sé, bonita, te tengo muy abandonada, pero vamos a ir a dar un paseo.

Mientras le ponía la silla y la brida se preguntó por qué no estaba asustada el pensar en volver al bosque, después de lo que le pasó, pero no supo contestar. Lo único que sentía era haber mentido a Leif, pero sabía que, si se lo contaba, no dejaría que se marchara sola y tenía miedo de que, si la acompañaba, no podría hablar con Cedric. Además, también iba porque quería contarle algo a su padre que esperaba que lo ayudara a encontrar la paz. Cuando Tirion estuvo preparada, la cogió de la brida y salió andando de los establos con la yegua detrás para no hacer demasiado ruido. Cruzó el patio y saludó al guardia que correspondió con una mirada de curiosidad. Cuando cruzó bajo el rastrillo, montó y se dirigió al bosque.

Tirion relinchó y bailoteó alegremente, contenta por poder galopar. Ydril rozó con la yema de los dedos durante un momento el broche que llevaba en la chaqueta, recordando que su marido llevaba la pareja. Se inclinó hacia la yegua y acarició su cuello largo y negro, brillante a la luz de la luna.

—¡Vamos, bonita, llévame volando al círculo! —El animal cogió impulso, como si verdaderamente fuera a salir volando y corrió con todo su corazón como hacía siempre que Ydril se lo pedía, provocando la risa de la humana.

El camino se veía muy bien a pesar de ser de noche, y tanto la yegua como su amazona disfrutaron del viaje que a las dos se les hizo muy corto. Cuando llegaron al bosque del oeste, Ydril tiró de las riendas suavemente para que Tirion ralentizara su paso. Aquel lugar estaba lleno de traicioneras raíces de árboles y de madrigueras de conejos. Y no arriesgaría a su yegua por nada.

—Despacio, bonita.

Ydril solo podía escuchar el sonido de la respiración de

Tirion y el de su corazón golpeteando como un tambor contra sus costillas. No hizo falta que diera más indicaciones a su amiga, incluso la dejó con la rienda suelta y se dejó llevar, sabiendo que no la defraudaría. Y así fue. La llevó al centro del bosque en pocos minutos. Al igual que la otra vez, llegó un momento en el que tuvo que apearse y seguir a pie y que la yegua la siguiera. Sabía que Tirion nunca la abandonaría, a menos que fuera para pedir ayuda. Respiró profundamente el olor a lluvia y a tierra mojada que siempre había en ese bosque, y la estremeció pensar en los misterios antiguos y olvidados que ocultaría. Entonces, llegó ante el círculo de la luz.

Se trataba de una circunferencia de terreno donde la naturaleza, de forma caprichosa, no había dejado que crecieran árboles. Debido a eso, durante el día el círculo estaba completamente iluminado por los rayos del sol, cuando el resto del bosque era oscuro y sombrío, y ahora la luz que lo alumbraba procedía de la luna. Los árboles que delimitaban el círculo seguían pareciéndole extraños, diferentes a todos los demás. Eran altos y espigados y su madera clara y resplandeciente.

—Quédate aquí. —Palmeó el cuello de Tirion que estaba olisqueando delicadamente la hierba y caminó despacio hasta llegar al centro del círculo. Se colocó en el centro, como la otra vez, y miró hacia el cielo y sonrió, porque nunca había visto tantas estrellas. Siempre le había gustado observarlas e intentar reconocerlas, pero ahora no tenía tiempo. Debía volver pronto si no quería que Leif se volviera loco al llegar al dormitorio y encontrarlo vacío. Se tumbó sobre la hierba disfrutando del cielo infinito durante un par de minutos más.

—Volveré otro día con Leif. Tengo que enseñarle esto —se prometió. Luego, se tumbó de costado y cerró los ojos.

Sabía que era imposible, pero sentía el roce de la luna en

su piel, cuando el viento empezó a susurrar palabras desconocidas para ella entre las hojas de los árboles. Arrullada por ese sonido, se durmió.

EN EL SUEÑO, se vio a sí misma despertar en el centro del círculo. Se sentó, desperezándose, mientras escuchaba una dulce melodía procedente de los árboles y que le recordó a la que habían tocado Finna y Lars. Se levantó, extrañada porque Cedric no estuviera allí y caminó para buscarlo, saliendo del círculo. Tampoco estaba Tirion. Estaba mirando hacia el lugar donde estaba su yegua la última vez que la vio, cuando alguien tocó su hombro izquierdo.

—Ydril, estoy aquí. —Se volvió. Era su padre, pero se le volvía a aparecer como cuando era un niño de doce años. De todos modos, lo abrazó, agradecida de poder hacerlo. Él correspondió a su abrazo y dijo, emocionado:

—¡Creía que no volvería a verte! —Se apartó de él para observarlo y le hizo gracia darse cuenta de algo.

—Eres más bajito que yo. —Él rio—. Y pareces... feliz.

—Recuerda que este era mi cuerpo cuando tenía doce años, todavía me quedaba bastante por crecer. En cuanto a lo otro, es cierto; cuando te conté lo que me ocurrió siendo un niño, me desprendí de una pesada carga que había llevado casi toda mi vida —la felicidad que transmitía provocó que a Ydril se le humedecieran los ojos— y, además, me ha sido dada la dicha de ver lo feliz que eres junto a tu pareja. Estoy en paz.

—¿De verdad lo estás? —Cedric se encogió de hombros y apartó la mirada.

—Demos un paseo. —Ella no quería moverse de allí por Tirion—. No te preocupes. Recuerda que estás soñando y que, cuando despiertes, seguirás en el mismo lugar. De todas maneras, ese animal te encontraría en cualquier sitio. —Le cogió de la mano—. Ven.

Cruzaron parte del bosque hasta encontrarse con un grupo de helechos que tenían varios metros de altura. Cedric apartó cuidadosamente las ramas de uno de ellos para que los dos pudieran atravesarlo y, justo detrás de él, encontraron un arroyo que nacía debajo de un pequeño montón de piedras, lisas por el paso del tiempo.

—Esta agua es curativa. Puede sanar a cualquier enfermo, incluso a los heridos más graves. Para que actúe hay empapar la herida con agua del manantial y, después, que el enfermo la beba. Es muy importante que lo recuerdes. —Ella arrugó la frente.

—¿Por qué me lo cuentas? —Cedric estaba muy serio.

—La muerte os acechará en el viaje que vais a emprender.

—¿Qué es lo que sabes, padre? —Él se sobresaltó al escucharla llamarlo así—. Sé quién eres, ya lo sabía en el otro sueño.

—Lo sé, pero oírte llamarme así después de tanto tiempo… y ahora que sabes lo que hice —murmuró, avergonzado— ojalá hubiera podido ser mejor padre. Ojalá…

Ella lo interrumpió:

—Shhh, no sigas. Hoy he venido no solo para escuchar lo que tú tuvieras que decirme, también para decirte que estás perdonado. Nadie, ni siquiera la familia de los gemelos, te culpa por lo que hiciste. Eras un niño, todos lo entienden y te perdonan, incluso Lisbet, la madre, me ha dicho que te agradece que salvaras las vidas de sus hijos llevándolos al orfanato. Gracias a ti, su familia ha podido reunirse de nuevo. —Cedric comenzó a llorar tapándose la cara y ella volvió a abrazarlo. Estuvieron así unos minutos hasta que ella tuvo que interrumpirlo—. Debo volver junto a Leif. Si se da cuenta de que no estoy, no sé lo que hará. —Cedric se apartó limpiándose las lágrimas.

—Sí, lo sé. —Dudó un momento, antes de hablar—: Hija, en la corte os espera el mal. —Ydril sintió que la recorría un escalofrío—. Es peor de lo que podáis imaginar. Sin embargo, también encontrarás a un espíritu puro que te ayudará, incluso ofrecerá su vida a cambio de la tuya de manera inesperada. Cuando eso ocurra, recuerda este manantial. Cuando eso ocurra, mi deuda estará saldada y podré reunirme con tu madre.

—¿Qué quieres decir? —La figura de Cedric se volvió translúcida, pero Ydril pudo escuchar sus últimas palabras, aunque sonaban como si se estuviera alejando de ella cada vez más.

—El tiempo que me ha sido concedido para estar contigo se ha terminado. Hija, recuerda que te quiero y que siempre lo haré.

YDRIL SE DESPERTÓ. Levantándose de un salto corrió hacia Tirion y la hizo galopar hasta llegar al castillo, desmontó en el portón y la llevó a los establos caminando. Cuando la dejó acomodada, entró en la casa y respiró al escuchar las voces de los gemelos y sus amigos en el salón, mientras subía las escaleras. Poco antes de dormirse, se prometió que al día siguiente le contaría todo a Leif.

—TU PADRE me había avisado de que eras muy habladora, pero me pareces la muchacha más silenciosa que he conocido —su voz provocaba un extraño escozor en la piel de Mary, pero siguió aparentando serenidad.

Hacía varias horas que se habían marchado del convento. Hallbera, que así se llamaba la hermosa amiga de su padre, había ido a buscarla acompañada de seis hombres armados que actuaban como si ella no existiera, excepto uno al que llamaban Guttorm, que parecía el jefe de los demás. Ese, cuando Hallbera no se daba cuenta, miraba a Mary de arriba abajo con una expresión que la hacía temblar por dentro. Su instinto le avisó de que no debía quedarse a solas con él jamás, pasara lo que pasara.

La pusieron delante un caballo ordenándole que lo montara y, aunque hacía ocho años que no lo hacía, no dudó en obedecer. Sabía que por la noche le dolerían los músculos por pasar tantas horas sobre el caballo, pero no le importaba. Cuando nadie podía verla, palmeó suavemente el cuello de su joven montura que reaccionó con un relincho y bailoteando alegre durante unos segundos, al sentir la energía vivificante que salía de sus manos.

Pasaron un par de horas antes de que Hallbera retrasara su montura adrede, y esperara a Mary para hablar con ella. La muchacha la miró tranquilamente, sin dejar entrever que podía vislumbrar su ennegrecida alma con tanta facilidad, como si llevara las iniquidades que había cometido a lo largo de su vida escritas en la frente.

—Tu padre se alegrará al ver que las monjas han conseguido domarte. Hasta me había autorizado a utilizar uno de mis bebedizos contigo si era necesario, para que fueras más dócil. Procura que no lo sea, te aseguro que, si tengo que hacerlo, no te gustará. Después de su amenaza, ordenó a su caballo que volviera al lado de Guttorm, junto al que cabalgaba desde el primer momento. Mary temblaba recordando los largos meses que su madre agonizó como una muerta en vida, sin voluntad ninguna, para morir después.

Durante los ocho años que había vivido en el convento había tenido mucho tiempo para pensar, y hacía mucho tiempo que estaba segura de que lo que le había pasado a su madre, no era una enfermedad a pesar de lo que le dijera su padre. Recordando las enseñanzas de su madre, dedujo que habían utilizado algún hechizo contra ella y ahora, mientras Hallbera la estaba amenazando con un bebedizo que le robaría la voluntad, supo que había sido ella. Por eso se sentía tan mal en su presencia, porque era una bruja que usaba la magia negra. A pesar de todo lo que le habían hecho su padre y las monjas, no había sabido lo que era odiar de verdad a alguien hasta ese momento, pero, aunque le costó más que nunca, consiguió que la bruja no lo notara.

Esa noche durmieron al raso y observó que Guttorm y la bruja se adentraban juntos en el bosque antes de dormir, entonces escuchó los comentarios soeces de los otros soldados cuando los vieron desaparecer. A ella la ataron tumbada cerca del fuego siguiendo las órdenes de Guttorm; en el momento en que lo vio caminando de vuelta seguido por la bruja, que se colocaba las ropas, Mary se imaginó lo que habían estado haciendo durante el tiempo que habían desaparecido. Cerró los ojos para que creyeran que dormía y así pudo escuchar las palabras que Hallbera murmuró a su amante, antes de acostarse junto a ella. Guttorm lo hizo junto al resto de soldados.

—Ni se te ocurra, ella no es para ti. Otto te rebanaría en trocitos si la tocaras, hay demasiado en juego.

—Duérmete, zorra, y métete en tus asuntos. —Después del último susurro furioso de Guttorm, se hizo el silencio en el pequeño campamento.

Mary, aterrada, no durmió en toda la noche.

~

YDRIL, Leif y Finn entraron en el castillo después de volver de despedir a sus amigos. Lo hacían en silencio, sumidos en sus pensamientos. Finn lo rompió finalmente:

—Ragnar me ha dicho algo antes de marcharse. Que estará preparado para acudir cuando lo avisemos. —Leif se encogió de hombros sin contestar, mirando a su mujer. Desde que se habían levantado, estaba rara—. Parece convencido de que lo necesitaremos —continuó Finn, pero se dio cuenta de cómo miraba Leif a su mujer y decidió dejarlos solos. Sería conveniente que cuando la familia se pusiera en marcha, ya hubieran solucionado sus problemas—. Voy a recoger mis cosas —murmuró, entrando en la casa.

Leif se acercó a Ydril, preocupado, y poniendo la mano bajo su barbilla, la levantó suavemente. Lo miró a los ojos con cara de culpabilidad; él cada vez más inquieto, esperó en silencio hasta que confesó.

—¡Está bien! Anoche fui al círculo. —Leif se puso lívido.

—¿Sin decirme nada? —Ydril apartó la mirada—. ¿Por qué? —insistió.

—Mi padre quería hablar conmigo.

—¿Y no pudiste decírmelo para que te acompañara?

—Leif. —Volvió a mirarlo. No soportaba el dolor que notaba en su voz—. Sabes que me hubieras dicho que no fuera; además, estabas con tus amigos, disfrutando de su visita, no quise que...

—¡Maldita sea! —su grito hizo que ella arrugara la frente, pero él siguió maldiciendo mientras caminaba de un lado a otro, cada vez más enfadado.

—Lo siento, pero pensé que era lo mejor. —Leif se pasó varias veces la mano por el pelo, frustrado, y preguntó con un tono de voz casi normal:

—¿Qué te dijo? —Ella se mordió el labio inferior, sabiendo cómo sonaría lo que le iba a decir.

—Que me quería —parpadeó varias veces—, y también quería advertirme acerca de algo, dijo que durante el viaje nos íbamos a encontrar con el mal —Leif arrugó la frente, pero no la interrumpió—, pero también con un espíritu puro que daría su vida por mí, algo así. Luego, me enseñó un arroyo en el bosque cuya agua es curativa; insistió en que debía recordarlo. Después aseguró que, cuando todo terminara, su deuda estaría saldada y podría descansar en paz.

—No entiendo nada. —Leif hacía esfuerzos para olvidar su enfado, pero no quería que volviera a hacer algo así. Acercándose a Ydril hasta que sus cuerpos casi se tocaban, le puso las manos sobre los hombros—. Cariño, si te hubiera ocurrido algo... —Su cara de angustia fue suficiente castigo para ella que se lanzó a sus brazos gimiendo un «lo siento»; él acarició su espalda con el mismo cariño de siempre—. Vamos, puedes contárselo a la familia durante el viaje, así se nos hará más corto el camino. Quizás a ellos se les ocurra qué quería decir tu padre.

Viajaron ligeros; en un caballo adicional que iba atado a la montura de Finn, llevaban las bolsas con ropa y algo de comida y agua. Habían calculado que llegarían a Bergen esa misma noche o, como mucho, al día siguiente. A media mañana hicieron una parada para que los caballos descansaran y pudieran comer; los hombres habían ido a rellenar los pellejos de agua donde Esben sabía que había un arroyo, y Lisbet e Ydril acababan de volver de hacer sus necesidades. Lisbet estaba bebiendo agua del pellejo que Esben les había dejado antes de marcharse y luego se lo pasó a su nuera.

—¡Qué sed tenía! —Ydril miró a Lisbet que estaba sentada con las piernas cruzadas y con la espalda apoyada contra el árbol, llevaba una trenza caída sobre su hombro izquierdo y parecía una jovencita. Las dos vestían calzas como los hombres que era lo más cómodo para montar—. ¿Nos queda mucho?

—No, aunque podríamos estar allí esta noche, seguramente pararemos antes a dormir. Esben y yo preferimos llegar al castillo de día.

—¿Por qué? —Lisbet se quedó pensativa durante un momento.

—No lo sé exactamente, pero nos ocurre desde que nos

robaron a los gemelos. Es complicado… —Ydril cambió de conversación, arrepentida por haber preguntado; si hubiera sabido cuál era la razón jamás lo habría preguntado.

—Aún no me acostumbro a que el rey sea tu tío.

—Pues lo es. Somos familia por parte de mi padre.

—Esben dijo el otro día que eras su sobrina preferida. —Lisbet sonrió.

—Bueno, no tiene mucho donde elegir. Las otras dos sobrinas que tiene están en un convento y tienen unos ochocientos años cada una. —Las dos rieron—. Siempre se ha portado muy bien conmigo. Cuando mis padres murieron en el naufragio, él hizo que Magnus y yo viniéramos a la corte y vivimos aquí varios años. —Ydril se atrevió a preguntarle lo que le rondaba la cabeza desde que les había contado lo del círculo.

—¿Qué piensas de lo que me ha dicho mi padre? —Lisbet se puso seria.

—Me preocupa, Ydril, y mucho. Mi marido y mis hijos no creen demasiado en estas cosas, pero yo sé lo fuerte que es el amor de un padre por un hijo. Cedric quiere protegerte y, a través de ti, nos avisa a todos del peligro. Debemos tener mucho cuidado.

—Estoy de acuerdo.

Esben y los gemelos volvían en ese momento y era evidente, por sus rostros y cabellos húmedos que habían encontrado el río. Los dos hermanos venían riendo y dándose codazos entre ellos, contagiando a su padre que reía de vez en cuando con sus ocurrencias. Lisbet los miraba muy sonriente, feliz por verlos así.

—¿No son maravillosos? —Ydril estuvo de acuerdo con un murmullo y copió su sonrisa, deseando que esos momentos de felicidad continuaran durante muchos años después de ese viaje. Algo le decía que superarlo iba a ser una difícil prueba para su familia.

Tal y como había anticipado Lisbet, se detuvieron al caer la tarde, aunque con apenas media hora más de camino hubieran llegado al palacio. Buscaron un rincón en el bosque del agrado de los tres hombres que insistieron en que era mejor no dormir a la vereda del camino. Después de aposentar a los caballos, sacaron la comida y dieron cuenta de ella en silencio. Ydril se quedó dormida con un trozo de pan en la mano, agotada, Leif se lo quitó y la levantó en brazos para llevarla en el lugar que había preparado para los dos cerca del fuego. Al otro lado de las llamas dormirían sus padres, y entre las dos parejas, Finn. Menos de quince minutos después, todos se habían acostado.

Media hora después, Finn volvía a darse la vuelta por quinta vez mientras escuchaba, frustrado, los sonidos que confirmaban que los demás estaban dormidos como troncos. Con una maldición que solo sonó en su cabeza, se levantó. Miró hacia la luna y suspiró sin entender por qué estaba tan inquieto, no solía tener problemas para dormir. De repente, irguió la cabeza y miró hacia su derecha, intentando ver qué había detrás de la espesura. Algo lo llamaba. Se resistió durante un momento pensando que era una locura, pero, finalmente, caminó en esa dirección y se internó en el bosque.

~

MARY ESTABA SENTADA, apoyada en un tronco cuando sintió que alguien la reclamaba, aunque era un sonido que nadie más podía oír. El impulso para que se levantara y caminara hacia el sonido era fuerte, pero dos de los soldados estaban vigilándola y debía seguir aparentando que era una muchacha simple, como hasta ahora, sabiendo que esa era su mejor defensa. Guttorm y la bruja habían vuelto a internarse juntos en el bosque, igual que la noche anterior, hacía unos minutos. Ella calculó que estarían de vuelta en media hora más o menos; eso era lo que solía tardar su padre cuando traía una de sus amantes a casa y se metía con ella en su habitación. Aún vivía su madre, pero ella y Mary siempre dormían juntas, al menos desde que ella podía recordar y lo hicieron hasta que Edohy murió. Por eso fue tan consciente de cómo se fue apagando su madre, poco a poco, hasta que murió. Aquel día, despertó a Mary muy pronto; estaba muy débil, pero lúcida por primera vez en semanas; habló con ella y le pidió que no olvidara nunca lo que le había enseñado y que hiciera lo que hiciera falta para ser feliz.

Un nuevo tirón la distrajo de sus pensamientos. Era una sensación extraña, como si alguien hubiera enterrado un hilo en lo más profundo de su corazón y ahora estuviera tirando de él. Era imposible no sentirlo. Miró a los soldados. Estaban distraídos, hablando entre ellos alrededor de la hoguera. Parecían convencidos de que era inofensiva.

Sabía cómo debía hacerlo y tenía el don, lo había ensayado muchas veces con su madre antes de que muriera, pero de eso hacía más de ocho años. Puede que hubiera llegado el momento de intentarlo de nuevo. Cerró los ojos y se concentró. Tardó bastante hasta conseguir formar la imagen que quería y enviársela, con un empuje de energía, al ser que la había convocado quienquiera que fuera: en ella le pedía que no siguiera llamándola y que acudiera al mediodía del día siguiente a ese mismo lugar. Ya vería cómo conseguiría escapar de la vigilancia de la bruja.

~

FINN LLEVABA varios minutos andando y no había encontrado nada. Irritado, le dio una patada a una piedra; entonces sintió que una fuerza invisible lo empujaba hacia atrás, haciéndolo tropezar. Se frotó el pecho, donde había sentido algo parecido a un golpe, pero no encontró nada, ni siquiera le dolía. Súbitamente, algo apareció en su mente… una petición hecha sin palabras que le requería para que no siguiera buscándola… ¿era una mujer? Antes de que le diera tiempo a pensar más, volvió a sentir algo y se le abrió la boca involuntariamente, cuando se enteró de que acababan de citarlo para el mediodía siguiente en ese mismo lugar.

CAPÍTULO 6

—¡Mirad!

FINN ESTABA PENSANDO en el suceso tan extraordinario que había vivido la noche anterior cuando escuchó el grito de su padre. Levantó la cabeza y vio que ya habían llegado.

—¡Joder, qué preciosidad! —Sonrió al escuchar a Leif, que estaba junto a él, pero estaba de acuerdo con él. Estaban frente al castillo más impresionante que había visto nunca. Estaba construido sobre un pequeño monte de roca a cuyos pies estaba la ciudad de Bergen y detrás de él se podía ver el fiordo. Entornó porque tenía el sol enfrente.

—Parece increíble que hayan podido edificarlo sobre una montaña de piedra. Y las vistas con los acantilados del fiordo y el mar, son impresionantes —Esben le contestó con una sonrisa complacida, los demás observaban la imagen maravillados.

—Sí, el padre del actual rey lo mandó construir cuando todavía era muy joven y, como podéis ver, todavía no está terminado. —Señaló el lugar de la muralla, cercano a la puerta que tenían enfrente al que le faltaba un trozo en la parte superior—. Se ha tenido que detener la construcción en demasiadas ocasiones, por las guerras o por falta de fondos —Esben se encogió de hombros—, pero tienes razón, de todas formas, es impresionante.

La planta del castillo estaba formada por un rectángulo perfecto en cuyos ángulos se habían erigido cuatro torres redondas, rematadas por las típicas almenas defensivas. Pero, sin lugar a duda, la parte más extraordinaria de la construcción era el enorme torreón que se había edificado en medio del patio, frente a la puerta principal y que superaba en varios metros la altura de la muralla defensiva.

—¿Esa es la torre del homenaje? —Esben contestó a Leif.

—Sí, en la segunda planta están las habitaciones de la familia real. Las torres que tiene acopladas sirven para acoger a los invitados y a los cortesanos habituales. Los sirvientes están en la primera y en la del sótano, la despensa y las mazmorras… en la que está a ras de suelo están la cocina, los comedores y los salones donde reciben los reyes, incluida la sala del trono.

Durante unos minutos continuaron admirando el castillo en silencio. Todos sabían lo que tenían que hacer; esa mañana habían pasado más de una hora acordando cómo se comportarían al llegar y lo que dirían. Tanto Lisbet como Esben, les habían explicado quién era de fiar (casi nadie), qué cosas podían hacer y cuáles no.

Esben no había querido que se pusieran en marcha hasta estar seguro de que estaban preparados para los peligros que afrontarían durante los siguientes días. Y ahora que estaban a punto de entrar en el castillo, los miró por última vez. Leif había cogido la mano de Ydril y la había apoyado sobre su corazón; Finn parecía sumido en sus pensamientos, pero llevaba así toda la mañana. Volvió la cara hacia la izquierda y observó a su mujer que miraba al castillo; por su rostro supo que estaba recordando. Se inclinó hacia ella tomando con la mano izquierda su trenza y dejando que se deslizara por su palma, maravillándose con su suavidad.

—¿Cómo estás? —Ella acarició la incipiente barba que lucía.

—Bien. Tienes que afeitarte.

—Lo sé. —Sonrió porque era una pelea que tenían desde hacía unos años—. Lo haré, lo prometo. —A su andsfrende no le gustaba la barba, aunque siempre accedía a arreglársela. Se inclinó un poco más hasta tener acceso a sus labios y susurró unas palabras sobre ellos—. Todo saldrá bien, amor mío. —La besó y se irguió de nuevo sobre su montura, hablando para los demás—. En marcha. Estoy deseando comer algo caliente.

La puerta principal todavía estaba cerrada ya que no se solía abrir hasta el mediodía; pero Esben conocía a uno de los dos soldados que estaban de guardia en el puente levadizo, y lo bajaron para que pudieran cruzar el foso sin dificultad. Cuando lo atravesaron, se quedó hablando con él y pidió a su mujer y a sus hijos que siguieran hasta los establos, que estaban en el otro extremo del patio. Lisbet guio a los demás hasta allí y dos muchachos aparecieron ante ellos para hacerse cargo de sus monturas; aún estaban desmontando, cuando Esben se reunió con ellos. Dejó el caballo en manos de uno de los muchachos, pero esperó a estar a solas con su familia para hablar. Esa era una de las cosas de las que había avisado a sus hijos y a Ydril. Para mayor seguridad, era mejor que no se fiaran de nadie, a menos que fuera de la familia o que consultaran a Esben o Lisbet si esa persona era de confianza. Por eso ralentizó sus pasos, para que le diera tiempo a contarles lo que había descubierto antes de entrar en el torreón.

—El rey no está. Salió ayer de cacería acompañado de algunos nobles.

—¿Fueron solos? —Finn pensó que, después de lo que les había contado Ragnar, sería una locura si lo hubieran hecho.

—No, acompañados de unos algunos soldados, pero habrá que esperar para hablar con Haakon. —Esben apretó los labios, porque estaba deseando saber quién era el responsable del sufrimiento provocado a su familia durante más de veinte años, y cualquier espera le parecía insoportable.

Un par de soldados que vigilaban la puerta del torreón los dejaron pasar, pero Esben no conocía a ninguno de ellos. Cuando sus ojos se acostumbraron a la penumbra vieron a una muchacha arrodillada, fregando el pasillo. Lisbet caminó hasta ella y la saludó.

—Hola, soy Lisbet Lodbrok. —La sirvienta se detuvo y la observó con curiosidad, pero por su rostro se veía que no había oído hablar de ella—. ¿Sabes si está Inge? —la muchacha arrugó la frente, confusa, porque conocía a varias mujeres con ese nombre.

—¿Sabe cuál es su apellido o su oficio?

—Se apellida Dahl.

—¡Sí, claro! —Sonrió, secándose las manos con el delantal —. Está en sus habitaciones.

—¿Puedes avisarla y decirle que Lisbet está aquí? —La muchacha parecía a punto de decirle que no ya que, como Lisbet sabía muy bien, ese no era su trabajo; en realidad, tendrían que estar buscando al mayordomo para que los anunciara, pero eso lo retrasaría todo. De modo que sacó una moneda de la bolsa que siempre llevaba colgada de la cintura y se la enseñó. Al ver el dinero, la muchacha se levantó rápidamente, sintiendo una repentina necesidad de complacerla.

—Por supuesto, señora. Espere aquí. —Salió corriendo de la habitación en dirección a las escaleras que había al fondo del pasillo, regresando pocos minutos después. Cuando estuvo de nuevo frente a Lisbet, respiraba agitadamente, tanto que tuvo que descansar unos segundos antes de poder hablar.

—Viene enseguida, señora. Se ha puesto muy contenta al saber que usted estaba aquí. Dice que la espere en la salita de la entrada. —Alargó su mano, llena de callos y con las uñas rotas, y Lisbet, apenada por ver lo estropeada que la tenía siendo tan joven, sacó otra moneda y dejó caer las dos en la palma de la muchacha, con una sonrisa de agradecimiento.

—Muchas gracias. —La joven sirvienta se quedó mirando el dinero durante un momento con los ojos abiertos como platos y, después, se lo guardó. Lisbet se llevó a su familia a la salita y se sentaron a esperar a su amiga.

Inge apareció menos de diez minutos después, por lo que Lisbet dedujo que había tenido que vestirse. Cuando la vio entrar, se levantó y corrió hacia ella tan deprisa como pudo, hasta que se fundieron en un largo y emocionado abrazo. Al separarse, las dos lloraban. Esben se acercó para saludarla con un beso en la mejilla.

—Me alegro mucho de verte, Inge. —Se apartó enseguida, pensando que ese momento era de las dos amigas. Inge habló por primera vez, con la barbilla temblorosa por la emoción:

—No sabía que ibas a venir ¡Qué alegría más grande!

—¿Tu marido y tu hijo también están aquí?

—No, se han ido a la coronación de Valdemar de Suecia, en representación del rey —Lisbet asintió, sabiendo que Haakon solía confiar ese tipo de asuntos a Gregers, el marido de Inge, por sus dotes como diplomático. Y al parecer, estaba enseñando a su hijo el oficio, pero había algo que no le encajaba.

—¿Valdemar? No he oído su nombre antes. —Inge se rio a carcajadas.

—¡Eres increíble! Al menos sabrás que Erik Eriksson, el

anterior rey sueco, murió hace más de tres meses. —Lisbet lo negó con una mueca.

—Pues se murió. Y, además, de forma repentina y de muerte natural. O eso parece. El caso es que como no tenía hijos, hereda la corona Valdemar el hijo de Ingeborg, la hermana del anterior rey y de su cuñado. Aunque, como es menor, los que de momento van a gobernar serán sus padres, sin duda.

—Siempre tan informada. —Lisbet sonreía, contenta por estar de nuevo con su amiga y apretó sus manos entre las de ella—. Tengo noticias. —Su amiga ya había visto a los gemelos junto a Esben y sus ojos chispeaban de alegría, aunque no se atrevía a decir en voz alta lo que se estaba imaginando.

—¿Buenas, o malas?

—Me temo que de las dos clases. Primero te daré las buenas. —La tocó en el hombro para que se diera la vuelta y viera a los gemelos, que estaban junto a su padre observándolas en silencio.

—Estos son nuestros hijos, Leif y Finn —presentó. Inge los miró y luego volvió mirarla a ella. Se acercó a ellos y los observó intentando ver las diferencias que hubiera entre ellos. Luego, su mirada se fue hacia la muchacha que estaba un poco más alejada.

—¿Y tú quién eres, preciosa? —Su mirada era de admiración. Ydril parecía una guerrera exótica, vestida con pantalones y túnica igual que Lisbet, y con el pelo color platino peinado en cuatro trenzas. Sus ojos dorados parecían los de un animal salvaje.

—Ydril, señora, la esposa de Leif. Nos casamos hace un par de días.

Inge comenzó a llorar tapándose la cara, abrumada por las noticias. Lisbet se acercó a ella y la cogió por la cintura. Llamó a los recién casados.

—Venid a saludarla. —Su amiga apartó las manos de la cara y los miró. Ydril se inclinó a darle un beso y Leif la imitó.

Después, Lisbet llamó a Finn que esperaba, sonriente.

—Y este es Finn. —Él también la besó, pero fue más expresivo.

—Es un placer conocer a una buena amiga de mi madre. —Inge sacudió la cabeza como si intentara despejarla.

—No lo podéis negar, son vuestros hijos. Exceptuando por la nariz, son exactamente iguales que Esben cuando tenía veinte años menos.

Esben, que lo escuchaba, amplió su sonrisa y contestó:

—¿A que sí? —Después de una última mirada burlona a su marido, Lisbet susurró a su amiga:

—Tenemos que hablar en privado… ¿es posible? —Inge aceptó enseguida.

—En mis habitaciones. ¿Habéis desayunado como es debido?

—No —aseguraron los tres hombres, haciendo que las tres mujeres rieran. Inge entonces, ordenó:

—Entonces, eso es lo primero que haremos. El desayuno ya debe de estar servido en el salón. Y si no, pediremos algo contundente para estos tres gigantes. Vamos. —La observaron caminar hacia la pared donde había un gran tapiz que representaba a un hada que se estaba bañando en una charca. Lo apartó dejando ver una puerta que abrió.

—Por aquí.

La siguieron por un pasillo que, en lugar de paredes, tenía celosías de hierro a través de las que se podía ver el exterior; en el lado de la izquierda estaba el patio de armas y en el de la derecha, el muro exterior. Inge miró hacia atrás para aclararles por qué tenían que pasar por allí:

—Las cocinas y el comedor están en otro edificio, por eso hay que atravesar este pasadizo cuando queremos comer algo. Al menos, está techado y no nos empapamos cuando llueve o nieva, aunque lleguemos helados de frío. —Preocupada, echó una ojeada a Lisbet que estaba muy callada.

—¡Qué incómodo! —Leif, Finn e Ydril observaban asombrados el corredor, en el que hacía el mismo frío que en la calle, pero la que lo dijo fue Ydril. Incluso el monasterio donde ella había vivido con Magnus, estaba diseñado de forma mucho más práctica.

—Sí, llevan veinte años pensando cómo arreglarlo, pero... —Inge empujó la puerta ante la que habían llegado— este es el comedor principal.

Esben entró el último, detrás de los gemelos, y se colocó al lado de su mujer. Sabía que ese momento era difícil para ella porque hasta entonces había evitado volver a entrar allí. Lisbet miraba a su alrededor, recordando. El último día que había cenado allí, fue la noche de la coronación de su tío cuando secuestraron a los gemelos, y estaba convencida de que no volvería a pisar aquel lugar. Después de descubrir que se los habían llevado, Esben y ella bajaron corriendo, se lo dijeron a Haakon y...

—¿Estás bien? —Se sobresaltó al escuchar la voz de Esben. Todos la observaban con cara de preocupación, pero él, además, la sujetaba por la cintura y tenía la cabeza inclinada hacia ella, su aliento le rozaba la mejilla. Asintió con firmeza y su amiga se hizo cargo de la situación con su alegría habitual.

—¡Id a sentaros y buscaré a alguien que nos traiga el desayuno! —Le dio un apretón cariñoso a Lisbet y salió, dirigiéndose a las cocinas.

Obedecieron a Inge, sentándose todos alrededor de Lisbet. Ydril la sonrió mirándola con cariño.

—Inge parece encantadora. —Leif la miraba con los ojos entornados pensando que su madre necesitaba que la dejaran tranquila, pero Ydril le dio un codazo para que se tranquilizara. Entonces, Leif, además de entrecerrar los ojos, arrugó la frente y a Finn casi se le escapa una carcajada al ver cómo se comunicaban.

—Lo es, somos amigas desde que Magnus y yo vinimos a la corte.

—Estoy preocupada por Magnus. —Era la primera vez que Ydril decía algo así—. Hace años que habla acerca de recibir enfermos en la abadía, pero nunca creí que terminaría abandonando la orden. —Leif tomó su mano apretándola suavemente.

—Todavía no sabemos lo que ocurrirá.

—Es cierto —corroboraron Finn y Esben. Lisbet se había quedado pensativa, luego contestó:

—Me costó mucho aceptar que mi hermano fuera monje y que se alejara de nosotros. Siempre fue un chico tan alegre y divertido… —sonrió nostálgica—lo decidió después de que murieran nuestros padres.

Ydril se inclinó hacia ella, susurrando:

—¿Crees que se marchará de la orden?

—No lo sé, cariño. Hará lo que crea que es más justo, de eso estoy segura.

—Yo también. Solo quiero que sea feliz —cambió de tema sabiendo que Inge debía de estar a punto de volver—. ¿Tu amiga no siempre vive aquí?

—¡No! Vive en el norte, con su marido y su hijo, pero Gregers, su marido, viaja mucho a otros países representando al rey. En esta ocasión también ha debido llevarse a su hijo. Además, Inge tiene que venir muy a menudo reclamada por la reina Margarita.

—¿Por qué?

—Son muy amigas.

—¡Ah!

Como el comedor estaba vacío, exceptuándoles a ellos, escucharon unas pisadas acercándose. Era Inge, que se sentó en su mesa y que venía seguida por dos doncellas que les sirvieron un desayuno fastuoso. Inge, con una sonrisa traviesa, les dijo:

—Esperamos que os sintáis tratados como príncipes, algo muy acorde al lugar en el que estamos, ¿no? —Ydril sonrió y se puso la mano en el estómago que rugió cuando olió la comida.

MARY SE SENTÓ en cuanto escuchó ruidos en el pasillo. Reconoció los rápidos pasos de la bruja y luego sintió el ruido de la cerradura al abrirse. La noche anterior la había encerrado despidiéndose con una sonrisa malintencionada, y diciéndole que aprovechara para dormir. Como era de noche y no conocía el lugar, no se había atrevido a salir por la ventana, pero en cuanto pudo calcular la distancia hasta el suelo se dio cuenta de que su habitación estaba a menos altura que la del convento, por la que se escapaba todos los días. No veía ningún problema en hacer lo mismo aquí, porque se había traído escondida entre su ropa la cuerda que había trenzado hacía años, y que solía utilizar para bajar por la fachada hasta el suelo. La bruja entró y la miró de arriba abajo, seguramente extrañada de que ya estuviera vestida y la habitación recogida.

—Ya veo que esas monjas te enseñaron los beneficios de madrugar. Y además no has hecho ruido durante la noche; puede que nos llevemos bien. —La noche anterior, antes de encerrarla, le dijo que, si oía algún quejido o lamento por su parte, la amordazaría y la castigaría con un látigo. Pero no hacía falta que la amenazara, Mary ya sabía que no debía hacerlo—. Toma, coge esto. —Le alargó una bandeja con un vaso de agua, un poco de pan y un trozo de carne seca—. Es lo que sobró de mi cena de anoche. Te aconsejo que te lo comas, porque hasta esta tarde no podré volver. —Su expresión le dijo que iba a reunirse con Guttorm—. Seguramente tu padre vendrá mañana. —Después, sin una palabra más, se marchó cerrando la puerta de nuevo con llave.

En cuanto desapareció, Mary se levantó sonriendo y se quitó el vestido. Debajo llevaba puesta la ropa que usaba para ir al bosque. Tenía que reunirse con la criatura que había sentido el día anterior; su llamada le había sonado extraña, diferente a las otras veces en las que se había comunicado con animales del bosque. De todos modos, le hacía ilusión acudir a la cita porque con las criaturas salvajes tenía más cosas en común que con los humanos.

Sacó la cuerda de debajo del colchón, donde tenía escondidas las cosas que no quería que nadie viera, y ató un extremo a la pata de la cama; el resto la lanzó por la ventana después de abrirla y de asegurarse de que no pasaba nadie por debajo. Luego, se descolgó por la ventana y comenzó a bajar ágilmente por la cuerda.

~

Después de dar buena cuenta del desayuno y, como seguían estando solos en el comedor, Lisbet aprovechó para empezar a contarle a su amiga el motivo de su visita, pero los interrumpieron. Inge se volvió para ver quiénes eran y, volviéndose, susurró:

—Vámonos a mi habitación, es más seguro. —Finn aprovechó para separarse de ellos. Hacía rato que estaba inquieto porque la hora de su peculiar cita estaba cerca.

—Id vosotros, yo me voy a dar una vuelta. —Todos lo miraron con distintos grados de sorpresa, pero fueron Esben y Leif los que se acercaron a él. Su padre le puso la mano en un hombro, preocupado. Al igual que Leif, sentía su oscuridad.

—¿Qué te pasa? —susurró. Finn, inquieto, se encogió de hombros evitando su mirada, pero sus ojos se encontraron con los de su hermano.

—Nada —contestó con un susurro—. Solo necesito estar un rato a solas. Su padre dudó, intuyendo que le mentía, pero Leif siguió mirando a su hermano y vio algo en sus ojos, algo distinto que hacía meses que no veía: ilusión. Sujetó el brazo de su padre y dijo lo suficientemente bajo para que solo lo escucharan los dos:

—Déjalo que se vaya. —Esben arrugó la frente y miró a Leif esperando que se ofreciera a acompañarlo, pero el gemelo negó con la cabeza. Esben no lo entendió, pero murmuró como despedida—: Está bien, pero ten cuidado, hijo. —Caminó hacia las mujeres dejándolos solos. Los gemelos seguían mirándose.

—No me mires así. —Leif endureció el gesto de su cara.

—¿Sabes lo que estás haciendo?

—Sí.

—Ni se te ocurra hacer ninguna locura.

—No es eso, pero necesito…

—Ya, ya lo sé. Estar solo —interrumpió. Lo veía demasiado nervioso y Finn era el más tranquilo de los dos—, pero recuerda lo que te ha dicho nuestro padre. —Sin darse cuenta, le puso la mano en el hombro como su padre un momento antes—. Ten cuidado —Finn asintió rápidamente y se marchó. Leif sintió la mano de Ydril rodeando la suya, transmitiéndole su cariño.

—Leif, Inge nos espera. —Apartó la mirada de la puerta por la que acababa de salir Leif y se volvió hacia su mujer.

—Sí, vamos.

Finn corrió hacia los establos. Había mirado la hora hacía un momento y todavía eran las once, pero intuía que ella ya lo estaba esperando. Montó en Gulltop y le pidió que galopara como si le fuera la vida en ello.

Mary había llegado con tiempo de sobra porque, como tenía que ir andando y no sabía cuánto tardaría en llegar, había salido mucho antes de lo necesario. No era algo que le importara ya que, además de reunirse con la criatura, tenía pensado bañarse en el río junto al que habían acampado el día anterior. Estaba acostumbrada a bañarse todos los días, como la había enseñado su madre cuando era una niña, aunque aprendió a ocultárselo a las monjas porque en una ocasión que la descubrieron haciéndolo, la tuvieron encerrada un mes en el purgatorio. Cuando dejaron que volviera a su habitación, estaba tan aterrorizada que intentó no desobedecer nunca más, pero le era imposible lavarse bien solo con la jarra y la jofaina que había en su habitación, aunque las hermanas dijeran que era la única forma decente de hacerlo.

Suponiendo que a la criatura no le importaría que estuviera vestida o desnuda cuando llegara, se quitó la ropa rápidamente. Hacía tres días que no había podido bañarse y su cuerpo y su mente necesitaban sumergirse en ella para sentirse bien. El agua del río era especial para ella, no solo se llevaba la suciedad de su cuerpo, también tenía la virtud de disminuir sus miedos. Era calmante y revitalizante a la vez. Edohy, su madre, siempre le decía que, cuando sintiera angustia o preocupación, se bañara en el río. Cuando saliera del agua, las preocupaciones no habrían desaparecido, pero las vería de otra manera. Y su sabia madre tenía razón, como siempre. Con el pelo negro, suelto y cubriéndole hasta la cintura, y lágrimas en los ojos por los recuerdos, entró caminando en el río.

Allí no había nadie, pero lo peor no era eso, sino haber creído que alguien acudiría. Finn sacudió la cabeza, enfadado consigo mismo, seguro de que estaba volviéndose loco. Puede que lo más sensato fuera volver a la isla sin despedirse de su familia, aunque sabía que no sería capaz de hacer tal cosa, o mejor aún, dirigirse a la abadía de su tío Magnus. Estaba a punto de darse la vuelta, cuando escuchó un dulce sonido que no pertenecía al bosque. Era ella, la que lo había convocado el día anterior; estaba cantando y su voz se fundía con el susurro de las hojas de los árboles, agitadas por una suave brisa que había empezado a soplar como si fuese una melodía para acompañarla.

CAPÍTULO 7

Cautivado por el sonido, lo siguió atravesando el bosque acompañado por Gulltop que parecía igual de hechizado que él. Cruzó un buen trozo de espesura hasta que se detuvo al escuchar el ruido del agua, sintiendo que ella estaba muy cerca. Como se detuvo de repente, Gulltop no tuvo tiempo de frenar y le dio con el morro en la cabeza. Finn se volvió, mirándolo indignado, y susurró:

—¡Ten cuidado! —El caballo retrocedió un paso y solo le faltó poner los ojos en blanco y Finn lo apuntó con el dedo índice, exigiendo obediencia, lo que no tuvo ningún efecto en el corcel. Gulltop siempre había tenido un carácter muy peculiar, al contrario que Gullfaxi su hermano, que idolatraba a Leif y le obedecía al instante; a Gulltop, en ocasiones, le costaba hacerlo. Finn se había dado cuenta con el paso de los años que actuaba así porque se creía superior a los humanos y puede que a todo el mundo.

—¡Quédate aquí! —ordenó en voz baja. El animal lo miró fijamente durante unos segundos y, por fin, bajó la cabeza olisqueando la hierba, considerando si era digna de ser masticada por él. Finn sacudió la cabeza, seguro de que era el dueño del caballo más altivo de todo el país, y caminó sigilosamente hasta colocarse detrás de un arbusto. Desde allí podría ver sin ser visto.

Se acuclilló tras el matorral y, al apartar una rama discretamente, lo primero de lo que se dio cuenta fue de que Gulltop y él estaban sobre una pequeña loma. Bajo sus pies nacía una pequeña cascada que caía sobre una poza formada por el río. Una figura blanca pasó ante sus ojos bajo el agua; buceaba y, por lo que pudo ver, estaba desnuda. Era una mujer. El corazón de Finn se aceleró, pero se forzó a no moverse.

Mary emergió con una sonrisa. Estaba disfrutando más con ese baño, que de todos los que se había dado en el bosque que había junto al convento, entre otras cosas porque como estas tierras estaban más al sur, no tenía frío. Además, nunca habría imaginado que, algún día, nadaría en una charca donde había una cascada. Se tumbó bocarriba y se dejó mecer mientras flotaba, olvidándose de todo y dejando que aquel fluido vital la sanara. Sintió los rayos de sol que se colaban entre los árboles rozar su piel, calentándola, y volvió a tararear la cancioncilla que nunca abandonaba del todo su mente desde que su madre se la enseñó.

Al principio le sorprendió comprobar que ningún ser humano entendía su canción; Edohy no le había avisado de tal cosa. Con el tiempo se dio cuenta de que era imposible para ellos hablar el idioma de las hadas, debido a la dificultad que suponía aprender los extraordinarios matices de esa lengua; ella había podido porque era una híbrida: su madre era un hada, aunque su padre fuera humano.

Seguramente por eso las hadas solían comunicarse mentalmente con los humanos, para lo que tenían mucha facilidad. De repente, se tensó sintiendo una presencia, buscó en la ribera un jabalí o un oso, pero no había ningún animal; manteniéndose en el agua en posición vertical moviendo solo las piernas, miró al frente primero y detrás de ella después y, luego, arriba, al muro de roca desde donde caía el chorro de agua que formaba la cascada, entonces lo vio. Asustada, comenzó a nadar hacia la salida, segura de que quería hacerle daño. Puede que fuera uno de los soldados de su padre al que le hubieran mandado a buscarla por haberse escapado. Corrió tanto como pudo, pero no era un hada del todo y su pesadez humana la retrasaba. Cuando consiguió salir del agua para recoger su ropa y salir corriendo, se lo encontró delante de ella, impidiéndole el paso. Se quedó inmóvil, esperando su primer movimiento y aprovechó para observarlo.

Era un hombre, casi un gigante a su lado. El pelo rubio le llegaba hasta los hombros y sus ojos eran sombríos y azules; y en parte le recordaban a los de un animal salvaje. Iba vestido de forma similar a los soldados que la habían acompañado hasta aquí desde el convento, y algo en su postura les recordaba a ellos.

Finn no podía dejar de observarla. Era turbadoramente hermosa y delicada, como una pequeña bailarina. Tenía la piel muy blanca y el pelo negro, y sus ojos, que se habían agrandado al verlo, estaban rodeados de largas pestañas negras y tenían un sorprendente color plata. Finn quería acercarse, pero parecía un cervatillo a punto de salir corriendo y estaba seguro de que, si conseguía tranquilizarla, volvería a tirarse al agua. Intentaba no fijarse en su desnudez que ella lucía sin pudor, pero era demasiado hermosa como para no hacerlo.

—¿Cómo te llamas? —La muchacha ladeó la cabeza al escuchar su voz y sonrió.

—Adalïe, ¿y tú? —Su sonrisa y su voz calentaron el corazón de Finn, que se estaba helando lentamente desde hacía meses. Sintió cómo el hielo comenzaba a resquebrajarse e, inconscientemente, se acercó a ella.

—Finn. Eres preciosa. —Los ojos de él se volvieron más luminosos, y su azul más brillante. Adalïe estaba segura de que podrían verse en la oscuridad. Su voz se hizo más tenebrosa, pero, por alguna razón eso no la asustó, al contrario, le recordó a un animal salvaje y actuó como lo haría con ellos; se acercó a él y posó la mano en su mejilla. Lo miró a los ojos y le transmitió calidez y seguridad, asegurándole que ella jamás le haría daño.

Finn sintió su energía entrando en él. Era una luz que borraba la oscuridad a su paso, dejando una sensación de calor que permanecía después de su marcha. La miró, extrañado.

—¿Quién eres? —Ella retrocedió un paso, segura de que se había equivocado.

Sabía que no debía actuar así con los humanos porque, cuando supieran lo que era, la perseguirían y no se detendrían hasta acabar con ella. Había sido un error intentar consolarlo, pero, al sentir su dolor había actuado sin pensar. Cogió su ropa y comenzó a vestirse, segura de que no la atacaría, pero cuando Finn vio que ella se marchaba, la sujetó por el brazo.

—No te vayas todavía.

—Debo hacerlo. Tengo... cosas que hacer —le costaba mentir, por eso generalmente prefería quedarse callada, pero en ocasiones no tenía más remedio.

—¿Vives en Bergen? —ella asintió, pero le pareció que mentía.

—Déjame marchar. Por favor.

Tenía un acento exótico que Finn no había escuchado hasta ese momento y sintió la necesidad de conocerla un poco, antes de dejar que se fuera. Tirando lentamente de ella, la llevó junto a uno de los árboles que crecían en la ribera del río, hasta que apoyó su espalda en el tronco, reconfortado al ver que no parecía tenerle miedo. Rodeó con las manos su breve cintura, y preguntó lo primero que se le ocurrió, en un intento de que se acostumbrara a él:

—¿Por qué vas vestida con pantalones? —No era una crítica. Tanto su madre como Ydril solían llevarlos, pero ella se encogió de hombros y apartó la vista. Finn notaba su interés por él, igual que ella notaría el que Finn sentía por ella—. ¿Adalïe es un nombre extranjero? —Aunque no supo por qué, su pregunta la hizo sonreír y deseó hacerla sonreír más, porque su cara resplandeció. Y se dio cuenta de que no le había sonreído ni una vez hasta ahora y, sin embargo, mientras nadaba a solas no paraba de hacerlo. Le gustaba verla sonreír. Se acercó aún a ella, aunque intentó no parecer agresivo o dominante para no asustarla.

Adalïe estaba inundada por su olor. Al contrario que los soldados que la habían acompañado durante el viaje y que no parecían bañarse muy a menudo, aquel humano desprendía olor a jabón, unido a un cálido olor corporal. Inspiró profundamente y con discreción, sorprendida porque la fragancia de un hombre le gustara tanto. Levantó la cara para poder verlo porque era muy alto; era cierto que ella era bajita y delgada, pero él quizás fuera demasiado grande, sus hombros casi le ocultaban la luz del día.

—Pareces muy fuerte —susurró pensando el daño que podrían producir aquellos puños en el cuerpo de una mujer, y tragó saliva. Él palideció al sentir el miedo que había invadido su espíritu de repente y retrocedió un paso, aunque no separó los brazos de su cintura.

—No te haré daño, te lo juro. Jamás pegaría a una mujer. —Sus ojos grandes y plateados lo miraban incrédulos, y la furia invadió el espíritu del berserker al saber que, si tenía tanto miedo, era porque otro hombre la había golpeado—. ¿Quién te ha pegado?

Solo de pensar que algún salvaje lo hubiera hecho, siendo tan delicada, hacía que quisiera gritar y buscar al culpable para matarlo a golpes. Ella se puso rígida y él supo que su pregunta había sido un error, sus dedos acariciaron inconscientemente su cintura.

—Si me dejas, nadie volverá a hacerlo jamás. —Ella evitó su mirada y repitió:

—Tengo que marcharme.

—Está bien, pero antes, necesito que hagas algo por mí —sus palabras consiguieron que lo mirara y que ladeara la cara como si sintiera curiosidad—. Que te estés quieta un momento. Quiero probar una cosa, pero si no te gusta, me detendré ¿De acuerdo?

—No. —Agrandó los ojos, imaginando qué quería hacer —. Tengo que irme… —Finn cubrió su boca con la suya para detener su negativa.

La urgencia que Adalïe sentía por marcharse se esfumó en el mismo instante en que los labios del humano se posaron en los suyos. Sabía que los hombres y las mujeres se besaban, no era tan ignorante, pero no había esperado que nadie quisiera besarla a ella. Lo que sí la sorprendía era que él no solo la tocaba con sus labios, sino que sus manos también acunaban la parte de atrás de su cabeza, sosteniéndola y guiándola. Adalïe mantuvo los ojos cerrados dejando que la boca masculina se apoderara de la suya poco a poco, hasta que la invadió completamente con la lengua, cuando sintió que ella lo aceptaba.

De repente, se sintió embriagada como cuando buceaba bajo el agua y todo lo que le daba miedo dejaba de existir mientras siguiera sumergida en ese mundo silencioso, donde nada malo podía ocurrirle. En el universo acuático los movimientos eran más lentos y todo se veía diferente, distorsionado por el líquido. Al contrario que la mayor parte de la gente, ella se sentía más a gusto bajo el agua que sobre la tierra y esa misma sensación estaba teniendo entre los brazos de Finn. Ahora que sentía el cuidado que ponía al besarla, estaba segura de que no la había mentido y de que, a pesar de su fortaleza, nunca le haría daño.

Finn estaba yendo más lejos de lo que había pensado y cuando se dio cuenta, se detuvo bruscamente y se apartó de ella. Adalïe se balanceó, mirándolo aturdida y él la sostuvo y la acercó a su cuerpo, apoyándola contra él. Acarició su espalda despacio, con ternura.

—Tranquila. No pasa nada, Adalïe.

Hasta ahora, la única que la había llamado así era su madre, aunque lo decía de un modo muy distinto. Edohy lo pronunciaba en el idioma de las hadas y la i, en su boca, sonaba como un pequeño silbido; el modo tan humano que tenía Finn de decirlo, la hizo sonreír.

—Tienes una sonrisa preciosa. ¿Por qué ha aparecido de repente?

—Por cómo pronuncias mi nombre.

—¿No lo he hecho bien? —Ella meneó la cabeza con una sonrisa divertida.

—¿Y cómo se dice?

—Tienes que silbar cuando digas la i. —Se lo demostró.

—¿Cómo lo haces? Hazlo despacio para que pueda aprender. —Aprovechó el mohín que hizo y volvió a besarla. Ella avanzó su lengua tímidamente hasta tocar la de él y se sorprendió al escuchar su gemido de placer. Él siguió besándola mientras sus manos acariciaban lentamente su cuerpo. No quería asustarla y sintiendo que, si seguía adelante, no podría detenerse, volvió a separar su boca de la de ella por segunda vez, respirando con dificultad.

—Maldición, no podemos seguir. Dime dónde vives y esta tarde pasaré a verte. Quiero conocer a tu familia. —Quería saber todo acerca de su vida. Obsesionado por su boca, pasó su pulgar tiernamente sobre la flexible curva del labio femenino y la miró, mostrando en sus ojos el deseo que sentía por ella.

—No, esta tarde no puedo. Mejor quedemos mañana. Aquí —susurró ella con voz ronca, él asintió y bajó la cabeza de nuevo hasta encontrar sus labios.

Volvió a tomar su boca negándose a separarse de ella, saboreándola a fondo. La levantó para apretarla contra su miembro hinchado y apretó los glúteos femeninos con entusiasmo. El calor de sus dedos atravesó la tela de su pantalón y Adalïe sintió como si le acariciara el trasero directamente. Excitada, sintiéndose deseada y muy especial, lo abrazó por el cuello y acarició su nuca con las yemas de los dedos. Su gesto lo calmó un poco y la bajó al suelo, dejando que su cuerpo se deslizara poco a poco sobre el suyo.

—Mañana aquí, a esta hora. Aunque mi instinto me dice que te secuestre y que nos vayamos lejos de aquí. —Ella rio por lo bajo, segura de que estaba loco y también de que era adorable y le dio un beso en la mejilla. El primero que daba a alguien desde que su madre había muerto.

—Mañana —confirmó con una tímida sonrisa. Después, se escapó por el hueco que había debajo del brazo de Finn y corrió como alma que lleva el diablo. Finn ahuecó las manos sobre la boca y gritó:

—¿No quieres que te lleve? —Pero ella no le contestó.

Pasaron varios minutos antes de que se diera cuenta de que en su rostro había una gigantesca sonrisa, porque la había encontrado. Su andsfrende. La única. Y en su caso era única de verdad porque era una muchacha muy especial, casi parecía venir de otro mundo. Al día siguiente no dejaría que se marchara sin que le dijera dónde vivía y si tenía familia. Necesitaba saberlo.

Encontró a Gulltop en un claro del bosque, masticando hierba. No le extrañó que no hubiera bajado con él a la ribera del río, porque una de las manías de su caballo era que no le gustaba nada el agua. Le volvió a pasar las riendas por encima de la cabeza y le palmeó el cuello.

—La he encontrado, pero todavía no se lo vamos a decir a nadie. Antes de que conozca a mi familia, quiero que se acostumbre a mí. —Intentó pronunciar su nombre como le había enseñado, pero le era imposible. Rio, alegre, sintiendo que una chispa de esperanza iluminaba el rincón de su interior que cada vez era más sombrío. Gulltop relinchó como si también riera con él y Finn volvió a palmear su cuello, luego, lo montó y lo hizo galopar lanzando un grito de guerra.

~

ADALÏE CORRIÓ CASI todo el camino. Estaba acostumbrada a hacerlo y, además, estaba tan contenta, que le parecía que podía volar. Cuando llegó al castillo, el patio estaba lleno de gente y gracias a que escuchó una conversación entre dos soldados, se enteró de que el rey había vuelto. La noticia hizo que se le pusieran los pelos de punta, no por el rey, sino porque eso significaba que su padre habría regresado con él. Lo único bueno del regreso del monarca era que, gracias al barullo del patio, pudo pasar desapercibida mientras lo atravesaba gracias a ir vestida como un muchacho. Dejó el torreón a su derecha y siguió caminando hasta el muro defensivo; al ver que no la seguía nadie, caminó deprisa paralela a la pared del torreón, hasta llegar a su ventana, de donde seguía colgando la soga. Después de asegurarse de que no venía nadie por ningún lado, trepó lo más rápido que pudo por ella.

~

CUANDO FINN REGRESÓ AL CASTILLO, tuvo que apearse y coger a Gulltop de la brida para poder atravesar el gentío que había en el patio de armas. Al salir de los establos, vio al rey apoyado en un cortesano, al menos eso parecía por cómo iba vestido, que intentaba consolarlo. Finn, sorprendido, preguntó a un soldado que había a su lado, qué ocurría. Minutos después, llamaba a la puerta de Inge esperando que su familia siguiera allí. Su hermano le abrió y al ver su cara, le dijo:

—¿Has visto al rey? Inge dice que es muy raro que no haya sonado el cuerno real, avisando de su llegada.

—Sí, he estado unos minutos hablando con uno de los soldados de la comitiva. Al parecer ha habido un accidente.

—¿De quién?

—De Skule Bardsson. Ha muerto. —Leif lo miró muy serio y se volvió hacia la habitación.

—Ven, vamos a decírselo a Inge. Ya le hemos contado todo, ha prometido ayudarnos —susurró antes de entrar, luego dijo en voz alta para todos—: Es Finn. Trae noticias.

—En la cacería ha habido un accidente. —Inge se levantó, estaba sentada entre Lisbet y Esben y se dirigió a él con cara de preocupación.

—¿Quién?

—Skule Bardsson —contestó. La cara de Inge y las de sus padres, reflejaban la tristeza y preocupación que les producía la noticia.

—Skule —susurró la amiga de su madre, sentándose en silencio mientras pensaba. Esben se sintió en la obligación de explicar a los jóvenes quién era el muerto.

—Era el hombre de más confianza del rey y el capitán de su ejército. Haakon estará destrozado, eran como hermanos —Finn asintió.

—Sí, estaba muy mal. Lo ayudaba un noble, uno moreno.

—Será Otto Rhun —dijo Esben. Lisbet arrugó la frente al escucharlo.

—¿Está aquí?

Inge le contestó:

—Vive casi siempre en la corte. Haakon cada vez confía

más en él y lo reclama constantemente para que lo acompañe.

—Entiendo. —Esben miró a Lisbet intencionadamente y ella le devolvió la mirada con una ligera inclinación de la cabeza. Ambos habían hablado sobre él en muchas ocasiones, pero nunca habían conseguido pruebas de que sus sospechas fueran ciertas.

—¿Cómo ha muerto Skule? —Esben se lo preguntó a Finn, pero su hijo se encogió de hombros.

—No me lo han dicho, solo que había sido un accidente.

—Esta noche, durante el baile, nos enteraremos. Bueno, si es que hay baile —aclaró Inge, mientras se levantaba y se sacudía la falda en un gesto de nerviosismo—. Quedaos aquí, por favor. Iré a darle el pésame a la reina y pediré que os asignen unas habitaciones. —Salió sin esperar contestación e Ydril preguntó a Lisbet, a la que tenía enfrente.

—¿Por qué le da el pésame a la reina si el hombre que ha muerto era amigo del rey?

—Skule también era primo de la reina y se querían como si fueran hermanos. —Finn creyó que era un buen momento para que le contaran lo que habían hecho en su ausencia.

—Leif me ha dicho que Inge ha prometido ayudarnos.

—Sí, va a hablar con la reina en cuanto pueda. Aunque después de lo ocurrido, no creo que pueda hacerlo hoy. —Lisbet se mordió el labio antes de añadir—: Además, nos ha dicho que los reyes no tienen buenas relaciones ahora mismo; es decir, que la reina podría no tener demasiada influencia sobre su marido en este momento.

—¿Por qué?

—Dice que, desde hace tiempo, Haakon se muestra frío con la reina. Y ahora casi no se hablan.

Esben quiso explicarles por qué eso era tan sorprendente:

—Aunque esto es habitual en otros matrimonios reales, vuestra madre y yo fuimos testigos de lo mucho que se querían Haakon y Margarita. Eran inseparables y Haakon estaba muy enamorado de la reina y se fiaba mucho de su opinión. Por lo que recuerdo, le consultaba todas las decisiones importantes. Inge dice que el rey ha cambiado tanto que no parece el mismo y estoy seguro de que habla por boca de la reina. —Lisbet tenía cara de preocupación.

—¿Y no saben qué les ha ocurrido? —Su padre mostró una sonrisa cínica.

—Al parecer, él ha depositado sus intereses en otro sitio.

—¿Hay otra mujer?

—No solo eso. La mujer a la que le achacan la culpa del cambio producido en Haakon, una tal Hallbera, dicen que es una bruja. Al menos eso es lo que se rumorea en la corte.

~

TUVO el tiempo justo para cambiarse de ropa, algo que hizo a toda prisa y sentarse. Cuando escuchó abrirse el cerrojo, ya respiraba tranquilamente. Tragó saliva al ver a su padre pensando que tendría que haberse quedado en el bosque. Se levantó lentamente y su padre la miró de arriba abajo con una mueca despectiva en el rostro.

—No has mejorado nada. Esperaba que hubieras heredado algo de la belleza de tu madre, pero ya veo que no es así. —Cerró la puerta de golpe y ella se estremeció al verlo achicar los ojos.

—Mañana te presentaré ante el rey y los nobles de la corte y dentro de pocos días llegará tu prometido, pero eso es algo que no puedes decir a nadie —se rio, desdeñoso—, aunque Hallbera me ha dicho que eres prácticamente muda. Te aseguro, Mary, que esa es una virtud que no esperaba que tuvieras. Tu madre, desde luego, nunca la tuvo. Me volvía loco con sus lloriqueos.

Adalïe siguió mordiéndose la lengua y mostrando una

cara indiferente, aunque le hubiera gustado abofetearlo, por atreverse a hablar así de su madre. Otto Rhun siguió hablándola durante largo rato, ordenándole cómo debía comportarse y ella aparentó escucharlo dócilmente, pero su mente viajó hasta el río para recordar el momento más feliz de su vida: su primer beso, el que le había dado Finn.

~

FINN ESTABA TUMBADO en la cama con los ojos cerrados y la mano en el pecho. Leif entró en su habitación y meneó la cabeza al verlo.

—¿Todavía estás sin vestir?

—Tardo cinco minutos —musitó, sin abrir los ojos. Sabía que tenía que concentrarse en lo que tenían que hacer, pero solo podía pensar en ella. Su hermano se sentó en su cama y le dijo, todavía sin abrir los ojos—: Eres un pesado.

—Padre le preguntó a Inge si conocía a algún noble con el dedo meñique más corto y ella dijo que no. —Finn se sentó con un suspiro, apoyando la espalda contra la pared.

—Puede que ya no esté aquí, incluso que haya muerto. Han pasado demasiados años. —Era una posibilidad que los dos habían hablado varias veces.

—Espera, déjame acabar… Inge recordó que hay dos hombres a los que les falta el meñique entero.

—¿Dos?

—Sí.

—¿Cómo lo perdieron?

—Uno de ellos por culpa de una pelea con espada, y a otro tuvieron que cortárselo porque se le estaba gangrenando la mano.

—Pues vaya lío.

—Sí. Vístete. —Finn puso los ojos en blanco.

—Ya voy. —Se incorporó, pero no podía bajar de la cama —. Levántate, no tengo sitio para moverme.

—No me jodas, baja por el otro lado. —Finn se frotó la cara, intentando no enfadarse y obedeció en silencio.

—No hace falta que te quedes aquí mientras me visto. —Leif lo miró con los ojos entrecerrados.

—No sé qué narices te pasa, pero, desde que hemos llegado, estás insoportable. Se supone que el malhumorado y el colérico, soy yo —afirmó. Finn hizo una mueca sabiendo qué era lo que le preocupaba a Leif. Después de una última mirada preocupada, su gemelo salió al pasillo, a esperarle con los demás.

Antes de vestirse para la comida, les había dado tiempo a trasladarse a las habitaciones que Inge les había conseguido, a través del mayordomo del castillo. Finn tenía una para él solo, lo que le pareció de lo más conveniente, y sus padres y Leif e Ydril, una para cada pareja. Quedaron en el pasillo para bajar juntos al salón y observar la cara de los nobles, cuando sus padres dijeran quiénes eran. Esperaban que la reacción de alguno de ellos les dijera quién les había secuestrado.

Desgraciadamente Inge tenía malas noticias, ni los reyes, ni ninguno de los nobles cercanos a él acudirían a la comida ni a la cena de esa noche, como muestra de duelo por la muerte de Skule. Los padres de los gemelos habían ido a saludar a Haakon un rato antes y cuando volvieron, ella estaba muy afectada. Había visto muy triste a su tío, pero también le llamó la atención que le costara concentrarse y que parecía distraído. Al verla, se había abrazado a ella llorando y les preguntó si Magnus estaba con ellos. Le contaron lo de los gemelos y se alegró mucho; contestó que al día siguiente los conocería, porque en ese momento no se sentía con fuerzas.

El salón estaba casi vacío por lo ocurrido en la cacería, solo había unos cuantos nobles desperdigados por él. Esben sonrió al reconocer a uno de ellos y dijo su nombre en voz alta, además de levantar la mano para llamar su atención.

—¡Horik! —El aludido se volvió y todos pudieron verlo bien. Se trataba de un soldado pelirrojo barbudo y con el pelo corto, además era alto y delgado. Cuando vio a Esben, sonrió y se acercó a él. Se estrecharon los antebrazos, poniendo la mano libre sobre el hombro del otro, entre muestras de alegría. Los vivarachos ojos azules de Horik repararon en Lisbet y se acercó a saludarla con cortesía y entonces, su mirada se detuvo en Finn y luego en Leif, que estaban a ambos lados de Ydril, observando pacientemente la escena. Horik agrandó los ojos y miró a Esben, preguntándole con la mirada; este esperaba su reacción y, muy sonriente, confirmó su reacción:

—Horik, te presento a mis hijos, Leif y Finn. Y la belleza que está entre ellos es mi nuera, la mujer de Leif, Ydril. Chicos, este es Horik Bärdsson, uno de los hombres con peor carácter que conozco.

El aludido rio a carcajadas y le dio un fuerte golpe en la espalda que provocó que apareciera una mueca en el rostro de Esben.

—Me niego a contestar a esa provocación, vuestras noticias son demasiado emocionantes. —Parecía a punto de tirarse de la barba para asegurarse de que no estaba soñando.

—¿Estos hombretones son aquellos bebés tan pequeños?

—Los mismos.

—¡Por Odín y por todos los dioses de Asgard! —su grito hizo que los demás invitados que había en el salón los miraran. Una desconocida, preguntó qué ocurría a falta de una distracción mejor y, cuando Horik se lo contó, los demás los rodearon llenos de aspavientos y sonidos de incredulidad. Todos habían oído hablar del secuestro de los gemelos, aunque no conocían a Esben o Lisbet. Curiosos, les suplicaron que les contaran su historia y ellos accedieron, pensando que era una manera de conseguir información.

Lisbet decidió narrar ella lo ocurrido, ocultando que el muchacho que salvó la vida de los gemelos era el padre de Ydril; esta, al darse cuenta, la miró con gratitud, al igual que Leif. Tampoco incluyó la información que tenían acerca del meñique del asesino, porque habían quedado en no hacerla pública para que el culpable no se pusiera en guardia. Seguían haciéndole preguntas, cuando Lisbet vio a Inge en la entrada y se acercó para hablar con ella.

—¿Qué ocurre?

—Me he escapado un momento para ver cómo estáis, pero tengo que volver enseguida —susurró, a pesar de que estaban muy lejos de los otros—. No sé si te interesará, pero al salir de las habitaciones de la reina he visto a Otto Rhun, junto a las del rey, cuchicheando con un obispo cristiano y un fraile.

—Me parece que sé quiénes son: el obispo Eisbig y el prior de los benedictinos, Arild Schön. Magnus nos ha dicho que los tres parecen ser muy amigos, cree que traman algo —remató, malhumorada. Inge siseó, asustada.

—Shhhh ¡Calla, no hables así en público! ¿No recuerdas cómo debes comportarte aquí? —Lisbet le contestó bajando la voz, pero su expresión era de rebeldía.

—Claro que sí, pero llevo demasiados años callada. ¿Sabes cuántas veces he discutido con mi marido por culpa de Otto? Siempre he creído que el único motivo por el que a Esben no le gustaba, era porque ambos habían competido entre sí para casarse conmigo. Jamás le creí cuando me decía que era un hijo de puta. Y ahora, además, quiere quedarse con la abadía de Magnus. Es un cerdo.

Inge miró a su alrededor antes de decir:

—Lo sé, Lisbet, pero necesitas pruebas para acusarlo de cualquier cosa. Recuerda que, ahora, tiene más influencia sobre el rey que nadie. El único que se interponía entre él y Haakon, era Skule. —Hasta que no las dijo, no se dio cuenta del alcance de sus palabras y, en ese momento, las dos se miraron igual de impresionadas. Lisbet susurró, con la cabeza junto a la de su amiga.

—¿Crees que…? —Inge la sujetó por el brazo para que no siguiera hablando.

—¡Calla! Lo hablaremos cuando esté segura de que nadie puede oírnos. Tengo que irme, pero ten mucho cuidado —Lisbet asintió con un murmullo, y caminó hacia la mesa intentando aparentar que no tenía ninguna preocupación en el mundo.

CAPÍTULO 8

Esben esperó a que su mujer compartiera con ellos lo que había hablado con Inge e intentó no parecer resentido, pero no debió de tener mucho éxito porque ella le dijo en voz tan baja que solo él pudo escucharla:

—Tienes razón, siempre la has tenido. Es un hijo de puta. ¿Estás contento? —Afortunadamente, su conversación no parecía tener interés para nadie más.

—No, en absoluto, pero te agradezco que lo digas. —Entornó los ojos—. Tengo una pregunta, suponiendo que Eisbig y Schön han venido a dar el pésame por la muerte de Skule, ¿cómo es que han llegado tan rápido?

—No lo sé.

—Porque estaban ya en Bergen; si no, es imposible. —Se miraron fijamente—. Aquí está pasando algo gordo, Lisbet. Aunque todavía no sé qué es.

—Estoy de acuerdo. —Esben cogió su mano derecha y la entrelazó con la suya, escuchando la conversación de los gemelos con el resto de sus compañeros de mesa.

Finn se escapó discretamente, aunque esta vez no cogió a Gulltop, porque quería recorrer andando las calles de

Bergen. Quería buscar a Adalïe, aunque, curiosamente, en el palacio se sentía cerca de ella. Callejeando sin prisa para que no se le escapara ningún detalle, se encontró de bruces con el mercado y revisó los tenderetes uno a uno esperando encontrarla; luego se dirigió a la calle donde estaban los comercios que había en la ciudad: la panadería, la zapatería y la herrería, y entró en todos para preguntar por ella, pero nadie supo decirle nada. Se fijaba en todas las mujeres que se iba encontrando a su paso, pero tampoco tuvo suerte. Cuando terminó de recorrer toda la ciudad y no le quedó ningún comerciante a quien preguntar, se dio por vencido. Volvió al palacio decepcionado, y nervioso por si no se presentaba al día siguiente. Porque entonces no sabría por dónde seguir buscándola.

Casi no pegó ojo y se levantó antes de que amaneciera harto de dar vueltas en la cama. Imaginando que todavía no estaría el desayuno preparado, porque no había muchos chalados como él, aprovechó para lavarse y afeitarse tranquilamente; deseaba tener el mejor aspecto posible para ella. Luego, se puso ropa limpia y se sentó a esperar. Después de escuchar ruido en la planta baja, se dirigió al comedor para desayunar. Allí lo encontró su hermano. Leif se dirigió a él después de coger un tazón con leche y un trozo de pan, tal y como había hecho él mismo. Ese era siempre el comienzo de su desayuno, lo que se comían después dependía de lo que hubiera disponible. Su gemelo se sentó frente a él.

—¡Qué madrugador! —No le contestó, a menos que un gruñido contara como contestación. Sabía perfectamente que su hermano estaba preocupado y buscaba información. Pero él no iba a dársela, al menos intentaría no hacerlo—. Ya veo. No tienes ganas de hablar. Ayer desapareciste durante mucho rato. —Finn bebió un poco de leche caliente y observó la larga mesa donde solían dejar la comida disponible para los invitados del rey, pero, de momento, no había nada más que pan y leche.

—¿No vas a contestar? —Cuando quería algo, Leif podía ser más pesado que nadie.

—¿A qué?

—¿Qué coño te pasa?

—Nada.

—Ya.

—Leif, déjame en paz, por favor. Haznos un favor a los dos y vuelve con Ydril. —No estaba enfadado, pero no quería hablar con nadie de ella. Todavía no estaba preparado.

—Solo quiero asegurarme de que estás bien. —Parecía dolido y Finn suspiró, arrepentido. Alargó la mano y le dio un apretón en el antebrazo.

—Lo estoy. No te preocupes, por favor. —Leif le echó una larga mirada.

—En algún momento tendrás que contármelo. —Finn hizo una mueca. Afortunadamente, una muchacha de la cocina los interrumpió trayéndoles un plato con carne fría y más pan. Eso los distrajo durante un rato.

CERCA DE LAS nueve de la mañana escuchó el ruido de la llave abriendo la cerradura. Era Hallbera, acompañada de una muchacha que traía una bandeja con su desayuno. Lo dejó sobre la única mesa que había en el dormitorio y se marchó sin decir una sola palabra, aunque antes echó una mirada aterrorizada a Adalïe. A saber qué le había dicho Hallbera sobre ella para que la mirara así.

—Con esto tendrás que aguantar hasta la cena porque tu padre y yo tenemos que hacer… algo. —Se relamió lascivamente, pero la muchacha la miró indiferente—. Empiezo a pensar que lo de aquí no te funciona —le dijo, dándose un par de golpecitos con el índice en la sien, pero Adalïe siguió sin reaccionar. Aburrida al ver que no respondía a su provocación, Hallbera se contoneó hasta la puerta con un chasquido de la lengua, pero se volvió en el último momento.

—¡Ah!, antes de la cena te traeré un vestido para cuando bajes. A tu padre no le parece adecuado que parezcas una monja cuando te presente al rey. Y otra cosa, si le cuentas algo a quien sea, no solo lo pagarás tú, también esa persona. Tu padre es un hombre muy influyente, no lo olvides y todo el que se enfrenta a él acaba muerto. —La observaba con los ojos entrecerrados, intentando averiguar qué había detrás de su fachada inmóvil; pasaron un par de minutos mirándose en silencio hasta que, con un bufido de fastidio, la bruja se marchó dando un portazo. Pero ni siquiera en ese momento se olvidó de cerrar la puerta.

Adalïe se levantó, nerviosa, y se acercó a la ventana observando las nubes negras que se veían a lo lejos, sobre el mar. Como su habitación daba al fiordo, solo había una estrecha franja de tierra entre el muro del palacio y el precipicio que terminaba en el oscuro y frío mar. Por allí nunca pasaba nadie. Desde que había vuelto el día anterior, no había dejado de pensar en Finn y si se atrevería hoy, cuando lo viera, a decirle cómo era su vida y a pedirle ayuda. Parecía un hombre fuerte, estaba segura de que no tenía miedo de nada. Pero lo que había dicho Hallbera era verdad, su padre no dudaría en asesinar a cualquiera que se interpusiera en su camino, así lo había hecho con su madre. Ella misma había crecido segura de que él acabaría con ella tarde o temprano, y nunca había sabido por qué no lo había hecho a lo largo de tantos años. La explicación parecía sencilla, había planeado sacar provecho de ella mediante el matrimonio. Por eso iba a casarla con ese desconocido del norte. Pero esta vez no obedecería. Buscaría la forma de huir de su padre, y lo haría ella sola. Arriesgaría su vida, pero jamás haría lo mismo con la de Finn.

Harto de las preguntas de su hermano y, aprovechando que su cuñada había bajado a desayunar y Leif estaba distraído hablando con ella, Finn se escabulló sin despedirse. Fue a buscar a Gulltop que relinchó de alegría al verlo y lo montó, después de ponerle la silla.

—Vamos, amigo. Ya no puedo esperar más. —Un cabeceo vigoroso del caballo precedió a la salida del establo y poco después, atravesaban la puerta principal después de cruzar el patio de armas.

No pararon hasta llegar al claro lleno de hierba donde lo encontró el día anterior. Era una zona muy tranquila y estaba cerca del lugar en el río donde él tenía que encontrarse con Adalïe. Le dejó con la brida suelta y lo palmeó en el anca izquierda.

—Pórtate bien. —Gulltop relinchó, aunque sonó más como un bufido, como si le dijera que él hiciera lo mismo.

Con una risa divertida después de escucharlo, Finn se marchó a paso vivo hacia el lugar de la cita, aunque todavía era muy pronto; por eso le sorprendió escucharla cantar. Su corazón se aceleró y su rostro se oscureció por el rubor de la excitación. Corrió sin hacer ruido por la hierba y se detuvo a escasos metros de ella, aunque todavía no lo había visto.

Adalïe se había sentado apoyada en el árbol sobre el que él mismo la había recostado, antes de besarla, el día anterior. Estaba cantando y, aunque en esta ocasión tampoco entendía lo que decía, esta canción parecía más alegre que la otra. Respiró hondo y salió de su escondite.

—Hola, Adalïe. —Ella se levantó despacio y le devolvió el saludo con una tímida sonrisa. Llevaba la misma ropa que el día anterior y el mismo sombrero deforme que le cubría medio rostro. Finn alargó un brazo y se lo quitó en cuanto llegó junto a ella, haciendo que el cabello se derramara rodeando su rostro como un manto de seda negra. Después, la besó. Le complació su respuesta, y siguió provocándola; las dos lenguas retozaron juntas en un baile de caricias húmedas. Cuando Adalïe pensaba que se ahogaría por falta de aire, él se apartó de ella y la abrazó, apoyando la cabeza en su coronilla y guiando la cabeza de ella para que descansara en el refugio de su pecho.

—No sabía lo solo que estaba hasta que te he conocido. —Ella se estremeció cuando sus palabras llegaron hasta ella, y se prometió que lo protegería de su padre. Y la única manera de hacerlo era no contándole la verdad.

Una de las enormes manos de Finn se amoldó a su nuca como gesto cariñoso de consuelo, provocando que los ojos de ella se humedecieran. La otra mano permaneció en su espalda, acariciándola suavemente, adivinando lo que necesitaba. Adalïe nunca se había sentido tan mimada como en ese momento y, respirando profundamente, lo abrazó por la cintura, pegándose a él en silencio, absorbiendo el calor y la fortaleza que despedía su cuerpo.

—Sentémonos aquí. —Finn se dejó caer junto al árbol y tiró de ella para que lo imitara, pero hizo que se acomodara sobre él, con la cabeza apoyada en su hombro. La contempló fijamente—. Ayer estuve buscándote. —Ella se tensó.

—¿Dónde?

—En la ciudad. —El rostro de ella se relajó y él se dio cuenta—. No vives allí…, creía que sí —musitó—. Solo quería verte y hablar contigo —sonrió de medio lado, pareciendo un niño travieso—, y a lo mejor darte un par de besos, si tenía suerte. —Ella sonrió, enternecida, y acarició su mejilla.

—¿Es normal lo que nos pasa, Finn? —Él ya se había dado cuenta de que ella no tenía demasiada experiencia, pero hasta ese momento no supo lo inocente que era.

—No, por eso es tan especial. —La besó de nuevo—. No sé qué hubiera hecho si no hubieras venido hoy. —Su comentario provocó que Adalïe recordara que se había prometido mantenerle a salvo de su padre.

—Finn, tengo que pedirte algo. —Él sonrió decidido.

—Lo que quieras.

—¿Seguro?

—Claro. —El brillo de sus ojos le dijo que estaba deseando que le pusiera a prueba.

—Es muy importante que no intentes averiguar dónde voy cuando nos separamos, ni quién soy. Prométeme que lo harás.

—No puedo. —Ella lo miró con la frente arrugada. Le dolería mucho, pero prefería dejar de verlo a ponerlo en peligro.

—Entonces no nos veremos más.

—No digas eso. —Sin darse cuenta, apretó su cintura con fuerza para evitar que se moviera y sus ojos brillaron de forma antinatural. Su voz también cambió—: No puedo dejarte marchar, no me pidas eso.

—No lo haré. —Sin miedo, como ya le había demostrado el día anterior, le puso la mano en la mejilla y susurró—: Finn, quiero que sigamos viéndonos y te prometo que no te dejaré, pero tiene que ser de esta manera, al menos de momento. Más adelante te lo contaré todo, confía en mí, por favor. —Lo besó en la barbilla, pero él no respondió, estaba enfadado. Mordiéndose el labio inferior, dudó un momento, pero luego colocó las manos cubriendo sus orejas para que inclinara la cabeza hacia ella, y lo besó. Al principio, él seguía rígido, pero enseguida se rindió con un gemido y abrazándola con fuerza, correspondió a su beso.

Hasta entonces había conseguido controlarse con ella, intentando ser delicado para no asustarla, pero ya no pudo más. Correspondió a su beso con furia mientras sus manos vagaban sobre su cuerpo, amoldándola contra él.

—Eres mi andsfrende. Ahora sé que he nacido para protegerte y hacerte feliz —dijo, arrastrando su boca por sus mejillas, su barbilla y su garganta. Apartándose unos centímetros de ella, se rindió con una mueca amarga—. Si esa es la única manera de que podamos estar juntos, lo haré, aunque te ruego que no me hagas esperar demasiado. Mi cabeza me dice que es un error, pero acabo de descubrir que no puedo negarte nada y te advierto de que me voy a morir de preocupación todos los minutos que estemos separados. Prométeme que esto será solo durante unos pocos días. Necesito tenerte cerca, saber que estás bien.

—Te lo prometo. Yo también quiero que estemos juntos. Ojalá pudiera ser hoy, pero no puedo —susurró a pocos centímetros de sus labios sintiendo que se moría por dentro por la mentira porque, aunque lo que le decía era cierto, jamás se uniría a él sabiendo que su padre, cuando se enterara, lo mataría. Como respuesta, Finn la besó hasta que los dos sintieron el dulce dolor que provoca la necesidad del otro; la pasión había ido creciendo entre ellos hasta dejarlos ardiendo. Jadeando, Adalïe dejó que la lengua de Finn jugara con la suya y sintiéndola temblar entre sus brazos, él supo que lo deseaba con la misma desesperación que él a ella.

Pero, a la vez, Adalïe no había tenido nunca tanto miedo como ahora, porque había encontrado a alguien que la quería. Asustada, escondió la cabeza en el hueco de su cuello, el lugar más cálido del mundo.

—¿Qué ocurre, Adalïe?, ¿qué es lo que temes? —Tiraba de ella para ver su cara, pero ella se resistía, abrazada a su cuello como un animalito salvaje que se resistiera a abandonar su madriguera—. Pequeña, confía en mí.

Él no sabía a quién se enfrentaban, pero ella sí, y no resistiría que por su culpa hicieran daño a la única persona que le había hecho sentirse querida, aparte de su madre. Agarrándose con fuerza a él, se prometió que buscaría una manera segura de escapar para poder marcharse con Finn.

—Háblame de tu familia. —Sus labios rozaban el musculoso cuello masculino, provocando que él se estremeciera.

—¿Tú no quieres contarme nada sobre ti y yo tengo que hablarte de mi familia? —su tono algo resentido consiguió que sacara la cara de su escondrijo y lo mirara fijamente con sus ojos enormes y plateados. Susurró—: Por favor.

—Está bien. —Le robó otro beso rápido antes de empezar —. Tengo un hermano gemelo. —Leif siempre había sido lo más importante en su vida hasta que encontró a sus padres y, como a todo el mundo, el que fueran gemelos despertó su curiosidad.

—¿Sois exactamente iguales?

—Bueno, en realidad, no. Yo soy bastante más guapo. —Su sonrisa traviesa la hizo reír, olvidando sus preocupaciones.

—¿Solo sois dos o tienes más hermanos?

—Como mi hermano se ha casado hace unas semanas, Ydril, su mujer, ahora es mi hermana.

—¡Qué suerte!

—¿Y tú?, ¿tienes hermanos o hermanas? —Ella negó con la cabeza, tristemente.

—No, solo estoy yo.

—Ahora no. Me tienes a mí y a mi familia. ¿Y tus padres? —Ella le tapó los labios con los dedos para que no siguiera preguntando y se recostó sobre él. Y sus palabras volvieron a sorprenderlo:

—Finn, bésame otra vez, antes de que tenga que marcharme. Aprovechemos el tiempo. —Sonrió abiertamente al ver su reacción.

—No te besaré solamente. —Ella lo miró con la frente arrugada, sin saber qué quería decir. No sabía casi nada sobre las relaciones entre hombres y mujeres, pero había imaginado que, al seguir vestidos, no podían hacer nada más. Se quedó pensativa intentando imaginar... Finn estaba decidido a hacerla sentir tan bien, que no dudara en volver a él al día siguiente—. Quiero que sientas parte del placer que notarás cuando estemos juntos en la cama.

—Pero, para eso tendríamos que estar acostados y desnudos, ¿no? —Se mordió el labio, excitada y preocupada a la vez.

—Tranquila, pequeña —contestó él con voz ronca. De pronto, un pensamiento repulsivo invadió su mente—. ¿Te doy miedo? —Ella sonrió.

—No. Sé que no me harías daño. —Lo abrazó y lo besó en la mejilla. Olía a jabón y a él—. Me gusta lo suave que tienes hoy la piel.

—Entonces me afeitaré todas las veces que haga falta para que siempre esté así. —Ella volvió a abrazarlo y su muslo se apretó contra su miembro, insoportablemente hinchado, provocando que una ola de placer lo recorriera por entero y que gimiera cerrando los ojos. Ella notó el bulto junto a su pierna y bajó la mirada; intuía para qué se utilizaba, aunque nadie se lo había explicado nunca, pero había visto a algún animal apareándose e imaginaba que los hombres y las mujeres harían lo mismo. Volvió a mirar a Finn que seguía con los ojos cerrados, respirando profundamente.

—¿Te duele? —Al escuchar su tono de preocupación, los abrió.

Volvían a brillar, pero la intuición de Adalïe le dijo que, el centelleo que mostraban ahora, lo había producido ella. Rozó la mejilla femenina con el índice, arrastrándolo suavemente hasta llegar al provocativo labio inferior que mordisqueó después de inclinarse sobre él.

—No puedo resistirme a tu boca. —A la vez, deslizó la mano por sus hombros, la bajó hasta el costado y llegó hasta la cintura; allí se desvió, colándose por la parte delantera de sus pantalones. Ella apoyó las manos en su pecho y lo miró, con las pupilas dilatadas, preguntando con voz ronca:

—¿Qué haces? —Finn, anhelando más de ella, hizo que su mano ahondara más hasta conseguir apartar su ropa interior a un lado. Adalïe sujetó su muñeca o intentó hacerlo, porque al ver que no se detenía, suplicó:

—Por favor —su ruego lo paralizó momentáneamente y, con una maldición, sacó la mano de sus pantalones. Se inclinó hasta rozar la delicada oreja terminada en punta con los labios, y entonces fue él quien rogó:

—Déjame complacerte, al menos de esta manera, pequeña. ¿No confías en mí? —Adalïe buceó en sus ojos infinitamente azules durante unos instantes.

—Sí —su corazón le dictó la respuesta—, hazme lo que quieras. —Él sintió un latigazo de lujuria recorrerlo al escuchar sus palabras, pero sabía que, aunque sintiera que se moriría si no la hacía suya era demasiado pronto para ella y esperaría, costara lo que le costase.

—Túmbate, cariño. No, sobre mí, no. Sobre la hierba. —Ella obedeció, confiada, y él se arrodilló a su lado—. Ahora voy a quitarte las botas y los pantalones —ella asintió con los ojos agrandados, pero lo que él vio en ellos fue excitación, no miedo. Siguió quitándole la ropa hasta dejarla desnuda, pero él se quedó vestido esperando que eso lo ayudara. Tragó saliva al ver su piel, blanca y luminosa, sus pechos pequeños y sus piernas esbeltas. Era perfecta.

Inclinándose sobre ella, rozó amorosamente sus senos con los labios dejando un cálido reguero de besos. Lamió lentamente sus pezones hasta que se pusieron duros contra su lengua y se amamantó de ellos durante largo rato, mordisqueando después sus pezones. Ella se quejó, y Finn levantó la cabeza, soltando su presa.

—¿Te he hecho daño?

—No... —sus ojos brillaban lanzando chispas de plata— es que he sentido algo extraño, como una sacudida en la tripa. —Posó la mano sobre su vientre.

—¿Pero te dolía?

—No, al contrario. —Él sonrió, entendiendo.

Se movió, aun de rodillas, para acercarse a su cadera y alargando el brazo, posó la mano sobre su ombligo y la movió en círculos, acariciando su abdomen. Adalïe cerró los ojos, disfrutando del momento; tenía los brazos estirados paralelos al cuerpo con las palmas hacia arriba, ofreciéndose a él por completo.

La mano de Finn acarició, destensó y calmó, pacientemente bajando por su vientre, hasta encontrarse con su pubis. Los ojos de ella estaban entornados por la excitación y se lamió el labio inferior, deseando que la mano de él avanzara. Y lo hizo. Se adentró poco a poco en ella, sin dejar de mirarla a los ojos; separando sus pliegues íntimos, acarició su interior reconociéndolo con el dedo índice, luego lo sacó y lo llevó hasta su boca para saborearla.

—Eres exquisita, pero ya lo imaginaba. —El cuerpo de Adalïe se ruborizó por entero, provocando la sonrisa del berserker. Sin previo aviso, incursionó en ella con dos dedos, lenta pero inexorablemente. Ella levantó la cabeza con la boca abierta en un grito mudo que no llegó a dar.

—¿Te duele? —Ella lo negó silenciosamente y él continuó. Entró y salió varias veces, sorprendiéndola al sentirse excitada de verdad por primera vez en su vida. Entonces, él se movió y se colocó entre sus piernas, pero antes tuvo que presionar suavemente sus muslos para que las separara.

—Ábrete, cariño. —Ella no entendió lo que quería hasta sentir la presión de sus manos y, cuando lo hizo, Finn se coló y se tumbó entre ellas, pero con la cabeza a la altura de su pubis. La miró por encima y lo besó pícaramente—. Ahora viene lo mejor. Disfruta del viaje. —Inclinándose, abrió de nuevo sus pliegues con las dos manos e inclinando la cabeza, bebió de ella. Buscó el nódulo carnoso y lo lamió glotonamente.

Adalïe no era capaz de decir nada coherente, solo de gemir. Entonces, él bajó su cabeza un poco más y la penetró con la lengua, imitando el movimiento que había hecho antes con los dedos, entrando y saliendo de ella. Adalïe gritó, pero él no tuvo piedad, acarició su interior con la lengua rítmicamente provocando un temblor salvaje en ella. Al principio, se aferró a la hierba con las manos, pero pasados unos minutos, espoleada por la excitación alargó los brazos hacia él, suplicante:

—Ven, por favor. —Necesitaba el cuerpo de él desnudo, sobre ella—. Ya.

Él respiró hondo para contenerse, dejando de darle placer durante un momento.

—Hoy no, mi amor. Pero haré que disfrutes igual. Confía en mí.

—Por favor —insistió con un gemido de angustia. Temiendo que lo convenciera, volvió a meter la cara entre sus piernas y a lamerla por dentro, como si fuera su postre favorito. Cuando ella intentó sentarse queriendo desvestirlo para que se uniera a ella, se lo impidió agarrando sus muñecas y atrapándolas a ambos lados de su cuerpo, aunque tuvo cuidado de no hacerle daño.

—Túmbate, pequeña, y te daré lo que necesitas. Te lo juro. —Ella obedeció, muy nerviosa y gritó cuando sintió la suave caricia de su lengua otra vez. La lamió lentamente, disfrutando de su sabor y dejó libre sus manos. Dejó su vagina y volvió a su nudo secreto y, después de lengüetearlo durante unos segundos, lo mordió suavemente y el cuerpo de Adalïe se sacudió como si lo hubiera alcanzado un rayo. Él la acarició el vientre como antes, en movimientos circulares esperando que las oleadas de placer, terminaran. Cuando volvió a la tierra, lo miró y lo encontró sentado sobre la hierba, observándola.

—Yo diría que te sientes un poco presumido.

—¿No te parece bien?

—Puedes ser tan vanidoso como quieras. Ven, por favor. —Alargó de nuevo los brazos hacia él, pero Finn se negó a tumbarse con ella. No, mientras estuviera tan excitado. Pero él también quería abrazarla, por lo que se sentó contra el árbol, como antes.

—Mejor sentados. Ven, pequeña. —Ella se levantó, sin sentir vergüenza ninguna y se sentó en su regazo, apoyándose en su hombro. Finn la abrazó aspirando su olor, y permanecieron así durante un rato. Hasta que, por la posición del sol sobre los árboles, Adalïe se dio cuenta de lo tarde que era.

—Finn, tengo que marcharme —a pesar de sus palabras, no se movió. Él apretó los brazos sobre ella inconscientemente—. ¿Ayer estuviste buscándome por la ciudad porque vives allí? —Tenía mucha curiosidad por su vida, aunque sabía que era injusto preguntarle si ella no le decía nada sobre la suya. Finn pareció ponerse nervioso.

—¿Por qué lo dices? —Adalïe se encogió de hombros.

—No lo sé. Ayer me pareciste un soldado y, si trabajas en el castillo, es normal que vivas en Bergen. —Finn la observó durante largo rato. Quería decirle la verdad, pero algo le decía que no lo hiciera. No hasta saber quién era ella de verdad.

—Tenías razón, he sido soldado durante varios años. ¿Y tú no vas a decirme dónde vives? —Ella apartó la mirada e intentó levantarse, pero él la sujetó por la cintura.

—Finn, prometiste que me dejarías marchar y que no me harías preguntas.

—Estaba desesperado y un hombre en esa situación promete cualquier cosa.

—Finn —suplicó, poniendo la palma de la mano sobre su corazón. Él aguantó su mirada unos segundos y, después, con una maldición la soltó. Sentado, observó cómo se vestía a toda prisa y, con el sombrero en la mano, se ponía en cuclillas a su lado. Él miraba hacia el río, medio enfadado. Sabía que no estaba siendo justo, pero no podía serlo.

—Me voy. ¿Mañana? —Antes de que pudiera levantarse, tiró de su mano y la sentó de nuevo en su regazo. Antes de que se quejara, pidió:

—Un último beso que me acompañe hasta mañana. —Ella sonrió y se lo dio. Luego se levantó ágilmente y se miraron. Él le dijo, antes de que se marchara corriendo como el día anterior—: Si no apareces mañana...

—Vendré. Te lo juro. —Finn volvió la mirada hacia el agua dejando que se marchara, aunque lo que realmente quería era montarla en su caballo y llevársela lejos, donde nadie los encontrara. Hoy había cedido a sus súplicas, pero al día siguiente no lo haría. Averiguaría quién era y la convencería a ella y a su familia de que ya no podían separarse.

CAPÍTULO 9

Otto gritó al sentir el orgasmo. Segundos después, se apartaba de Hallbera y se tumbaba bocarriba en la cama tapándose los ojos con el brazo, mientras que su respiración, poco a poco, volvía a ser normal. Ella, con una mirada irónica, le reprochó:

—Aunque solo fuera por respeto, me gustaría que alguna vez te aseguraras de que yo también disfruto. —Él apartó el brazo del rostro y la miró, incrédulo; luego sonrió, aunque no parecía divertido. Se levantó y, volviéndose hacia la bruja, se frotó el pecho. Con tono despreciativo, contestó:

—Me temo que eso tendrás que pedírselo a Guttorm. —Los inquietantes ojos de Hallbera, de un azul casi transparente, lo observaron con desconfianza y se sentó en la cama —. Veo que te sorprende que lo sepa. No pensarías que no iba a enterarme, ¿verdad?

—No te debo ninguna explicación. Los dos sabemos lo que hay entre nosotros.

—Exactamente. Y no me importa donde consigas tus... pequeños placeres, siempre y cuando eso no arruine mis planes. Guttorm tiene mucho trabajo de ahora en adelante, y ahora que Skule ha desaparecido por fin y he convencido a Haakon para que él lo sustituya; no quiero que se distraiga de su cometido, aunque no me parece mal que lo recompenses, de vez en cuando por hacer bien su trabajo.

—Deberías estar contento. Al fin y al cabo, tu plan de deshacerte de la mano derecha del rey ha funcionado. —Otto entornó los ojos al escucharla, observándola con tal fijeza que ella se estremeció, aunque se encogió de hombros aparentando indiferencia—. No te enfades, es la verdad.

—Claro. Y lo que yo te he dicho sobre que puedes abrirte de piernas con él, como la puta que eres, también es verdad. Pero te advierto: no lo distraigas. Espero que de esta manera te haya quedado más claro. No consentiré que ni tú ni nadie, destruya lo que he tardado tantos años en conseguir. —Hallbera apretó los labios, enfadada por el insulto y contratacó con un tono de falsa dulzura. Otto esperaba que lo hiciera, pero no imaginaba que su mundo se tambalearía al escucharla:

—Te veo en plena forma, querido. Imagino que se debe a que todavía no sabes que «ella» y su querido marido están aquí. —Otto se ruborizó por la noticia y la bruja, a pesar de todo, lo observó fascinada. La pasión desmedida y constante que Otto sentía por una mujer tan simple, desde su punto de vista, como Lisbet Lodbrok nunca dejaba de sorprenderla.

—No es verdad —susurró, con la voz ronca, exigiendo una confirmación. Ella sonrió sabiendo que así clavaba el puñal más profundamente.

—Me alegra decirte que sí lo es. Aunque todavía no la he visto, me han asegurado que ella y su marido han llegado ayer, acompañados de dos hombres jóvenes y una muchacha ¿Cuánto hace que no la ves? —Otto se apartó de ella.

Intentando controlar las ganas de estrangularla, se dirigió a la ventana que daba a la ciudad de Bergen. Se frotó el pecho inconscientemente sintiendo un pinchazo casi olvidado, sin darse cuenta de que no era un dolor físico. De espaldas a la bruja, se permitió recordar el momento que cambió su vida para siempre.

Veintisiete años atrás...

Fue a verla en cuanto volvió; solo se pasó antes por la habitación que el rey le asignó a su familia, para bañarse y cambiarse de ropa. Tuvo que marcharse porque su padre había insistido en que lo acompañara, incluso habían discutido por ello; si no hubiera sido así, jamás la habría dejado.

Lisbet le abrió la puerta de su habitación en cuanto llamó. Parecía triste, o eso le pareció al principio, aunque después pensaría que su rostro aparentaba culpabilidad.

—¡Lisbet! —La abrazó, como hacía siempre que se saludaban. Se conocían desde niños—. ¡Qué ganas tenía de verte! —No podía esperar más y, atropelladamente, preguntó—:¿Has hablado con tu tío? Mi padre habló con él antes de que nos marcháramos.

Como ella y su hermano eran huérfanos, el padre de Otto, Erik Rhun, se había dirigido al rey a pedirle la mano de Lisbet para su hijo. Haakon le había asegurado que le presentaría la proposición a su sobrina en los mejores términos, pero le pidió a Erik que se marcharan unos días de la corte para que ella tomara su decisión sin presiones. Otto había ido a la habitación de Lisbet, feliz y emocionado, esperando que le dijera cuándo quería casarse. Pero ella estaba tan callada y seguía pareciéndole tan triste, que le preguntó si le pasaba algo. Lisbet asintió en silencio y le señaló las sillas que había junto a la ventana del saloncito.

—Sentémonos un momento.

Cuando lo hicieron, ella tardó unos segundos en hablar, como si estuviera escogiendo sus palabras con cuidado:

—Haakon dice que quieres casarte conmigo —él asintió en silencio, estaba empezando a asustarse y tenía la garganta demasiado seca como para hablar. Lisbet, nerviosa, se lamió el labio inferior; incluso en ese momento, ese gesto tan sencillo lo excitó y la odió un poco por el poder que tenía sobre él.

—Otto, sabes que te tengo mucho cariño. Te lo he dicho muchas veces, pero no te quiero de esa manera. Lo siento, pero le he dicho a Haakon que no quiero casarme contigo y que quería decírtelo yo.

—¿Qué? —susurró, incrédulo.

La familia de Otto era la más rica del país y, aunque Lisbet y su hermano habían heredado una fortuna de sus padres, no era nada comparado a lo que tendría con él. Estaba seguro de que aceptaría y su padre también.

—Lo siento. —Estaba inclinada hacia él intentando consolarlo, pero se irguió al ver su mirada de odio.

—El rey le dijo a mi padre que estarías de acuerdo. —Ella suspiró.

—Sí, lo sé y lo siento. Haakon no lo hizo con mala intención, pero él no sabía que ya estoy prometida. —Otto se quedó mirándola fijamente como si nunca la hubiera visto antes. Lisbet se sintió tan incómoda bajo su escrutinio, que pensó que quizás no había sido una buena idea hablar con él a solas.

—¿Con quién? —rugió él, levantándose. Ella lo imitó, pero se colocó detrás de la silla en la que se había sentado, a modo de protección. Otto estaba de pie frente a ella con las manos apretadas en sendos puños y el rostro muy rojo. Parecía tener ganas de pegarla.

—Otto, por favor, tranquilízate. —Él movía continuamente la cabeza, como si no aceptara lo que le acababa de decir.

—¡He dicho que con quién! —volvió a preguntar a gritos.

Entonces ella, de repente, se irguió en toda su estatura y levantó la barbilla. Sentía que Otto estuviera pasándolo mal porque había sido un buen amigo, y siempre recordaría cuánto la había ayudado a superar la muerte de sus padres. Pero no había hecho nada malo, nunca lo había engañado.

—Con Esben. —Otto la miró con incredulidad durante unos instantes, pero al ver su cara, no tuvo más remedio que aceptar la realidad. E intentó hacerle pagar el dolor que sentía y que pensaba que era por culpa de ella.

—¡Ese pobretón!

Dolida por su comentario, le contestó lo más tranquila que pudo, pero con la intención de que supiera que no consentiría que criticara a Esben en su presencia.

—Su padre fue uno de los caudillos que conquistaron Inglaterra; de hecho, fue el que encabezó la invasión. Y no olvides que mi padre fue rey de York durante unos años, Otto. —Ahora no parecía una muchacha que estuviera pasando un mal rato por culpa de un pretendiente, sino una princesa real que estuviera reprendiendo a un lacayo y Otto endureció, aún más, su corazón.

—Lo había olvidado, princesa, pero no me ocurrirá nunca más —escupió las palabras con tal mirada de odio y desolación, que Lisbet se mordió el labio inferior, arrepentida por su arranque de soberbia. Se adelantó un paso acercándose a su viejo amigo y, poniendo la mano en su brazo, le dijo:

—Otto, por favor, me dolería mucho perder tu amistad. ¿No quieres que sigamos siendo amigos? —Él observó la mano con la que había soñado tantas veces y, poniendo una mueca sarcástica, contestó:

—Es usted demasiado ilustre para mí, señora. —Después,

se marchó. Esa noche, en su habitación mientras lloraba como un niño, se juró que todos lo pagarían. Todos.

Su padre había sido el primero del que se vengó. Estaba seguro de que podía haber hecho que el rey presionara a Lisbet para que lo aceptara y no lo hizo. Además, era un ser débil que no merecía ser jarl, de modo que preparó su muerte y se aseguró de estar lejos cuando ocurriera, igual que cuando secuestró a los hijos de Lisbet. La voz de la bruja lo devolvió a la realidad:

—Si quieres, puedo encargarme de que el plato de ella esté envenenado en una de las ocasiones en que coincidáis en el comedor; serías testigo de sus últimos estertores... —se ofreció. Intentaba congraciarse con él, sabiendo que Otto no dejaba nunca de vengar un desprecio.

—¡No! ¡Déjamelos a mí! —Rabioso, la señaló con el dedo—: ¡Si le ocurre algo, te destriparé, bruja! —Hallbera entornó los ojos. Temía a Otto, pero también estaba harta de sus rabietas de niño pequeño.

Pero él no había reaccionado así porque quisiera planear él mismo su venganza, sino por el profundo dolor que acababa de sentir al imaginarse a Lisbet muerta. Era patético que, después de tantos años, siguiera temblando ante el pensamiento de que Lisbet desapareciera de la tierra. En el fondo creía que, solo mientras ella siguiera viva, él podría seguir respirando. Nunca tendría una vida plena o feliz, pero estaba vivo. Se forzó a tranquilizarse y preguntó:

—¿Alguna noticia de los berserkers heridos en la última refriega?

—Guttorm dice que han desaparecido misteriosamente. Se habían escondido en un bosque cercano y no tenían caballos ni carros para huir, pero alguien debe de haberlos ayudado. —Él frunció el ceño.

—¿Quién?

—No lo sabe —se encogió de hombros—, pero pocos se

atreverían a acogerlos en su casa. Su mala fama les precede y nadie quiere que lo maten en la cama cuando les dé un ataque de locura —Otto asintió, pensando.

—Solo podrían ser otros berserkers… —murmuró—. ¿Guttorm ha enviado a algún hombre a vigilar la isla? —Recientemente se habían enterado de la existencia de una isla que acogía a los berserkers heridos, o que no tenían donde ir.

—Sí. Pero allí tampoco hay nadie.

—Es extraño. Es decir, que han encontrado otro refugio.

—Eso parece. Guttorm me preguntó por qué tienes tanta inquina a esos berserkers; y la verdad es que yo también tengo curiosidad.

—Los berserkers del ejército son la mayor protección de Haakon en caso de ataque; sin ellos, nuestro plan tiene muchas más posibilidades. —Era cierto, aunque no del todo. En su odio también tenía mucho que ver el hecho de que Esben fuera un berserker. Solo por eso, le gustaría que todos desaparecieran de la faz de la tierra—. Dile a Guttorm que los encuentre. —Ella esperaba de pie a que terminara de darle instrucciones. Hacía rato que se había vestido—. Asegúrate de que la chica está preparada para esta noche.

—Se lo diré y, en cuanto a eso, no te preocupes. He encontrado un vestido apropiado para ella…

Él la interrumpió:

—Vete. —Ella torció el gesto, pero se marchó sin discutir. Con Otto hacía tiempo que había descubierto que había ocasiones en las que no se podía tensar más la cuerda.

FINN ESCUCHÓ una llamada en la puerta que lo pilló poniéndose los pantalones. Pocos segundos después, volvieron a llamar. Estaba seguro de que era Leif y fue a abrir, mientras gritaba: «¡Ya voy, no seas pesado!».

Cuando abrió y descubrió que los dos iban vestidos iguales, se echó a reír. Poco antes, su madre le había traído unos pantalones de piel marrón y una túnica azul que decía que hacía juego con sus ojos, y le había dicho que tenía que ponérselo para la cena. Sin embargo, a Leif lo de que fueran iguales no le hizo ninguna gracia y se volvió hacia Lisbet:

—¿En serio, madre?, ¿es que hemos vuelto a tener cinco años? —Al momento se mordió la lengua, porque ella no había podido verlos ni disfrutar de ellos a esa edad. Al ver cómo desaparecía la alegría del rostro de Lisbet, arrepentido, le dio un beso en la mejilla.

—Perdóname, madre. Si el que vayamos iguales te hace feliz, me aguantaré. —Ella sonrió, aunque sus ojos seguían tristes.

Esben entendía el carácter de Leif porque era igual que el suyo, pero no iba a dejar que tratara así a su madre.

—Vamos, cariño ¿No irás a hacer caso de la pataleta de un niño? —Después de una larga mirada a Leif, cogió a Lisbet de la mano y bajaron las escaleras. Los hermanos se miraron, Finn parecía decepcionado y Leif estalló:

—¡Está bien, la he cagado, ya lo sé! Luego hablaré con ella.

—Y con padre. Está muy enfadado.

—Lo sé, créeme. He entendido su última mirada. —Ambos cuadraron los hombros dispuestos a aguantar la noche. Ydril, que había sido testigo de todo, se acercó a su marido y le dio un beso en la mejilla. Luego, les dijo:

—Yo creo que estáis muy monos. —Riéndose a carcajadas, salió corriendo hacia las escaleras perseguida por Leif que la cogió en mitad de los peldaños y comenzó a hacerle cosquillas. Finn puso los ojos en blanco y siguió bajando después de pasar como pudo a su lado. Intentando no ver cómo se besaban, murmuró:

—Vamos, chicos, no querréis hacer esperar al rey, ¿verdad?

Las paredes del salón estaban cubiertas por tapices que intentaban reducir la frialdad procedente de sus muros de piedra. En el centro de la sala había una enorme chimenea y frente a ella se habían colocado quince mesas donde podían sentarse cómodamente diez personas. Pero esa noche el ambiente era muy diferente al de los días anteriores, se notaba que los reyes iban a presentarse en el salón, aunque la atmósfera no era tan festiva como en otras ocasiones, debido a la reciente muerte de Skule Bardsson.

Finn miró a su alrededor, calculando que no habría menos de cien personas y la noche anterior serían quince o veinte como mucho. Inge apareció de repente ante ellos. Saludó a todos, afectuosa, pero solo besó a Lisbet a la que dijo en voz baja:

—Margarita quiere hablar contigo. —Lisbet se sorprendió.

—No me dijo nada ayer cuando le di el pésame.

—No quiere que Haakon conozca vuestra conversación. —Lisbet la miró con los ojos entrecerrados.

—¿Sabes lo que quiere? —Inge la miró sin contestar. No podía decírselo y Lisbet lo entendió. Una de las cosas que más le gustaban de su amiga, era su lealtad—. Está bien ¿Quiere que vaya ahora?

—No, seguramente será después de la cena, cuando su ausencia llame menos la atención. Si no puedo hablar contigo, te haré una señal para que vayas a sus habitaciones.

—Dile que iré encantada. —Inge, antes de desaparecer, confesó:

—He oído cómo Haakon le decía que el único motivo que le alegraba un poco el día después de la pérdida de Skule, era poder anunciar lo vuestro. —Miró a Finn y a Leif con una sonrisa y se marchó.

—Mirad, podemos sentarnos allí. —Esben señaló una mesa que había en un rincón, cerca de la mesa de los reyes y de sus nobles más cercanos, y se dirigió a ella con Lisbet apoyada en su brazo. Ella llevaba un vestido largo de terciopelo, de un color azul muy oscuro, casi negro, y su padre vestía de gris. Ydril llevaba un vestido granate que realzaba su figura y contrastaba con su pelo casi blanco que esa noche llevaba suelto. Y los gemelos vestían de azul y marrón.

El salón se llenó de cuchicheos al ver a los dos hermanos. Todos los miraban primero a uno y luego al otro, boquiabiertos, recordando lo sucedido años atrás. Y, como el día anterior habían hablado con bastantes personas, ellos mismos se habían encargado de divulgar su historia. Se sentaron en la mesa, primero sus padres, después y, a ambos lados de ellos, Leif y Finn, y junto a su marido, Ydril. Una doncella se acercó a ellos y se dirigió a los gemelos:

—Fuera hay alguien que quiere hablar con vosotros. Pero no quiere entrar. —Los hermanos se miraron en silencio y se levantaron a la vez, pero detuvieron a los demás cuando hicieron lo mismo. Finn se inclinó hacia ellos, susurrando:

—Mejor que vayamos solos, por si acaso. —Esben volvió a sentarse, aunque se notaba que no le gustaba la idea, pero no quería dejar solas a Lisbet e Ydril—. Volveremos lo antes posible.

Pero ninguno de los dos se imaginaba la sorpresa que los esperaba fuera. Cuando la muchacha señaló a un hombre grande y pelirrojo que estaba de espaldas a ellos, Leif, intrigado, se dirigió a él:

—¿Quieres hablar con nosotros? —El hombre, tan grande como ellos, se volvió con una sonrisa a pesar de su cara de cansancio y ellos gritaron de alegría y corrieron hacia él, alborozados.

—¡Jan! ¡Joder, no me lo puedo creer! —Finn consiguió abrazarlo antes que su hermano, pero este lo apartó segundos después, de forma impaciente, para poder hacerlo él. —El pelirrojo Jan, gracias al que habían comido durante varios años, al ser el cocinero de la isla, reía viendo su alegría.

—¡Joder, niños! ¡Tranquilos, no os alborotéis! —bromeó, dándoles unas palmadas en la espalda que hubieran tumbado a cualquier hombre más pequeño. Cuando consiguieron calmarse, recordaron su educación.

—Vamos, entra. Cena algo y, luego, puedes dormir en mi habitación —ofreció Finn, pero su amigo se negó.

—No puedo. Magnus me hizo prometer que nadie sabría que había venido a veros. —A los gemelos se les congeló la sonrisa al instante. Finn le dijo:

—Ven. —Y lo cogió del brazo para apartarlo de la entrada del torreón y llevarlo hacia los establos, donde no había nadie. Ninguno de los tres habló hasta que estuvieron ocultos, gracias a los árboles y a la oscuridad de la noche—. Habla. ¿Qué ha pasado?

Jan suspiró y susurró:

—Ragnar vino hace unos días a contarnos que unos soldados habían estado en el pueblo preguntando cuántos vivíamos en la isla, y si habíamos acogido a diez hombres más, heridos. Nos explicó que esos soldados, de un ejército desconocido, estaban persiguiendo a los berserkers del rey y que debían pensar que los habíamos refugiado en la isla; nos confesó que, en realidad, estaban en la granja de Aren. Él, al día siguiente, pensaba salir hacia allí para recogerlos y trasladarlos a la abadía de vuestro tío. Y Orvar, Knut y yo, decidimos acompañarlo para ayudarlo en lo que pudiéramos y además que, cuando esos se presentaran en la isla, se les quedara cara de tontos. Ölisse había estado cuidando a los berserkers heridos unas semanas, pero era peligroso para todos que siguieran en la granja. Hace tres días los recogimos y los llevamos en dos carros a la abadía. Ahora están allí.

—¿Todos? —Jan miró a Leif para contestarle.

—Sí. Nosotros también. Solo he venido para informaros,

sobre todo para que supierais que la isla de Ragnar está siendo vigilada. De momento, no es prudente aparecer por allí.

—Lo sabemos. —Finn miró a Leif. Esto confirmaba en cierto modo todo lo que sospechaba su padre—. ¿Los heridos se han recuperado?

—Hay dos de ellos que están más graves que los demás, pero no son los únicos enfermos que hay en la abadía. Vuestro tío ya había recibido a otros enfermos que llevaron otros dos monjes antes de que llegáramos. Tenéis un tío increíble —los gemelos asintieron. Empezaban a darse cuenta de ello.

—¿Magnus necesita algo?

—No, solo quería que supierais que estaba bien. Por cierto, que cuando tengamos tiempo, tendréis que hablarme de vuestra familia. —Soltó otra palmada a Leif en la espalda que lo movió unos centímetros hacia delante y Jan se carcajeó al verlo. Finn, ocultando una carcajada, lo agarró del brazo.

—Mejor que eso. Cuando quieras, puedes venir a nuestra casa y quedarte el tiempo que quieras. —Jan sonrió.

—Eso está hecho. Pero ahora, tengo que descansar. —Bostezó—. He hecho el viaje de un tirón y estoy agotado.

—¿Qué necesitas?

—Comer algo y dormir. Al amanecer, volveré a la abadía. No os preocupéis, he cogido habitación en una fonda de la ciudad. —Al ver el gesto de contrariedad de los hermanos los cogió cariñosamente por la nuca. Finn, finalmente, hizo la pregunta que le rondaba la cabeza:

—¿Por qué has venido tú?

—¿Qué pasa?, ¿no te ha gustado verme? —bromeó.

—Contesta. ¿Les pasa algo a Orvar o a Knut? Hubiera creído que cualquiera de los dos vendría antes que tú.

Siempre estás metido en la cocina... —Jan lo apuntó con el índice como si Finn acabara de acertar, sin saberlo.

—¡Precisamente! Desde que estamos allí, no tengo sitio en la cocina. Hans gobierna todo aquello con mano de hierro y quiere que yo sea su pinche. Antes de estrangularlo, me ofrecí voluntario para venir. —Los gemelos rieron por lo bajo. Jan siempre los hacía reír hasta en los peores momentos y, por lo visto, seguía como siempre. Seguramente, cuando llegara su hora, sería capaz de morirse con una sonrisa en los labios. El humor nunca desaparecía de sus ojos verdes.

—¿Necesitas dinero? —Su amigo chascó la lengua como si lo hubiera decepcionado y contestó:

—No. Solo un último abrazo antes de marcharme, hermanos.

Cada uno de los hermanos se abrazó a uno de los costados del pelirrojo, y él los abrazó. Después de unos segundos, pidió:

—¡Que los dioses permitan que volvamos a reunirnos! — Finn se apartó lo suficiente para decirle:

—Jan, aunque mi tío no te lo pida, llámanos si nos necesitáis. Somos vuestra familia —Leif asintió, uniéndose a la petición de su gemelo y su amigo respondió:

—Lo mismo os digo. Por lo que he oído, es posible que vosotros necesitéis antes nuestros brazos. Si es así, recordad nuestro juramento: «Todos somos uno» —murmuraron los tres a la vez. Después de estrechar los antebrazos de los dos hermanos, Jan desapareció en la oscuridad de la noche, en dirección a la ciudad.

—Volvamos ya. Estarán preocupados. —Finn siguió a Leif y entraron en el salón.

En ese momento los reyes lo atravesaban mientras todos sus súbditos los recibían de pie. La reina, vestida de negro, se apoyaba en el brazo derecho del rey que no se detuvo hasta llegar a su mesa, y esperó cortésmente a que ella se colocara a su lado. Los gemelos se movieron discretamente por el fondo del salón hasta llegar a la mesa donde los esperaba, impaciente, su familia. Pero no pudieron contarles nada porque el rey tomó la palabra. Todo el salón esperaba lo que tuviera que decir en un silencio respetuoso.

Haakon IV era alto y delgado y tenía una larga barba blanca que lo hacía parecer más anciano de lo que era. Recorrió con la mirada el salón de izquierda a derecha y su mirada se detuvo al encontrar, casi frente a él, a Lisbet, luego se fijó en Esben, y posteriormente sus ojos descansaron en los gemelos durante un largo minuto. Entonces, dijo:

—Queridos amigos, la reina y yo seguimos muy afligidos por la muerte de Skule, el capitán de nuestros ejércitos, pero como todos sabéis la vida sigue y esta noche tenemos varios motivos que celebrar. El primero, nos lo trae mi querida sobrina, Lisbet. Acércate, querida. Tú también, Esben. —Ellos obedecieron. Lisbet se limpió un par de lágrimas disimuladamente, porque llevaba todo el día asegurando a su familia que no lloraría. Finn pilló a Ydril haciendo lo mismo, y le dio un codazo a su hermano que estaba embobado viendo a sus padres. Leif se inclinó hacia su mujer y murmuró algo junto a su oído, abrazándola por la cintura; ella le devolvió una mirada tan enamorada que Finn sonrió apartando la vista. El rey continuó hablando—: Algunos de vosotros estabais aquí, acompañándome en la celebración de mi coronación, la noche que secuestraron a los hijos de Lisbet y Esben. No os voy a recordar lo que supuso para ellos y para los que los queremos, esa desaparición. —Un murmullo de expectación recorría la sala y casi todas las miradas estaban fijas en Leif y Finn—. Solo quiero deciros que, ¡para alegría de todos, sus gemelos han vuelto! —Lisbet llamó a sus hijos y ellos se acercaron.

—¿Qué tenemos que hacer? —Finn se encogió de hombros sin contestar a su hermano, porque ya habían llegado junto a los reyes y sus padres. Todo el salón los miraba en silencio y la emoción llenaba la enorme habitación, mientras Lisbet contestaba en voz baja a una pregunta del rey. Luego, el monarca hizo que se acercaran a él y los abrazó; ambos se quedaron rígidos debido a la falta de costumbre, pero el rey no pareció darse cuenta y siguió hablando a sus súbditos cuando terminó de saludarlos:

—Os presento a Leif y Finn. Sed bienvenidos a mi corte y a la vida que os corresponde. Todos nos alegramos de vuestra vuelta, ¿no es cierto?

La mayor parte de los presentes aplaudieron, incluso algunos vitorearon al rey y a la familia que se había reencontrado por fin. Uno de los que no lo hizo fue Otto Rhun, que estaba de pie en la entrada del salón junto a su hija. Adalïe llevaba puesto un traje largo con el que parecía una cortesana más; ambos esperaban a que el rey les hiciera una seña para entrar. Eso provocó que nadie pudiera ver la furia que había invadido el rostro de Otto, al ver que la familia de Lisbet estaba de nuevo reunida.

Incluso Adalïe, aunque estaba a su lado, no se dio cuenta de cómo había afectado la presentación de los gemelos a su padre. Bastante tenía con intentar que las piernas la sujetaran; se había echado a temblar, lívida, al ver a Finn junto a su familia, cuando se habían reunido con el rey. Pensar que tenía que pasar delante de ellos y hacer como si no lo conociera, fue suficiente para estar segura de que se desmayaría.

CAPÍTULO 10

Haakon parecía algo más animado después de presentar a los gemelos. Se inclinó para decir algo en confianza a la reina, ella respondió a su comentario con una sonrisa tranquila, pero su rostro recuperó la seriedad, en cuanto vio a la mujer que tenía a Haakon en su poder desde hacía meses. Hallbera le devolvió la mirada con altivez, segura de su posición, y Margarita apartó la vista con una mueca de amargura, desviándola hacia la familia de Lisbet. Nunca había envidiado a nadie, pero empezaba a hacerlo al ver la unión de ese matrimonio. Su marido volvió a hablar y prestó atención, interesada al ver que Otto Rhun caminaba hacia ellos con una muchacha apoyada en su brazo. Por lo que había oído, era su hija.

—Y esta es la segunda sorpresa de la noche y la segunda alegría. Nuestro querido Otto Rhun, gran amigo y consejero, ha querido compartir con nosotros la llegada de su preciosa hija, que ha estado tanto tiempo alejada de su padre y de la corte. Mary, acércate. —Adalïe obedeció, segura de que las piernas no la sostendrían, a pesar de que se había esforzado por no mirar ni una sola vez hacia su izquierda, donde estaban Finn y su familia. Desde que lo había visto, no hacía más que recriminarse por haber estado tan ciega. No le había preguntado demasiado por su procedencia, convencida de que era un soldado que trabajaba para el rey o un cazador que vendería sus piezas en el mercado, o algo similar. Jamás se le ocurrió que pertenecería a una familia noble y que conocería al rey, y ese era otro motivo más en contra de su relación. Ninguna familia ilustre querría que su hijo se uniera a alguien como ella; su padre se lo había dicho demasiadas veces como para no recordarlo.

El rey retuvo la delicada mano blanca de aquella muchacha entre las suyas y le dijo que se diera la vuelta, para que todos los miembros de la corte pudieran verla.

—Levanta la vista —le ordenó su padre con un feroz susurro y ella obedeció con un temblor involuntario. Entonces, los presentes pudieron apreciar sus expresivos ojos que parecían hechos de plata líquida, su nariz respingona y la boca ancha y generosa; llevaba el pelo negro recogido y brillaba a la luz de las velas con un tono azulado. La mirada de Adalïe se dirigió, involuntariamente, hacia Finn y sus peores temores se confirmaron cuando vio la furia en sus ojos.

Él no había podido dejar de mirarla desde que había aparecido junto a su padre, en el salón. Incrédulo, observó cómo ella rehuía su mirada y se maldijo en silencio al pensar en lo inocente que había sido; aunque no entendía cómo era posible que lo hubiera engañado con tanta facilidad. Su furia creció por momentos hasta que todos en la mesa lo escucharon gruñir, y Leif le dio un codazo.

—Pero ¿qué te pasa? —Al ver dónde se dirigía su mirada, Leif frunció el ceño y observó a la muchacha que permanecía de pie ante todos.

El rey volvió a dirigirse a todos:

—Otto quiere anunciar algo. —Haakon hizo un gesto a su amigo y Otto le sonrió.

—Gracias, majestad. —Paseó la mirada por el salón hasta que se detuvo, como por casualidad, en Lisbet, que lo observaba con expresión reservada—. Quiero anunciar que mi hija acaba de prometerse con Einar Falk, hijo del famoso Ulrik Falk, el jarl del norte. Esta unión fortalecerá a ambas familias y traerá a nuestro país un nuevo futuro lleno de conquistas, estoy seguro. —Un murmullo de admiración y respeto recorrió la sala, pero Otto siguió mirando a Lisbet. Ella le mantuvo la mirada durante unos segundos y, después, la apartó. Esben observó, tranquilo, el intercambio de miradas sabiendo que su mujer se había dado cuenta, por fin, de cómo era Otto.

Cuando su padre le dijo que se sentara en la mesa junto a Hallbera, él se quedó junto al rey. Adalïe aprovechó un descuido de la bruja para mirar a Finn pidiéndole que confiara en ella, intentó transmitirle que se lo aclararía todo en cuanto estuvieran a solas; él la miró fijamente durante un largo minuto y, después, inclinó la cabeza, aceptando. Aunque su gesto seguía siendo el más duro que ella le había visto, se quedó más tranquila y apartó la mirada, sabiendo que Hallbera estaba pendiente de todo lo que hacía para después contárselo a su padre.

Finn aguzó el oído al escuchar lo que le preguntó su madre a su padre:

—¿Sabías que tenía una hija? —Esben meneó la cabeza, extrañado.

—No, y es raro. Su mujer murió hace mucho, ¿no? —Lisbet asintió, observando a la muchacha.

—Sí. Ella parece asustada y no me extraña, después de conocer el nombre de su prometido. —Finn entornó los ojos mirando al padre de Adalïe. Parecía un hombre rudo, además, se había fijado en que no había mirado a su hija ni una sola vez desde que habían entrado en el salón. Apretó la mandíbula esperando equivocarse porque, si sus sospechas eran ciertas, la apartaría de él como fuera. Sus padres seguían murmurando sin darse cuenta de que podía oírlos perfectamente, ya que estaban a su lado.

—Einar Falk… —musitó Esben, pensativo— él y su padre son los dueños del ejército más poderoso del país. Y no creo que sea una casualidad que Otto case a su hija con él. ¿Qué estará tramando? —se preguntó. Lisbet se volvió hacia él repentinamente, porque Inge le acababa de hacer la señal convenida.

—Inge me llama —Esben asintió, ya sabía que tenía que acudir a una cita con la reina. Lisbet se sorprendió cuando él la besó en la frente.

—Ten cuidado. —La sujetó un momento, para que no se marchara sin escucharlo—. No sabemos cuáles son sus intenciones.

—Ella nunca nos haría daño a propósito. —Esben siguió sujetándola por los brazos, suavemente, pero de forma inexorable.

—Han cambiado muchas cosas aquí, esto no es como antes. Hay algo oculto, sucio… no sé qué es, pero no me gusta. Ten cuidado —repitió y Lisbet asintió en silencio. Confiaba en la opinión de Esben más que en la suya propia en aquellas cuestiones. Nunca se equivocaba.

—No te preocupes. Volveré lo antes posible.

Esben observó cómo el rey se marchaba con Otto en dirección a una sala contigua, era algo que solía hacer cuando tenía que hablar con alguien en privado. Cuando se marcharon, la reina también lo hizo y Esben entendió por qué Inge y Lisbet iban camino de las habitaciones de Margarita. De repente, se dio cuenta de que Finn había desaparecido.

—¿Dónde está tu hermano? —Leif señaló con la barbilla la mesa, donde la hija de Otto se había quedado sola, porque

Hallbera también se había ido. Lo sorprendió ver a su hijo Finn, que parecía muy enfadado, hablando con ella.

—¿La conoce? —Esben los observaba, incrédulo.

—Sé lo mismo que tú.

A pesar del enfado de Finn, los dos reconocieron el brillo antinatural de sus ojos.

—No puede ser. —Esben miró a Leif esperando una explicación, pero su hijo no la tenía.

EN CUANTO PUDO, se escabulló de la mesa que compartía con su familia y fue a verla. Necesitaba que le explicara lo que ocurría y asegurarse de que no le había tomado el pelo. El berserker gritaba y gemía de dolor en su interior, exigiéndoselo. Intentando controlarse para que ninguno de los desconocidos que los rodeaban supiera lo que pasaba entre ellos, caminó hasta ella. Adalïe se levantó al verlo, ruborizada y con aspecto de culpable. Parecía avergonzada y eso le indujo a creer que lo había engañado a propósito.

—Dime que no es verdad. —Al ver que se mordía el labio inferior como sabía que hacía cuando estaba nerviosa, respiró profundamente, pero no pudo evitar que sus ojos se ensombrecieran. La oscuridad amenazaba con envolverlo todo—. Que no estás comprometida. —No quería pensar que, dentro de poco, otro la tendría en sus brazos. Si lo hacía, se volvería loco.

—Finn, no lo conozco. —Eso, al menos, lo tranquilizó un poco. Pero no demasiado, porque se dio cuenta de que no lo había negado.

—Entonces, es cierto —susurró. Adalïe no hacía más que mirar hacia el lugar por el que se había marchado su padre con el rey, ambos seguidos poco después por Hallbera.

Temblaba al pensar en lo que le haría a Finn si los veía hablando.

—Por favor —suplicó—, te juro que es verdad que no conozco a ese hombre, ni siquiera he sabido su nombre hasta que mi padre lo ha anunciado hace un momento. La primera vez que supe que estaba prometida fue hace tres días, cuando fueron a buscarme. —Adalïe sentía que el corazón estaba a punto de explotarle en el pecho.

—¿Te lo dijo tu padre?

—No, Hallbera. La envió a buscarme al convento. —Lo miró, suplicante—. Mañana te lo explicaré todo. Te lo juro.

—¿De verdad te llamas Mary?, ¿en eso también me has mentido? —Ella dejó que viera en sus ojos parte de su alma, algo que, hasta ese momento, solo había dejado ver su madre. Finn se estremeció por el dolor que reflejaban sus pupilas; después, ella levantó la cara con el primer gesto altivo que la había visto realizar y afirmó:

—Mi verdadero nombre es Adalïe, es el que me puso mi madre al nacer, pero mi padre siempre se ha negado a llamarme así. Por eso me llama Mary. —La observó, sorprendido. No era la primera vez que la escuchaba decir algo así, y era consciente de la importancia de su comentario; pero ella miró a su alrededor temiendo que Hallbera o su padre volvieran—. Mañana responderé a todo lo que quieras, pero ahora, vete, por favor.

—De acuerdo. Mañana hablaremos, Adalïe —la llamó por su nombre para que supiera que todavía confiaba en ella, a pesar de todo, y volvió a su mesa. Su padre, Leif e Ydril lo esperaban con cara de curiosidad. Por eso, en cuanto se sentó, adelantó:

—No quiero hablar. —Todavía no quería compartir lo que sentía y lo que había hablado con ella, con nadie más, ni siquiera con su familia. Prefería esperar a hablar con ella al día siguiente.

INGE SE DETUVO en el pasillo y apretó un resorte oculto, luego se volvió hacia Lisbet y dijo:

—Sígueme, pero cierra la puerta al entrar. —Ella obedeció.

Inge había tenido la precaución de encender una vela gracias a la que pudieron caminar sin tropiezos por aquel lugar oscuro como boca de lobo.

—¡No sabía que había pasadizos secretos! —murmuró maravillada, Lisbet.

—El padre de Haakon los hizo construir a la vez que el castillo, pero la mayoría estaban inutilizados por el paso del tiempo. Haakon los mandó reparar hace unos años y él y Margarita los utilizan algunas veces, como ahora, que prefiere que nadie sepa que habéis hablado. Muy poca gente conoce estos pasajes, pero seguro que tú lo sabrías si siguieras viviendo aquí. —En ese momento Lisbet se dio cuenta de que quien Margarita no quería que supiera que ellas dos habían hablado, era el rey.

—¿Crees que es porque él es mi tío? ¿Qué va a pedirme, Inge? —Su amiga se detuvo y la miró y, aun en la semipenumbra del túnel, pudo sentir su mirada tranquilizadora.

—No me lo ha dicho, pero intuyo que quiere pedirte ayuda con Haakon. Está desesperada, Lisbet.

—Está bien. Sigamos. —Su amiga continuó caminando a lo largo del pasadizo, hasta llegar frente a una puerta cerrada que abrió con un ligero empujón. Cuando Lisbet traspasó el umbral, vio enfrente de ella a la reina sentada en su cama, pero se levantó en cuanto la vio.

—Hola, Lisbet. Ayer cuando viniste a darme el pésame no pude agradecértelo como me hubiera gustado. —Lisbet lo entendió. Estaba muy afectada y casi no hablaron; Skule, además de su primo, era muy querido para Margarita.

—Buenas noches, Margarita. —Se acercó a recibir su abrazo y le dio un beso en la mejilla, preceptivo como familiar cercano. Cuando se apartó, la reina formó un gracioso mohín con los labios, un gesto tan típico de ella, que hizo sonreír a Lisbet.

—Siéntate, por favor. Te he llamado porque te considero parte de mi familia y espero que para ti sea igual, aunque haga tanto tiempo que no nos visites —el delicado reproche hizo que Lisbet se ruborizara ligeramente y respondió a él con sinceridad.

—Perdóname, Margarita. Al principio el dolor era demasiado grande y venir aquí hubiera significado recordar aquella noche. No podía soportarlo y luego, cuando estuve mejor —se encogió de hombros—, pensé que ya no tenía sentido venir. Estaba segura de que no me echaríais de menos.

—Pues te equivocabas —aseguró, hablando con la misma suavidad con la que solía hacerlo—, en muchas ocasiones le he preguntado a Inge por ti. —Miró a la amiga común que se había sentado algo alejada de ellas para dejarles intimidad y que contestó con confianza:

—Lisbet lo sabe, Margarita. Siempre se lo decía —la reina asintió y volvió a mirar a Lisbet para confesar:

—También le he dicho algunas veces que envidiaba tu matrimonio y tu valor al aislarte del mundo cuando sentiste que lo necesitabas. —Levantó la mano al darse cuenta de que sus palabras, quizás, no habían sido las adecuadas—. Por supuesto, no hablo de lo que te hizo desaparecer de nuestras vidas. Aquello fue desgarrador para ti, y los que te vimos entonces y te apreciábamos, dudamos de que pudieras superarlo. Muy pocas madres podrían hacerlo y seguir viviendo, aunque su vida nunca sería la misma, ¿no? —Lisbet recordó que los reyes habían ido a visitarlos a su casa al año siguiente de la desaparición de los gemelos. Entonces estaba tan destrozada, que no se dio cuenta de cuánto significaba aquel gesto.

—No os di las gracias entonces, no podía pensar en nada. Casi no podía ocuparme de mí misma. Pero ahora...

La reina la interrumpió:

—Ni siquiera lo intentes. Haakon y yo hubiéramos hecho mucho más por vosotros si hubiéramos podido; desgraciadamente no supimos cómo. —Se encogió de hombros—. Cuando Inge me contó que habíais encontrado a vuestros hijos, no me lo creía. Me alegro mucho por ti y sé que Haakon también.

—Gracias.

—Estarás preguntándote por qué te he hecho venir y de manera tan... discreta.

—Lo cierto es que tengo curiosidad. —La reina se quedó un momento pensativa, antes de explicárselo.

—Es posible que hayas oído que el rey tiene un... asunto con una de las invitadas habituales a la corte, una mujer llamada Hallbera. —Lisbet permaneció impasible. No quería decirle que lo sabía, pero tampoco iba a mentir. Por suerte, si Lisbet lo sabía o quien se lo había dicho, no parecía importarle nada a la reina—. En parte, los que chismorrean sobre ello, tienen razón. Haakon cometió el error de intimar con ella, aunque él jura que eso se terminó hace tiempo, pero lo que no ha terminado es la influencia que, desde entonces, esa mujer mantiene sobre él. —Margarita parecía tranquila, pero Lisbet imaginaba lo difícil que debía de ser para ella confesar algo así.

—Lo siento, Margarita. —Se encogió de hombros con cara de incredulidad—. Me parece increíble. Siempre os he visto tan enamorados... —Se calló al ver la mirada de tristeza de la reina.

—Sí —suspiró—. Eran buenos tiempos, pero, al parecer, ya se han terminado. Estoy cansada de luchar contra esto, casi he dado por perdido mi matrimonio. Ahora mismo, solo aspiro a mantener el reino íntegro hasta que el príncipe sucesor lo herede. —Tanto Lisbet como Inge abrieron los ojos como platos porque la reina no había compartido con nadie, ni siquiera con su mejor amiga, lo que había descubierto recientemente.

—¿Quieres decir que el reino está en peligro? —Margarita asintió, muy seria.

—Más de lo que ambas podáis creer. Y necesito tu ayuda para que consigas cierta información.

—¿Yo? ¿De quién?

—De Otto Rhun. —Lisbet se quedó rígida. Margarita se inclinó hacia ella, susurrando—: Sé cuánto te pido, pero ese hombre solo ha tenido una debilidad en su vida: tú.

—Pero… ¿qué tiene que ver él con todo eso? Es uno de los mejores amigos del rey… no lo entiendo.

—Él trajo a Hallbera a la corte y se la presentó al rey. Según mis espías, la bruja y él son íntimos, aunque también me han asegurado que no se tienen ningún cariño. Ella ha estado casada tres veces y sus tres maridos murieron prematuramente. —Lisbet estaba horrorizada—. Otto ha cambiado mucho desde que no lo tratas. Creo… creo que pretende derrocar a Haakon. —Lisbet se quedó en silencio, asimilando la noticia, un largo rato. Luego, le dijo:

—Esben me ha avisado sobre él en muchas ocasiones, pero nunca lo creí. Pensaba que los celos hablaban por él.

—Seguramente, en parte, sería así. Todos recordamos con cuanta crudeza se pelearon los dos por ti, aunque tú intentabas que no lo hicieran. Hasta que te decidiste por Esben.

—En cierta manera me he sentido un poco culpable por ello. Sé que a Otto le hice mucho daño.

—Era inevitable, no podías dividirte entre los dos y tú querías a Esben; aunque también sintieras cariño por Otto. —Lisbet se sentía azorada porque tenía que negarse a su petición, aunque le estuviera agradecida por cómo se había portado con ella y con Magnus en el pasado.

—Margarita... no puedo traicionar a mi marido. No sé qué es lo que me pides exactamente, pero no puedo hacerlo. —La reina pareció horrorizada.

—¡No, por favor! Me basta con que intentes hablar con él. Puede que lo pilles con la guardia baja y le sonsaques qué plan tiene o quiénes son sus cómplices. Cualquier información nos serviría. Todavía hay en la corte personas que son fieles a Haakon y que nos ayudarían, pero necesitamos saber más.

—No accederá a verme. Ahora me odia.

—No. Sigue queriéndote, esta noche me he dado cuenta al ver cómo te mira. Estoy segura de que, si le dijeras que te vas con él, lo abandonaría todo mañana mismo. Otto Rhun morirá queriéndote y creo que ese es su peor castigo, no poder olvidarte. —La mueca amarga de la reina le decía más que sus palabras. Puede que la reina entendiera tan bien lo que Otto sentía por Lisbet, porque ella sentía lo mismo por Haakon. La miró, intentando adivinar qué pensaba, pero Lisbet permanecía impasible—. ¿Te parece una propuesta temeraria?

—Sinceramente, no lo sé. —Arrugó la frente, preocupada —. No sé cómo reaccionará Esben.

—Siempre puedes no decírselo... —aventuró Margarita, pero una mirada airada de Lisbet hizo que se callara.

—Jamás haría algo así a espaldas de mi marido. —La reina alargó la mano y cogió la de Lisbet, arrepentida.

—Tienes razón, perdóname. Háblalo con él y decididlo juntos, pero pensad en el país —suplicó—. Aunque no te lo creas, no tengo a nadie más a quién recurrir. —Lisbet echó una rápida mirada a Inge que confirmó con un gesto lo que decía la reina. Sorprendida, volvió la vista hacia ella.

—No puedo creerlo. Antes tenías amistad con las familias más poderosas del país.

—Otto ha ido deshaciéndose de todos poco a poco, hasta que solo quedaba Skule. Y ahora, él también se ha ido. —Lisbet no quiso preguntárselo directamente, pero su mirada era clara y directa y la reina la entendió, contestando a continuación a la pregunta que no le había formulado—. Y sí. Estoy de acuerdo con lo que estás pensando.

—Das miedo, Margarita —susurró Lisbet, aunque sonreía—. Ya no me acordaba de esto. Había olvidado la facilidad que tenía para descubrir los pensamientos de los que la rodeaban. La reina sonrió, complacida.

—Espero que esto sirva para que confíes en que no me equivoco. Hay otra cosa que ha ocurrido hoy, que confirma mi información. Otto ha tenido recluida a su hija en el convento de Santa María de Hovedoya, durante ocho años. La muchacha tiene veintidós años y hasta ahora no parecía haber pensado en casarla; pero, hace tres días la saca del convento y la trae corriendo a la corte, y esta noche anuncia que está prometida a Einar Falk. Es evidente que lo que busca es unirse a esa familia, para conseguir el apoyo del único ejército que haría sombra al del rey —Lisbet asintió.

—Esben acaba de decirme lo mismo en el salón Y Haakon, ¿qué dice sobre todo esto?

—Lo niega todo. Dice que nadie influye sobre él, hasta en ocasiones, me niega cosas que ha dicho o hecho el día anterior y lo peor es que parece sincero. Es como para volverse loca. —A pesar de su cara de angustia, se encogió de hombros—. Luego pienso que no hay peor ciego que el que no quiere ver… —manifestó.

—¿Y si intento hablar con Haakon? —La reina hizo una mueca.

—Es una posibilidad, por supuesto. Pero solo conseguirás que te diga lo mismo que a mí, que nada de lo que te he contado es verdad. Estoy segura porque otros amigos que ya no están en la corte, lo han intentado antes.

—Reconozco que empiezo a pensar que tienes razón. —Después de pensarlo un par de segundos, dejó de lado el sentimiento de culpabilidad que siempre la inundaba al pensar en Otto, e intentó ser justa—. No creí que Otto hubiera cambiado tanto, siempre odió las ansias de poder de su padre —susurró, asombrada.

La reina la observaba esperanzada. Sabía que haría lo que creyera que era justo.

—¿Entonces?

—Si dejamos que se salga con la suya, habrá guerra y morirán muchos inocentes. Y, dejando aparte que siempre os apoyaré a ti y a Haakon, yo tengo mucho que perder; mis hijos y mi marido irían a luchar los primeros, estoy segura. —Sus ojos brillaron con fiereza y apretó los labios con un gesto de determinación, que recordó a la reina y a Inge su aspecto cuando era más joven—. Y no permitiré que tal cosa ocurra, si puedo evitarlo. —Se levantó, decidida—. Toda mi familia te ayudará. Tienes mi palabra. —Y Margarita la aceptó con una regia inclinación de cabeza.

Inge se levantó y dijo:

—Vamos, te acompañaré por el pasadizo.

FINN ESTUVO AUSENTE durante toda la cena. No podía dejar de observarla y, aunque notaba las miradas curiosas de su familia, respetaron su decisión y no le preguntaron nada. Cuando su madre volvió, les susurró disimuladamente que tenían que hablar a solas. Esben la observaba muy serio y se inclinó a decirle algo que solo escuchó ella, y que la hizo sonreír un poco y apoyó durante un momento la cabeza en el hombro de su marido, en busca de consuelo. Cuando estaban a punto de levantarse de la mesa, el rey, seguido por Otto Rhun, volvió al salón. Su actitud había cambiado, ahora andaba mucho más despacio y parecían faltarle las fuerzas, apoyándose en todo momento en el brazo de Otto y dejándose guiar por él. Cuando llegó junto a su mesa, Haakon se quedó de pie, sostenido por el brazo de su amigo y volvió a dirigirse a los presentes:

—Había olvidado que tengo otra buena noticia que daros, amigos —su voz sonaba fatigada, como si estuviera a punto de dormirse—. Como el puesto de Skule era tan importante, he tenido que buscar rápidamente un sustituto para él y he elegido a Guttorm de Guiz, que ha demostrado su valor en repetidas ocasiones. —Se quedó inmóvil, con la mirada perdida en el vacío y Otto le dijo algo en voz baja, pero el rey no reaccionó, seguía mirando al frente como si estuviera ido. Entonces, el padre de Adalïe tiró de él para llevarlo a la puerta más cercana, por la que le sacó ante las voces airadas de casi todos los que los habían presenciado el espectáculo.

Finn, atónito por lo que había visto, se levantó, preocupado por Adalïe, pero ya no estaba en su mesa. Mientras estaba distraído, observando la extraña conducta del rey, alguien se la había llevado. Recordó haber visto que, tras el rey y Otto, también había vuelto la mujer a la que llamaban Hallbera. Caminó hacia el fondo del salón sin hacer caso de las llamadas de su madre y de Leif, que le preguntaban adónde iba, y salió al pasillo y después al patio, pero allí no había nadie. Volvió, maldiciéndose por no haber estado más pendiente de ella, aunque seguro que Adalïe prefería que no hubiera hecho nada. Volvió al salón junto a su familia deseando que hubiera llegado la hora de volver a verla.

La falsa Mary se sentó en la cama que había en su habitación, ya que Hallbera había cogido la única silla que había, y se concentró en no demostrar indiferencia, a pesar de lo que había visto hacía unos minutos en el salón. La bruja parecía muy nerviosa, incluso asustada, y lo bueno de eso era que no le hacía ningún caso. Sus dedos tabaleaban sobre la madera de la mesa y su mirada era huidiza; parecía sumida en sus pensamientos, pero Adalïe sabía que estaba asustada por Otto. El sonido de la puerta del dormitorio las estremeció por igual, aunque la muchacha creía que la cólera de su padre, por una vez, no iría dirigida contra ella. Otto entró y cerró la puerta detrás de él. Hallbera tembló visiblemente al ver su cara, pero no dijo nada, no parecía capaz de hablar. El miedo la había paralizado.

—¡Perra! —Se acercó a ella lo suficiente para abarcar con su mano la garganta de la bruja y tiró de ella con tanta fuerza que la levantó de la silla. Entonces, apretó, impidiéndola respirar—. ¡Te dije que no se le notara! Ahora todos los idiotas que lo han presenciado estarán pensando que estaba borracho o drogado. —Parecía indiferente a las manos de la bruja que arañaban las suyas, en un vano intento para que la dejara respirar.

Adalïe se levantó, acercándose a ellos. A pesar de todo, no podía observar tranquilamente cómo asesinaba a otro ser humano.

—Padre —suplicó. Él la miró como si no recordara que estaba allí y puede que, por efecto de la sorpresa, soltara a la bruja, después se quedó mirando a Adalïe un largo momento. Ella se estremeció por la frialdad que había en la negrura de sus ojos, no encontró ni una chispa de vida, solo ansias de muerte y destrucción. El odio de su alma era tan intenso que lo devoraba todo.

La bruja, mientras, intentaba volver a respirar entre toses desesperadas, mientras que él hablaba a su hija.

—No vuelvas a dirigirte a mí, jamás. A menos que sea porque yo te lo ordene. —Ella permaneció en silencio, mirándolo fijamente. Asombrada, se dio cuenta de que no lo temía tanto como antes y sabía por qué. Porque ya no estaba sola. Volvió a sentarse en la cama y escuchó todo lo que Otto tenía que decir.

CAPÍTULO 11

Finn se encontró con su familia saliendo del salón.

—Volvemos a las habitaciones. —Al escuchar la orden de su padre, Finn echó una rápida mirada hacia la silla donde Adalïe había estado sentada, pero seguía vacía. En silencio, los siguió por la escalera hasta la habitación de Esben y Lisbet.

—Hace mucho frío —murmuró Lisbet frotándose los brazos. Su padre se dirigió a la chimenea.

—Encenderé el fuego. —Como no había suficientes habitaciones con chimenea para todos los invitados, solo los más privilegiados tenían una y sus padres eran unos de ellos. En la de Leif e Ydril y en la de Finn, no había, y hacía bastante frío.

—Sentaos, por favor —susurró su madre, pero no los miró al hacerlo. Su mirada no se apartaba de la figura de Esben que estaba en cuclillas, colocando los troncos para encender el fuego. Su cara de preocupación al mirar a su padre, hizo que Finn frunciera el ceño, seguro de que lo que su madre iba a decir, no le iba a gustar nada a su padre. Miró a Leif, que se había sentado junto a Ydril, en el único banco que había en la habitación, pero su hermano negó con la cabeza. Él tampoco sabía qué pasaba. Esben, que parecía intuirlo, tenía los músculos tensos.

—¿Te ayudo? —Finn le puso la mano en el hombro, para que entendiera que no se refería al fuego y le sonrió. A pesar de que, por su carácter, en ocasiones se sintiera más cerca de Leif, Finn solía sorprenderlo sabiendo qué decir en las situaciones más complicadas.

—No, gracias, hijo. —Se puso en pie ágilmente y estiró los brazos con las palmas hacia el fuego para calentarse. Luego, se apartó para que todos pudieran disfrutarlo y se apoyó en un lado de la chimenea observando a su mujer. Se cruzó de brazos y la miró. Lisbet le prometió con la mirada que hablarían a solas más tarde. Ahora no podía decirle lo que él necesitaba oír; la información que le había dado la reina, era demasiado importante como para retrasar esa conversación. Además, lo que acababan de ver en el salón confirmaba todo lo que le había contado.

—Antes de contaros lo que me ha dicho la reina, me gustaría que me dijerais qué os ha parecido la conducta de Haakon, cuando ha vuelto. —Todos se quedaron en silencio, sorprendidos por la pregunta—. ¡Vamos! Todos lo hemos visto, habréis pensado algo cuando lo visteis así.

—Yo he pensado que, cuando ha salido con ese Rhun se habían bebido un par de copas, y se habían emborrachado. —Finn se envaró al escuchar a su hermano hablar del padre de Adalïe. Esben los sorprendió a todos.

—El rey no bebe. Nunca. El alcohol le sienta muy mal desde que era joven. —Lisbet lo miró con una sonrisa rígida en la boca.

—Exacto. No prueba el alcohol desde que tenía unos veinte años. Aunque muchos no lo saben, cuando todos brindamos con hidromiel, él toma leche, agua, o infusiones. Es imposible que estuviera así porque hubiera bebido algo. —Ydril supo a qué se refería. Entendía un poco de hierbas.

—¿Crees que lo han drogado? —Lisbet asintió en silencio.

—Recordad que, después de volver, es cuando ha proclamado capitán del ejército a ese Guttorm de Guiz. Es raro que no lo hubiera hecho antes. —Se volvió hacia Ydril—: ¿Conoces alguna hierba con la que se pueda forzar la voluntad de alguien así?

—Ya sabes que no soy ninguna experta, he estudiado lo justo para curar alguna herida y cosas así, pero he oído hablar de una llamada el aliento del diablo. —El aspaviento de Lisbet hizo que se detuviera.

—Sigue —la orden salió de la boca de Esben. Después de echarle un rápido vistazo, obedeció.

—Lo encontré en uno de los libros que hay en la biblioteca de Magnus; lo leí solo porque el nombre me llamó la atención. Recuerdo que decía... —hizo un esfuerzo por recordar las palabras exactas— creo que decía que, cualquiera que tome un preparado de esas hierbas, perderá la voluntad durante varias horas y obedecerá cualquier orden. —Se quedó callada durante unos segundos con la frente arrugada, hasta que recordó—: ¡Ah! Y que, cuando se haya pasado el efecto del brebaje, no recordaría nada de lo que hubiera hecho estando bajo su influjo.

—Aliento del diablo... —musitó Lisbet— el nombre es suficiente para echarte a temblar.

—Creo que ya es hora de que nos cuentes lo que has descubierto —el tono de Esben les hizo entender a todos lo preocupado que estaba, porque jamás hablaba así a su mujer.

—Sí, tienes razón. —Hizo una mueca por las palabras de su marido, pero él la conocía demasiado bien y sabía que iba a decirle algo que no le gustaría—. La reina quería hablarme sobre un rumor que corre por la corte: que Haakon tiene relaciones con una mujer que también estaba en el salón. Una tal Hallbera, que tiene fama de bruja.

—Acabo de acordarme de otra cosa —murmuró Ydril—. En el libro, al aliento del diablo también lo llamaban la hierba de las brujas. —Lisbet miró a Esben y continuó:

—Margarita, antes de saber cómo se comportaría Haakon delante de todos, me ha dicho que esa mujer tenía una extraña influencia sobre él. No se explicaba cómo era posible y, aunque me ha insinuado que da su matrimonio por perdido, también me ha asegurado que va a luchar hasta el final por el reino. —Esben se adelantó, imaginando lo que iba a decir.

—¿Qué quieres decir?

—Ella cree que Otto quiere traicionar al rey y ceñirse su corona.

—Sigue —ordenó, muy serio.

—Por eso ha prometido a su hija con el hijo de Ulrik Fall, el dueño del ejército más poderoso del país.

El silencio que llenó la habitación, solo se vio interrumpido por el alegre crepitar de las llamas. Después de suspirar profundamente, Lisbet siguió hablando:

—Quiere que hable con él, a solas, e intente sonsacarle la verdad, si puedo.

—No —prohibió Esben. Aunque no levantó la voz, su negativa fue terminante.

—Esben —suplicó Lisbet, acercándose a él y poniendo las palmas de sus manos en los antebrazos de su marido, pero él meneó la cabeza, y repitió, con aspecto severo:

—No. Lisbet, no lo harás. —Ella entornó los ojos con tozudez y abrió la boca para discutir, pero Leif los interrumpió:

—Es posible que no haga falta que lo hagas, madre. Hay otra posibilidad.

—¿Cuál? —Esben preguntó primero.

—¿Finn? —Leif se volvió hacia su hermano, que lo miraba furioso. Y repitió la misma negativa que su padre, cruzándose de brazos.

—No. —Lisbet los miraba, sin entender nada. Ydril se apiadó de ella y le dijo:

—Al parecer, Finn conoce a la chica. A la hija de ese hombre. —Lisbet agrandó los ojos, incrédula, y se acercó a él.

—¿Es cierto, hijo? —Él abandonó su pose ante la mirada suplicante de su madre y asintió.

—Sí.

—¿Hasta qué punto?

—¡Madre! —la regañó por tratarlo como si fuera un niño al que su madre le estuviera preguntando por su primera novia, pero ella no cedió.

—Lo siento, hijo, pero como le he dicho a la reina no consentiré que haya una guerra en nuestro país. Podéis salir heridos o morir. —Negó vehementemente con la cabeza—. No. Eso no ocurrirá, si yo puedo evitarlo. —Finn cedió ante lo que había en juego.

—Está bien. Adalïe es mi andsfrende.

—¿Quéééé?

—¿Te has vuelto loco?

—¿Qué dices?

La única que no dijo nada y que los observaba sonriendo, era Ydril. Y a su marido le llamó la atención.

—¿Y tú?, ¿por qué no pareces sorprendida?

—Porque me lo esperaba. Desde que hemos llegado aquí, se comportaba como tú, cuando me conociste. —Leif la miró boquiabierto y contestó, algo malhumorado.

—¿Y no podías habérmelo dicho? —Ella se encogió de hombros burlonamente.

—Imaginaba que tú también te habrías dado cuenta. Como siempre dices que conoces a tu hermano mejor que nadie… —Leif puso los ojos en blanco y volvió a mirar a su familia. Preocupado, observó que sus padres habían empezado a discutir en voz baja, aunque no sabía por qué y que su hermano se había vuelto hacia el fuego con la mirada perdida. Se levantó y caminó hacia él. Apoyó la mano en su hombro y Finn, sintiendo que era él, se giró para mirarlo.

—¿Por qué no me has dicho nada? Habría podido ayudarte…

—No quería que nadie lo supiera. Que fuera solo de Adalïe y mío, al menos al principio. Era demasiado… —no supo cómo explicar la sensación de indefensión y plenitud que sentía, a la vez, desde que la había conocido. Pero no era necesario, su hermano se lo hizo saber.

—No hace falta que sigas, te entiendo mejor que nadie. Y te ayudaré en lo que pueda, ya lo sabes.

—Sí.

—Pero si madre tiene razón y tenemos que ir a la guerra, no importará que hayamos encontrado la parte del alma que nos faltaba. Tendremos que alejarnos de ellas y de todo lo que queremos, aunque nos pese. —Finn suspiró.

—Lo sé. Está bien, escuchemos lo que tiene que decirnos.

Cuando se volvieron hacia el resto, sus padres habían dejado de discutir. Su madre se había sentado junto a Ydril, que le había cogido una mano intentando consolarla. Lisbet, esperanzada, miraba a Finn, pero él no se dio cuenta porque tenía la atención puesta en su padre, que había comenzado a hablar:

—Antes de nada, quiero contaros por qué no quiero que vuestra madre se reúna con Otto. Ya sabéis que, cuando sus padres murieron, ella y Magnus vinieron a vivir al palacio invitados por el rey. —Los gemelos ya conocían la historia, pero lo escuchaban con atención—. Otto y yo veníamos muy a menudo, y así fue como nos conocimos los tres. Al principio, éramos amigos y esa situación duró varios años, hasta que Otto y yo nos dimos cuenta de que los dos queríamos casarnos con ella. Lo hablamos y acordamos que jugaríamos limpio y aceptaríamos la decisión que ella tomara sin discutir, para no perder nuestra amistad. —Ydril y los gemelos miraron a su madre, pero ella tenía la mirada fija en el fuego —. Yo cumplí mi parte y, aunque trataba de estar con ella todo el tiempo que podía, cumplí mi palabra, pero él no actuó igual.

Lisbet continuó hablando por él:

—Desde que los dos me revelaron lo que sentían, Otto comenzó a hablarme mal de Esben en cuanto tenía ocasión. Recuerdo que me dijo que había pegado una paliza a su caballo y que casi lo había matado, me sorprendí mucho porque siempre lo había visto tratar bien a su montura; cuando se lo dije, me replicó que no era solo con su caballo, que se comportaba mal con todos menos conmigo, que solo delante de mí mostraba amabilidad... cosas así. Como no lo creí, días después se presentó ante mí con dos criados que confirmaron sus palabras. Después, me enteré de que los había pagado para que me dijeran que lo habían presenciado todo.

Esben tomó el relevo:

—Recuerdo que hacía unas semanas que no nos veíamos porque había estado de viaje. En cuanto volví, fui a verla y la encontré muy rara. No quería ni verme y, cuando conseguí que me abriera la puerta, me dijo que no volviera más. Me marché a mi habitación destrozado porque en lo único que había podido pensar durante todo el viaje, era en ella. Pocos días después, la seguí cuando montaba a caballo e hice que se detuviera, para poder hablar a solas. —Por cómo se miraban él y Lisbet en ese momento, todos se imaginaron que no se habían limitado a charlar—. Hablamos, y me confesó lo que Otto le había dicho. Después de eso, fui a buscarle y nos peleamos, pero no fue suficiente para ninguno de los dos. Decidimos solucionar nuestras diferencias luchando con espada y lo herí en un dedo. Le rebané la yema y sangró bastante… —Esben se detuvo porque Finn se adelantó hasta quedar a pocos centímetros de él.

—¿Qué dedo? —Ydril y Leif también se acercaron.

—El meñique, ¿por qué…? —Cuando comprendió lo que acababa de decir, su cara reflejó un odio tan bestial que hasta sus hijos dieron un paso hacia atrás, turbados por la visión. Lisbet se tapó la boca con las manos para evitar los sollozos que salían de su boca, y Esben alzó la cara hacia el techo lanzando un grito salvaje. Su bramido traspasó las paredes y los techos de piedra y fue escuchado por todos los que estaban en ese momento en el castillo, que se estremecieron, seguros de que semejante sonido solo podía augurar la muerte.

—¡Fue él! ¡Lo siento, lo siento! —Lisbet corrió hacia los brazos de su marido, que la apretó contra él necesitando que su cercanía lo salvara de la locura. Tiernamente, acarició su cabello intentando consolarla, a pesar de la furia salvaje que burbujeaba en su pecho—. Lo siento, mi amor. Tú siempre creíste que fue él y yo te decía que era imposible. —Pero Esben también se sentía culpable.

—¿Cómo pude no darme cuenta de que era él a quien se refería Ydril, cuando su padre le dijo lo del meñique? —Movió la cabeza, pesaroso, mientras intentaba tranquilizar a su mujer que lloraba sin consuelo. Finn se acercó a los dos.

—Es normal, padre. Ella habló de un meñique más corto y lo que tú acabas de contarnos no es exactamente lo mismo. —Ydril tenía otra explicación.

—Puede que Esben le cortara algún tendón; así, el meñique se quedaría encogido, y parecería más corto…

—Es cierto, desde la pelea no pudo volver a estirarlo —afirmó Lisbet con la voz compungida. Estaba horrorizada—. ¡Dios mío, todo lo que pasó es culpa mía! —Esben la abrazó con más fuerza, musitándole algo al oído para tranquilizarla.

—Escuchad, ninguno de los dos tiene culpa de nada. Es culpa de un monstruo que, para vengarse de una supuesta afrenta, decidió asesinar a dos niños inocentes. —Finn no aguantaba más y explotó. Todos lo escucharon en silencio—. ¡Estoy harto de que dejemos que ese cabrón siga haciéndonos daño! ¡Se acabó! Decidamos qué vamos a hacer y hagámoslo —su padre asintió y alargando el brazo para acariciar la mejilla de su hijo con los nudillos provocando que Finn se sonrojara por la falta de costumbre, continuó:

—Dejadme que os termine de explicar por qué no quiero que vuestra madre hable con él. No es por celos, sino porque tengo miedo de lo que él sería capaz de hacerte. —Besó a su mujer en la cabeza—. Sigue obsesionado contigo, amor mío.

—Margarita me ha dicho lo mismo hace un rato — confesó con la voz ronca por las lágrimas. Estaba pálida, pero se había serenado un poco.

—Entiendo —dijo Finn. Y lo hacía, pero no por eso era menos difícil lo que imaginaba que le iban a pedir—. ¿Qué quieres que haga? —Miró a su madre. Ella, con aspecto culpable, contestó:

—Que la muchacha…

—Adalïe —susurró Finn.

—Que Adalïe te confirme, si Otto tiene un plan para derrocar al rey y si conoce a quienes lo están ayudando.

—Conocemos al menos dos: a Guttorm y a esa bruja — interrumpió Esben.

—Sí, pero Margarita me ha dicho que necesita conocer los cómplices y el plan —Finn asintió gravemente. Luego hizo una mueca:

—¡Y yo que pensaba que mi mayor problema sería conseguir que sus padres me aceptaran! Creía que serían comerciantes o algo así… —bromeó. Nadie le contestó y se quedó pensativo durante un buen rato, luego confesó—: Mañana he quedado con ella. Si se presenta… —Se pasó la mano por el pelo y dio dos pasos hacia la chimenea, donde no había nadie en ese momento. Se quedó mirando el fuego y respiró hondo varias veces. Estaba enfadado por lo que iba a tener que hacer, pero sabía que debía hacerlo—. Cuando la vea, le contaré la verdad y dejaré que ella decida. Adalïe está por encima de todo para mí, incluso de vosotros. Esta noche, durante unos minutos, he creído que me había engañado, pero después de saber cómo es su padre, estoy seguro de que no ha sido así. Ella es otra víctima de Otto. Desde que la conocí, intuí que estaba en peligro, pero no sabía que ese peligro provenía de su propia familia —afirmó con la cabeza, decidido—. Todo dependerá de lo que ella quiera hacer. Incluso, si acepta, nos iremos lejos.

—Lo entendemos, hijo —contestó Esben.

—Pero volverías a casa con nosotros, ¿no es así? —Finn miró a su madre, que esperaba su respuesta con cara de asustada. Con una sonrisa triste, se acercó para abrazarla y murmurar su respuesta, aunque todos pudieron escucharlo:

—No, si fuera peligroso para ella, madre. Pero te prometo que iríamos en cuanto fuera seguro. Y siempre os haría saber dónde estamos.

—¿Vas a rendirte así, sin más? —Leif estaba ofendido y enfadado—. Serías capaz de huir sin luchar… —Finn entornó los ojos, pero no quiso contestarle porque sabía que era el dolor de su posible separación, el que impulsaba las palabras de su hermano. Esben intervino colocándose físicamente entre los dos, sintiendo la tensión que había entre los gemelos.

—Si nos peleamos entre nosotros solo conseguiremos que el enemigo sea más fuerte. Ahora debemos estar más unidos que nunca si queremos vencerlo. —Miró a su nuera—. ¿Puede existir alguna hierba que elimine el efecto de lo que le están dando a Haakon?

—Lo miraré. Imagino que aquí habrá una buena biblioteca.

—Sí, aunque no se use demasiado —bromeó Esben.

—Debería haber algún manuscrito que hable sobre hierbas curativas... puedo empezar a buscarlo mañana.

CAPÍTULO 12

Finn la esperaba montado en su caballo en medio del sendero que ella solía utilizar para atravesar el bosque y llegar al río. Estaba claro que sabía que siempre cruzaba por allí, a pesar de que ella no había notado en ningún momento que la siguiera. Cuando lo vio, se quedó inmóvil y él alargó la mano hacia ella, con la palma hacia arriba.

—Ven, sube. —Ella dudó. Pensó que querría llevarla lejos de allí.

—Después tengo que volver…

—Tardaremos lo mismo que si nos quedáramos aquí, pero he encontrado un sitio mejor, donde estaremos más tranquilos. —Había escuchado hablar de aquel lugar mientras estuvo buscándola como un tonto por toda la ciudad. Había escuchado a un par de hombres decir que algunos rebeldes lo habían usado durante la guerra para ocultarse. Esa mañana había venido con tiempo y había ido antes a buscar dónde estaba exactamente. Ella se decidió por fin.

—Está bien. —Puso la mano sobre la de él.

—Ahora sube tu pie y ponlo sobre el mío. Con eso será

suficiente, yo te subiré. —Ella lo intentó, de verdad que sí, pero era demasiado bajita y no conseguía que su pie llegara al estribo sin tener ningún sitio donde subirse. Frustrada, levantó la cara para decírselo después de varios intentos fallidos, y descubrió que parecía estar aguantando las ganas de reírse.

—¿Te estás riendo de mi estatura? —No había sido su intención sermonearlo, pero estaba muy nerviosa y él se dio cuenta.

—Tranquila. —Se agachó para enlazar su cintura con la mano izquierda y la levantó a pulso. Luego, la sentó delante de él. Ella estaba rígida, sin atreverse a apoyarse en él, pero Finn la abrazó rodeando su cuerpo al coger las riendas, acercándola a su pecho.

—Apóyate en mí, estarás más cómoda. Llegaremos enseguida. —Golpeó suavemente con los pies en los flancos de Gulltop, que comenzó a andar.

Tenía razón. Saliendo del bosque, cogieron un camino que ascendía por una de las montañas que custodiaban Bergen, y lo siguieron durante unos minutos hasta detenerse en una gran explanada, donde había un par de árboles centenarios. Él se apeó de un salto y, cogiéndola de la cintura, bajó a Adalïe. Tirando de las riendas de Gulltop y de ella, los guio.

—¿Dónde vamos?

—Allí. —Señaló hacia una pared rocosa de la montaña que tenían enfrente.

—Hay una cueva en la que estaremos tranquilos. Casi nadie la conoce, ya que la entrada está escondida.

Se dirigió hacia unos arbustos que los superaban en altura y, rodeándolos, quedó a la vista una grieta en la montaña que todos, hasta el caballo, podían atravesar. Cuando lo hicieron, Adalïe se quedó boquiabierta al ver la profundidad de la caverna.

—Es muy grande.

—Sí, no he tenido tiempo de explorarla, pero parece muy larga.

Al contrario de lo que Adalïe había imaginado, allí dentro hacía menos frío que en el exterior, pero ella se estremeció ahora que no sentía el calor del cuerpo de Finn. Arrebujándose en la túnica masculina que llevaba puesta, intentó disimular que estaba temblando. Finn apretó los dientes, enfadado.

—Con esa ropa, es normal que pases frío.

—No importa —contestó. Con un gruñido, él le quitó la silla al caballo, luego, cogió la manta que había debajo y la extendió sobre los hombros de Adalïe. Ella estaba asombrada por su preocupación, a pesar de que lo hubiera mentido.

—¿Mejor? —Finn se puso en cuclillas junto a una de las paredes de la cueva. A su lado había un par de troncos, hierba seca, un pedernal y un trozo de hierro, todo lo necesario para hacer una hoguera. Adalïe imaginó que lo había llevado todo él mismo esa mañana.

—Sí, gracias —contestó.

Se sentó en el suelo, cerca de él, con la espalda apoyada en la pared, observando en silencio cómo Finn golpeaba el pedernal con el hierro sobre la yesca; cuando la hierba seca prendió, sopló despacio hasta conseguir una llama que fuera capaz de quemar los troncos. Los dos permanecieron en silencio durante unos minutos, observando cómo ocurría.

Cuando estuvo seguro de que el fuego no se apagaría, se levantó y se limpió las manos en los pantalones. Salvó con dos pasos la distancia que había hasta ella y se dejó caer en el suelo a su lado. Estaba tan cerca que Adalïe se sintió culpable al ver las oscuras ojeras que rodeaban sus ojos. Alargó el índice y rozó una de ellas. Él se quedó rígido, pero no la rechazó, solo cerró los ojos con un suspiro.

—¿No has dormido bien?

—No. —Seguía con los ojos cerrados.

—Lo siento, Finn —su disculpa consiguió que la mirara.

—¿Por qué?

—Por no haber sido sincera contigo. Creía que así te protegía. —Él arrugó la frente, extrañado.

—Dime la verdad, ¿estás prometida? —En su mirada vio cuánto daño le había hecho. Angustiada, se tragó las lágrimas y lo miró con el alma en los ojos.

—No lo sé, mi padre me ha dicho que sí, pero no me fío de su palabra. —Había decidido contárselo todo—. Eres la primera persona en la que voy a confiar, Finn.

—Puedes hacerlo. Yo jamás te traicionaría.

—Mi madre era Edohy Faëly, un hada nacida en Selaön. Sus padres eran los dueños de las minas de Mondüir. —Finn se quedó atónito, ya que la plata de Mondüir era famosa por su pureza y, además, era muy difícil de encontrar—. No solía hablar de ellos porque se ponía muy triste, pero en alguna ocasión me contó que habían sido unos buenos padres, aunque demasiados rígidos con las normas —Adalïe sonrió al recordar las conversaciones con su madre—, aunque ella reconocía que había sido una muchacha caprichosa y un poco rebelde. A pesar de todo, creció feliz, sobre todo porque lo hizo junto a una prima a la que quería como a una hermana. Se llamaba Adalïe. —Finn sonrió.

—¿Por eso…? —ella asintió sin dejarlo acabar.

—Sí, por eso me puso su nombre. No sé mucho más, solo que huyó de casa de sus padres, imagino que siguiendo a su prima y… —se encogió de hombros— nunca quiso contarme por qué se marchó de la isla, ni cómo conoció a mi padre; creo que estaba avergonzada por cómo había resultado todo. Cuando yo tenía doce años, enfermó y, desde entonces, me encargué de cuidarla. —Tragó saliva al ver la tristeza que se reflejaba en los ojos de Finn—. A pesar de todos mis esfuerzos, se fue apagando poco a poco hasta que murió, dos años después.

Finn tenía ganas de ponerse de rodillas para pedirle perdón por haber dudado de ella, pero se obligó a seguir escuchándola. Cogió su mano y se la puso sobre el corazón; ella, pálida por los recuerdos sonrió débilmente, entendiendo lo que le quería decir y continuó:

—Como yo tenía catorce años y era tan inocente, pensé que había muerto de pena. Ella me había explicado que un hada no puede vivir encarcelada indefinidamente porque su espíritu, tarde o temprano encuentra la manera de escapar, aunque tenga que terminar con la vida del cuerpo en el que habita para ser libre. Mi padre había convertido aquella casa en una cárcel para nosotras, por eso, cuando ella murió, creí que fue porque ya no pudo soportarlo más.

—¿Y ahora?

—¿Qué? —preguntó, distraída.

—Has dicho que pensaste que había muerto de pena, ¿ahora no piensas lo mismo?

—No. Ahora sé que mi padre ordenó a Hallbera que la envenenara.

—¿Estás segura? —Por primera vez, Finn vio algo parecido al odio en su rostro.

—Sí. Por algo que me dijo durante el viaje; me aseguró que me convenía portarme bien si no quería que me preparara un bebedizo para hacerme dócil. Me aseguró que mi padre le había autorizado a hacerlo. Entonces supe de dónde procedía el veneno que mató a mi madre y me arrepentí de lo que había creído hasta entonces, porque ella nunca me hubiera dejado sola por mucho que sufriera. Ha sido la única que me ha querido de verdad —gimió, dolida. Finn apretó su mano.

—Ya no, pequeña. —Adalïe se limpió las lágrimas—. Sigue, cuéntamelo todo.

—Cuando se murió, mi padre ya no necesitaba tenerme

cerca para controlarla y me envió al convento, donde he estado ocho años.

—¿Tienes veintidós años?

—Sí. —Le hizo gracia la pregunta—. ¡Pareces sorprendido! —Él le tiró del pelo afectuosamente.

—Es solo que pareces más joven. ¿Sabes por qué tu padre te ha hecho volver?

—Estoy segura de que quiere prometerme con ese hombre del norte.

—¿Sabes algo sobre él?

—No. Lo único que he oído es que está a punto de venir. —Finn empezó a imaginar lo que sentiría viéndola junto a otro, pero enseguida sacudió la cabeza alejando esos pensamientos que ahora no conducían a nada.

—Adalïe, perdóname por haberme enfadado tanto contigo.

—No, no... —ella levantó la mano para que no siguiera— tenía que haber sido sincera contigo. Pero tenía miedo. Mi padre es un ser diabólico y está rodeado de gente como él.

—¿Estás pensando en Hallbera?

—Sí, y en un soldado al que llaman Guttorm. —Finn la observó fijamente porque había notado un estremecimiento en ella al decir ese nombre.

—Ese tal Guttorm... ¿te hizo algo?

—No, pero no me gusta cómo me mira cuando me encuentro con él.

—Si puedes evitarlo, no te acerques a él. —Por lo poco que sabía sobre él, le gustaría que estuviera lo más lejos posible de ese salvaje—. Escucha, Adalïe, debes tener mucho cuidado con tu padre. No lo provoques, ¿entiendes?

—Ya lo sé. Siempre intento no darle motivos para que se enfade conmigo.

—¿Le tienes miedo?

—Me da vergüenza decirte que sí. —Agachó la mirada, pero él le levantó suavemente la barbilla.

—No agaches nunca la cabeza ante mí. Ahora no estás sola, ni lo estarás nunca más. —Se removió incómodo al pensar en lo que tenía que pedirle—. Hay algo que tengo que confesarte, ¿has oído hablar de los berserkers?

—Sí. Tú eres uno de ellos, ¿no es cierto?

—¿Quién te lo ha dicho?

—Nadie. —Rio, divertida, y su alegría lo hizo sonreír, a pesar del momento—. ¿Es que no me estabas escuchando cuando te he dicho que mi madre era un hada?

—Lo he oído, pero no sabía que tú también lo eras. —Ella movió la cabeza como si lo compadeciera, aunque su sonrisa la traicionaba.

—Pero ¿es que no sabes nada de las hadas?

—Muy poco.

—A pesar de que soy solo media hada, hay cosas que puedo hacer y los humanos no. Por ejemplo, enseguida sé si la oscuridad ha consumido el alma de cualquier hombre o mujer que esté cerca de mí —susurró—. Como la de mi padre, que es totalmente negra. Ni siquiera la de Hallbera es tan oscura. Hay algo que lo consume por dentro y lo llena de odio. —Se estremeció.

—Hay muchas cosas que tengo que contarte. —Ella esperaba, confiada—. Tu padre y los míos se conocían, ¿lo sabías?

—No. En realidad, no sé casi nada sobre su él. No recuerdo ninguna ocasión en la que hablara conmigo directamente. Cuando quería que hiciera algo, se lo decía a algún sirviente para que me lo dijera. —A Finn le hubiera gustado decirle lo que opinaba de semejante animal, pero antes tenía que contarle lo que le habían dicho sus padres.

—Otto se enamoró de mi madre cuando eran jóvenes, pero ella no podía corresponderle porque quería a mi padre. —Adalïe abrió la boca para decir algo, pero él se anticipó—.

Espera, por favor. Déjame que termine de contarte esto. ¿Viste a mi hermano Leif, anoche?

—Sí, sois gemelos —murmuró, confusa.

—Nuestros padres vinieron a la coronación y nos trajeron con ellos, aunque solo éramos unos bebés de unos meses. Durante la cena, mientras nuestros padres estaban con los demás en el salón festejando la coronación, alguien nos raptó. El que lo hizo, degolló a la mujer que nos cuidaba.

—¡Qué horror! —Se había quedado pálida.

—Hace unos meses y por casualidad, Leif y yo encontramos a nuestros padres, pero podríamos haber estado toda la vida sin conocer a nuestra familia. Después de secuestrarnos, nos abandonaron en un hospicio y allí vivimos hasta los doce años, pero al menos nos teníamos el uno al otro. No fue tan malo.

—Lo siento mucho, Finn. —Lo abrazó intentando consolarlo y él, por primera vez en su vida, dejó que se le humedecieran los ojos recordando su niñez en el hospicio junto a su hermano. Le devolvió el abrazo hundiendo la cara en su cuello y parpadeó para alejar la humedad de los ojos, luego le dio un beso en el hombro y la apartó suavemente.

—Déjame que siga. —Sujetó sus dos manos—. El que nos robó esa noche y asesinó a nuestra cuidadora, fue tu padre, Adalïe. Después pagó a un pobre muchacho, poco más que un niño, para que nos tirara al mar. —Ella comenzó a llorar y él se maldijo por hacerla sufrir—. No, no, cariño mío. No llores más, por favor. Si lloras, me matas. —Ella lo observó con la cara contraída—. Solo te lo cuento porque tienes que saber la verdad para poder entenderlo todo. Ahora —respiró hondo— tiene planes para derrocar al rey y necesito que me digas si es cierto. —Ella lo observó con la cara ladeada.

—¿Por eso querías que nos viéramos hoy? —Ahogó una exclamación cuando él la atrajo hacia sí y, veloz como el viento, la sentó sobre su regazo. Enredó una de sus manos enormes en su pelo acariciándolo con las yemas de los dedos, observándola mientras respiraba agitadamente. Entonces, la besó apasionadamente durante un largo minuto y, separándose con un gemido de dolor, cogió su mano y la colocó sobre su miembro.

—¿Sientes lo duro que estoy? —Ella cabeceó, asintiendo. Sentía que, si se ruborizaba más, explotaría—. Pues así estoy siempre que estoy contigo. Y muchas veces me basta con pensar en ti para excitarme. —La besó suavemente, resistiéndose como pudo a la tentación de ir más allá—. Ayúdame, por favor. Es muy importante que hablemos.

—Está bien. —Se levantó, apartándose de él y sentándose enfrente. Luego, lo miró fijamente—. Pregúntame lo que quieras.

—¿Es cierto que tu padre quiere acabar con el rey?

—Creo que sí. Anoche, él y Hallbera, hablaron delante de mí sobre algunas cosas. Sé que ha conseguido que ese Guttorm, tenga un cargo importante en el ejército —Finn asintió— y tiene algún tipo de acuerdo con el que dice que es mi prometido, pero no sé nada más.

—¿No has oído nada sobre el rey?

—No, pero anoche el comportamiento del rey cuando volvió al salón, me recordó a mi madre. Algunas veces actuaba así.

—¿Crees que lo drogaron?

—Seguro. Yo no lo había visto antes, pero no parecía estar bien. —Entrecerró los ojos de repente—. Mi madre, durante los últimos meses, no tenía interés en nada y no se acordaba nunca de lo que hacía o decía.

—Eso mismo ha dicho Ydril.

—¿Quién?

—La mujer de Leif. Ya la conocerás. —Se inclinó para darle otro beso—. Os llevaréis muy bien, ya lo verás. Necesito que me digas si conoces a alguien más que esté ayudando a tu padre...

—Aparte de Hallbera y de Guttorm, creo que no. Pero si quieres, puedo prestar más atención e intentar averiguarlo —él la interrumpió, asustado.

—No hagas nada, ¿me oyes? No quiero que le des ningún motivo de sospecha. Mi instinto me dice que no te deje volver junto a tu padre, pero si es cierto que pretende derrocar al rey y quedarse con la corona, habrá guerra y tendremos que separarnos. —Se inclinó hacia ella y la abrazó—. Ten mucho cuidado, ¿me oyes? Y, si sospechas que te han descubierto o que te van a hacer algo, envíame un mensaje como hiciste en el bosque. Iré a por ti enseguida. —Ella sonrió, divertida.

—Creía que eras un jabalí o algo parecido. —Él rio a carcajadas—. No te preocupes. Gracias a las monjas sé cómo aparentar que no me entero de nada. —El orgullo que vio en los ojos de Finn, consiguió que se sintiera mucho mejor. Él asintió con brusquedad y cogió sus manos.

—Y ahora quiero que sepas lo importante que eres para mí. A todos los berserkers nos está destinada una pareja de vida. La llamamos andsfrende —ella parecía fascinada—, y tú eres la mía. Tú también lo sientes, ¿no?

—Sí, desde el primer día.

—Y yo, amor mío. —Volvió a besarla—. Los berserkers y sus parejas pueden comunicarse con la mente, aunque estén separados por la distancia. Bueno, ya lo sabes. —Entonces, colocó una imagen en su cabeza: lo que iba a ocurrir entre los dos en pocos minutos, si ella accedía. Adalïe se ruborizó violentamente y, al contrario de lo que esperaba, se lanzó a sus brazos. Él la recogió y volvió a sentarla en su regazo—. Llámame si me necesitas, por favor. ¿Lo harás? —ella asintió, demasiado nerviosa para hablar—. ¿Quieres que te lleve de vuelta al castillo? Tengo miedo de que tu padre sospeche y pueda hacerte daño. —Finn se estremeció al pensar en un hombre tan fuerte golpeando a una muchacha tan delicada como Adalïe—. Hasta que no estemos juntos, no dormiré tranquilo ni una noche. —Ella lo abrazó, intentando tranquilizarlo.

—No te preocupes, hoy tenemos más tiempo. Ayer los escuché hablar y dijeron que había surgido un problema, y que él y Hallbera tenían que ir hoy a una reunión con alguien, lejos del castillo. Estarán todo el día fuera. —Él suspiró, agradecido y la miró.

—Adalïe, quiero explicarte por qué quiero saber todo lo que pueda sobre los planes de tu padre; porque, si se sale con la suya, destruirá la paz que reina en el país y que tantos años nos ha costado conseguir —ella lo observaba con los ojos muy abiertos—, porque muchos no aceptaremos que destrone al rey por la fuerza, ¿lo entiendes? —ella asintió—. Si queremos tener un futuro juntos, tenemos que acabar con la amenaza que suponen los planes de tu padre. Mi familia está dispuesta a pelear hasta el final para conseguirlo.

—Yo también. Te quiero, Finn, y haré lo que sea para que estemos juntos.

—De acuerdo ¿No sabes a quién han ido a ver hoy?

—No. Nunca les pregunto nada y anoche no lo dijeron. —Él volvió a mirarla con miedo.

—Nunca, nunca, le preguntes nada, Adalïe. Prométemelo. —Ella lo hizo con un murmullo, aunque él siguió mirándola fijamente durante unos segundos antes de volver a abrazarla —. Me voy a volver loco sabiendo que estás al alcance de ese salvaje. Pensaré en la manera de conseguir alejarte de él... puede que a través de la reina... —murmuró distraído al notar que ella depositaba un suave beso en su cuello, seguido de otro y otro más. Con un gemido, buscó sus labios y volvió a besarla, olvidando todo lo demás—. Adalïe, quiero que estemos juntos. No sé cuándo tendremos otra ocasión como esta —pidió, ronco—. Necesito que seas mía y yo tuyo. Completamente.

Adalïe clavó en él sus ojos grises, entendiendo su tormento porque ella sentía lo mismo. Acarició su cara suavemente.

—Yo también lo deseo —murmuró.

Sus palabras liberaron la pasión que había contenido durante tanto rato. Tomó la mano de ella que reposaba en la mandíbula masculina y besó fogosamente su palma, mordiendo su monte de venus y provocando que ella cerrara los ojos y gimiera de placer.

Adalïe alcanzó el cuello de Finn y lo acarició, apreciando la suavidad de su piel que contrastaba con los músculos rígidos que cubría. Finn aplastó su boca contra la de ella y sus lenguas bailaron juntas; su pecho vibró con un gruñido porque, a cada momento que pasaba, estaba más excitado. Se separó de ella unos centímetros y sus ojos, nublados por las sombras del deseo, exploraron el rostro ruborizado de Adalïe.

—Si seguimos, no podré detenerme —aseguró, con voz ronca. Ella le dio su consentimiento en silencio. Sus ojos parecían de plata líquida.

Finn le quitó la túnica y los pantalones, pidiéndole que levantara un poco el trasero para poder hacerlo, dejándola solo con la ropa interior. Sus manos acariciaron los suaves pezones rozados de sus pechos, hasta conseguir que se irguieran por la excitación. Adalïe agitó las piernas involuntariamente al sentir el fuego nacer entre ellas. Él inclinó la cabeza para lamer sus senos y mordisquearlos; ella rodeó su cabeza con los brazos, cerrando los ojos, entregada totalmente al placer. Nada más le importaba en ese momento porque estaba segura de que, después de lo que iba a ocurrir entre ellos, nada en el mundo podría separarlos.

Cada caricia de la lengua de Finn hacía aumentar el

cosquilleo ardiente que sentía en el vientre. Nerviosa y excitada, las apretó y las frotó entre sí intentando aliviar el anhelo que sentía. Entonces, Finn hizo que su mano derecha descendiera y, acariciando su suave piel al pasar, llegó a sus calzones de algodón. Allí se internó por la apertura que tenía en la entrepierna y buscó suavemente hasta encontrar su espesa mata de rizos. Sus dedos se deslizaron con delicadeza entre ellos, tanteando su carne escondida, hasta que la yema de su dedo encontró el pequeño nudo de nervios y lo mimó con sus caricias. Adalïe tembló, agarrada a sus brazos, y dejó caer su cabeza sobre el hombro de él.

Finn repitió la caricia varias veces rodeando el clítoris, otorgándole tanto placer que Adalïe tenía ganas de gritar; temblaba sobre su regazo y, sin pensarlo y necesitando desahogarse, le mordió el lóbulo de la oreja con fuerza, haciendo que él se estremeciera y volviera a besarla creyendo que explotaría por la excitación. Ella retorcía sobre él, sintiendo el gran bulto que presionaba entre sus nalgas; una ola de felicidad la inundó al sentir que la poseería por completo en pocos minutos.

Los dedos masculinos siguieron sondeándola, acariciando y mimando sin dejar de observarla, atento a sus suspiros y gemidos de placer; cuando la notó preparada, deslizó su dedo medio dentro de ella. Ella dio un respingo clavando los dedos en los brazos masculinos, arqueándose al sentir un leve escozor, aunque, a la vez, la carne de su interior apresó su dedo dándole la bienvenida y sus muslos apretaron su mano.

—Estás muy tensa —murmuró él con voz oscura—. ¿Tienes miedo?

—Un poco —susurró ella, agarrada a él—, pero no pares, por favor.

—No quiero que me temas. Nunca. Moriría por ti, amor mío. —Ella se quedó impresionada por sus palabras y no supo cómo contestar, pero ese pensamiento desapareció de su mente cuando el dedo de Finn comenzó a deslizarse con más facilidad dentro de su pasadizo carnoso, gracias a que la humedad natural que brotaba de ella había preparado el camino. La cadencia de su pequeña invasión aumentó, formando un ritmo seductor que hizo que Adalïe abandonara todo pensamiento coherente y sus caderas se arquearan, aceptándolo. El creciente placer duró varios minutos, hasta que ella tembló y clavó las uñas en él, mientras que sus músculos se estiraban al máximo. Agotada, dejó que su cabeza se desplomara sobre el pecho de Finn, arrugando la frente al darse cuenta de que lo había vuelto a hacer; la había hecho volar hasta el cielo, pero ella sola. Decidida a que no se repitiera lo de la última vez, alargó la mano y acarició su miembro sobre el pantalón, observando su rostro. Él siseó entre los dientes, sorprendido y excitado por la caricia.

—Quiero que nos unamos de verdad. —Aumentó su presión sobre él, abarcándolo con la mano—. Es muy grande —murmuró, un poco preocupada. Él rio por su expresión y, sosteniendo su cabeza en el hueco de su brazo, la besó. Su boca le transmitió su necesidad y ella supo que, por fin, había llegado el momento antes de que él se lo confirmara:

—Solo tú podrías hacer que me detuviera ahora. Me costaría, pero lo haría. —Esperaba su respuesta. Quería estar seguro.

—Hazlo. Quiero que lo hagas.

—Te quiero, Adalïe, y te juro que nunca te abandonaré —aseguró, observándola.

—Yo también te quiero. —Se levantó y le dijo lo que menos esperaba oír—. ¿Ponemos esta manta junto al fuego para tumbarnos sobre ella? —Señaló la manta que le había dado antes. Finn rio por lo bajo, pero su mirada era tierna.

—Pareces muy experimentada. —Ella se ruborizó, pero se mantuvo firme.

—Siempre he pensado que se hacía tumbados, ¿no es así?

—Frunció el ceño y él, que ya se había levantado, besó las arrugas que se habían formado en su frente, abrazándola después. Empujó su cadera contra la de ella, sujetándola por el trasero, y se frotó contra ella sensualmente. Adalïe apretó las manos en su pecho.

—No puedo aguantar más sin estar dentro de ti. Hagamos eso que dices de la manta —intentó bromear, pero su voz sonó demasiado ronca.

Cuando prepararon el lecho improvisado, terminó de desnudarla y la ayudó a tumbarse; luego, él se colocó entre sus piernas.

—Ya sabes que no he hecho esto nunca. —Parecía preocupada por su inexperiencia y él la quiso más que nunca—. Tendrás que decirme qué debo hacer.

—Tranquila —le respondió. Su pene, rígido e hinchado, estaba situado junto a la entrada femenina y la sensación de su roce, le cortó el aliento. Apretó su boca en la parte alta de su garganta y saboreó su piel delicada, descendiendo hasta sus pechos. Adalïe abrió las piernas todo lo que pudo, en una ofrenda silenciosa. Él notaba los latidos veloces de su corazón, igualando el ritmo del suyo. Nunca se cansaría de su belleza tierna y luminosa, pero cerró durante un instante los ojos, intentando dominar su violenta pasión para no asustarla.

—¿Qué ocurre? —Volvió a abrirlos, extrañado al escuchar la inseguridad en su voz—. ¿Algo está mal? —Sabía que se refería a ella, y lo negó con la cabeza.

—No, amor mío. Solo intento coger fuerzas para ser suave contigo, como se merece tu primera vez. —Ella sonrió y posó la mano en su mejilla.

—No te preocupes por eso. Solo necesito que me quieras, nada más. Estoy segura de que será maravilloso.

—Para no quererte tendrían que arrancarme el corazón —aseguró.

Adalïe se sentía arder. Los besos que Finn repartía por su garganta, sus hombros y sus pechos, habían conseguido que su temperatura aumentara. Sus manos estaban por todas partes, explorando y acariciando.

Nunca habría imaginado que un hombre tan grande y fuerte, pudiera ser tan tierno con una mujer. La respiración de Finn se había acelerado mientras mordía las puntas de sus pezones, que se habían transformado en dos cumbres enhiestas. Ella jadeaba deseando que siguiera, ahora que conocía el placer que se podía sentir.

Finn tomó una de sus manos y la condujo hasta su miembro pidiéndole, sin palabras, que tocara aquel ariete de piel caliente y sedosa. Con un grave murmullo para animarla, Finn le enseñó a rodearlo con su mano y cómo tenía que moverla, arriba y abajo. Muy excitada y deseando devolverle parte del placer que él le había dado, lo agarró suavemente y lo movió como él le había dicho, disfrutando de la respuesta de Finn, que cerró los ojos y abrió la boca pareciendo sentir un placer casi intolerable. La premió con un profundo beso hundiendo su lengua dentro de ella, al tiempo que su mano comprobaba que su pasaje siguiera húmedo; que estuviera preparada para él.

Lo siguiente que Adalïe notó fue una suave presión en la vagina que le provocó una leve molestia. Respiró hondo intentando relajarse y notó cómo Finn hacía retroceder un poco sus caderas y, entonces, con un gemido, la embistió con fuerza. Adalïe esperaba sentir dolor, pero no fue así. Solo tuvo una sensación de plenitud, como si no hubiera estado completa hasta ese momento. Aunque creía que Finn había entrado completamente en ella no fue así, puesto que él tuvo que volver a empujar otra vez, segundos después, para poder alojarse íntegramente en su interior. Cuando lo hizo, se quedó inmóvil, asustado por la posibilidad de haberle hecho daño. Estaba demasiado callada.

—¿Te duele, pequeña? —Le parecía que estaba más bella que nunca; ruborizada, con los labios rojos por sus besos, y el pelo negro rodeándola como una nube sedosa.

—No. Lo que siento es maravilloso. Creo… creo que soy feliz de verdad, por primera vez en mi vida.

—Yo también.

Sin salir de ella, deslizó su mano hacia abajo, acariciando el tierno cuerpo femenino a su paso. Hurgó entre la húmeda mata de vello negro hasta encontrar el nudo sensible, oculto entre sus rizos. Trazó lentos círculos a su alrededor, buscando aumentar su excitación y que los dos terminaran juntos, esta vez. Ella gimió y levantó las caderas para acercarlas a sus caricias y él comenzó a moverse dentro de ella; lentamente al principio, aumentando el ritmo poco a poco. No dejaba de observarla, adaptando su ritmo al que Adalïe necesitase para obtener el máximo placer. Todo su ser estaba concentrado en ella y, cuando llegó al orgasmo poco después, su carne ciñó su miembro con fuerza; Finn apretó los dientes y cerró los ojos, aparentando sufrir un fuerte dolor, pero, en realidad, estaba experimentando el orgasmo más poderoso de su vida. Gimió y hundió la cara en el hombro de ella, con el cuerpo y la mente debilitados. A pesar de lo que había oído sobre la unión entre los berserkers y sus parejas, o de haber visto a sus padres y a su hermano junto a Ydril, no esperaba algo semejante. Ahora sí que podía asegurar que ya no podría vivir sin ella.

CAPÍTULO 13

Permaneció unos minutos dentro de ella mientras se recuperaba, y luego se retiró con cuidado y la observó, enmarcando su cara con las manos. Ella tenía los ojos cerrados y, aunque una sonrisa placentera parecía indicar su estado, prefirió asegurarse.

—Pequeña, ¿estás bien? —Ella abrió los ojos y lo miró; su sonrisa se amplió y, levantando una mano, echó un mechón dorado del pelo de Finn hacia atrás, lánguidamente.

—Sí, muy bien.

—Bien. —Se levantó y se puso los pantalones en silencio. Sentía que ella necesitaba descansar, y echándole una última mirada, vio que había vuelto a cerrar los ojos y que parecía muy tranquila. Preocupado por si tenía frío, le echó por encima su túnica, luego fue a comprobar cómo estaba Gulltop y volvió junto a ella. Se sentó a su lado y, cogiendo uno de sus pies que aparecían por debajo de la túnica, lo acunó entre sus manos, pensativo. Levantó el rostro hacia ella sintiendo su mirada.

—Hasta tus pies son perfectos —aseguró, acariciándolo con suavidad; cuando Adalïe intentó apartar el pie de repente, él lo sujetó entornando los ojos con una mueca traviesa—. ¿Tienes cosquillas? —Ella lo negó y él apartó la túnica y se tumbó encima de ella, decidido a hacerla reír hasta que pidiera clemencia.

Una cosa los llevó a la otra y, poco después, se besaban otra vez. Finn se sobresaltó al notar sus caricias en el pene y apartó su mano con suavidad.

—No, mi amor. Eres primeriza y, si repetimos, luego estarías dolorida.

—No me importa.

—Pero a mí sí. Vamos, te llevaré hasta el castillo. —Se levantó con facilidad, impulsándose con las manos.

—No —se negó—, solo hasta el camino donde me has recogido. Así nadie sospechará nada.

—¿Y si te encuentran fuera de tu habitación? —Ella le había explicado cómo se escapaba todos los días—. ¿O te caes de la cuerda, o te ocurre algo?

—Finn, llevo desde los catorce años haciendo lo mismo en el convento y aquella ventana estaba mucho más alta que esta. —A él no le gustaba la idea.

—No quiero dejarte cruzar sola el bosque y tampoco que vuelvas a tu habitación subiendo por una cuerda. Podrías caerte y romperte la cabeza. —Ella se pegó a él, provocándolo y las manos de Finn volaron hasta sus caderas, aunque se prometió que se contendría por su bien.

—Finn, lo peor para mí sería que alguien le dijera a mi padre que nos han visto juntos, ¿entiendes? —Él seguía teniendo cara de preocupado—. No pasará nada, recuerda que llevo cuidándome sola desde los catorce y tengo veintidós años… —él la interrumpió:

—¿Crees que mañana podrás venir? Si no puedes… —Ella le puso la mano en la boca.

—Sí. Quedamos en el mismo sitio, a menos que pase algo.

—Si no vienes, me preocuparé mucho.

—Vendré. Si no aparezco… —Se mordió el labio sin ganas de seguir para no preocuparlo—. Vendré —afirmó con seguridad. Se abrazaron estrechamente y comenzaron a vestirse.

Salieron de la cueva seguidos por Gulltop y montaron en él al llegar a la explanada, comenzando a bajar la montaña. Durante la bajada, ella puso sus manos sobre los brazos de Finn que rodeaban su cintura y confesó, mirando al frente:

—Siempre recordaré este día —su voz sonaba ronca debido al nudo que tenía en la garganta.

—Y yo —la besó en la sien—, pero tendremos muchos más momentos como el de hoy. Nos casaremos y nuestros niños tendrán tus ojos. Grises y llenos de luz.

—No, quiero que sean azules y misteriosos, como los de su padre.

Los dos intentaban no pensar en que iban a separarse en pocos minutos y que no sabrían nada el uno del otro, ni tendrían posibilidad de comunicarse hasta el día siguiente.

ADALÏE MIRÓ a ambos lados del patio trasero para asegurarse de que nadie podía verla, como hacía siempre, y comenzó a subir por la cuerda. Se esforzó por hacerlo lo más rápido posible, ayudándose con las manos y los pies. Cuando llegó a su ventana, la empujó levemente ya que la había dejado entornada y se abrió con un chirrido; pasó primero la pierna izquierda por encima de la repisa y luego la derecha. Entonces, se dejó caer dentro con un suspiro y se volvió para subir la cuerda, pero una voz familiar la detuvo:

—No te preocupes, Mary. —Era su padre, que la observaba con una sonrisa despiadada—. Hallbera lo hará por ti, ¿verdad? —La bruja, que tenía un ojo morado y que se había mantenido fuera de su vista hasta ese momento, recogió la cuerda con la misma eficacia como si lo hubiera hecho todos los días, luego, la dejó sobre la cama y se quedó mirando a Adalïe con un odio feroz. A Otto, la cara de sorpresa de su hija le hizo soltar una carcajada cruel.

—Tienes a Hallbera un poco enfadada contigo, Mary. —Era como si supiera, aunque ella no se lo había dicho nunca, cuánto odiaba que la llamara así—. Por tu culpa luce ese morado tan bonito. Se lo hice por no enterarse de que te habías hecho tan amiga de uno de los gemelos Lodbrok. Y por eso te dijimos que hoy íbamos a salir de viaje, para ponerte una trampa en la que has caído. Uno de mis hombres te ha seguido, a pesar de tu ridículo disfraz, y os ha visto entrar juntos en una cueva de la montaña de la que habéis tardado más de tres horas en salir. —De repente, su sonrisa se borró y lo que vio en su rostro, aterrorizó a Adalïe—. Pagarás por eso, igual que vas a pagar por todo lo que le hayas dicho, porque estoy seguro de que ese te ha estado utilizando para conseguir información sobre mí. Su padre siempre me ha odiado.

Hallbera, pálida, ni siquiera se atrevía a mirar a Otto, aunque él no apartaba la mirada de su hija.

—Mary, Mary, ¡qué desobediente has vuelto del convento! Con los buenos informes que la madre superiora me mandaba sobre ti —canturreó, aparentemente divertido de nuevo, aunque Adalïe reconocía la crueldad de su mirada—. Ya veo que no tienes ganas de hablar. No te preocupes, creo que conseguiré que vuelvas a tenerlas en poco tiempo. —Se quitó la chaqueta que llevaba sobre la túnica—. Te preguntarás por qué me la quito... es muy sencillo, lo hago para no manchármela con tu sangre.

Adalïe sintió que se ahogaba por dentro, pero permaneció de pie en silencio, cerrando su mente a Finn. Haría lo que fuera para evitar que conociera su sufrimiento.

—Cuando quieras —fanfarroneó, por primera vez en su

vida, con la fuerza que le daba el amor que sentía por Finn; al menos disfrutó viendo la mirada de sorpresa de su padre.

—Eres más valiente de lo que creía, aunque eso no te va a servir para nada.

—Nunca te perdonaré cuánto hiciste sufrir a mi madre. —Ya no le tenía miedo. Sabía que su castigo iba a ser terrible, pero, antes le diría todo lo que pensaba de él—. Hasta hace poco creía que había muerto de pena por cómo la tratabas, pero ahora sé que la envenenaste y, que esa bruja —señaló a Hallbera de la forma más despreciativa posible— te proporcionó el veneno para hacerlo. —Al menos le debía esto a su madre. Al contrario de lo que esperaba, su padre se rio, como si lo que hubiera dicho fuera muy divertido.

—¡Y además lista! Casi me da pena lo que voy a hacer contigo. —Miró a la bruja—. Sujétala. —Otto se crujió los nudillos de las dos manos, regodeándose. Hallbera la cogió de los brazos por detrás y, aunque Adalïe se resistió, no pudo soltarse—. No te molestes, es más fuerte de lo que parece. —Después, cogió el paño de algodón que había junto a la jofaina y lo dobló hasta formar una tira larga; con ella en las manos, se acercó a Adalïe para ponérsela en la boca—. No queremos que hagas ruido y que nadie meta las narices en nuestros asuntos, ¿verdad?

Ella movió la cabeza hacia los lados intentando evitar que se la pusiera, pero la bruja la sujetó cruelmente del pelo para que se estuviera quieta y Otto, finalmente, se la colocó. Después, la contempló con los ojos brillantes.

—Ahora vas a decirme todo lo que has hablado con ese chico. Absolutamente todo, incluyendo si saben algo sobre mis planes. —Ella se quedó inmóvil y Otto chasqueó la lengua—. Ya veo que, antes, tengo que convencerte. Esto te va a doler, te lo aseguro —prometió con una sonrisa cruel.

Los primeros golpes fueron los peores. Otto demostró una

gran experiencia torturando a otros, ya que cuando veía que ella estaba a punto de desmayarse, se detenía y la dejaba descansar durante unos minutos; después, volvía a pegarla. Repartió sus golpes por todo el cuerpo, pero sin tocarle la cara para que nadie pudiera ver las señales. Adalïe intentaba escapar del dolor recordando los momentos que había vivido con Finn, rogando por ser valiente hasta el final. Ahora entendía el descanso que para su madre había significado la muerte porque, si no fuera por Finn, ella también desearía la muerte. No quería pensar en lo que sufriría cuando ella no apareciera al día siguiente a su cita, ni a ninguna otra. Porque estaba segura de que no saldría viva de allí. No supo cuánto tiempo había pasado cuando su padre, al ver que solo se tenía en pie porque Hallbera seguía sujetándola, le quitó la mordaza seguro de que habría aprendido la lección.

—¿Estás dispuesta a hablar?

—Sí. —Tenía que utilizar toda su fuerza de voluntad para mantener la cabeza erguida y los ojos abiertos, pero lo hizo —. Te maldigo, Otto Rhun —susurró casi sin fuerzas, pero con todo su corazón—. Y reniego de ti. Ya no te considero mi padre y pagarás por lo que nos has hecho a mi madre y a mí. Te lo juro. —Entonces, algo intangible salió del cuerpo de Adalïe y chocó con él. Otto trastabilló hacia atrás con tanta fuerza que se estrelló contra la pared y, cuando se irguió de nuevo y la miró, lo hizo con miedo. Ella sonrió, aunque se le nublaba la vista por el dolor y la debilidad. La energía que había proyectado para golpearlo, la había dejado muy debilitada—. Eres un cobarde, pero ya lo sabía. Has necesitado que me sujeten para que puedas pegarme. Cobarde. —Sin fuerzas, recibió el golpe más fuerte de todos en la boca como pago por sus palabras. Se desmayó, pero, antes de hacerlo, envió todo su amor a Finn, segura de que estaba exhalando su último aliento.

Lisbet avisó a Inge de lo que iba a hacer porque necesitaba su ayuda y, precedida por ella, utilizaron otro de los pasadizos secretos para llegar a la habitación de Haakon. Cuando estuvieron delante de la puerta, Inge la detuvo antes de que llamara sujetando su mano.

—Te esperaré aquí.

—No es necesario —murmuró.

—Te esperaré —insistió, aunque su voz siguió siendo casi inaudible—. Pero ¿estás segura? —Lisbet estaba pálida, pero decidida.

—Inge, si a mis hijos o a Esben les pasa algo, me muero. Ya no lo resistiría, prefiero que me pase a mí. Haré lo que sea para detener los planes de Otto. Escóndete.

Su amiga se apartó hacia un oscuro rincón del pasillo donde no la verían y, solo entonces, Lisbet llamó. Un murmullo traspasó la puerta y la autorizó a entrar. Cuando lo hizo, vio a su tío, solo, sentado en un sillón observando el fuego. Le extrañó que no se volviera a ver quién era.

—Haakon. —Como no contestaba, ni siquiera se movía, insistió—. Tío. —Pero él seguía sin moverse. Se acercó para estar frente a él y luego se movió hasta que, con su cuerpo, le ocultó la visión del fuego. Entonces, Haakon parpadeó como si acabara de despertarse de un profundo sueño. Sus ojos eran más claros de lo que Lisbet recordaba y sus pupilas estaban muy dilatadas. Al principio no la reconoció y ella pensó que era demasiado tarde, pero, pocos minutos después, la miraba con una sonrisa.

—¡Querida Lisbet! —Alargó las manos para que se acercara y ella se inclinó y lo besó en la mejilla—. ¿Cuándo has llegado? —Sorprendida, no supo cómo contestar, pero no quería desorientarlo más.

—Hace poco, tío; pero ya nos habíamos visto, ¿no te acuerdas? Esben y yo vinimos a darte el pésame por Skule… —Él arrugó la frente y se la quedó mirando, extrañado.

—¿Skule? ¿Qué le ha pasado?

—Murió durante una cacería. Creía que estabas allí... —El rey se frotó la frente, como si le doliera la cabeza.

—Sí, es cierto. —Palideció al recordarlo—. Era mi mejor amigo ¡Qué gran pérdida! —Sus ojos se llenaron de lágrimas y su boca tembló. A Lisbet se le encogió el corazón al verlo así, pero no tenían mucho tiempo.

—Tío, ¿quieres contarme cómo murió Skule? ¿Alguien estaba con él?

—¿Por qué me preguntas eso? —Su gesto era de enfado, ella lo conocía bien, pero ella continuó:

—Puede que su muerte no fuera un accidente —aventuró, y el rostro de Skule se transformó rápidamente por la ira, sorprendiéndola porque Haakon no había sido nunca un hombre colérico.

—¿Y quién iba a matarlo? —Ella abrió la boca para explicarse, pero él no la dejó—. Ya sé lo que se rumorea en la corte. Pero solo dicen esas cosas de él porque lo odian.

—¿A quién te refieres? —Sabía de quién hablaba, pero tenía que asegurarse.

—A Otto Rhun, por supuesto. —La apuntó con el dedo—. Espero que tú no seas uno de los que hablan mal de él a sus espaldas, porque es el único con el que puedo contar desde hace mucho tiempo. —En ese momento, Lisbet comprobó que la reina tenía razón. La influencia que Otto y la bruja tenían sobre el rey ahora mismo era tan grande, que no admitiría que nadie dijera nada sobre Otto.

—¿Y Margarita?

—Ya no es la misma de antes. Siempre está quejándose de todo, hasta se atreve a regañarme, ¡ya es hora de que se dé cuenta de que yo soy el rey, y no ella! —El Haakon que ella conocía jamás habría dicho algo así. Era como si tuviera alguien dentro de la cabeza dictándole lo que debía decir. De repente, se quedó callado y su rostro perdió toda expresión;

su mirada volvió a quedarse fija en el fuego y Lisbet supo que ya no era consciente de que ella estaba a su lado. Ahora estaba en otro mundo, en el que le proporcionaba la pócima de la bruja.

OTTO ESPERÓ hasta la medianoche antes de sacar el cuerpo de su hija inconsciente del castillo, para que nadie pudiera verlo. Previamente, la había tapado con unas mantas, por lo que era irreconocible. Guttorm lo esperaba en la puerta trasera, la más cercana a la habitación de Adalïe, con dos caballos. Primero subió él y luego el nuevo capitán del ejército, le entregó el cuerpo de su hija. Guttorm era el único hombre, que había encontrado, que lo igualara en maldad. Hacía años que habían descubierto que, juntos, sería más fácil colmar su ambición.

—Afortunadamente la luna alumbra poco esta noche —susurró Otto, mirando hacia el cielo. Guttorm asintió en silencio, parco en palabras como siempre, montando después —. Todo esto ha sido culpa de la bruja, cada vez es menos de fiar. No se enteró de que mi hija se escapaba todos los días. —Guttorm se encogió de hombros otra vez, pero esta vez sí contestó:

—Para lo que yo la utilizo, me vale. Tenías que haber hablado conmigo antes de prometer a tu hija con ese salvaje del norte. —Otto ya sabía que Adalïe le había gustado nada más verla, la misma Hallbera se lo había contado a espaldas de Guttorm.

—Lo hubiera hecho si tú tuvieras un ejército como el suyo.

—¿Crees que se morirá? —Guttorm señaló con la cabeza el fardo que llevaba Otto atravesado delante de sus piernas, pero Otto meneó la cabeza.

—No. Tengo experiencia con las palizas y no va a morir. Todavía tengo que casarla antes, pero si juegas bien tus cartas, imagino que podrías utilizarla de vez en cuando, como haces con la bruja. —Cruzaron la puerta delantera del castillo bajo la atenta mirada de los dos guardias de la puerta, que saludaron a su nuevo capitán. Mientras, los ojos negros de Guttorm brillaban imaginando a aquella frágil muchacha en su cama, y se prometió que, si podía, truncaría los planes de Otto para casarla. Hacía mucho tiempo que estaba harto de que lo tratara como si fuera inferior a él.

El trayecto fue corto, ya que detuvieron sus caballos a menos de diez minutos después, en una lujosa residencia que había a las afueras de Bergen. Cargando a su hija, Otto se dirigió a la entrada. Hablando por encima del hombro, ordenó a Guttorm:

—Espera aquí. No tardaré.

Un criado, que había escuchado los caballos, le abrió la puerta y lo dejó pasar al reconocerlo.

—Buenas noches, señor Rhun. El obispo no me dijo que vendría. —Cuando entró, el criado vio la cara de Adalïe y los ojos se le salieron de las órbitas; luego miró a Otto, horrorizado, pero no se atrevió a preguntar.

—¿Dónde está?

—En el salón, pero no puede entrar. Tiene visitas… —susurró el criado, retrocediendo un paso. Sin hacerle caso, Otto se encaminó al salón con su hija inconsciente en brazos. Abrió la puerta de una patada al escuchar risas desde fuera y se quedó un momento en el umbral, observando la escena.

Como se imaginaba, Arild Schön, el prior de los benedictinos y el obispo Eisbig se estaban corriendo una juerga de las que tanto les gustaban. Parecían estar bastante borrachos y los dos se encontraban espatarrados sobre dos sillones, en diferente grado de desnudez; además, cada uno de ellos tenía una fulana encima, que estaban totalmente desnudas.

Cuando escucharon la puerta, los dos se sobresaltaron, pero solo el obispo, el propietario de la casa, fue capaz de levantarse y andar hasta él a pesar de la borrachera. Arild, mucho más cobarde, se quedó quieto en el sillón, con la mujer encima, mirándolo asustado.

—¿Qué haces aquí? ¿Y quién es esa? —Otto tenía los brazos cansados y no estaba para dar explicaciones.

—Eso no te incumbe. Tú dime dónde la puedo dejar. Tendrás que cuidar de ella durante unos días. —El obispo vio el rostro golpeado de la muchacha y se llevó las manos a la cara, aterrorizado.

—¡Estás loco! ¡Está medio muerta!

—No, obispo, tranquilo. Si la cuidas bien, no morirá. Porque si lo hace, te haré directamente responsable. —El obispo palideció al escucharlo. La borrachera se le pasó totalmente. Como casi todos, vivía aterrorizado por Otto.

—Otto, escucha, no puede quedarse aquí. Sería un escándalo si alguien se entera... ¿Por qué no la dejas en tu casa? —Otto lo miró despreciativamente.

—¡Eres imbécil! No puedo llevarla allí. Si alguien decidiera buscarla, mi casa sería el primer sitio donde lo harían. —Entrecerró los ojos—. Estoy harto de oírte cacarear como una gallina. Dime de una vez a qué habitación puedo llevarla y llama a alguien para que la cure. Tiene que estar en pie lo antes posible. ¿O prefieres que se esfume esta vida que te gusta tanto? —Eisbig no tuvo que pensarlo ni un segundo. Salió de la habitación, pero antes le dijo:

—Sígueme.

Cinco minutos después, Adalïe estaba acostada en una de las habitaciones de invitados, y habían llamado a la mejor curandera de la ciudad. Otto esperó a que se quedaran los tres solos en la habitación, luego, cerró la puerta del salón y volvió junto al obispo, que se había puesto los pantalones y una camisa encima, algo que Otto agradeció.

—Esa muchacha es mi hija Mary. —Eisbig se quedó lívido y no supo dónde encontró el valor para preguntar:

—¿La que vas a casar con el hijo de Ulrik?

—Sí.

—Pero… ¿qué les vas a decir? —Parecía horrorizado.

—Nada. ¿Ahora entiendes la importancia de que esté bien cuanto antes?

—Sí. Pero ¿por qué…? —La mirada de Otto le anunció que sería mejor para él que no siguiera hablando. Entonces, Otto sonrió y aprovechó para hacer lo que más le gustaba, amedrentar a los demás.

—Mary pensó que podía tomarme el pelo. Así que, si le he hecho esto a ella con lo importante que era para mi plan, imagínate lo que le haría a alguien como tú, que no me sirves para nada. —El obispo se quedó en blanco, aterrorizado de verdad por primera vez en su vida. Afortunadamente, Otto no esperaba que le contestara—. Así que, si quieres seguir viviendo, cuida bien de ella —su amenaza resonó en los oídos del obispo como una condena y, cuando Otto se marchó, él salió al pasillo llamando a gritos a sus criados para que fueran a buscar a la mejor curandera que conocieran.

FINN HABÍA LLAMADO a la puerta de la habitación de su padre antes de que amaneciera; minutos después, le abrió Esben vestido solo con unos pantalones. El sueño que tenía desapareció al ver el rostro de su hijo.

—Necesito hablar contigo. —Su padre salió al pasillo y cerró silenciosamente la puerta.

—Tu madre no se ha dormido hasta hace un par de horas, estaba muy disgustada —susurró. Finn ya lo había imaginado por cómo había transcurrido su conversación con Haakon.

—Mejor, vamos a mi habitación para no despertar a nadie. —Esben esperó a que cerrara la puerta para preguntar:

—¿Qué pasa? —Antes de que pudiera contárselo, alguien llamó suavemente a la puerta. Era Leif.

—Os he oído. —Entró y cerró la puerta.

—Preferiría que os sentarais. —Esben lo hizo en la única silla y Leif en la cama.

—Adalïe no está. —Su padre entornó los ojos.

—¿Cómo lo sabes? Dijiste que no te acercarías a ella mientras estuviera aquí, por su propio bien. Si os ven juntos..., ya escuchaste a tu madre, no podemos contar con Haakon, es una marioneta en manos de Otto.

Finn lo cortó, impaciente:

—¡Padre! ¡Ni siquiera me he acercado a sus habitaciones! ¡Adalïe me dijo que siempre estaban custodiadas por los soldados de su padre! —intentó calmarse—, sé que la pondría en peligro y nunca haría algo así, pero, desde ayer por la tarde, presiento que le ha pasado algo. —Se pasó la mano por el pelo, estaba desesperado—. Lo siento aquí. —Se golpeó el pecho—. He dejado de sentirla. No he podido dormir en toda la noche.

—¿Crees que...? —Leif no pudo terminar la pregunta, horrorizado al pensar en lo que le pasaría a él si le faltara Ydril a la que había dejado dormida en la cama.

—¡No! —Finn levantó la voz y, al darse cuenta, respiró profundamente—. No —repitió en voz baja, intentando tranquilizarse—. Sigue viva —susurró—. Eso lo sé, pero estoy seguro de que no está en el castillo.

—¿Has intentado comunicarte con ella?

—Sí, y ella sabe cómo contestarme, se lo he explicado esta misma mañana. Pero no puedo llegar hasta ella, es como si hubiera un muro entre nosotros. Puede que la hayan drogado, como a Haakon. —Solo pensar que su padre pudiera estar haciéndole algo así, era suficiente para que le entraran ganas de ir a arrancarle la cabeza.

—Es posible —confirmó Esben y se dirigió a la puerta, pero antes ordenó—: Leif, despierta a tu mujer y yo haré lo mismo con vuestra madre. Después, decidiremos lo que vamos a hacer. No te preocupes, Finn, la encontraremos.

CAPÍTULO 14

Lisbet había despertado a Inge y le pidió que se diera prisa; sabiendo cuánto tardaba su amiga en espabilarse, la ayudó a ponerse un vestido después de que se quitara el camisón. Estaba abrochándole los botones de la espalda, cuando Inge le preguntó, después de bostezar por tercera vez:

—¿Qué pasa?, ¿a qué viene tanta prisa?

—Ahora te lo contaré. Prefiero no hablar aquí. —Entonces, Inge se despertó, dándose cuenta de que había llegado el momento del que tanto habían hablado. Y ella, igual que Lisbet, estaba decidida a hacer lo que fuera por salvar a su familia y a su país.

Poco después entraban en la habitación de Lisbet y Esben, la más grande de las tres que tenía su familia donde los esperaban Esben, Ydril y los gemelos. Inge y Lisbet se sentaron en la cama, Ydril lo hizo en una de las sillas y los gemelos y su padre se quedaron de pie; este último, dirigiéndose a Finn, le dijo:

—Cuéntaselo —Finn asintió, dirigiéndose a Inge.

—Se han llevado a Adalïe del castillo. Y no he podido

comunicarme con ella desde ayer; estoy seguro de que le han hecho algo. —Lisbet cogió la mano de su amiga.

—Te necesitamos, Inge —ella asintió.

—Claro, os ayudaré en todo lo que pueda —miró a Finn —, pero, si se hubiera marchado del castillo, me habría enterado. —El mayordomo era primo lejano de Inge, por eso siempre solía estar tan bien informada de todo lo que ocurría en la corte.

—¿Es posible que la muchacha se haya ido y que no te hayan dicho nada? —Inge lo negó, muy segura.

—No. Hrolf me hubiera avisado. Ayer mismo le pedí que me informara de todos los movimientos de Otto. —Se encogió de hombros—. Es posible que su padre se la haya llevado sin avisar, pero es muy raro y más después de anunciar su compromiso. —Miraba fijamente a Finn—. ¿Cómo sabes que no está aquí? —Él se removió incómodo por tener que explicarle ciertas cosas a una extraña, aunque fuera muy amiga de su madre. Lisbet prefirió explicárselo ella al ver la inquietud de Finn:

—¿Recuerdas que Esben y yo podíamos comunicarnos en la distancia?

—Sí, claro, pero él es un berserker… —Miró a los gemelos, luego a Esben, y abrió los ojos como platos—. ¡Por Odín! ¡Claro!, los dos son berserkers, como su padre. Entiendo. —Se quedó en silencio durante unos momentos mientras pensaba—. Imagino que, si es cierto que se la han llevado, ha tenido que ser mientras dormíamos. Amparados por la oscuridad de la noche… —murmuró con los ojos semicerrados. De repente, los abrió, decidida—. Voy a bajar para hablar con los criados que estén despiertos. Si alguno ha visto algo, lo sabré.

—¿No es demasiado pronto?

—Al contrario, hace al menos dos horas que los que trabajan en la cocina están levantados, empezando a preparar las comidas. Además, es el mejor momento para hablar con ellos tranquilamente. ¿Puedo hacer algo más por vosotros? —Ydril intervino inesperadamente.

—Sí, ayer he encontrado un tratado latino sobre hierbas en la biblioteca y aún lo estoy repasando, pero ya he localizado un par de posibles hierbas que podrían servir para elaborar una pócima limpiadora para el rey. ¿Habría alguna manera de dársela, si consigo hacerla? —Inge lo pensó durante unos segundos.

—Creo que la única forma sería que Margarita se la diera, aunque no sé si lo convencería. —Miró a Lisbet—. ¿Tú qué crees?

—Yo tampoco. —Lisbet hizo una mueca—. Tendríamos que engañarlo.

—Quizás fuera mejor que se la dieras tú, es posible que desconfíe si viene de su mujer. Últimamente han discutido mucho.

—De acuerdo. —Esben vio la tristeza asomar a los ojos de su mujer, pero irguió la cabeza, convencida—. Yo lo haré.

Ydril se levantó para acercarse a Inge.

—Te acompaño abajo, tengo que ir a la biblioteca para seguir estudiando ese tratado.

—Muy bien, tú a la biblioteca y yo a las cocinas. Si necesitáis algo ya sabéis dónde encontrarme. —Iba a levantarse, cuando Esben levantó la mano y dijo:

—Espera, hay algo más. —Inge se detuvo con las manos sobre las rodillas, como las había colocado para ayudarse a levantarse. —Leif tiene que salir con su caballo, pero no queremos que nadie sepa que se ha marchado.

—¿Va a volver pronto? —Todos miraron a Leif, esperando su contestación, pero, a pesar de que él y Finn lo habían hablado durante largo rato, no tenían forma de saber cuánto iba a tardar. Debía cubrir una distancia considerable y, si no encontraba a sus amigos en la abadía, tendría que seguir hasta la granja de Aren y a la casa de Ragnar. Lisbet se dio cuenta de que sería mejor para todos que Inge conociera lo que habían decidido antes de que ella fuera a buscarla.

—Leif va a pedir ayuda. —Señaló a su marido y a sus hijos —. Están convencidos de que la lucha está próxima y, si es así, necesitaremos ayuda. —Inge frunció el ceño.

—Pero… ¿a quién? El ejército del rey ahora está bajo las órdenes de Guttorm. —Esben estaba preocupado y se le notaba cuando dijo:

—Precisamente por eso, Leif va a avisar a algunos amigos para que vengan a ayudarnos. A todos nos preocupa que el supuesto prometido de la hija de Otto, venga de camino al mando de un poderoso ejército. —Inge no parecía convencida de que esta solución fuera la mejor. Debido al trabajo de su marido como diplomático del rey, sabía más de lo que le gustaría de ejércitos y de guerras.

—Por lo poco que sé, un puñado de hombres que no estén adiestrados en esta situación, harían más mal que bien en una situación como esta. Por lo pronto, los soldados del castillo no los dejarán entrar —aseguró. Esben entendía su oposición perfectamente porque él le había dicho casi las mismas palabras a sus hijos cuando se lo habían propuesto, pero lo habían convencido.

—Sus amigos son berserkers, como nosotros, y todos lucharon en el ejército del rey como soldados.

Inge abrió la boca, sorprendida. Como todos, había oído hablar de la extraordinaria fiereza y valentía de los berserkers cuando guerreaban, y también, que era imposible controlarlos.

—Creía y, perdonad, que la mayoría de los berserkers eran incontrolables —Leif le confesó lo que ahora sabía por experiencia propia:

—Estos no. Todos hemos encontrado a nuestra pareja, incluso Finn. —Sonrió a su hermano, intentando animarlo.

—Entiendo. —Conocía la historia de los berserkers. Se le ocurrió una idea—. Conozco al muchacho que está de guardia en los establos, se llama Berg; creo que, a cambio de unas monedas, no dirá nada. Pero alguien se dará cuenta de que Leif no está. Llamáis demasiado la atención para que no sea así. —Leif se encogió de hombros.

—No, porque de vez en cuando, Finn acompañará a Ydril para que crean que soy yo; en otras, puede ir solo y hacerse pasar por él mismo. Tardaré lo menos posible, pero no creo que pueda volver antes de tres días. —Arrugó la frente—. ¿De verdad creéis que están pendientes de nosotros?

Esben advirtió:

—Sí, por eso es mejor que no sospechen de nada. Que crean que todos seguimos aquí. —Inge cabeceó; estaba de acuerdo en todo lo que había dicho. Se levantó con dificultad.

—Pongámonos en marcha. —Miró a Leif e Ydril—. Venid conmigo, primero iremos a los establos; luego, acompañaré a Ydril a la biblioteca y yo me iré a las cocinas.

—Os acompaño —anticipó Finn. Quería despedirse de su hermano, pero, sobre todo, si se quedaba quieto durante más tiempo, sin hacer nada, se volvería loco.

Como Inge había dicho, unas monedas fueron suficientes para que el muchacho del establo que conocía Inge, les asegurara que no diría nada. A punto de marcharse, Leif se volvió hacia Finn y lo abrazó con fuerza.

—La encontrarás, Finn, estoy seguro. No desesperes —su hermano asintió con la cara escondida en su cuello; permaneció unos segundos más abrazado a él hasta que, con un nudo en la garganta, se apartó. Leif acogió entre sus brazos a su mujer y los dos se observaron intensamente durante un largo minuto, después, la besó. Finn e Inge apartaron la mirada, pero Berg los observaba con los ojos saliéndosele de las órbitas. Cuando el beso finalizó, mantuvieron el abrazo un poco más mientras él murmuraba algo en el oído de Ydril; ella asintió brevemente en silencio, luego Leif subió sobre Gullfaxi, pero, antes de marcharse, suplicó a Finn:

—Cuídamela, hermano. —Aunque no dejó de mirar a Ydril, como si no pudiera separar sus ojos de ella. Entonces, azuzó a su caballo y se marchó galopando.

Finn se acercó a su cuñada y le ofreció el brazo derecho, ella lo aceptó con un suspiro y los ojos encapotados y, seguidos por Inge, volvieron al castillo.

Otto entró en la cabaña donde dormían los oficiales del ejército y se dirigió a la habitación de Guttorm, la última, como correspondía a su cargo de capitán. Lo encontró en la cama, todavía, con una muchacha al lado que se había quedado dormida; al ver a Otto, Guttorm la cogió por un brazo y la zarandeó para despertarla. Ella abrió los ojos, asustada.

—Vete. —Ella saltó de la cama y se vistió rápidamente. Cuando terminó de hacerlo, Otto descubrió por qué le parecía conocida: era una de las muchachas que servían en el comedor.

Guttorm se levantó y se estiró perezosamente, bostezando a la vez, sin volver a mirarla, ni siquiera cuando se marchó. Después, se puso tranquilamente unos pantalones, se apoyó en una mesa en la que solía comer, se cruzó de brazos y se quedó mirando a Otto.

—¿Qué pasa? —se dirigió a él con el mismo tono despectivo con el que lo hacía últimamente cuando estaban a solas. Otto paseó la mirada por la amplia habitación de la que disfrutaba Guttorm gracias a él. Los dos sabían que, si no hubiera sido por la influencia que tenía sobre Haakon, seguiría siendo un soldado más y durmiendo en un catre en el suelo en la misma habitación que otros veinte soldados como él.

—No había estado aquí desde que el rey te nombró capitán. Tu vida ha cambiado mucho, Guttorm. —Se paseó lentamente por la estancia con aires de propiedad, a pesar de la prisa que tenía. Era una forma de recordarle a quién le debía lo que tenía. Pero Guttorm no reaccionó como esperaba.

—Pensaba ir a hablar contigo un poco más tarde... he cambiado de idea. No cuentes conmigo —advirtió fríamente.

A Otto, los pelos se le pusieron de punta y lo miró fijamente, pero Guttorm le devolvió la mirada, desafiante. En ese instante se dio cuenta de que se había equivocado con él y ese era el peor error que podía cometer porque, sin Guttorm, su plan no funcionaría. Decidió tragarse el orgullo y negociar, no era algo que le gustara hacer, pero podía hacerlo cuando no tenía más remedio.

—¿Qué es lo que quieres? —Guttorm sonrió de medio lado.

—¿Estás seguro de que quieres saberlo? —Los dos se observaban como lo harían dos serpientes a punto de atacarse.

—¿El qué? —insistió.

—Casarme con tu hija. Yo, y no ese oso del norte. Después de tantos años a tu lado, sé cuántas propiedades tienes. Eres un hombre muy rico, Otto. —Su sonrisa hacía que Otto tuviera ganas de matarlo, pero no movió ni un músculo—. Y es una pena que, cuando tu pobre chica muera, te quedes sin descendencia; pero, si yo fuera su marido, no te quedarías sin heredero. —sonrió sarcásticamente y se acercó a una jarra que había sobre la mesa. Bebió directamente de ella, sin dejar de mirarlo a los ojos; un estrecho reguero de hidromiel le caía por la barbilla mientras lo hacía, pero eso no pareció molestarlo. Cuando terminó, dejó la jarra de nuevo sobre la mesa, tomando una gran bocanada de aire y se limpió la boca con el dorso de la mano.

—Haré que el rey nombre a otro capitán de la guardia en tu lugar. Te encerrará con cualquier excusa, basta una palabra mía y...

Guttorm lo interrumpió:

—Estás tan loco por la mujer de Lodbrok que vas a conseguir arruinar tu propio plan, pero no te dejaré hacerlo. —Otto dio un paso hacia él con los puños apretados y Guttorm sonrió, divertido—. ¿Quieres intentarlo?, ¿crees que vas a poder pegarme? —Otto se dio cuenta de que no actuaba movido solo por la ambición, sino que, por algún motivo que no entendía, Guttorm lo odiaba; algo que le había ocultado hasta ese momento.

—No te saldrás con la tuya… hablaré con el rey —insistió.

—¿Y cómo vas a convencerlo? ¿Con la ayuda de Hallbera? Te recuerdo que no te has portado muy bien con ella últimamente —se burló—. Sin embargo, sigue visitando regularmente mi cama. No es que me atraiga demasiado…, pero es una mujer a la que no conviene enfadar. —Chasqueó la lengua—. Como acabo de decirte, tu ceguera por esa mujer acabará contigo.

Se dio la vuelta y caminó hacia un arcón de donde sacó una camisa. Otto no había dejado de pensar frenéticamente, pero no encontraba ninguna manera de deshacerse de él sin que la conjura se derrumbara a la vez. Finalmente, y aun sabiendo que se iba a arrepentir, le dijo:

—¿Y si acepto que te cases con ella?, ¿qué propones que hagamos con Einar Falk y con su padre?

—No estoy tan loco como para contarles la verdad a esos salvajes. Puedes decirles que no quieres que la boda se celebre hasta que no hayamos derrocado a Haakon y, cuando tú seas el rey, no se atreverán a enfrentarte a ti. Estoy seguro. —Como si sus palabras no fueran una absoluta locura, terminó de ponerse la camisa negra que había sacado del arcón y lo miró con las manos en las caderas—. Como viajan con tantos hombres y llevan solo tres días de viaje, calculo que aún estarán cerca de Moldo. Deberíamos cabalgar hacia allí para hablar con ellos. —Pero Otto no estaba convencido.

—Si hago lo que dices, habrá guerra de nuevo. —Guttorm se encogió de hombros.

—Entonces, promételes que cuando seas rey, les entregarás el territorio del norte.

—Es demasiado —protestó con los ojos entornados.

—Es la parte más pobre del país, no nos afectará demasiado. Piensa qué prefieres, darles un trozo de tierra o que exista la posibilidad de que nos ganen la guerra —aseguró.

Otto se quedó pensando durante un par de minutos; cuando se dio cuenta de que no tenía otra salida, aceptó:

—De acuerdo. No me has dejado otra opción.

—¿Has sabido algo de tu hija?

—La anciana que la cuida le ha dicho a Eisbig que podrá ponerse en pie en un día o dos. Aunque tardará algo más en estar bien del todo.

—¿Cómo vas a controlarla? Si se ha escapado varias veces, puede volver a hacerlo en cualquier momento.

—Hallbera va a darle la misma poción que a Haakon en cuanto la traigamos de vuelta. Cuando os caséis, puedes hacer lo que quieras con ella —afirmó con total despreocupación.

Guttorm confesó:

—Admito que cuando te escucho decir cosas como esa, haces que te admire un poco. Espero llegar a ser, algún día, tan desalmado como tú. —Otto sintió un escalofrío al ver sus ojos, aunque sabía que eran igual de despiadados que los suyos.

—Entonces estamos de acuerdo. Prepárate. Saldremos en una hora y si como dices están a medio día de camino, tenemos tiempo de sobra para ponernos de acuerdo en los detalles mientras llegamos hasta ellos. Y no quiero más sorpresas —advirtió antes de marcharse.

Mientras caminaba hasta su habitación se dio cuenta de que, por primera vez desde hacía muchos años, sentía asco de sí mismo; ver actuar a Guttorm era como verse reflejado en un espejo, pero apretó la mandíbula apartando ese pensamiento de su cabeza; ya era demasiado tarde para cambiar. Ni podía, ni quería hacerlo.

~

ADALÏE NO SINTIÓ ningún dolor al despertarse. Extrañada, miró a su alrededor, pero no conocía el lugar donde estaba. Se trataba de una habitación pequeña, pero lujosa. Aunque no estaba segura, no le parecía que siguiera en el castillo, seguramente su padre la había trasladado mientras estaba inconsciente. Notó un movimiento por el rabillo del ojo y fijó la mirada en esa dirección. Era una anciana que había estado sentada en una silla que había a los pies de la cama, se había levantado y se acercaba ella. Era bajita y muy delgada, casi huesuda, y vestía de gris; hasta la trenza que reposaba sobre su hombro izquierdo, era de ese color.

—¿Estás mejor, niña? —algo en el habla de la mujer hizo que la observara más detenidamente, a pesar de que se le cerraban los ojos por el sueño. No supo por qué, pero le recordó a su madre y alargó la mano derecha hacia ella. Medio dormida, utilizó la lengua que su madre le había enseñado de niña para comunicarse con su pueblo:

—Soy Adalïe, hija de Edohy Faëly. Ayúdame. Por nuestra herencia común, te lo ruego. —La anciana se tambaleó por la sorpresa.

—¿Cómo es posible que no me haya dado cuenta de que eres un hada, y miembro de la familia real, además? —Adalïe estaba segura de que se estaba equivocando de familia, pero eso no le importaba ahora mismo.

—Por favor... —La anciana observó la mano que temblaba, estirada hacia ella, y la cubrió con la suya delicadamente.

—Perdona niña, perdona... Adalïe, ha sido la sorpresa.

—¿Dónde estamos? —La anciana pareció más sorprendida todavía.

—En casa del obispo. —Adalïe sacudió la cabeza, a punto de dormirse.

—¿En qué ciudad?

—En Bergen. —Adalïe suspiró. Al menos no se la habían llevado demasiado lejos.

—Escucha. —Entornó los ojos al darse cuenta de que no conocía su nombre—. No sé cómo te llamas...

—Roselia.

—Necesito tu ayuda. Por favor, tienes que avisar a un hombre que vive en el castillo con su familia.

—El obispo me dijo que lo avisara en cuanto te despertaras —susurró—, y que no hiciera caso de nada de lo que dijeras, porque no estabas bien de la cabeza. —Pero en cuanto la muchacha abrió los ojos, se había dado cuenta de que nada de eso era cierto. Y, por lo tanto, no haría ninguna de las dos cosas.

—Estoy muy cansada, pero antes de dormirme, tengo que decirte algo... —Se le cerraban los ojos solos.

—Pues tendrás que darte prisa, porque te he dado una infusión hace un rato para el dolor y que puedas dormirte. El sueño acelera la curación y tienes muchos golpes que curar. El accidente debió de ser horrible.

—¿Accidente?

—Sí, ¿no ibas en una carreta cuando se cayó por un barranco? Me dijeron que estabas viva de milagro. —La anciana le palmeaba la mano suavemente como si intentara consolarla.

—No estoy así por un accidente. Mi padre me pegó una paliza, no sé si fue ayer o hace dos días. —La anciana recorrió con la vista los hematomas que tenía en la parte izquierda del rostro, aunque eran mucho peores los que tenía en el vientre; ahora entendía por qué no había ni un raspón en todo su cuerpo. Desde que la había examinado, le había parecido extraño, pero no se le había ocurrido que le hubieran pegado. Había creído al obispo cuando le había dicho que era la hija de unos amigos. A veces, a pesar de su edad, seguía siendo demasiado confiada... Adalïe bostezó, los ojos se le cerraban. No aguantaba más—. Necesito que busques a Finn y le digas que... no puedo permanecer despierta, por favor, dile dónde estoy —suplicó y, aunque fue incapaz de seguir hablando, durante el último instante en el que sus ojos permanecieron abiertos, le pidió ayuda con ellos. La anciana, enternecida, intentó tranquilizarla:

—Ya estás mejor, en pocas horas te despertarás y te ayudaré en lo que pueda. —Adalïe, incapaz de contestar, parpadeó como agradecimiento y cerró los ojos, sumiéndose en el sueño reparador que le ofrecía la tisana de Roselia.

—Pobrecita. —La anciana dejó su mano sobre la cama y la arropó bien, luego, volvió a sentarse en la silla que había a los pies de la cama mientras recordaba todo lo que sabía sobre la familia Faëly, una de las más conocidas de la isla de Selaön.

FINN ESTABA SENTADO JUNTO a Ydril en la biblioteca, acompañándola mientras ella estudiaba un libro gordísimo escrito en griego que a él le parecía incomprensible, y tremendamente atormentado por no poder hacer nada más. Durante la mañana se habían pasado por allí unos cuantos invitados del rey que la habían visto leyendo al pasar y se habían atrevido a entrar para hablar con ella; hasta que Finn se había levantado y se los había quedado mirando con cara de malas pulgas. Ahora, acababan de volver del comedor e Ydril había seguido investigando, pero todavía no había encontrado algo que hiciera que el rey expulsara el veneno, pero sin dañarlo.

Inge los interrumpió de repente. Venía casi corriendo y respiraba agitadamente. Antes de hablar, recorrió la biblioteca con la vista para asegurarse de que estaban solos. Finn, desesperado, se acercó a ella con un par de zancadas. Inge levantó la cabeza para poder verle la cara porque al estar tan pegado a ella, notaba más la diferencia de estatura.

—¿Dónde está tu madre?

—Arriba, con mi padre. Ahora bajarán. ¿Sabes algo? —Esa mañana Inge había estado hablando con las muchachas de la cocina y, hasta ahora, no había conseguido nada; pero con una de ellas no había podido porque en ese momento estaba en el mercado; después de comer, había vuelto a la cocina para hablar con ella.

—Sí. La chica los vio hace dos noches.

—¿Seguro? —Inge estaba muy roja y parecía a punto de ahogarse por falta de aire. Ydril se levantó y apartó a Finn, regañándolo con la mirada.

—Siéntate, Inge. Respira tranquila. —La observó, pero solo parecía estar agitada y nerviosa.

—No te preocupes, es solo que estoy demasiado mayor para dar carreritas —musitó—. Hace dos noches, esa muchacha se escapó para besarse con uno de los soldados en el patio, en la zona de los árboles y, a la vuelta, vio a Otto llevando a alguien en brazos que parecía estar inconsciente —las palabras exactas de la chica, en realidad, habían sido: «me asusté cuando los vi, porque pensé que el bulto que Otto Rhun llevaba en brazos era un muerto»—. De todas maneras, estaban demasiado lejos y era de noche y no pudo verlo bien.

A quien sí reconoció fue al acompañante de Otto: el nuevo capitán del ejército.

—Guttorm —susurró ferozmente Finn. Lo odiaba desde que Adalïe le había hablado de él. Lo primero que haría en cuanto la encontrara y la pusiera a salvo, sería matarlos a él y a Otto de la forma más dolorosa posible—. ¿Sabe dónde la llevaron?

—No. Solo los vio montar a caballo y marcharse.

—¡Hijos de puta! —Comenzó a caminar de un lado a otro, observado por las dos mujeres. Inge, algo más tranquila, se dirigió a Ydril—: ¿Has encontrado algo?

—Todavía no. Si estuviéramos en la abadía… —se lamentó— allí es donde leí acerca de esta hierba, pero la encontraré, no te preocupes.

Finn asistía a la conversación entre las dos mujeres creyendo que iba a volverse loco; llevaba todo el día intentando hablar con Adalïe, y no había podido. Decidió volver a su habitación para intentarlo a solas, puede que así se concentrara mejor y pudiera llegar hasta ella.

—Voy a mi cuarto. —Salió sin esperar contestación.

Estaba a punto de empezar a subir por las escaleras que llevaban a los dormitorios, cuando Inge lo llamó. Se dio la vuelta para ver qué quería y la vio en el pasillo junto a la biblioteca, mirándolo; junto a ella había una anciana a la que no conocía; Inge le hizo señas para que se acercara y él obedeció lo más deprisa que pudo, intuyendo que esa mujer tenía algo que ver con Adalïe. La amiga de su madre no se lo explicó hasta que no llegó a su lado, para que solo él pudiera escucharla:

—Finn, esta mujer te busca. Dice que solo hablará contigo. —Él se acercó a la desconocida y le hizo un gesto para que entrara en la biblioteca. Inge cerró la puerta detrás e Ydril se puso de pie y también se acercó.

—¿Eres Finn Lodbrok? —Finn afirmó con la cabeza con

la boca demasiado seca como para hablar—. Me envía Adalïe. Quiere que te diga que se encuentra bien y que está en casa del obispo Eisbig, pero no es cierto. —La miraron con extrañeza, pero Finn se anticipó a las otras dos mujeres.

—¿El qué no es cierto? ¿No está en casa del obispo? —La anciana meneó la cabeza.

—¡No, eso sí es verdad! Está allí, pero no está bien, al contrario, está en la cama por una paliza que le dio su padre. Ha estado bastante mal, aunque se está recuperando.

El rostro de Finn se oscureció, volviéndose demoníaco, pero no se permitió perder la cabeza. Ahora, ella lo necesitaba.

—¿Conoces el lugar?, ¿puedes ayudarme a llegar hasta ella y sacarla de allí? —La anciana sonrió por primera vez, afirmando con la cabeza.

—Claro. Soy Roselia, su curandera.

CAPÍTULO 15

Leif nunca había pedido tanto de Gullfaxi como durante ese viaje, pero el caballo hizo todo lo que le pidió y aún más, demostrándole que la grandeza de su corazón no tenía límites. No se quejó en ningún momento ni bajó el ritmo, aunque Leif hacía paradas de vez en cuando en las que lo dejaba descansar y le daba de beber, temiendo perderlo. Esa misma noche, aunque ya habían adelantado bastante y el animal parecía poder seguir, tuvo que detenerse a descansar porque él mismo se había dormido varias veces sobre la montura. Ni siquiera encendió un fuego, solo le quitó la montura a Gullfaxi, le dio de comer y de beber y, luego él se dejó caer en el primer sitio llano que encontró, envuelto en la manta que siempre llevaba bajo la silla.

Lo despertaron una bandada de pájaros escandalosos que no dejaban de trinar, anunciando el amanecer; se levantó, recogió lo poco que había utilizado y, después de desayunar un poco de carne seca, se puso en camino otra vez. Tardó un poco en localizar al hombre que los había cruzado la vez anterior a la isla de Mosteroy y, mientras los llevaba en su barco a él y a Gullfaxi, acordó con él que lo esperaría en la playa de la isla al día siguiente por la mañana. Cuando los dejó sobre la arena, montó y se dirigió a la abadía donde llegó menos de diez minutos después.

La entrada estaba custodiada por dos desconocidos que le preguntaron qué quería. Imaginando quiénes eran, contestó con tranquilidad. Les explicó quién era y uno de ellos corrió a la casa y salió poco después acompañado por Magnus. Su tío estaba más delgado, y por su aspecto, parecía necesitar dormir, urgentemente, dos o tres días seguidos.

—¡Leif! —Su tío era de los pocos, aparte de sus padres e Ydril, que nunca confundía a su hermano con él y viceversa. Se acercó con rapidez a él y se abrazaron, luego se apartó para presentarle a los dos hombres que los observaban con curiosidad—. Este es mi sobrino, Leif. Estos son Viktor y Sveinn. Vigilan que nadie entre sin que lo sepamos. —Leif inclinó la cabeza como saludo—. Vamos, dejemos a tu caballo en el establo. Harald lo cuidará bien. No he visto nunca a nadie que entienda tanto de caballos como él.

Después de dejar a Gullfaxi, entraron en la casa y se dieron de bruces con dos monjes a los que Leif tampoco había visto antes. Magnus se los presentó:

—Estos son Sverre y Orl, ahora viven aquí. Mi sobrino, Leif. —Leif los saludó y su mirada pasó sobre el anciano calvo sin detenerse, pero sí lo hizo sobre el joven.

Seguramente era el hombre más sucio que había visto en su vida, también se dio cuenta de que no parecía ser capaz de hablar; solo emitió un extraño sonido cuando los presentaron, aunque entendía todo lo que se decía en su presencia. Magnus contestó a un par de preguntas del anciano sobre la comida y luego llevó a su sobrino a su despacho. Cerró la puerta y le sirvió un vaso de agua.

—Toma, siéntate, pareces agotado. Ahora te llevaré para que veas a tus amigos; pero primero, por favor… dime qué ha ocurrido. ¿Tu madre está bien? —Leif se dio cuenta de que había sido un bruto al no imaginarse que lo primero que se le ocurriría a Magnus, al aparecer tan de repente, era que había pasado algo grave en la familia.

—Sí, sí, todos están bien, no te preocupes. Pero traigo noticias preocupantes, aunque preferiría que también estuvieran presentes mis amigos cuando te las contara. Necesitamos su ayuda —murmuró. Magnus asintió, lívido, imaginándose la gravedad de lo ocurrido para que viniera a pedir ayuda a unos antiguos soldados.

—Por supuesto, vamos. Afortunadamente, los que no se van a quedar aquí no se han ido todavía porque están ayudando a construir un par de cabañas; en la casa no tenemos suficiente sitio para todos. —Leif se terminó el agua y se levantó.

—Vamos.

Su tío le precedió por el pasillo, dirigiéndose a la parte trasera del monasterio, donde estaba el huerto. Cuando salieron, giró a la izquierda y caminaron unos cuantos metros bordeando los árboles frutales; desde allí empezaron a escuchar el ruido de un hacha cortando madera y algunos gruñidos provocados por el esfuerzo físico.

Después de pasar los árboles, apareció ante ellos una explanada cuadrada ya desbrozada y Leif sonrió, a pesar de las circunstancias, al ver a Ragnar y a Knut atando unos troncos a otros. Wulf era uno de los dos hombres que estaban cortando madera, que luego el resto ataba para formar las paredes de las cabañas. El otro que estaba usando el hacha era Orvar, que parecía ensimismado en su trabajo.

—¿Dónde está Jan? —Magnus sonrió, travieso. Conociéndolo, le diría enseguida qué era lo que le divertía de la pregunta.

—Está en la cocina, discutiendo con Hans.

—¿Discuten mucho? —Magnus sonrió más.

—Hans no soporta que cocine mejor que él y he de reconocer que tu amigo tiene mucha paciencia con él. —Sin previo aviso, se llevó las manos a la cara para ahuecarlas en torno a su boca y gritar—: ¡Mirad quién está aquí! —Todos detuvieron su trabajo y se quedaron mirándolos. Después de unos instantes de incredulidad, corrieron hacia Leif, abrazándolo o palmeando su espalda entre muestras de asombro y alegría:

—¡Por Odín y todos los dioses del Valhalla!

—¡Qué sorpresa más agradable!

—¡Menos mal que has venido, porque entre Ragnar y tu tío nos van a matar a trabajar! —El que lo dijo fue Orvar, mientras ambos estrechaban los antebrazos con una sonrisa sincera; en sus ojos, Leif todavía podía ver una chispa de arrepentimiento, entonces, le reveló con la mirada que no tenía nada de qué preocuparse. Nadie, excepto el propio Orvar, recordaba ya cuando atacó a los gemelos, en un momento de locura provocado por su berserker.

—¿Qué haces aquí? —Wulf, el último que lo había saludado, todavía tenía una mano en su hombro cuando le hizo la pregunta.

—Tengo que hablar con vosotros. ¿Y Raine? —Le extrañaba que hubiera ido sin ella. Normalmente, no dejaba que Wulf saliera de viaje solo.

—En esta ocasión ha tenido que quedarse en la granja. —Leif lo miró extrañado—. Nada preocupante, pero había dos yeguas a punto de parir y ya sabes cómo se pone.

—Ya. Me extraña que tú hayas venido, porque sois iguales con los animales de la granja —contestó, y todos rieron. A continuación, miró a su alrededor; aunque no se veía a nadie alrededor, no le gustaba la idea de hablar sobre aquello al aire libre, donde cualquiera pudiera escucharlos. Magnus pareció entender el gesto de su sobrino.

—Vamos al comedor. Allí estaremos más cómodos y a estas horas no habrá nadie.

Magnus fue a buscar a Jan y a Hans para que también estuvieran presentes. Después, todos se instalaron en uno de los largos bancos de madera del comedor, donde los monjes hacían las comidas. Leif comenzó a hablar enseguida, puesto que no había tiempo que perder.

—Vengo a pediros ayuda para defender el país. Hay un plan para destruir la corona y la paz que tanto nos ha costado conseguir. —Un silencio sepulcral se estableció en la habitación. Todos empezaron a hablar a la vez, preocupados e intrigados, pero Ragnar los mandó callar utilizando la autoridad que había tenido mientras estaban en el ejército y que siempre prevalecería, aunque ninguno de ellos fuera ya soldado:

—¡Callaos! —Ni siquiera levantó la voz. No hacía falta que lo hiciera, después se volvió hacia Leif—: Cuéntanos lo que sabes y cómo lo has descubierto. Son afirmaciones muy serias. Estás hablando de guerra.

—Por supuesto. Y no lo diría si no estuviera seguro.

—Explícate. —Leif sabía que tendría que hacerlo. No se podía decir algo así, sin dar detalles.

—Los que estuvisteis en mi boda conocéis la historia de lo que nos hicieron a Finn y a mí, siendo bebés. —Le explicaron que Orvar, Knut y Jan, aunque no habían estado en la boda, también lo sabían. Leif ya había imaginado que los demás se lo habrían contado, era la única manera de entender que ahora tenían una familia. Se dirigió a Magnus—: Y tú seguro que conoces lo que ocurrió entre Otto Rhun y mi madre, cuando eran jóvenes. —Su tío abrió mucho los ojos y Leif se dio cuenta de que se estaba explicando muy mal—. Quiero decir, que él estaba enamorado de ella —Magnus asintió.

—Por supuesto. Todos en la corte sabían que estaba loco por ella. Tus padres discutieron mucho entre ellos porque Esben no se fiaba de Otto y no quería que Lisbet y él se vieran a solas. Pero tu madre se sentía culpable por haberlo rechazado; a Otto le tenía cariño, pero estaba enamorada de tu padre.

—Él fue el que nos robó de la habitación esa noche y el que encargó a Cedric, el padre de Ydril, que nos tirara al mar. —Magnus se había quedado boquiabierto.

—Nunca me lo hubiera imaginado. No fuimos amigos ni nada parecido porque él solo estaba interesado en Lisbet. —Movió la cabeza asombrado y disgustado—. Pero no lo creía capaz de hacer algo así.

—Pensaba que todos habíais sido amigos.

—No. Tu padre, Hans y yo, lo éramos; pero él no. ¿Qué ha hecho Esben cuando se ha enterado?

—¿Por qué piensas que él es el que tiene que hacer algo? ¿No crees que Finn y yo tenemos más derecho que nadie a vengarnos? —Magnus negó con la cabeza.

—Tu padre no dejará que nadie más que él acabe con Otto. Ya lo verás. A menos que sea algo que se le escape de las manos... —predijo.

—Finn y yo somos los más afectados —insistió Leif y Magnus se mantuvo en silencio porque eso no lo podía negar—, pero eso, con lo importante que es para nuestra familia, no es la razón por la que he venido. —Miró a los demás que escuchaban en silencio la historia—. Otto tiene una hija, Adalïe, a la que ha prometido con el hijo de un jarl del norte, Einar Falk. —Wulf entornó los ojos, reconociendo el nombre.

—Conozco a Einar, es un gran guerrero. En una ocasión lo vi luchar en un holmgang contra un hombre que lo había ofendido. —Ragnar hizo memoria, pero no lo conocía.

—¿Cómo es?

—Muy alto, como nosotros, pero no tan musculoso. Aunque es fuerte, está más delgado. Es moreno y sus ojos son grises y de expresión sagaz. Hablé un poco con él después de verlo luchar y me sorprendió sentir cierta afinidad con él.

—¿Por qué? —Wulf se encogió de hombros ante la expresión de extrañeza de casi todos sus amigos, porque no sabía cómo explicarlo.

—No lo sé y lo he pensado mucho. Llegué a pensar que quizás fuera un berserker, pero no puedo asegurar que lo sea porque, ni en los momentos de mayor ferocidad, sus ojos se volvieron azules. Sé que comanda un ejército numeroso y que sus hombres tienen fama de ser despiadados y de no rendirse nunca —sonrió, orgulloso—, como nosotros. —Ragnar hizo una mueca de disgusto.

—Espero que, en esta ocasión, estés equivocado. No me gustaría tener que luchar contra otros berserkers. —Entornó los ojos—. Acabo de acordarme, su padre es «hacha sangrienta», ¿no? —Esperó a que Wulf asintiera y apostilló—: Entonces, creo que tienes razón, porque yo sí he oído rumores de que «hacha sangrienta» es un berserker. —Todos murmuraron entre sí al escuchar a Ragnar.

—Sí, aunque el padre es pelirrojo y tiene los ojos azules, lo opuesto a su hijo —Leif interrumpió a Wulf porque, a pesar de lo interesante que era la historia que estaban contando, no tenían mucho tiempo.

—Adalïe, la hija de Otto es la andsfrende de mi hermano. —Magnus se giró hacia él mirándolo fijamente, pero estaba tan sorprendido que no fue capaz de decir nada—. Se han visto varios días en secreto, pero, de repente, la muchacha ha desaparecido. Temo que él pierda la razón si no la encontramos, pero hay más.

—¿Más? No sé si soy capaz de aguantar más hoy —bromeó Jan, que había estado demasiado callado teniendo en cuenta su carácter.

—Sí, el motivo de que Otto haya prometido a su hija con Einar es porque quiere servirse de su ejército, para derrocar a Haakon. —Excepto Magnus, todos habían luchado por defender al rey y se pusieron rígidos al escucharlo.

—¿Lo sabe Haakon?

—Otto lo tiene sometido a su voluntad gracias al hechizo de una bruja.

Magnus se levantó, nervioso, menos acostumbrado a este tipo de noticias que el resto y se quedó pensando unos segundos, antes de decir:

—¿Con el ejército de ese... Falk y el de Otto, podrían derrocar a Haakon? —Leif asintió.

—Sobre todo si el rey no hace nada. Creemos que ese es el motivo de los ataques a los berserkers del ejército —musitó.

—Los berserkers rodeamos al rey formando una muralla para protegerlo en la batalla —recordó Ragnar—, pero, sobre todo, somos un símbolo de su fortaleza.

—Daría lo que fuera por ir con vosotros. —Todos se negaron, pero al único que escuchó Magnus, fue a Leif.

—Tío, creo que todos preferimos que tú y Hans os quedéis a cuidar de nuestros compañeros enfermos.

—Sí —confirmaron todos.

Magnus agachó la cabeza sabiendo que tenían razón, aunque su corazón le pedía estar junto a su familia en un momento tan difícil y suplicó:

—Leif, por favor, diles a tus padres que mi espíritu está con ellos y que me aviséis si me necesitáis.

—Se lo diré, pero si estuvieran aquí, estoy seguro de que te dirían lo mismo que yo. —Volvió a mirar a Ragnar—. No tenemos mucho tiempo y tengo que contaros algo más... no sabemos cuántos de los soldados del castillo son de fiar —aclaró—, además, el rey ha nombrado capitán de su guardia a Guttorm, un amigo de Otto. Y estamos seguros de que han introducido varios soldados de Rhun en el ejército del rey.

Ragnar intervino para que no siguiera:

—Creo que nos hacemos una idea de la situación. ¿Qué necesitáis?

—Todos los soldados de confianza que podamos conseguir, como vosotros. —Ragnar miró a los demás y, todos, uno a uno, asintieron en silencio.

—Como ves, estamos dispuestos. ¿Vas a ir a ver a Aren y a Lars?

—Sí, había pensado salir mañana hacia sus granjas.

—No es necesario, les escribiré una nota y le pediremos a uno de los compañeros que están aquí que se la lleve. ¿Cuándo salimos? —Al escuchar a Ragnar, Leif respiró hondo por primera vez desde que había salido del castillo al ver que sus amigos reaccionaban como había esperado.

—He quedado mañana con el barquero para que venga a buscarme al amanecer. En su barca caben tres caballos de una vez.

—Tendrá que hacer varios viajes.

—Bueno.

—Deberíamos aprovechar el tiempo —propuso Ragnar, dirigiéndose a Leif—. Háblanos del castillo, dinos cuántos guardias hay y dónde están y... Magnus, ¿puedes dejarnos útiles para escribir? —el monje asintió, levantándose a por pluma y papel, y Ragnar siguió hablando con Leif—: Es mejor que nos hagas un plano. Lo primero es ver si hay alguna forma de entrar sin que nos vean o sin llamar demasiado la atención. —Magnus sonrió después de entregarle los útiles de escribir a Ragnar, imaginando a aquellos seis hombres, tan grandes como torres, intentando pasar desapercibidos.

~

YDRIL CORRIÓ hacia la habitación de Lisbet y Esben; acababa de dejar a Finn en su habitación, junto con Inge y Roselia, planeando cómo entrar en la casa del obispo. Esben le abrió la puerta, pero fue Lisbet que estaba detrás de él, la que preguntó al ver el rostro de su nuera:

—¿Qué pasa?

—¡Venid! —susurró—. ¡Vamos! —La siguieron, sin preguntar más hasta la habitación de Finn. Cuando entraron, él estaba hablando con una anciana; echó un rápido vistazo a sus padres, pero siguió hablando con ella.

—Pero ¿dónde está su habitación? —Lisbet y Esben se acercaron a ellos y Esben lo interrumpió:

—Hijo, ¿quién es esta mujer? —Su mirada atormentada les avisó de que había ocurrido algo terrible.

—Otto ha debido de enterarse de lo nuestro y le ha pegado una paliza tan grande a Adalïe, que casi la mata. Está en la cama, en casa del obispo. —Señaló a la mujer—. Roselia es su curandera.

—¡Dios mío! —exclamó Lisbet. Esben apretó los labios jurándose en silencio que Otto lo pagaría; a continuación, Lisbet preguntó a la curandera—: ¿Te refieres a la casa del obispo Eisbig? —la anciana asintió y Finn dirigió una mirada esperanzada a su madre.

—¿Por qué lo preguntas?

—Porque lo conozco. —Meneó la cabeza—. Siempre hay varios soldados custodiando la entrada de su casa y tiene muchos criados. No podrás entrar, así como así.

—¡No me importa, la sacaré de allí ahora mismo! ¡Sea como sea! —juró Finn a punto de volverse loco. Lisbet le puso una mano en el brazo.

—Hijo, tranquilízate. Así no conseguirás nada. —Se volvió hacia la anciana—. ¿Te conocen los criados y los soldados del obispo?

—Sí, me suele llamar siempre que alguien se pone enfermo en su casa; aunque hasta ahora solo había tenido que tratar indigestiones por comilonas o los golpes provocados por alguna caída del obispo o de sus invitados, cuando iban borrachos.

—Entonces, confían en ti, ¿no es así?

—Creo que sí. Nunca he tenido ningún problema.

Antes de decirle lo que se le había ocurrido, Lisbet tenía que saber algo:

—¿Te importa decirme por qué ayudas a Adalïe? Imagino que el obispo te paga bien.

—Así es, pero esta muchacha es especial. Además, conozco a su familia. —Todos la miraban sin entender por qué, si conocía a Otto, ayudaba a la hija; hasta que Ydril preguntó:

—¿Te refieres a su padre?

—No, a la familia de su madre. —Miró a Finn mientras hablaba, imaginando que sabría quién era Adalïe.

—El apellido de su madre, Faëly, pertenece a una larga dinastía de hadas de la isla de Selaön. Son propietarios de las minas de plata más pura que existen y están emparentados con la realeza. —Finn se dejó caer en la cama, estupefacto. Aunque le había hablado sobre su familia, no había creído que fueran tan importantes.

—¿Y tú cómo sabes tanto sobre esa familia? —Lisbet pareció recuperarse antes que los demás.

—Porque yo nací en Selaön. Mi abuela también era de allí y aprendió el arte de curar en la isla y, después, me lo enseñó a mí.

—¿A qué conocimientos te refieres? ¿Como curandera?

—No. —Sonrió débilmente—. En realidad, soy hechicera. Pero hace unos años que prefiero trabajar como curandera. —Ydril se levantó de un salto y se aproximó a la anciana.

—¿Sabrías cómo deshacer los efectos de la hierba que llaman el aliento del diablo?

—La hierba de las brujas —susurró la anciana—. ¿Sabes quién la ha utilizado? —Miraba fijamente a Ydril, que asintió —. No hay muchos que se atrevan a usarla —musitó, con tono de preocupación—.¿Conoces al brujo o bruja que lo ha hecho?

—Sí. —Ydril se sentía algo intimidada por la anciana. De repente, su mirada se había vuelto más dura y exigente.

—Su nombre —ordenó con una autoridad que no había mostrado hasta ese momento.

—Hallbera —la anciana asintió lentamente.

—Ella tenía que ser.

—¿La conoces?

—Desgraciadamente, sí. Hace muchos años, fuimos amigas, hasta que descubrí la maldad que albergaba en su corazón .

Lisbet la interrumpió:

—Perdóname, pero no tenemos mucho tiempo. ¿Podrías hacer algo para anular el poder de esa bruja sobre el rey?

—Sí, es fácil sabiendo lo que ha utilizado para anular su voluntad. Habría que hacerle beber un cocimiento de diente de león y valeriana a partes iguales para que duerma, así será más fácil para él, aunque será un proceso largo y doloroso; la mezcla de esas dos hierbas, además, lo ayudará a expulsar el veneno; puede que tarde un par de días en hacerlo, pero lo hará —suspiró, sincerándose a continuación—: Igual que mi abuela me enseñó a mí, yo enseñé a Hallbera todo lo que sabe.

—Lo siento. —Ydril podía ver el dolor de la anciana.

—No te preocupes, muchacha. Pase lo que pase, he tenido una vida larga y no estaría mal, como final, eliminar de esta tierra a una serpiente semejante. No os podéis imaginar de lo que es capaz; hasta ahora, que yo sepa, ha matado a tres hombres con veneno.

—¿Por qué? —Lisbet preguntó horrorizada.

—Eran sus maridos y, como su viuda, cuando murieron se quedó con su dinero.

Después de recuperarse después de semejante noticia, Lisbet compartió con los demás lo que se le había ocurrido para entrar en la casa del obispo y salir con Adalïe, y sin que hubiera lucha. Cuando todos estuvieron de acuerdo, Roselia le explicó a Ydril cómo tenía que hacer el bebedizo para el rey y la muchacha fue a buscar a Inge; como Lisbet iba a salir del castillo, necesitarían a la reina para conseguir que Haakon lo bebiera.

LISBET Y FINN iban sentados en la parte delantera de la carreta; él se había disfrazado de comerciante y llevaba un gorro que le caía sobre el rostro, tapándole la cara para evitar que pudieran reconocerlo; su madre llevaba un hábito de monja e iba encapuchada y con la cabeza inclinada como si estuviera rezando. Él detuvo el carro a pocos metros de la residencia del obispo y se apeó para ayudar a su madre y a Roselia a bajar.

Lo de los disfraces había sido un acierto porque hasta el momento nadie se había fijado en ellos, a pesar de que había bastante gente caminando por las calles de Bergen.

Antes de que pudieran marcharse, Finn detuvo un momento a Lisbet.

—Madre, ten mucho cuidado, por favor —suplicó.

—Hijo, ya he tenido bastante con el sermón de tu padre antes de salir. —Estaba disgustada y se le notaba.

Esben había estado en contra del plan de Lisbet desde el primer momento, pero la acalorada discusión que había tenido con ella, no había servido de nada. Al final, ella le había dicho: «¿quieres que Finn vaya allí, solo, a por ella?, ¿se te ocurre un plan mejor?». Finalmente, él tuvo que admitir que no se le ocurría nada aparte de luchar y decidieron seguir adelante. Antes de marcharse, la retuvo unos momentos junto a él pidiéndole que tuviera cuidado, lo mismo que le había pedido Finn y le dio un beso antes de que se marchara. Esben no podía ir con ellos porque tenía que cumplir su parte del plan.

Finn siguió hablando en voz baja a su madre:

—No hagas ninguna locura; si no podéis sacarla, por el motivo que sea, volved aquí y entraré yo. Os espero en el patio trasero. —Con esa condición, Finn había aceptado que entraran las dos mujeres a buscar a Adalïe, en lugar de hacerlo él. Lisbet murmuró su conformidad, pero haría lo que fuera para que su hijo no tuviera que entrar luchando en casa del obispo. Finn le dio un rápido abrazo, subió de nuevo al carro y sacudió las riendas para que los caballos se pusieran en marcha.

—Vamos, tenemos el tiempo justo. Déjame hablar a mí —ordenó Roselia con un susurro—. Hay que aprovechar que, tanto el obispo como sus invitados, se habrán ido a misa de siete como todos los días —Lisbet asintió en silencio y la siguió.

Atravesaron el patio de la casa sin dificultad, pero en la entrada había un soldado que se las quedó mirando; iban a pasar delante de él después de que Roselia lo saludara, cuando las detuvo.

—¡Un momento! —ordenó. Obedecieron y Lisbet estaba segura de que todos podían escuchar los latidos de su corazón. El soldado, un hombre bajo y rechoncho al que le faltaban varios dientes y que tenía el pelo gris y sucio, se adelantó un paso señalando a Lisbet, aunque se dirigió a Roselia:

—¿Quién es esa?

Roselia, con gesto inocente, contestó:

—Una monja que entiende de remedios. Necesito su ayuda.

—No me han dicho nada... —murmuró el hombre, entrecerrando los ojos y Roselia se encogió de hombros.

—Mira, he traído a esta hermana porque la muchacha ha

empeorado. Si quieres, podemos esperar a que el obispo vuelva de misa, pero cuanto más tiempo perdamos, más posibilidades hay de que la chica se muera —sonrió, alegre—, pero Otto Rhun sabrá que no ha sido culpa mía, y ya sabes el mal genio que tiene... —El hombre, horrorizado, reculó.

—Pasad, pasad, espero que se recupere pronto.

—Gracias, yo también. —Lisbet respiró profundamente cuando estuvo segura de que el guardia no podía oírla y le dijo, en voz baja, a la anciana:

—¡Creía que me daba algo! —Roselia le dio unas palmaditas en el brazo y le señaló la entrada de la casa.

—Ponte detrás de mí y sígueme. Debemos actuar como si fuera normal que estuviéramos aquí, así no nos preguntarán nada.

Como había anticipado, nadie más les dijo nada, a pesar de que se cruzaron con bastantes criados. Roselia andaba con paso rápido y Lisbet la seguía con la cabeza inclinada y las manos entrelazadas, como solían caminar las monjas cristianas. La anciana se detuvo junto a una puerta que estaba a su izquierda y Lisbet se dio cuenta de que tenía la boca seca; deseaba con todas sus fuerzas que la muchacha estuviera bien y poder sacarla de allí, si no, temía que perderían a su hijo. Roselia abrió la puerta y entró, seguida por ella.

Adalïe llevaba un rato intentando levantarse, pero todavía estaba muy dolorida, aunque había conseguido sentarse en la cama y no marearse; eso era algo. Inesperadamente, se abrió la puerta de su habitación y entró Roselia seguida por una monja, y Adalïe se quedó inmóvil, recordando a las del convento.

—Ya estoy aquí, muchacha. ¿Cómo estás? —Lisbet cerró la puerta sin dejar de mirar a la chica. El abundante pelo negro le llegaba hasta la cintura, y sus ojos plateados la observaban temerosamente. A pesar de su palidez y del cardenal que tenía en el rostro, su belleza era deslumbrante.

Roselia, al ver la expresión de temor de la muchacha, las presentó:

—Adalïe, esta es Lisbet, la madre de Finn. —Su expresión cambió a una de asombro. Lisbet se quitó la capucha para que pudiera verla y se acercó a ella sonriendo; se sentó a su lado en la cama y cogió su mano con cuidado, por temor a hacerle daño.

—Mi hijo está esperándonos al otro lado de la calle. Quería venir él mismo a buscarte, pero, si podemos evitarlo, es mejor que no haya pelea. —Apretó su mano suavemente—. Bienvenida a la familia, hija. Estoy deseando que podamos marcharnos, todos, a nuestra casa en Tau. Estoy segura de que te gustará, es un sitio precioso. —Adalïe comenzó a llorar silenciosamente. Lisbet, entendiéndola, la rodeó el hombro con su brazo—. Tranquila —susurró—. No llores o mi chico creerá que te he hecho algo para disgustarte y es muy capaz de dejar de hablarme —bromeó, consiguiendo que Adalïe sonriera. Roselia se secó una lagrimita del ojo derecho, pero no podían detenerse y ordenó:

—Venga —susurró—, tenemos que darnos prisa. No hay tiempo para esto; cuando salgamos de aquí, podéis hablar tanto como queráis. —Lisbet se levantó.

—Tienes razón. —En cuanto se puso de pie, comenzó a quitarse el hábito ante la cara atónita de Adalïe. Roselia, sin embargo, se colocó ante la muchacha y le separó suavemente los párpados del ojo izquierdo, para observarlo fijamente.

—La droga ha dejado de hacer efecto. Muy bien, ¿ya has podido levantarte?

—Me he despertado hace poco, todavía estaba intentándolo.

—Vuelve a hacerlo. Te costará porque todavía estás débil, pero ahora estamos aquí para ayudarte.

Lisbet se había quitado el hábito y, entonces, Adalïe vio

que debajo llevaba puesto otro igual; cogió el que se había quitado, y le dijo a Roselia:

—Ayudémosle a levantarse. Hay que ponerle esto.

Como había pronosticado la curandera, al principio se tambaleó un poco y la curandera tuvo que sujetarla, mientras que Lisbet le ponía el hábito; cuando terminaron de ponérselo, nadie hubiera podido decir quién era quién, mirando a las dos monjas encapuchadas, debido a que su tamaño era muy similar. Roselia las observó críticamente durante un largo momento y, después, dijo sacando un yesquero, que le había proporcionado Finn, de un bolsillo:

—Ha llegado el momento de quemar la casa.

Lisbet asintió y sacó de una pequeña bolsa de arpillera que llevaba colgando de la cintura su propio yesquero, y unos trapos que habían untado con aceite antes de salir del castillo. Le entregó la mitad de ellos a Roselia y ordenó a Adalïe:

—Espera aquí.

Cuando estaban recorriendo antes el pasillo en dirección a la habitación de Adalïe, Roselia le había señalado cuál era el despacho del obispo. En el castillo habían decidido que sería una de las dos habitaciones que quemarían, después de que Roselia les dijera que era donde el obispo guardaba sus pertenencias más valiosas; la otra sería la de Adalïe para que fuera más sencillo para ellas escapar en medio de la confusión. Lisbet repartió los paños empapados de aceite por toda la habitación y, luego, los encendió. Salió al pasillo a tiempo de escuchar las voces de Roselia gritando «fuego».

La anciana había arrancado las sábanas de la cama y las había colocado formando un montón, encima de la cama, haciendo fuego con ellas. Entonces, abrió la ventana y comenzó a gritar:

—¡Fuego, fuego!

Siguió gritando hasta que Lisbet entró en el dormitorio y

cogió a Adalïe de la mano, que seguía algo mareada. Roselia las precedió saliendo al pasillo, andaba lo más deprisa que podía mientras seguía gritando:

—¡Fuego! ¡Hay fuego en la casa! —Luego, Roselia entró corriendo en la cocina; Lisbet y Adalïe escucharon lo que decía desde detrás de un recodo del pasillo—. ¡Está ardiendo la habitación de la enferma y el despacho del obispo! ¡Corred a avisar a los hombres para que lo apaguen! —Dos muchachas salieron corriendo, aterrorizadas, hacia la puerta delantera y Lisbet y Adalïe aprovecharon para salir de su escondite, siguiendo a Roselia que estaba abriendo la puerta de la cocina que daba al patio trasero. Atravesaron el patio trotando y salieron a la calle después de cruzar una gruesa puerta de madera. Finn, nervioso por los gritos que se escuchaban al otro lado de la casa, había bajado del carro y las esperaba al otro lado de la puerta. Miró a las dos monjas encapuchadas y se dirigió sin dudar a la de la derecha, que se retiró la capucha al verlo.

—¡Finn! —Se arrojó a sus brazos, escondiendo la cabeza en su pecho.

—¡Amor mío, creía que iba a volverme loco! —La alegría salvaje que Lisbet vio en el rostro de su hijo, hizo que todo valiera la pena, pero Roselia los interrumpió:

—¡Tenemos que irnos si no queremos que nos descubran!, ya tendréis tiempo para esas cosas cuando estemos a salvo.

Después, se dirigió al carro, seguida por Lisbet y Finn, que había cogido a Adalïe por la cintura para ayudarla a andar. La subió en la parte de atrás al lado de Roselia y a su madre junto a él en el asiento delantero; después, volvieron al castillo.

CAPÍTULO 16

Antes de salir con Finn, Lisbet le había pedido a Inge que hablara con Margarita acerca del bebedizo que había que darle a Haakon; cuando volvió de las habitaciones de la reina y Esben le abrió la puerta, estaba muy nerviosa.

—Entra, ¿qué ha pasado? —Inge esperó a que cerrara la puerta antes de explicarse.

—Margarita me ha dicho que Otto y Guttorm se han ido de viaje, pero no sabe adónde, ni cuándo volverán —Esben asintió, comprendiendo la importancia de la información.

—Tenemos que intentar hacerlo ahora. No habrá otra oportunidad como esta.

—Margarita ha cambiado de opinión, quiere intentarlo ella. En cuanto la pócima esté preparada.

—Ydril está en la cocina siguiendo las indicaciones de la curandera, no creo que tarde demasiado en volver. —Pero había alguien más que podía desbaratarles el plan—. ¿Y la bruja?, ¿se ha marchado con ellos? —Inge negó con la cabeza.

—No, está en su dormitorio y puede ser un problema porque todos los días va a llevarle la bebida a Haakon. Si nota cualquier cosa extraña, seguro que va a avisar a Otto.

—Hay que quitarla de en medio.

—¿Te refieres a matarla? —La sonrisa de Esben le puso los pelos de punta, pero antes de que Esben pudiera contestar, Ydril volvió. Traía una copa que depositó en la mesa que había cerca de la chimenea.

—Aquí está.

Inge se anticipó a Esben temiendo su respuesta:

—¿Podrías preparar algo para dormir a la bruja? —Ydril se volvió hacia Esben que asintió con la cabeza; entonces, contestó a Inge:

—Sí, solo con una infusión fuerte de valeriana debería servir. En el huerto hay mucha. ¿Queréis que la prepare ya? —Inge contestó enseguida, mientras iba a la mesa a recoger la copa con el bebedizo.

—Sí, y haz en abundancia. Es posible que también la necesitemos para los dos soldados que Otto tiene apostados en la puerta de las habitaciones del rey. Mientras tanto, yo le llevaré esto a la reina. —Miró a Esben—. Creo que deberías venir conmigo.

—Sí, te acompaño. —Ydril los miró.

—¿Dónde os busco cuando lo tenga preparado? —Inge le respondió antes de salir, seguida por Esben.

—En las habitaciones de la reina.

~

LISBET MANTUVO abierta la puerta de la habitación de Finn mientras que él entraba con Adalïe en brazos; la muchacha estaba tan mareada que había atravesado el patio cargando con ella, asombrando a todos los que se cruzaron en su camino; y, aunque un enorme vikingo llevando en brazos a una monja abrazada a su cuello no era algo que se viera todos los días, ninguno se había atrevido a decirles nada.

Finn la acostó en su cama y se sentó a su lado. Lisbet y

Roselia se habían quedado intercambiando susurros junto a la puerta, después de cerrarla.

—¿Cómo estás? —A pesar de que parecía estar muy dolorida, sus ojos no dejaban de mirarlo, y parecía feliz. Cogió una de las manos de Finn y la llevó a su mejilla, suspirando de placer por volver a sentirlo cerca.

—Bien.

—¿Qué pasó? ¿Por qué te ha pegado tu padre? —La sonrisa de ella se borró al recordarlo.

—Él y Hallbera estaban esperándome cuando subí por la cuerda. Uno de sus hombres me había seguido y le dijo que me estaba viendo contigo. —Se mordió el labio inferior—. Quería saber qué te había contado sobre él y sus planes —levantó el mentón ligeramente, sintiéndose orgullosa de cómo había aguantado—, pero no le dije nada. Y, cuando creí que moriría por la paliza, le dije lo que pensaba de él por primera vez en la vida, luego, me despedí de ti y me desmayé, ¿no sentiste mi despedida?

—Sí. Por eso, cuando intenté hablar contigo y no pude, creí que iba a perder el juicio. —Besó su mano y luego acarició su cara. Además de la terrible marca del golpe en el rostro, Adalïe tenía unas enormes ojeras oscuras. Finn sintió que la oscuridad lo envolvía mientras pensaba que nadie capaz de hacer algo así a un ser tan puro como ella, merecía seguir viviendo.

—Lo mataré —dijo, con su voz más cavernosa. El berserker, cada vez más furioso por lo que Otto le había hecho a su hija, exigía venganza. Adalïe ya había visto a Finn así en una ocasión y sabía qué tenía que hacer, pero la distrajo la exclamación de su madre, que se acercó rápidamente intentando tranquilizarlo:

—Finn, hijo mío… —Pero un largo gruñido procedente de él, la detuvo.

Se había encorvado sobre Adalïe en una postura protectora, con la que avisaba de que no dejaría que nadie se acercara a ella. Lisbet agrandó los ojos al darse cuenta de que le estaba enseñando los dientes y que sus ojos se habían transformado en dos haces de luz, azules y brillantes. Retrocedió lentamente, hasta que su espalda chocó suavemente con la pared. Roselia, que estaba junto a ella, preguntó en un susurro:

—¿Qué le pasa?

—El berserker está tomando el mando de su mente; no puede soportar que hayan hecho tanto daño a Adalïe. —Las dos observaron, asombradas, que la muchacha ponía la mano en la mejilla de él y le pedía:

—Mírame, Finn. —Este seguía con la mirada fija en su madre y en Roselia, vigilándolas; pero ella insistió—: Finn. —Finalmente, consiguió que obedeciera, aunque seguía tenso como un arco y sus ojos seguían siendo capaces de alumbrar en la oscuridad.— Necesito que te tranquilices, ¿me oyes? —Él afirmó con la cabeza, queriendo hacerlo, pero no podía; Adalïe, haciendo un gran esfuerzo, se incorporó y lo besó en los labios suavemente, luego se abrazó a su cuello a pesar de los dolores que sentía en el vientre y las costillas—. Necesito tu ayuda. Vuelve a mí, amor mío. —Como respuesta, él escondió la cara en su hombro y emitió un largo gemido de dolor que les puso los pelos de punta a las tres. Permaneció respirando en su cuello unos cuantos minutos, tranquilizándose poco a poco. Después, se irguió y la miró—. Ya eres tú otra vez.

—Sí. —La besó en la frente, ayudándola a tumbarse. Luego se levantó y sus ojos eran claros y azules de nuevo, como un cielo de verano. Sintiéndose culpable, se acercó a su madre y la abrazó.

—Lo siento, madre. No podía controlarme. Sabes que jamás te haría daño —gimió, atormentado.

—Shhh, calla. —Acarició su nuca como hacía cuando lo

sostenía en brazos, siendo bebé—. No ha pasado nada. —Siguió calmándolo y sobre el hombro de su hijo, porque se había agachado para abrazarla, vio que Adalïe los miraba con una sonrisa tranquila en los labios y vocalizó un «gracias» dirigido a ella. Poco después, Finn se apartó de su madre con los ojos húmedos, aunque su voz era la de siempre.

—Adalïe no puede quedarse aquí. Hemos llamado demasiado la atención.

—Sí, Otto no tardará en saber dónde está —susurró Lisbet— y vendrá a buscarla. —Pensó durante un momento —. Voy a hablar con tu padre, está claro que tenemos que encontrar otro lugar donde esconderla. Es una lástima que esté tan débil, porque podrías llevarla a nuestra casa. —Finn meneó la cabeza, furioso.

—Está demasiado dolorida para un viaje tan largo, aunque fuera en carro. Cuando la he traído en brazos, he notado que la hacía daño a pesar de que he tenido todo el cuidado que he podido. —Sus labios formaron una mueca furiosa, antes de musitar un juramento—. Mataré a ese hijo de puta. —Lisbet lo sujetó por el brazo para que la mirara.

—Hijo, ahora tienes que pensar en ella —los interrumpió Roselia que se había acercado a Adalïe para examinarla, mientras que Lisbet y Finn hablaban.

—Tiene muchos dolores, me gustaría darle algo para que pueda descansar. —En ese momento, llamaron a la puerta. Finn echó mano de su espada, pero su madre movió la cabeza negativamente.

—Espera, puede ser tu padre.

Pero era Ydril, que traía una jarra de barro. Finn la dejó pasar.

—Venía a ver si ya habíais vuelto. —Miró hacia la cama donde vio una muchacha pálida con los ojos cerrados. Roselia miró la jarra y preguntó:

—¿Qué es eso?

—Valeriana, para dormir a Hallbera y a los soldados que custodian las habitaciones del rey. He hecho de más, por si acaso, porque no quiero tener que volver a la cocina a por más; esta última vez, la cocinera ha empezado a hacerme preguntas.

Roselia rebuscó en la bolsa de piel que llevaba colgando de la cintura.

—La valeriana es demasiado lenta. Tengo algo mejor. —Sacó un frasco pequeño de cristal, relleno de un polvo iridiscente—. Esto, mezclado con agua desprende un vapor que provoca que caiga desplomado cualquiera que lo huela.

Ydril la observaba boquiabierta y alargó la mano para coger el frasquito, pero la anciana no la dejó.

—No. Hay que saber cómo manejarlo, o terminarás tan dormida como ellos.

—¿Y durante cuánto tiempo dormirán? —preguntó Ydril.

—Varias horas —Lisbet afirmó, maravillada.

—Entonces, es lo que necesitamos.

Finn había vuelto a sentarse con Adalïe. Inclinado sobre ella, acariciaba su cara y parecía intentar convencerla acerca de algo a lo que ella se negaba débilmente, pero siguió insistiendo hasta que consiguió que aceptara. Ydril, mientras, explicaba a Lisbet dónde estaban Inge y Esben.

—Han ido a hablar con la reina y yo había quedado en llevarles la valeriana en cuanto la tuviera preparada. —Lisbet observaba a su hijo que se había acercado a ellas, cuando decidió:

—Iremos contigo, Ydril. —Y dirigiéndose a Finn, le dijo —: Adalïe no puede quedarse aquí. Será el primer sitio donde la buscarán cuando su padre descubra que ha desaparecido.

Él asintió con gesto sombrío y se acercó a por Adalïe; poco después, todos salían de la habitación de Finn, siguiendo a Lisbet hasta la entrada oculta al pasadizo que los llevaría hasta el dormitorio de la reina Margarita.

A PESAR de que Otto pensaba que Guttorm era un traidor despreciable y estaba decidido a vengarse de él en cuanto pudiera, no podía negar que era más listo de lo que había imaginado. Como había pronosticado, en las cercanías de Moldo descubrieron un asentamiento de soldados que era parte del ejército de los Falk. Tal y como su fama anunciaba, eran los soldados más agresivos que ninguno de los dos habían visto y varios de ellos les rodearon con actitud hostil, en cuanto se acercaron al campamento.

Aunque era una muestra pequeña del ejército de los Falk, ya que allí no debía de haber más de cien hombres, habían formado hasta cinco círculos concéntricos que trabajaban como diques de contención y, en el último de todos, estaban los Falk. Para poder llegar hasta ellos tuvieron que decir a los soldados del primer círculo quiénes eran, y ellos consultaron a los Falk si querían verlos; cuando aceptaron, los círculos formados por los hombres que los protegían se fueron abriendo uno tras otro para dejarlos pasar. Después, se encontraron ante los líderes del ejército más poderoso del mundo: Ulrik Falk, un hombre taimado con la cara llena de arrugas, pelirrojo y poseedor de unos feroces ojos azules, y su hijo Einar Falk, moreno, mucho más alto y estilizado que su padre y cuya mirada plomiza no dejaba entrever su pensamiento. Ambos los esperaban de pie, preparados para el combate, igual que todos sus soldados. El padre los observaba con desconfianza, pero el hijo solo aparentaba curiosidad. Ulrik fue el primero en hablar:

—Este es mi hijo, Einar Falk. —Posó una mano sobre su hombro—. El halcón oscuro.

—Es un placer conocerlo y volver a verte a ti, por supuesto —empezó Otto, pero Ulrik levantó la mano haciéndolo callar al instante.

—Ya te dije cuando nos vimos la otra vez, que no me gusta que me hablen como lo hacéis en la corte —ordenó con un gruñido. Einar no escondió la sonrisa que acompañó a las palabras de su padre, aunque siguió callado. Permanecía un paso por detrás de él, con respeto, dejándolo hablar, pero, extrañamente, parecía tener más autoridad que Ulrik.

—Es cierto. Perdona, es la costumbre. —Guttorm miró a Otto, aunque en la última reunión que habían tenido con el padre y el hijo, se había dado cuenta de lo rastrero que podía llegar a ser Otto, si le interesaba. Sobre todo, si de esa manera consiguiera la venganza por la que llevaba peleando tantos años.

—Me alegro de que hayas venido porque mi hijo quería conocerte. —Sonrió burlonamente y su hijo se envaró, sabiendo que su padre iba a decir algo que no le agradaría—. No le gustó mucho que lo prometiera con tu hija sin decirle nada. —Giró la cabeza para poder mirar la cara de Einar, pero este se limitó a arquear una ceja como si no entendiera a qué venían sus palabras. Ulrik, que se sentía un tanto travieso, se dio cuenta de que no iba a conseguir enfadarlo y preguntó a los inesperados visitantes de forma repentina—: ¿A qué habéis venido? Todavía tardaremos cuatro días en llegar.

—Ha habido un cambio de planes. —Ulrik llevó su mano izquierda al hacha que colgaba de su cinturón con gesto decidido, pero Otto, sin saber por qué, miró a su hijo; Einar no se había movido, solo lo observaba fijamente. Otto se estremeció y en ese momento decidió no hacer caso del consejo de Guttorm, prefería no engañar a los Einar; mucho se temía que no saldría vivo si lo hacía. Su instinto le dijo que se dirigiera al hijo y así lo hizo—. Han ocurrido algunas cosas que me impiden darte a mi hija en matrimonio, pero os ofrezco un trato nuevo que os compensará —Einar habló con un tono y un acento más refinado que el de su padre; no tenía nada que envidiar a cualquier caballero de la corte, pero había algo en él que hacía que Otto se sintiera inquieto. Un parecido tan grande con ella que no parecía fruto de la casualidad; enseguida, se sacó esa idea de la cabeza. Era imposible.

—¿Por qué no puedo casarme con tu hija? Mi padre me aseguró que ya estaba acordado. —Ahora, Einar miraba fijamente a Guttorm como si acabara de descubrir por qué no podía casarse con Adalïe.

—Solo tienes que saber que lo que te ofrezco mejorará con creces el trato anterior —aseguró Otto. Ulrik parecía haberse tranquilizado o al menos había decidido dejar la discusión en manos de su hijo, escuchándolos en silencio. Einar permaneció callado por lo que Otto siguió hablando, creyendo que esperaba su ofrecimiento antes de decidir si les arrancaban la cabeza o no—. Si cumplís vuestra parte, cuando suba al trono, os cederé todo el territorio del norte. —Los ojos de Ulrik se endurecieron al escucharlo, pero su hijo los entornó sin dejar entrever lo que pensaba. Ulrik se volvió hacia Einar, pero antes de que pudiera decir nada, su hijo se adelantó un paso hacia los visitantes y preguntó:

—¿Es cierto que habéis estado atacando a algunos berserkers mediante emboscadas?

—Eran soldados del rey. Hemos intentado deshacernos de la parte más peligrosa de su ejército —se justificó Guttorm, al que todavía no habían escuchado hablar. Einar hizo una mueca de desagrado al escuchar la confirmación y su voz, cuando volvió a sonar, provocó que a Otto se le pusieran los pelos de punta:

—No hacemos negocios con los enemigos de los berserkers, sean quienes sean.

—¿Por qué? —preguntó Otto y Ulrik rio a carcajadas con las manos en las caderas, observándolos como si fueran estúpidos. Le dio una palmada fuerte, pero cariñosa a su hijo en la espalda antes de decir:

—Tanta necedad me ha dado hambre. Termina tú con ellos, yo me voy a desayunar. —Un par de soldados, a pocos metros, estaban repartiendo pan y leche junto a una hoguera y una larga fila de hombres esperaban pacientemente a que les dieran su ración. Einar tenía una mueca sarcástica en su rostro al contestar la pregunta de Otto:

—Por vuestra forma de actuar, no debéis de saber que mi padre es un berserker, igual que yo, y que... —movió el brazo abarcando a los hombres que los rodeaban— todos nuestros soldados. Por eso somos el mejor ejército del país y seguramente del mundo. No existen hombres más valientes y leales que los berserkers. —Otto y Guttorm se miraron horrorizados, imaginándose lo peor—. Y jamás peleamos contra otros berserkers.

Otto se disculpó diciéndole que no lo sabía, seguro de que podría solucionarlo ampliando la oferta del territorio que les entregaría cuando fuera rey. De todos modos, pensó, cuando llegara ese momento no tenía por qué cumplir su palabra. Quién sabía cómo estarían las cosas por entonces..., lo que tenía claro era que, de momento, no podía tener a los Falk y a su ejército, como enemigos.

CUANDO LISBET APRETÓ el resorte tal y como le había visto hacer a Inge, se abrió la puerta oculta por la que se accedía al dormitorio de la reina. Pero allí no había nadie. De todas maneras, cruzó el umbral y todos lo hicieron detrás de ella; primero entró Finn con Adalïe que había insistido en andar, aunque él la llevaba agarrada por la cintura; observó la habitación y llevó a Adalïe hasta un sillón que parecía bastante cómodo y que estaba cerca de la chimenea. Detrás de ellos, lo hicieron Roselia e Ydril que habían venido murmurando todo el camino. Lisbet había escuchado algunas palabras sueltas y por ellas había deducido que la anciana había estado preguntando a su nuera, cómo había hecho la poción que tenía que servir para limpiar el organismo del rey. Lisbet señaló la única puerta que había en la pared que tenían a la izquierda.

—Conduce a la salita de la reina, imagino que estará ahí. Pero de momento, no creo que debamos salir por si está acompañada de alguien que no debe vernos —hablaba con el tono más bajo que podía, entonces aprovechó para preguntar a la curandera—: ¿Crees que la pócima que ha preparado Ydril, funcionará?

—Desde luego. Después de un par de días, empezará a ser el mismo, aunque seguramente se sentirá mal y desorientado durante bastante más tiempo. Todo depende de cuántos meses lo hayan tenido sometido con el aliento del diablo — aseguró.

Lisbet preguntó a Ydril:

—¿Dónde la tienes?

—Se la llevaron Inge y Esben cuando vinieron aquí.

En ese momento se abrió la puerta del dormitorio y entró Esben con la espada desenfundada, pero su gesto se relajó al ver a su mujer que se acercó para abrazarlo.

—Estaba muy preocupado. —Después de besar la cabeza de Lisbet, su mirada buscó a su hijo que estaba de pie junto al sillón donde reposaba Adalïe, sin querer moverse de su lado. Lisbet le presentó rápidamente a Roselia y lo llevó de la mano junto a Adalïe. Esben se puso en cuclillas frente a ella y observó la palidez y la belleza de la muchacha, pareja de su hijo.

—Hola, Adalïe, ¿cómo estás? —Le puso la mano en la frente y ella sonrió dulcemente recordando que ese gesto lo hacía su madre cuando no se encontraba bien, para ver si tenía fiebre.

—Mejor, señor. Gracias.

—Llámame Esben, hija. Eres de la familia. —Con una última caricia a su cabeza, echó un vistazo a su hijo y su mirada hizo que Esben se pusiera rígido.

—Finn, ven un momento. Necesito tu ayuda. —Ambos se apartaron un poco de las mujeres para hablar en voz baja; fueron únicamente un par de frases, pero a Lisbet no le hizo falta escucharlas, estaba segura de que le estaba contando lo que Otto le había hecho a su hija. Solo con ver la cara de Esben cuando volvieron a su lado, supo que no se había equivocado.

—Hola —la reina los saludó en el umbral de su propio dormitorio, como si no se atreviera a entrar en él al ver tanto extraño dentro. Detrás de ella se veía a Inge con cara de estupefacción.

—Hola, Margarita. Perdona que hayamos entrado por el pasadizo sin avisarte, pero no queríamos que nadie nos viera. —Lisbet se aproximó a ella para explicarle lo ocurrido, tenían mucho que hacer si querían detener a Otto.

~

Ulrik Falk tenía fama de ser un guerrero fiero y valiente, incluso salvaje; solo los más cercanos a él conocían su verdadero valor: la grandeza de su corazón que solo dejaba percibir a los más cercanos a él. Su hijo era uno de los pocos privilegiados a los que les dejaba ver lo que pensaba de verdad sobre todo, y en cuya opinión confiaba plenamente. Einar había escuchado las disculpas de Otto Rhun y les había ordenado, a él y a Guttorm, que esperaran mientras hablaba con su padre, que estaba muy enfadado.

—Sigue sin gustarme ese hombre. ¿Es que nadie recuerda

que cuando coronaron a Haakon IV, yo le juré lealtad? ¿No saben lo que la palabra dada significa? —Einar sonrió de medio lado. Todos decían que se parecía mucho a su padre, pero que, además, era muy astuto.

—Te entiendo y pienso lo mismo que tú, pero acordamos que aparentaríamos acceder al acuerdo para averiguar todo lo que pudiéramos sobre la hija de ese despreciable traidor, aunque ellos se crean que nos unimos a ellos por avaricia. Si no es porque insististe en que yo quería conocerla antes de la boda, seguiría teniéndola encerrada en el convento.

—¡Cerdo repugnante! —masculló su padre mientras acariciaba con cariño su hacha. La había sacado del cinturón y se había sentado en un tocón de madera con ella sobre las piernas. Los visitantes lo observaban de hito en hito, algo pálidos. Ulrik intentaba no mirarlos directamente porque no quería que conocieran lo que pensaba sobre ellos de verdad —. Tu madre no podrá descansar hasta que no sepa la verdad —confesó a su hijo, preocupado.

—¿Y te extraña? Los dos sabemos lo importante que era su prima para ella; cuando nos dijiste el nombre de la chica, creía que se volvería loca.

—Por eso no le arranqué la cabeza a ese cerdo cuando me propuso traicionar al rey —siseó Ulrik. Respiró hondo y volvió a mirar a su hijo—. ¿Qué propones? —Einar arqueó una ceja, divertido por la pregunta, ya que su padre nunca hacía lo que él decía, al menos de primeras. Le encantaba discutir.

—Primero, guarda el hacha, que ya están bastante asustados. Para que nuestro plan siga adelante, tenemos que aparentar que aceptamos el nuevo acuerdo. No sé si te has dado cuenta de que tienen mucha prisa en volver y que algo los preocupa. Y no hablo de la traición, es algo más… —su padre asintió, entornando los ojos— dejemos que se vayan y, luego, pillémosles desprevenidos. —Echó una rápida mirada a los visitantes, pero enseguida su mirada volvió a los ojos azules de su padre que lo escuchaba pacientemente—. Guttorm ahora manda sobre el ejército del rey, pero como mucho, en el castillo habrá cien hombres. Y nosotros llevamos ochenta.

—Sí, pero berserkers —contestó su padre, orgulloso.

—Exacto. Tendremos que acceder a lo que proponen para poder conocer a la muchacha y saber si nuestras sospechas son ciertas. Luego, daremos una lección a ese par de cobardes traidores —murmuró con una mueca furiosa, refiriéndose a Otto y a Guttorm, aunque ninguno de los dos le vio hacerla.

~

El único motivo por el que Guttorm no había golpeado a Otto en cuanto se habían quedado solos, era porque los soldados de los Falk no les quitaban ojo.

—¿Estás loco? ¿No te diste cuenta del parecido? —Otto apretó los dientes, furioso por su forma de hablarle.

—Ya te he dicho que es la primera vez que veo a Einar Falk, estúpido. —Guttorm entornó los ojos y dio un paso hacia él con un gruñido, pero se controló a tiempo porque todavía no podía deshacerse de él—. El hijo estaba luchando fuera del país cuando viajé al norte para hablar con «hacha sangrienta». —Guttorm estaba harto de que Otto se creyese superior a él y de sus desprecios, pero todavía no había llegado el momento de ajustar cuentas. Ahora lo que tenían que hacer era averiguar por qué los rasgos de Einar Falk, aunque más duros porque pertenecían a un hombre, eran tan parecidos a los de Adalïe.

—¿Se te ocurre por qué razón, ese salvaje del norte, es tan parecido a tu hija? —Un relámpago atravesó los ojos negros de Otto cuando en su mente apareció una idea imposible, pero aparentó ignorancia.

—¿Cómo quieres que lo sepa?

—Me dijiste que su madre vino de una isla cuando la encontraste...

—Sí. De Selaön.

—Parece increíble, pero puede que sean familia... —Sonrió de manera muy desagradable, pensando en la posibilidad de que a Otto le dieran su merecido antes de lo que pensaba—. En cuyo caso, más te vale que no vean a tu hija; por lo menos hasta que la convenzas de que no cuente cómo la has tratado durante todos estos años, y menos la paliza que le has dado hace dos días. —Señaló con la cabeza al padre y al hijo que hablaban amigablemente en voz baja, mientras caminaban hacia ellos—. Esos dos parecen muy protectores con los suyos. Si se niegan a pelear contra otros berserkers, imagínate lo que harían por defender a alguien de su sangre. —Otto se encogió de hombros, pero temblaba por dentro sabiendo que tenía razón. No podía arriesgarse a que lo supieran; afortunadamente, Adalïe estaba a buen recaudo en casa del obispo.

Mientras Ulrik les comunicaba que aceptaban el nuevo trato, Guttorm sonreía de medio lado viendo el miedo en los ojos de Otto, creyendo que él era el causante por lo que le había dicho. Hacía meses que había decidido cambiar un poco el plan inicial; a fin de cuentas, ¿por qué iba a dejar que Otto fuera el nuevo rey, cuando podía serlo él? Pero, para eso necesitaban a los hombres de los Falk; con los que traían ahora, serían suficientes para tomar el castillo y resistir hasta que enviaran el resto. Ni a Otto ni a él se les escapaba que la mayor parte de su ejército estaba a salvo en el norte, y que ellos habían ido para decidir si les interesaba unirse al motín.

En cuanto pudiera, hablaría a solas con Einar Falk para ofrecerle un acuerdo más ventajoso si le apoyaban a él en su camino a la corona, en lugar de a Otto; en cuanto volvieran al castillo acompañados por los Falk, exterminarían a todos los que fueran leales al rey, luego, acabarían con él haciendo que pareciera una muerte natural; para eso tenían la experimentada ayuda de Hallbera, que había asesinado a tres maridos impunemente. Y, cuando lo coronaran rey, puede que se casara con la hija de Otto; sabía que no le costaría nada convencer a la bruja para que la matara cuando se cansara de ella; a Otto lo mataría cuando ya no lo necesitara. De esa manera, sería inmensamente rico y, además, rey.

CAPÍTULO 17

La reina escuchó, boquiabierta, lo que Otto Rhun le había hecho a su hija. Todavía seguía pálida por la impresión que le había producido escuchar a Inge y Esben, hablando sobre la conspiración que el mismo Otto estaba fraguando contra el rey. Era increíble que no se hubiera dado cuenta de lo que estaba ocurriendo en sus mismas narices; pero lo que más la sobrecogía era descubrir que un hombre, de apariencia normal, pudiera comportarse de una manera tan salvaje con su propia hija, una muchacha tan delicada. Abrumada, le dijo a Lisbet que quería hablar con ella a solas un momento y se fueron a la otra punta de la habitación.

—Lisbet, lo que me habéis contado es muy grave. Si hago caso a vuestras noticias, es posible que a mi marido y a mí nos queden pocos días como reyes, puede que horas —su voz tembló ligeramente, ese era el motivo por el que la reina había querido hablar a solas con ella. Los demás los observaban disimuladamente, esperando su decisión. Lisbet puso su mano derecha sobre el brazo de la reina en señal de apoyo.

—No estás sola, Margarita. Todos nosotros estamos

dispuestos a ayudaros. Y estoy seguro de que hay más cortesanos que no saben lo que está ocurriendo, y que también estarán de vuestro lado. —Su tía se mordió el labio inferior, como muestra de nerviosismo.

—En cualquier otro momento, habría hablado con Haakon, pero ahora sería lo peor para nuestros propósitos.

—Lo más importante es conseguir que se beba el brebaje y Roselia cree que es mejor que se lo dé ella. ¿Te parece bien? —la reina asintió lentamente.

—Te confieso que me quitáis un peso de encima. Mientras, pensaré en un pretexto para que no aparezca en público durante un día o dos. —Echó un vistazo a Adalïe, preocupada por su aspecto y se inclinó hacia Lisbet, para susurrar—: ¿Esa muchacha no debería estar acostada? —Lisbet asintió con cara de culpabilidad.

—Sí, pero no podíamos dejarla en la habitación de Finn. Hay que buscar un lugar en el que podamos esconderla de su padre.

Se escucharon unos golpes en la puerta de la sala que había junto al dormitorio. Finn y Esben se dirigieron hacia allí, ambos a punto de empuñar sus espadas, pero la reina levantó la mano y movió la cabeza negativamente.

—Esperad —ordenó suavemente—. Será uno de mis guardias, no os mováis de aquí. —Salió, dejando la puerta del dormitorio entornada, para que pudieran escuchar lo que ocurría.

Mientras volvía, Lisbet se acercó a Esben. Él le echó el brazo sus hombros y le acarició la mejilla suavemente.

—¡Cómo me gustaría que estuviéramos montando a caballo en nuestra casa!

—¡Y a mí! ¿Crees que Leif tardará mucho en volver? —Lisbet no podía dejar de pensar en él. Desde que se había rencontrado con sus hijos unos meses atrás, no se habían separado de ellos en ningún momento, hasta ahora.

—No, a menos que tenga que ir a algún otro sitio, además de la abadía, estará de vuelta en un par de días.

La reina volvió andando deprisa, pero esta vez no se acercó a ellos. Desde el umbral, anunció:

—Acaban de decirme que Otto y Guttorm no volverán hasta mañana.

—Perdona que te lo pregunte, pero ¿estás segura?

—Uno de mis informadores ha escuchado una conversación entre dos hombres de Guttorm, y ellos no han podido verlo a él —Esben asintió, pensativo.

—Eso nos da una oportunidad. Pero debemos darnos prisa en actuar.

—Por supuesto. —Esben decidió que era el momento de contarles el plan que llevaba meditando durante todo el día.

La reina, como todos, escuchó con atención la idea de Esben que, con alguna mejora proporcionada por los demás, fue el que pusieron en marcha minutos después.

Debían de ser las doce de la mañana cuando el barquero terminó de cruzarlos a todos. Después, Harald, el más versado en caballos de los presentes, se despidió del resto. Bajo su camisa llevaba dos cartas, una para Aren y otra para Lars, ambas escritas por Ragnar, en las que les contaba lo que ocurría y les pedía que acudieran en ayuda del rey, si les era posible. Después de los abrazos y las despedidas, Harald montó su caballo y Wulf dijo, dirigiéndose a él:

—¡Haz volar a ese caballo, Harald! —Harald asintió con una rígida inclinación de cabeza y se marchó galopando.

Entonces, los demás también montaron y comenzaron su viaje hacia el castillo del rey, justo en dirección opuesta a la que acababa de tomar Harald.

Hallbera estaba aplicándose una de sus lociones en el rostro frente a un espejo redondo, regalo de uno de los numerosos amantes que había tenido en su juventud. Cada vez se notaban más las arrugas que tenía alrededor de los ojos y, aunque parecía que Guttorm seguía encontrándola igual de apetecible, lo que más temía era que cualquier día empezara a rechazarla. Era triste, pero, después de todo lo que había ambicionado a lo largo de su vida, a lo único que aspiraba ahora era a casarse con él.

Una suave llamada en la puerta de su dormitorio la distrajo de sus lúgubres pensamientos y se levantó para abrir. Cuando lo hizo y vio a la reina en el umbral, creyó que estaba soñando. Después de unos segundos en los que las dos se habían quedado inmóviles, mirándose, recordó que debía hacerle una reverencia.

—Majestad. —La reina entró sin esperar a que la invitara a hacerlo y ella se apartó. Era eso o dejar que la arrollara.

—Hallbera, necesito hablar contigo.

—Por supuesto, majestad.

La reina se acercó hasta quedar a un metro de distancia de la bruja y abrió la mano con la palma hacia arriba; en ella tenía un montoncito de polvo azulado y brillante, que sopló en dirección al rostro de Hallbera. La bruja, al reconocerlo, abrió la boca para gritar, pero antes de que pudiera hacerlo, cayó al suelo desmayada. Entonces, la reina abrió la puerta y habló con el guardia que custodiaba la puerta de Hallbera.

—Soldado, la hechicera se ha desmayado. Ve a los establos y pregunta por Berg, él te llevará hasta la mejor curandera de la ciudad. Se llama Roselia, tráela para que la examine. —El soldado parecía aterrorizado.

—Majestad, no puedo abandonar mi puesto… —Pero Margarita esperaba esa respuesta.

—Entonces, rezaré para que Otto Rhun no tome represalias contra ti si a esta mujer le pasa algo. —La aparente compasión en la voz de la reina, puso aún más nervioso al joven soldado que tragó saliva y echó otro vistazo a la bruja, que seguía tirada en el suelo. Luego, obedeció corriendo.

Cuando desapareció por las escaleras, la reina asomó la cabeza en dirección contraria, al rincón donde Roselia esperaba y le hizo un gesto. La anciana entró detrás de ella y cerraron la puerta, entonces, Margarita preguntó:

—¿Y ahora?

Roselia había cogido la jarra de agua que estaba sobre la mesa y llenó un vaso, en el que también echó un pellizco de la mezcla que había preparado un rato antes. Cuando todo estuvo bien mezclado, contestó:

—Ahora, ayudadme a levantarla, majestad. Tiene que estar sentada para hacer que se beba esto.

—¿Cuánto tiempo tenemos?

—No os preocupéis. Inge le ha dicho al muchacho de los establos que entretenga al soldado y, hasta dentro de una hora no lo traerá de vuelta. Si todo sale según lo planeado, para entonces, la misma Hallbera le dirá que se encuentra mucho mejor. De todos modos, para asegurarme de que todo va bien, espero estar allí en cuanto terminemos en la habitación del rey.

—Bien.

Entre las dos levantaron a la bruja. Cuando consiguieron sentarla en una silla, jadeaban por el esfuerzo.

—¡Y eso que está delgada! —murmuró Roselia. La reina sujetó la cabeza de Hallbera y Roselia le dijo algo al oído en voz muy baja, provocando que abriera la boca y tragara dócilmente el líquido.

—Tenemos que esperar a que despierte —declaró la anciana.

Margarita se alejó un par de pasos, demasiado nerviosa

para permanecer quieta y, cuando la bruja abrió los ojos, se le pusieron los pelos de punta al ver que estaban cubiertos por un velo blanquecino, igual que los de su marido desde hacía meses.

—Hola, Hallbera, hace mucho que no nos vemos —la saludó Roselia, amablemente. La bruja sonrió dulcemente—. ¿Sabes quién soy?

—Roselia.

—Quiero que escribas una carta. ¿Te parece bien?

—Claro.

—Toma. —Cogió los útiles de escribir que la reina había llevado escondidos a la habitación y se los entregó. Hallbera desenrolló el pliego de papel y mojó la pluma de ave en la tinta, luego se quedó observando a la anciana con una expresión simplona en el rostro; entonces, Roselia empezó a dictarle el texto que habían acordado, bajo la atenta mirada de la reina.

FINN Y ADALÏE estaban acostados en el dormitorio contiguo al de la reina. Ella estaba a punto de quedarse dormida que era la intención de Finn cuando se había tumbado a su lado; ella no dejaba de insistir en que quería acompañarlo cuando Esben viniera a buscarlo para cumplir con su parte del plan. Finn intuía que su padre debía de estar a punto de llegar y levantó la cabeza para ver si seguía despierta; tenía los ojos cerrados, de modo que se levantó, pero, en cuanto lo hizo, los abrió de nuevo y lo miró, esforzándose por seguir despierta. Finn se quedó quieto, mirándola, sintiendo un agradable calor en el pecho. Sonrió viendo cómo intentaba que no se le cerraran los ojos, como a una niña a la que le hubieran obligado a irse a la cama. Se inclinó hacia ella y le dio un ligero beso en los labios.

—Cariño, tengo que irme.

—Lo sé. —Apretó las manos sobre las sábanas para no sujetarlo y sintió que estaba siendo una egoísta—. Vete, no te preocupes. Estoy bien —murmuró, intentando sonreír, aunque no era fácil. Finn se sintió mal, le acarició el pelo e intentó explicárselo:

—Ahora me siento como un miserable por abandonarte, pero no estarás sola. Mi madre se quedará contigo hasta que yo vuelva y nadie sabe dónde estás —ella asintió con ojos de sueño—, amor mío, Roselia ha dicho que tienes que dormir para recuperarte lo antes posible, ¿lo harás por mí?

—Sí —suspiró.

—Entonces, dame un beso y cierra esos preciosos ojos antes de que me vaya. —Pero ella no lo hizo, al contrario, los abrió más, recordando algo.

—¡No te he contado una cosa! —musitó, arrugando la frente—. Cuando mi padre me estaba pegando, al final, estaba tan enfadada y dolorida que le hice algo sin darme cuenta. —Finn la miraba extrañado.

—No te entiendo.

—Una fuerza extraña que yo no sabía que poseía. Noté que salía de mi cuerpo y se dirigía hacia él. Lo empujó, levantándolo en el aire y lanzándolo contra la pared. Él se asustó, lo vi en sus ojos, pero siguió pegándome hasta que me desmayé. —Escuchó un gruñido feroz salir del pecho de Finn y puso la mano sobre él, apaciguándolo; él cogió esa mano y la besó con devoción.

—Se arrepentirá de lo que te ha hecho. Te lo juro.

—Peor fue lo que le hizo a mi madre, él y Hallbera la mantuvieron muerta en vida durante años. Era el ser más dulce que te puedas imaginar, ojalá la hubieras conocido.

—Ojalá, amor mío. Los dos lo pagarán. —Ella hizo un gesto de angustia.

—Ten cuidado, Finn, si te ocurriera algo…

—Sshhhhhhhh, no me pasará nada. Duérmete ya. —Su padre llamó a la puerta suavemente—. Tengo que marcharme, Adalïe. Duérmete, mi amor. —Por fin obedeció y él pudo levantarse y salir para acompañar a su padre. Lisbet entró para remplazarlo y Esben y él se reunieron en la salita, con la reina y Roselia; esta última llevaba la carta que había escrito la bruja y una copa en las manos. La reina parecía más animada, como si empezara a creer que el plan podía funcionar. Acababan de dejar a Hallbera, que de momento obedecía dócilmente las órdenes de Roselia, en la habitación de Inge con ella, acompañadas por Ydril.

—Antes de seguir, quiero agradeceros lo que estáis haciendo —ellos asintieron respetuosamente en silencio y todos observaron salir a Roselia que se dirigió a las habitaciones del rey que estaban al final del pasillo, a unos cincuenta metros de distancia. En una mano, a la vista de cualquiera, llevaba la carta y en la otra la copa con la pócima desintoxicante para el rey.

Delante de la puerta del dormitorio de Haakon había dos soldados, ambos de plena confianza de Guttorm. La anciana les enseñó la carta que había escrito Hallbera antes de que Esben la dejara atada y amordazada, en la habitación de Inge.

—Hallbera no puede venir, pero traigo una carta suya y la bebida que ha hecho para el rey. —Los soldados se miraron extrañados, pero llamaron a la puerta y Haakon ordenó con voz débil que pasaran; Roselia lo hizo acompañada por uno de los soldados y vio a Haakon sentado en la cama, con la mirada perdida en el vacío. Al escuchar que alguien entraba en la habitación, les dirigió la misma mirada simplona que Hallbera tenía en su rostro un momento antes—. Majestad, Hallbera me ha dado esta carta para vos. Ella no puede venir a veros esta noche. —La mano del rey temblaba cuando cogió la carta; un gesto de agrado había atravesado su rostro al escuchar el nombre de la bruja.

Roselia estaba asustada, pero se recordó que todo lo que estaba haciendo serviría para salvar a una Faëly; la familia que había ayudado a la suya muchos años atrás. Siendo una niña y cuando todavía vivía en Selaön, su abuela le había contado muchas veces que, después de quedarse viuda y con cuatro hijos, su familia sobrevivió gracias a la bondad de los Faëly. Por eso le había impresionado tanto conocer a Adalïe, a la que reconoció como una de la familia enseguida, por el color tan característico de sus ojos. Había conocido a un miembro de su familia muchos años atrás, pero una vez que se veía ese color de ojos, nunca se olvidaba...

Esperó, sin atreverse casi a respirar, a que el rey terminara de leer la carta en la que la bruja le decía que se fiara de Roselia, porque ella no podía acudir esa noche a llevarle el brebaje. Cuando lo hizo, levantó sus ojos velados y semiciegos hacia ella.

—Dámelo, lo necesito. —Alargó las manos hacia la copa. Roselia, mientras, había tenido tiempo de observar el aspecto de Haakon, la fragilidad de su cuerpo, las enormes bolsas que había debajo de sus ojos cubiertos por la pátina blanca y cómo jadeaba, eran síntomas claros de que moriría pronto si no dejaba de tomar la hierba que le estaba suministrando Hallbera. Le entregó la copa que esperaba que fuera el comienzo de su cura, y Haakon, ansioso, se relamió antes de beber. Se tragó el líquido sin saborearlo, pero, en cuanto lo hizo, se dio cuenta de que ese bebedizo no era igual que los que le suministraba Hallbera regularmente. Alarmado, susurró a Roselia:

—¿Qué me has dado? —Entonces, se escuchó ruido de pelea detrás de la puerta. Roselia, sin contestar al rey, se acercó y la abrió. Esben y Finn ya habían realizado su parte y se llevaban a los guardias, atados y amordazados—. ¿Qué ocurre? —El rey intentó levantarse, pero estaba demasiado débil. La reina entró en la habitación y se quedó mirando a su marido, que la observaba atónito, con los ojos saliéndosele de las órbitas. Ella miró a Roselia.

—¿Ya está? —la anciana asintió.

—Sí, majestad. Se lo ha bebido entero, se dormirá en pocos minutos. ¿Estáis segura de querer quedaros? —Le había explicado que el proceso, hasta que el rey consiguiera expulsar todo el veneno, sería largo y desagradable, pero la reina había insistido en permanecer con él.

—Es mi marido.

—Entonces os dejo con él. Yo volveré lo antes que pueda, pero avisadme si me necesitáis. —Cuando salió al pasillo, Esben y Finn volvían después de dejar a los dos soldados. Se acercó a ellos—. ¿Cómo están? —Finn no estaba muy convencido y se lo dijo.

—Ninguno de los dos puede moverse, están muy bien atados. Como la bruja —respondió Esben.

—Con lo que ha tomado, ella tendría que dormir todo el día, pero es más seguro que siga atada. Si es necesario puedo dormir a los soldados el tiempo suficiente hasta que podáis encerrarlos en las mazmorras —murmuró pensativa.

—¿Cómo lo vas a hacer? No creo que ninguno de ellos beba lo que le des.

—Hay otras maneras..., puedo preparar una mezcla de hierbas para que se quemen en la chimenea de la habitación donde están encerrados; dejando que respiren el humo durante un rato, estarían dormidos en pocos minutos. Por supuesto, tenemos que asegurarnos de no respirarlo nosotros. —Sonrió, burlona—. Con eso, debería ser suficiente para que durmieran hasta mañana. ¿Cómo está Adalïe?

—Me preocupa, sigue muy débil —contestó Finn con aspecto intranquilo.

—Necesita descanso, pero se recuperará. Cuando despierte estará mejor, ya lo verás. Voy a ver a Inge e Ydril. ¿Vosotros os quedáis custodiando la puerta?

Esben contestó:

—Solo me quedo yo. —Miró a su hijo—. Tú vete con tu mujer y cuida de ella.

—Gracias, padre —susurró Finn, dirigiéndose a la habitación donde dormía Adalïe.

Esben se quedó vigilando la puerta y Roselia se marchó a la habitación de Inge. Todavía le quedaba mucho por hacer.

CUANDO LA PUERTA de la habitación se cerró detrás de la hechicera, la reina se acercó a su marido. Lo miraba a los ojos intentando encontrar un destello del antiguo Haakon en ellos, pero él apartaba la mirada constantemente. A pesar de eso, cuando se sentó junto a él, estaba esperanzada. La vida le estaba dando otra oportunidad y no iba a desaprovecharla.

—Haakon. —Él estaba sentado con los pies en el suelo y las manos apoyadas en los muslos, mirando la pared como si buscara alguna cosa en ella. Margarita vio cómo temblaba—. ¿Te encuentras mal? —Estuvo a punto de llamar a Roselia, pero la anciana ya le había advertido de lo que le ocurriría. También le había dicho que lo mejor era que él no se resistiera a la cura, así todo iría más rápido.

—Necesito —se relamía insistentemente, como si sintiera secos los labios o tuviera mucha sed— el brebaje de Hallbera. —La miró, sus ojos estaban turbios y mostraban el odioso y espeluznante color blanquecino que los había teñido hacía meses—. ¿Qué me ha dado esa vieja? Eso no lo había enviado Hallbera, me habéis engañado —se quejó con la voz cada vez más débil. La bebida estaba empezando a hacer efecto y Margarita no quería que se durmiera pensando que lo había traicionado.

—Lo que lleva dándote durante tantos meses esa bruja, es un veneno que iba a terminar por matarte. No deberías haberlo tomado nunca y ahora dependes de ello; lo que acabas de beber te ayudará a volver a ser el de antes…

—¿Qué me pasa? ¿Qué me habéis dado? No puedo mantener los ojos abiertos… —Su cuerpo empezó a caer hacia delante, pero ella lo sujetó, empujándolo con suavidad hacia atrás para tumbarlo en la cama. Luego, le quitó las zapatillas y lo arropó con la piel de oso que siempre había sobre sus sábanas. A continuación, acercó una silla y se sentó junto a él sin dejar de mirarlo. Parecía descansar, pero estaba preparada para cuando empezaran los temblores, las arcadas y los vómitos; según Roselia, era la única manera de que expulsara el veneno. Después, descansaría unas cuantas horas y volverían a empezar, durante los descansos. Tenía que asegurarse de que bebía suficiente agua, aunque no quisiera. La reina entrelazó los dedos y rezó, pidiendo fuerza para ayudar a su marido. Haría lo que fuera porque volviera a ser el de antes...

POCOS DESPUÉS, Ydril abría la puerta de la habitación de Inge respondiendo a la llamada de Roselia. Inge, después de saludar a la hechicera, salió del dormitorio. Había quedado en acompañar a la reina en cuanto Roselia fuera a sustituirla, para no dejar a Ydril sola con los soldados y Hallbera.

—¿Qué tal se han portado? —Roselia se sentó en la silla que Inge había dejado vacía y observó a los dos soldados tumbados en el suelo, junto a la pared, atados y amordazados; después miró a Hallbera que también estaba atada, pero ella estaba sentada, apoyada contra la pared y la miraba sonriendo; seguía bajo el efecto de la poción.

—Bien, ninguno de los tres ha molestado.

—Ese muchacho debe de estar a punto de venir. Ayúdame. —Se refería al soldado que Inge le había pedido a

Berg que tuviera callejeando por la ciudad, mientras aparentaba buscar la casa de Roselia. Había quedado en que lo traería de vuelta una hora más tarde y que se presentaría en la habitación de Inge con él.

Entre las dos levantaron a Hallbera y le quitaron la soga que mantenía sus manos atadas; entonces, Ydril se apartó un par de pasos empuñando la espada y preparada para defenderse, pero la bruja seguía distraída mirando al vacío.

—Hay una cosa que no entiendo, ¿por qué insististe en que la reina enviara lejos del castillo al soldado que custodiaba la habitación de la bruja?, ¿no podrías haberlo drogado como a ella? —Roselia sonrió por la perspicacia de la joven.

—Sí, pero podría haber hecho algún ruido que la hubiera puesto sobre aviso y, para que la reina pudiera dormirla con los polvos, tenía que pillarla desprevenida. Y si Finn o Esben lo hubieran desarmado, el ruido también la habría alertado.

—Es cierto. —Cuando vieron que la bruja seguía tranquila, ellas también se sentaron, aunque sin perderla de vista. Ydril tenía más preguntas.

—Finn me ha dicho que tu familia procede de Selaön, como la de Adalïe.

—Tienes curiosidad, ¿eh? —La muchacha se ruborizó porque era cierto y no era algo habitual en ella, pero tenía sus razones.

—Finn y Leif son gemelos y, por eso, y porque han crecido sin más familia, están más unidos que la mayoría de los hermanos. Para Leif y para mí es muy importante conocer bien a su andsfrende.

—Comprendo. Entonces, si quieres, mientras esperamos, te hablaré sobre Selaön.

Llevaba un rato contándole algunas de las cosas típicas de la isla: de las famosas competiciones de salto entre truchas, de la laguna dorada y de la montaña mágica, protegida por dos dragones voladores y en cuyo interior se curaban los enfermos desahuciados por otros hechiceros, cuando escucharon dos golpes fuertes en la puerta.

—¡Inge!

—Debe de ser Berg —murmuró en voz baja Ydril. Roselia se levantó y cogió a Hallbera del brazo para hacer que se levantara. Después, la guio hasta la puerta que abrió.

—Hola, muchacho. —Ya habían avisado a Berg de que era posible que Inge no estuviera en la habitación y actuó normalmente.

—Buenas noches, señora. No hemos podido encontrar a la curandera que pidió la reina —Roselia asintió, seria y se giró hacia la bruja.

—Afortunadamente Hallbera se ha recuperado sola, ¿no es cierto? —le preguntó. La bruja sonreía tranquila mientras hablaba y el soldado respondió a su sonrisa.

—Sí, estoy muy bien. Gracias.

Roselia intervino antes de que dijera alguna inconveniencia:

—Pero estás cansada…

—Sí, quiero dormir. —Bostezó y el soldado y el mozo del establo se retiraron después de despedirse.

Cuando cerraron la puerta, Hallbera se dirigió a la cama tranquilamente y se tumbó encima; cerró los ojos y se durmió inmediatamente, ante la sonrisa de Roselia y la mirada atónita de Ydril.

CAPÍTULO 18

Finn abrió la puerta, pero se quedó un momento en el umbral observando la imagen de su madre y Adalïe dormidas tan cerca una de la otra. Lisbet estaba en una silla pegada a la cabecera de la cama y debía de estar agotada para haberse quedado dormida en una postura tan incómoda, sentada y con la cabeza caída sobre el pecho. Se acercó a ella y se agachó. Poniéndole la mano en un brazo con suavidad, susurró:

—Madre, despierta. Te va a doler el cuello cuando te levantes. —Lisbet abrió los ojos con un suspiro y lo miró, sonrió al ver su cara de preocupación, y le dio un golpecito con el índice en la barbilla.

—Me he dormido. —Miró a Adalïe que seguía dormida—. Parece haber recuperado un poco el color.

—Sí. —Finn se irguió. Estaba deseando tumbarse con ella, pero no lo haría con su madre delante. Lisbet se levantó bostezando.

—¿Y tu padre? Creía que ibas a quedarte con él.

—Está vigilando la puerta de la habitación del rey. Me ha dicho que viniera a ver a Adalïe, pero volveré en unos minutos… —iba a decir algo más, pero se distrajo observando el rostro de Adalïe. Se notaba que quería quedarse con ella.

—No será necesario, yo acompañaré a tu padre esta noche; si te necesitamos, vendré a buscarte. —En el rostro de Lisbet apareció un gesto de inquietud—. Estoy preocupada por tu hermano. Ya sé que hay que esperar a que amanezca antes de poder hacer nada más, pero… —Finn la miró con una mueca divertida.

—¡Qué extraño que te preocupes! —murmuró irónicamente.

Durante los últimos meses, Leif y él le habían tomado el pelo, continuamente, pero con cariño, porque se preocupaba demasiado por todo lo que concernía a los gemelos.

—No te preocupes, madre, Leif está bien. Si le hubiera pasado algo, yo lo habría sentido. —Lisbet le sacó la lengua antes de marcharse y cerrar la puerta silenciosamente. Finn, entonces, se quitó las botas y se tumbó junto a Adalïe, seguramente podía dormir tres horas antes de que lo necesitaran. Se giró de costado para acoplarse a su cuerpo y, agarrándola por la cintura, se durmió en el momento.

Ydril se había pasado toda la noche despierta pensando en Leif. Cuando faltaba poco para el amanecer, se vistió y despertó a Roselia, que se había quedado dormida.

—Voy a bajar para ir preparando la carreta. —La anciana cabeceó, bostezando.

—¿Necesitas ayuda? —Ydril observó a los dos soldados que estaban despiertos y las miraban con cara de odio, pero seguían atados de pies y manos y amordazados. Hasta Hallbera parecía algo más despejada que unas horas antes.

—No, he quedado con Finn, pero puede que tú necesites

más su ayuda que yo —musitó—. ¿Quieres que le diga que venga para quedarse contigo?

—No es necesario, recuerda que en un par de horas voy a dormirlos. Espero que tu marido y los demás lleguen durante el día.

—He sentido que ya están de camino. Estoy segura de que llegarán hoy. —Hacía poco que había comenzado a sentir como si algo chispeara dentro de ella, ese algo que se había aletargado en su interior cuando Leif se había marchado.

—Dios te oiga, muchacha.

—Me voy. —Ydril terminó de calzarse la bota y se puso el cinturón de cuero donde insertó el cuchillo y la espada que llevaba encima, siempre que iba de viaje. Luego cogió el hato de ropa que Inge le había entregado unas horas antes y se volvió hacia Roselia antes de salir—. Recuerda que, si necesitas ayuda, debes llamar a Esben; seguirá de guardia en la puerta del dormitorio del rey. Nadie debe sospechar lo que está ocurriendo.

—Lo haré. Suerte, Ydril.

—Gracias. Luego nos vemos.

Salió cargando con la bolsa de ropa y comenzó a bajar las escaleras, que estaban muy cerca de la puerta de la habitación; luego salió del torreón y cruzó el patio, dirigiéndose a la cabaña que había cerca de los establos, en el rincón más alejado de la fortaleza. Se trataba de una construcción de madera grande y cuadrada, cuyo interior estaba bastante destartalado. Inge les había contado que allí solían guardar todo lo no se utilizaba habitualmente: algunas herramientas del herrero, aperos para el campo y muchas cosas más; pero lo que Ydril iba a buscar era una pequeña carreta propiedad de la reina, que le había prestado. Después de ojearla brevemente y de comprobar que funcionaba bien, dejó en la parte de atrás la bolsa con la ropa. Después, salió a pedirle a Berg dos caballos adecuados para tirar de la carreta, pero se chocó de bruces con Inge cuando entraba.

—¿No pensarías irte sin mí? —Lo cierto era que así era. El día anterior habían quedado en que irían las dos juntas, pero esa mañana lo había pensado mejor y no había querido despertarla.

—Se te ve cansada. —Inge chasqueó la lengua meciéndose ligeramente sobre los pies, era una costumbre habitual en ella y que Ydril no había visto hacer a nadie más; le parecía que lo hacía cuando estaba pensativa y también cuando estaba satisfecha consigo misma.

—¡Vaya!, ¿me estás llamando vieja? —Ydril sonrió, meneando la cabeza.

—No me atrevería.

—Bien, porque todavía no he desayunado, y contigo no tengo ni para empezar. Toma. —Le alargó una gran cesta en la que Ydril ni siquiera se había fijado. Después de cogerla, la puso en la parte trasera, junto a la ropa.

—¿Tienes todo preparado?

—Faltan los caballos.

—¡Ah!, por eso no te preocupes, querida. —Se hizo a un lado para dejar pasar a Berg que venía despeinado y medio dormido, llevando de la brida a dos caballos negros ya enjaezados. Se dirigió a la carreta y comenzó a engancharlos.

—¿Son dóciles?

—Son los mejores para tirar de un carro, pero hay que tener mano firme con ellos. —Ydril se acercó para acariciarlos, pero los dos apartaron la cabeza de su mano con un relincho despectivo. Los miró con la ceja arqueada y después miró a Berg. Él insistió:

—Son los mejores, te lo aseguro; pero tienes que ganarte su respeto.

—Entonces, deja que yo me encargue de ellos desde ahora. —El muchacho se apartó unos metros, quedándose al lado de Inge y observando sorprendido cómo, entre susurros y caricias, poco a poco fue colocándolos hasta conseguir engancharlos al carro. Cuando terminó, se giró hacia Inge.

—Ya está. ¿Nos vamos? —Inge intentó subir por sus medios, pero la carreta estaba demasiado alta para alguien de su estatura y necesitó que Berg la ayudara a subir. Mientras, Ydril había trepado al asiento de madera con facilidad y ya estaba preparada para el viaje. Se había puesto una chaqueta de piel para el frío, aunque parecía que el día sería tan soleado como el anterior. Miró a Inge, que respondió con una sonrisa a su pregunta silenciosa:

—Cuando quieras.

Sacudió ligeramente las riendas y los caballos se pusieron en marcha. Como Inge iba con ella en el asiento de la carreta y todos la conocían, el soldado que había de guardia las saludó al pasar, sin tener que responder a ninguna pregunta incómoda.

Cuando Ydril consiguió que los dos caballos supieran quién mandaba después de una pequeña batalla con las riendas, pudo relajarse y echó una ojeada a Inge que observaba el paisaje con una sonrisa y ella la imitó. El camino de tierra por el que marchaban estaba bordeado por unos pinos altísimos cuyo tronco no podían abarcar dos hombres con los brazos extendidos. Eran como gigantes altos y verdes que parecían estar allí desde el principio de los tiempos.

—El aire es muy vivificante. —Inge respiraba profundamente, como si no hubiera salido nunca de paseo.

—¿Cuánto tiempo hacía que no salías de allí? —Lo pensó durante unos momentos.

—Creo que ocho meses. Mi marido y mi hijo, antes de marcharse de viaje, me llevaron al mercado de Bergen.

—¿Por qué tanto tiempo?

—Margarita me necesitaba a su lado. Lo ha pasado muy mal.

Ydril ya se había dado cuenta de que Inge era una mujer excepcionalmente fiel.

—Lisbet tiene suerte de tenerte como amiga.

—Y a ti como nuera —contestó, provocando una risita divertida de Ydril.

—No sé si pensarás lo mismo cuando haga correr a estos dos. —Señaló con la barbilla a los caballos que relinchaban inquietos.

—¿Lo crees necesario?

—Sí, así se quedarán más tranquilos.

LEIF SE PUSO en pie apoyándose sobre los estribos, notando la mirada extrañada de Ragnar; los dos iban a la cabeza de la comitiva, en silencio, ya que hacía rato que el gemelo no tenía ganas de hablar. Hasta poco antes había estado explicándole con todo detalle, todo lo que sabía acerca de la conjura contra el rey.

—¿Qué pasa?

—No lo sé, alguien viene... —Su ceño fruncido se relajó de repente, y una enorme sonrisa apareció en su rostro cuando sintió quién era—. Es Ydril. —Acto seguido, hizo que Gullfaxi galopara para salir a su encuentro. Wulf se adelantó y preguntó a Ragnar:

—¿No deberíamos seguirlo?

—No, es su mujer. Dejémoslos solos unos minutos —contestó con una mueca de satisfacción—. A ninguno de nosotros nos gusta tener demasiada compañía cuando nos reunimos con ellas —Wulf asintió y giró la cabeza para observar a Orvar, Knut y Jan que cabalgaban juntos hablando entre ellos; eran los últimos berserkers del grupo que quedaban en la isla de Ragnar, aunque ahora, por culpa de Otto habían tenido que trasladarse a la de Magnus. Todos, incluyéndolo a él, habían hecho un largo camino desde que se habían conocido siendo unos exsoldados desesperanzados sin trabajo ni hogar, hasta ahora. Habían conocido a sus parejas y formado una familia con ellas. Volviendo a mirar al frente con un suspiro, deseó que a Orvar, Knut y Jan, les llegara pronto su momento.

~

Ydril sonreía sabiendo que él se acercaba, su sangre parecía burbujear en sus venas e, inconscientemente, agitó las riendas para que los caballos aceleraran el paso. Pocos metros después, lo vio girar en la curva que había al final de la recta por donde transitaban y ella comenzó a frenar a los caballos, poco a poco, hasta que el carro se detuvo del todo. Leif venía cabalgando como loco. Se quedó quieta, esperando a que llegara, contando los latidos de su corazón hasta que ocurrió. De repente, cuando ya podían verse las caras, él aulló levantando la cara hacia el cielo, como si fuera un lobo y frenó a Gullfaxi junto al carro, la levantó del asiento, algo que ella ya sabía que iba a hacer, y la sentó ante él. Ydril le rodeó el cuello con sus brazos y se lo quedó mirando, estaba rojo, tenía el pelo alborotado y respiraba agitadamente.

—Estás muy guapo. —Él rio a carcajadas y la besó apasionadamente, bebiendo de ella. Luego apoyó la frente en su hombro.

—No quiero que volvamos a separarnos.

—Han sido apenas dos días. —Ni siquiera habían llegado a dos días, pero sonreía porque pensaba lo mismo.

—Me da igual. No he podido dormir.

—Ni yo. —Volvieron a besarse y le preguntó:

—¿Dónde están todos?

—Vienen detrás. —Miró hacia Inge que los observaba divertida—. Hola, Inge.

—Hola. Me alegro de verte, Leif.

—¿Ya nos distingues?

—No, pero Finn se ha quedado en el castillo, así que es difícil no acertar… —Leif escuchó el ruido de los caballos y volvió a dejar a Ydril en el asiento de la carreta.

—Ya están llegando. ¿Cómo es que habéis venido en carreta?

—Pensamos que sería más cómodo para traeros eso. —Leif se acercó a la parte trasera para poder ver a qué se refería, y el olor que desprendía la cesta hizo que su estómago hambriento rugiera.

—¡Comida!

—Siempre tan tragón —bromeó, porque no había conocido a nadie que comiera tanto como los gemelos—, pero me refería a que os hemos traído ropa para que os pongáis encima de la vuestra, y así haceros pasar por hombres normales. Como os vestís siempre, tenéis aspecto de soldados peligrosos.

—Es lo que somos —confirmó, con aspecto ligeramente presumido; Ydril se lo habría comido entero, y más cuando preguntó—: ¿Y qué quiere mi mujer que parezcamos? —Ella se pasó a la parte de atrás y abrió la bolsa para sacar la ropa que había dentro.

—Con esto esperamos que parezcáis algo más inofensivos. Así se visten los labriegos, herreros o comerciantes. Las armas podéis esconderlas en el carro; afortunadamente hoy es martes y hay mercado en patio de armas. Con tanta gente, pasaréis desapercibidos.

—Eso espero.

Sus amigos empezaron a llegar, Ydril se bajó de un salto del carro y los saludó a todos sintiendo que Raine no hubiera ido; luego les presentó a Inge, que los observaba boquiabierta. Leif la ayudó a bajar porque sus amigos se habían apeado para saludarla como era debido. Era tan bajita que tenía que mirar hacia arriba para ver sus caras, haciéndolos sentirse como gigantes.

—¡Nunca había visto tantos hombres y, tan grandes, juntos! —Todos rieron divertidos y Ragnar rectificó dando una palmada a Wulf.

—Este es el más grandón de todos. De momento.

Su amigo se volvió hacia él con el ceño fruncido.

—¿Cómo que de momento?

—Pues eso, hasta que aparezca otro más grande que tú. —Ydril echó una mirada a Leif que parecía demasiado divertido como para intervenir y decidió hacerlo ella; a todos ellos les encantaba discutir por tonterías y, si los dejaba a su aire, estarían todo el día allí.

—¡Escuchad! Voy a contaros cómo están las cosas en el castillo —soltó— y luego nos pondremos en marcha. Tenemos que llegar lo antes posible.

Wulf y Ragnar dejaron de discutir en el acto y la escucharon tan respetuosamente como el resto. Leif sonreía, orgulloso y totalmente enamorado, al ver cómo un viento suave movía las trenzas rubias de su mujer, mientras hablaba con sus amigos. Ese día llevaba un cuchillo metido en el cinto y su espada colgando de él; parecía una mujer preparada para ir a la guerra y tan seria como un capitán dirigiendo sus tropas.

CUANDO LISBET SALIÓ de la habitación, se fue hacia las escaleras a buscar a Esben. Le había dicho que ese era el lugar donde se situaría para vigilar, ya que, cualquiera que quisiera llegar a las habitaciones de los reyes, tendría que pasar por allí. Lo encontró sentado con la espalda apoyada en la pared y la espada cruzada sobre sus muslos; en el suelo, pero al alcance de su mano, estaban su hacha y su escudo. Sus ojos fulguraron al verla y una sonrisa íntima apareció en su boca, provocando que el corazón de ella repiqueteara de alegría. Se sentó a su lado y acercó su cara para darle un beso en los labios, que se alargó más de lo que ella había pensado, dejándoles con ganas de más.

—¿Cómo están? —Lisbet señaló la habitación de los reyes con la barbilla, pero su marido se encogió de hombros.

—No lo sé. No he escuchado ningún ruido, así que imagino que al menos están tranquilos. ¿Y Adalïe? —Además de por todo lo demás, otro motivo para adorar a Esben era que, desde el primer momento en el que sus hijos les habían dicho que estaban enamorados, él había aceptado a las dos muchachas que habían elegido sin hacer ninguna pregunta. Simplemente, la consideraba uno más de la familia, como hacía Lisbet.

—A mí me parece que está mejor —susurró sus siguientes palabras porque no quería que la curandera las escuchara—. Si te soy sincera, al principio no creí demasiado en lo que decía Roselia, pero ahora veo que tiene razón. Si sigue así, mañana podrá levantarse.

—¿Y tú? ¿Cómo estás?

—Bien.

—No mientas, no has dormido nada.

—Es normal. —Se levantó. No quería que viera demasiado en sus ojos—. Estamos muy nerviosos por la situación. No podré hacerlo hasta que todo esto haya pasado. —Antes de que se marchara, él la sujetó del brazo derecho. Suave, pero inexorablemente.

—Lisbet —susurró con cariño—, ni siquiera por ti, podría olvidar lo que ese cabrón nos hizo. —Ella lo miró, horrorizada.

—¿Crees que eso es lo que quiero? —Se dejó caer en el escalón, a su lado, totalmente vencida y un par de impertinentes lágrimas aparecieron en sus ojos—. ¿Cómo puedes pensar algo así de mí?, ¿tan poco crees que os quiero, a ti y a mis hijos? —Él tragó saliva; había palidecido ligeramente.— Siempre has estado celoso de él, aunque te aseguré que no tenías ninguna razón para estarlo. —Esben parecía arrepentido, pero ella no iba a dejar que se explicara; ahora tendría que escuchar lo que guardaba dentro desde hacía tantos años —. Nunca has entendido que, cuando era amable con él, lo hacía guiada por la culpabilidad —seguía hablando en susurros, consciente del lugar en el que estaban y suplicándole comprensión con la mirada—. Tú no conocías a Otto como yo, pero era un buen chico y estoy segura, y cada día más, que se transformó en un monstruo por mi culpa. No supe cómo explicarle que no lo quería, sin que se sintiera engañado. Entonces empezó a cambiar, intenté mantener la amistad con él para ayudarlo, pero estaba obsesionado. Por eso dejé de venir a la corte, al principio fue por los gemelos, pero cuando pasaron los años, yo noté que él cada vez estaba peor y pensé que era mejor que no me viera. —Esben no pudo soportarlo más y la atrajo hacia su cuerpo, envolviéndola con él. Acarició su espalda mientras intentaba confortarla.

—Te he dicho mil veces que tú no tienes la culpa de nada. —Pero ella no le hizo caso.

—Y esa culpabilidad ha hecho que, cuando meditaba en si él era el responsable de la desaparición de Leif y Finn, apartara ese pensamiento, horrorizada de mi mente porque, si era cierto, yo podía ser la culpable de la muerte de mis hijos —su confesión destrozó a Esben y la abrazó con más fuerza; se arrepintió de todas las veces en las que había discutido con ella por Otto. Sin decir nada, la subió a su regazo y la acunó, meciéndola en silencio, como si fuera una niña. Lisbet se recostó en su pecho y sus lágrimas se fueron espaciando cada vez más, hasta que desaparecieron. Pasó un largo rato antes de que se tranquilizara del todo y, cuando lo hizo, se irguió y echó la trenza hacia atrás y miró fijamente a su marido. Lo abrazó por el cuello con fuerza y lo besó en la mejilla.

—¿Y ese beso tan… desapasionado? —bromeó él, contento al ver de nuevo su sonrisa.

—Porque además de ser el amor de mi vida, eres mi mejor amigo. —Se frotó los ojos para aliviar el escozor que sentía en ellos y se levantó—. Voy a ver si Margarita necesita algo. —Esben la quiso más que nunca, al ver cómo se enfrentaba al mundo con la espalda erguida, los ojos enrojecidos por el llanto y una sonrisa luminosa en los labios—. Gracias por quererme tanto, amor mío.

Luego, se encaminó a las habitaciones de Haakon IV.

Después de hacer una parada para que todos se pusieran encima de sus ropas, las que les había llevado Ydril, continuaron su camino hasta llegar a la curva que precedía al castillo. En el primer grupo que entró iban Leif con Wulf a caballo seguidos por Ydril, que llevaba la carreta con Inge a su lado; minutos después lo hacían Ragnar, Orvar, Knut y Jan que, en cuanto entraron, se apearon de los caballos y se separaron, para no llamar la atención.

Como habían previsto, el patio estaba lleno de gente y de tenderetes repletos de comida, bebida, artesanía y hasta animales vivos. Cuando Ydril se había enterado de esa costumbre le había extrañado, por eso le preguntó a Inge, aprovechando que la tenía al lado:

—¿No es raro que los reyes permitan que los comerciantes y los labriegos de los alrededores, pongan aquí sus tenderetes una vez a la semana? —Seguían en la carreta esperando a que Wulf y Leif, que se habían bajado y hablaban con los lugareños, les despejaran el camino para poder llegar a los establos. Inge asentía mirando a su alrededor.

—Entiendo lo que dices y puede parecer una costumbre curiosa. Todo empezó hace bastantes años, durante la guerra. Por entonces, la gente se moría de hambre y casi nadie se atrevía a andar por los caminos. Los viajes se habían vuelto muy peligrosos porque el rey había ido a la guerra y se había llevado consigo a casi todos sus soldados, y los pocos que había dejado estaban protegiendo el castillo. A la reina se le ocurrió la idea de abrir las puertas del castillo una vez a la semana para que los que tuvieran algo que vender, vinieran a hacerlo aquí, donde no les robarían. Y, desde entonces, es una costumbre.

—No lo sabía.

—Si no habías venido antes por aquí, era difícil que lo supieras y, además, eres demasiado joven. Afortunadamente y espero que eso siga así, solo has conocido nuestro país mientras estaba en paz.

—Es cierto, aunque he oído hablar mucho de la guerra. —Inge le dio un codazo.

—Mira, ya han conseguido que la gente haga un pasillo para dejarte paso. Podemos llegar hasta el otro lado del patio.

Leif y Wulf caminaron acompañando el carro sin dejar de observar a los soldados que vigilaban el patio. Wulf echó un vistazo al muro de defensa que los rodeaba y luego miró a Leif, que le informó:

—No suele haber más de cinco o seis soldados vigilándolo —su amigo asintió, mientras seguía estudiando el resto de las defensas del castillo.

—¿Sabemos si hay algún soldado fiel a Haakon o tendremos que luchar contra todos? No es que me importe..., pero me gustaría saberlo. —Señaló con el dedo índice todos los hombres armados que había a la vista, y Leif respondió a su sonrisa socarrona con otra.

—Para eso, tendremos que hablar con mis padres.

Él y Wulf entraron detrás de la carreta en la cabaña y

cerraron la puerta discretamente. Leif dejó en manos de Wulf a Gullfaxi y él comenzó a desenganchar los caballos de la carreta; luego, viendo que Ydril ya había bajado sola, ayudó a Inge a hacerlo. La amiga de su madre se sacudió la ropa y dijo:

—Escuchad. —Esperó hasta estar segura de que la obedecían—. Al pasar he visto que hay varios guardias protegiendo la entrada del torreón. Es normal, lo hacen siempre que hay mercado, pero no voy a poder pasar a tantos hombres desconocidos sin ninguna explicación. Propongo que demos una vuelta por el mercado para ver cuál es la mejor manera de entrar.

—¿Y por el portón trasero? —Ydril había visto que lo utilizaban los criados y los soldados.

—En los días de mercado, está siempre cerrado para evitar que entre ningún extraño en el torreón. No, es mejor buscar otro modo. Hagamos como que estamos viendo los tenderetes y, si no encontramos la manera, Ydril y yo iremos a buscar ayuda. Puede que a vuestros padres se les ocurra algo —musitó, pensativa.

Salieron aparentando normalidad, sin darse cuenta de que un par de ojos inteligentes los estaban vigilando desde que habían llegado.

~

La reina la abrió enseguida. Tenía los ojos enrojecidos y el rostro hinchado, se notaba que había estado llorando. Lisbet se sintió un poco avergonzada por molestarla en ese momento, pero tenía que hablar con ella. Entró y observó cómo Margarita se dejaba caer en una silla que había junto a la cama, después, le hizo un gesto.

—Ven, siéntate a mi lado. —Señaló otra silla que había

junto a la mesa donde el rey tenía sus útiles para escribir. Lisbet cerró la puerta y, después de coger la silla, obedeció.

—¿Cómo está? —preguntó, susurrando. Ella lo veía muy pálido y más que dormido, parecía inconsciente.

—He tenido que llamar a Roselia porque no paraba de vomitar. Pero ha dicho que era normal; al menos le ha dado una infusión y lleva un par de horas dormido —suspiró—. Gracias por todo, Lisbet. Pase lo que pase, me habéis devuelto la esperanza. —Lisbet se ruborizó ante el halago inesperado.

—Margarita, tía —la llamó más cariñosamente e hizo algo que no solía hacer con ella, ya que su tía siempre había sido algo más fría con ella que Haakon; alargó su mano y cubrió la de la reina apretándola suavemente—. No solo sois nuestros reyes, además, somos familia. Mi marido, mis hijos y yo, haremos todo lo que podamos por vosotros.

—Lo sé. —Volvió a mirar a su marido—. Creo que lo veo un poco mejor. Dice la curandera que, de ahora en adelante, mejorará.

—Me alegro mucho, además, el tiempo se nos acaba. Como sabes, mi hijo y sus amigos deben de estar a punto de llegar y vamos a necesitar saber algo.

—Claro, dime.

—¿Tienes a algún hombre de confianza en el ejército que nos pueda decir con quiénes podemos contar y qué soldados apoyan a Otto?

—Sí, a Horik, el hermano de Skule, ¿lo recuerdas?

—¡Es cierto, hablamos con él al llegar! Nunca me acuerdo de que también es primo tuyo.

—No lo es.

—¿No? —Extrañada, se mantuvo en silencio mientras pensaba cómo era posible.

—No, porque el vínculo que yo tenía con Skule venía porque su madre y la mía eran hermanas, pero Horik es hijo de otra mujer. Cuando la madre de Skule murió, su padre volvió a tomar a otra como esposa, la madre de Horik. Aunque también te digo que es como si fuera mi primo, es del único que me fío. Seguramente habrá más hombres en los que podemos confiar, pero yo no lo sé.

—No he vuelto a verlo, ¿sabes dónde podemos encontrarlo?

—Es normal que no lo vieras porque fue el que se llevó el cuerpo de Skule a su casa, para enterrarlo. Pero ya está de vuelta. —Se quedó pensativa—. Deja que lo avise yo. Si vas a verlo a la cabaña donde duermen los soldados, llamarías la atención. Tenemos un sistema para que venga cuando lo necesito. —Se levantó y encendió una vela que colocó ante el cristal de la ventana y que sería visible desde el patio de armas, siempre que se colocaran frente a la ventana de la habitación del rey—. Ya está. En cuanto la vea, vendrá.

—Gracias. Esperaré fuera, junto a la escalera. Con Esben.

La reina inclinó la cabeza y centró toda su atención de nuevo en su marido. Lisbet se marchó en silencio.

CAPÍTULO 19

Adalïe se despertó y respiró con precaución, pero, por primera vez desde hacía días, no le dolía nada. Estaba tumbada de costado, con la mano izquierda apoyada en el pecho de Finn y la pierna subida sobre la de él; levantó la cabeza de la almohada para ver si estaba despierto, pero seguía dormido. Con el pelo alborotado y los rasgos relajados por el sueño, parecía más joven y estuvo varios minutos disfrutando mientras lo contemplaba.

Alargó la mano para rozarle la mejilla y luego la posó sobre su corazón, que latía con fuerza y su sonido trajo paz al suyo. Inclinándose sobre el musculoso pecho, inhaló el olor de su piel y lo besó, luego, se dio la vuelta lentamente para levantarse. Aunque puso todo el cuidado posible, él la escuchó.

—¿Dónde vas? —Había conseguido ponerse en pie, pero se volvió hacia él con cara de arrepentimiento.

—Siento haberte despertado. Tengo que usar la bacinilla. —Él ya se había sentado en la cama y la observaba, preocupado, pero se relajó al escucharla. Mientras ella entraba en la pequeña habitación donde estaba el orinal, Finn se frotó la cara para despejarse y se estiró mirando hacia la ventana, pero todavía era noche cerrada. Sus sentidos le dijeron que amanecería dentro de poco y se levantó. Fue hasta la chimenea y puso otro tronco en el fuego para que ella no pasara frío. Cuando ella volvió, se fijó en que ya andaba con normalidad. Con dos zancadas, se acercó a ella y le levantó la cara despacio.

—¿Cómo estás, pequeña? —Adalïe sintió que su voz la acariciaba por dentro.

—Mucho mejor. —Finn recorrió su rostro con la mirada para saber si le decía la verdad y, cuando estuvo seguro de que era así, inclinó la cabeza y sosteniéndola por la cintura y por la nuca, la besó. Sus labios acariciaron los de ella suave y, a la vez, apasionadamente, demostrándole lo que sentía y Adalïe arqueó el cuerpo hacia él con un gemido de sorpresa y placer, y separó los labios correspondiéndole como él le había enseñado. Invadida por una laxitud deliciosa se apoyó en el cuerpo masculino, sintiendo su excitación; le rodeó el cuello con los brazos, deleitándose en el tacto de su pelo y acarició su nuca provocando que la respiración de Finn se acelerara y demostrando el poder que tenía sobre él.

Finn comenzó a acariciar su cuerpo y mordisqueó sus labios, tirando de ellos suavemente, para lamerlos después. Entonces escucharon una conversación en las escaleras y se separaron. Adalïe, con un suspiro, enterró el rostro en su pecho, que subía y bajaba con rapidez bajo su mejilla. Finn, sin hacer caso de los susurros que se oían al otro lado de la puerta, aprovechó para depositar varios besos ardientes detrás de la oreja de Adalïe; continuó bajando hasta su hombro a la vez que su mano recorría su espalda hasta su trasero, que presionó contra su erección. Con un sonido a medias entre la risa y la frustración ella presionó con las palmas de las manos en el pecho de él, intentando apartarlo, pero no lo movió ni un centímetro; al contrario, la besó hambriento, pillándola desprevenida y aprovechó para alcanzar uno de sus pechos, que cubrió con su mano. Cuando dejó que ella respirara porque volvía a besarla en el cuello, le suplicó:

—Finn, para —susurró. El cuerpo de Adalïe comenzó a temblar y él levantó la cabeza, preocupado.

—¿Te he hecho daño? —Ella lo negó, poniéndole la mano en la mejilla.

—No, tranquilo. —Sus ojos habían tomado el color y el brillo que ella conocía y sabía que, si querían detenerse, tenían que hacerlo ahora. Finn respiró varias veces, controlándose y dijo:

—Lo siento. No he podido resistirme. —Lo miró sin entender.

—¿Por qué? Yo... también te deseo, pero he escuchado hablar a alguien afuera... —Él la abrazó haciendo una mueca de dolor. Y le dio la razón.

—Tienes razón, Leif tiene que estar a punto de llegar; está claro que no tenemos tiempo. Necesito amarte de nuevo, pero también quiero que estemos solos y que nadie nos interrumpa. —Su miembro palpitaba dolorosamente—. Ven. —Cogió su mano para que lo acompañara hasta una silla que había junto a la cama; se sentó en ella y la puso sobre su regazo—. Abrázame. —Ella obedeció, radiante, porque no existía un lugar donde se sintiera más feliz y protegida que entre sus brazos, y se recostó sobre su pecho con un suspiro. A ella también le dolía el deseo insatisfecho.

EL SONIDO de voces que habían escuchado era el de la conversación que estaban teniendo Horik y Esben. El hermano de Skule estaba acudiendo a la llamada de la reina, cuando había encontrado en la escalera a Esben con una espada en una mano y un hacha en la otra; pero lo que más lo sorprendió fue ver a Lisbet detrás de su marido, preparada para ayudarlo, armada con un cuchillo. Horik, haciendo gala de su inteligencia, se quedó quieto y levantó los brazos para enseñarles las palmas de las manos, como señal conciliadora.

—Tranquilos, vengo a ver a la reina. —Esben bajó las armas y susurró algo al oído de su mujer, que se dirigió a la habitación del rey.

—Lo sé, Horik —contestó Esben—. Sube. —Cuando lo tuvo al lado, le puso la mano en el hombro.

—Siento mucho lo de tu hermano. Era un hombre leal y valiente. —Horik irguió la cabeza, sorprendido; ya no esperaba su pésame—. No había vuelto a verte desde que llegamos —se justificó Esben.

—Me marché para llevar su cuerpo a las tierras de nuestra familia y poder enterrarlo junto a nuestro padre. Gracias, Esben. —Lisbet volvía, seguida por Margarita. Horik se inclinó la reina, pero ella lo abrazó cariñosamente y le dijo algo al oído; el fuerte e imperturbable soldado se estremeció por sus palabras, pero permaneció en silencio. Cuando la reina se apartó de él, les dijo:

—Prefiero que no hablemos nada delante de Haakon. Su recuperación está siendo lenta y no quiero que pueda escuchar algo que le ponga nervioso. —Miró a Horik—. Esben va a hacerte unas preguntas; quiero que le contestes como si te las hiciera yo.

—Por supuesto, majestad. —Margarita frunció el ceño durante un momento debido al tratamiento, pero su preocupación por Haakon era mayor y enseguida se despidió para marcharse y los tres esperaron a que cerrara la puerta. Entonces, Esben señaló las escaleras donde estaban sentados, como si le ofreciera asiento. Horik enarcó ambas cejas con una sonrisa irónica, pero se sentó en el tercer escalón, dejándoles a ellos los superiores. Cuando los tres estuvieron sentados, Lisbet en el primero, Esben en el segundo y Horik en el tercero, Esben se dirigió a su mujer:

—¿Cómo has visto al rey? —Ella se calló durante unos segundos, intentando explicarle lo que había sentido:

—Me ha sorprendido ver que se había despertado. Está muy pálido y parece muy enfermo, pero sus ojos empiezan a parecer los suyos y creo que me ha reconocido, aunque no parece capaz de hablar. Al menos todavía. —Los dos hombres se miraron, ambos pensando en lo que ocurriría si Haakon moría. Las cosas estaban complicadas, pero si eso pasaba, lo estarían mucho más.

—¿Qué queréis saber? —Horik no se había caracterizado nunca por su paciencia.

—Necesitamos saber qué soldados son leales a Otto —el hermano de Skule asintió y se quedó pensativo.

—Imagino para qué necesitáis esa información y podéis contar conmigo para lo que sea. —Entrecerró los ojos—. Creo que os puedo ayudar en esto; hay un grupo que es muy leal, más que a Otto, a Guttorm.

—¿Cuántos son?

—No más de diez, pero son muy peligrosos.

—Lo imagino. —Aunque Horik había entornado los ojos, Esben vislumbró perfectamente el odio que había en ellos—. Pareces tener muchas ganas de acabar con ellos.

—Bastaría con saber que Otto es un traidor cobarde y rastrero, pero para mí es algo más personal: no tengo ninguna duda de que él y Guttorm fueron los responsables de la muerte de mi hermano. Y lo pagarán, te lo aseguro.

—Lisbet y yo pensamos lo mismo.

—Hacía tiempo que Otto quería que Guttorm ocupara el puesto de Skule, pero, a pesar de lo que la bruja estaba haciendo con el rey, han tenido que asesinarlo para conseguirlo. Mi hermano les estorbaba para sus planes. —Tanto Esben como Lisbet permanecieron en silencio porque no había mucho que pudieran decir. Los miró sucesivamente—. ¿Estáis esperando ayuda de fuera?

—Sí.

—¿Y es posible que esa «ayuda» venga acompañada de uno de vuestros hijos?

—¿Cómo lo sabes? —Horik se encogió de hombros.

—No sé qué os ha contado Margarita sobre lo que hago, pero mi trabajo principal es enterarme de todo lo que pasa en el castillo y, si puedo, fuera de él. De todo.

Tanto Esben como Lisbet habían oído hablar de la profesión de espía, pero jamás habían esperado conocer a nadie que lo fuera.

—La reina ha dicho que confía en vosotros, por eso os lo cuento.

—¿Has visto a Leif? —A Lisbet lo demás le daba igual en ese momento, lo más importante era saber si había vuelto sano y salvo.

—Sí, aunque no sé si ese es su nombre porque no distingo a vuestros hijos —Esben y Lisbet sonrieron porque les solía pasar—, pero el que se había marchado de los dos, ha vuelto. Ha llegado hace un rato a caballo con otro hombre, acompañando a vuestra nuera y a Inge, aunque ellas iban en un carro. Creo que no han venido solos, al menos eso me ha parecido por cómo se comportan, pero han entrado separados de los otros.

—¿Hace mucho que han llegado?

—Unos minutos. Ahora están recorriendo el mercado, creo que están buscando la manera de entrar en el torreón sin llamar la atención.

—¿Puedes ayudarlos?

—Por supuesto —afirmó, seguro—. En la esquina que da al fiordo del muro trasero, hay una puerta escondida. Pero necesito que uno de vosotros me acompañéis para que se fíen de mí. —Esben se levantó.

—Lo haré yo. Lisbet, llama a Finn y que ocupe mi lugar. —Ella obedeció en silencio, luego Esben se dirigió a Horik—: Cuando estemos dentro, aprovecharemos para que nos señales a los hombres que son leales a Guttorm.

—Claro.

Los dos bajaron las escaleras rápidamente y en silencio, y Lisbet se acercó a la habitación de Finn y Adalïe, que estaba a pocos pasos, dentro de las habitaciones de Margarita, y llamó a la puerta. Pocos segundos después, la abrió su hijo.

—Tu padre dice que ocupes su lugar. Ya han llegado —él asintió y cogió su espada, luego, después de murmurar algo al oído de Adalïe a la que había dejado sentada junto a la chimenea encendida, se marchó. Lisbet entró para acompañar a la que ya consideraba su nuera.

—¿Cómo te encuentras? —Adalïe se ruborizó, poco acostumbrada a tanta atención.

—Bien, señora. Gracias —musitó.

—Ya te dije que me llamaras Lisbet —recordó suavemente —. Me alegro de que estés mejor, hija. ¿Quieres que me quede contigo un rato? Así te contaré cosas de nuestra familia y de nuestra casa de Tau —Adalïe asintió, ilusionada.

—Sí, por favor.

Lisbet se sentó en la cama, frente a ella y dejó su espada a un lado. Con una sonrisa, empezó a explicarle cómo era el hogar de la familia en la que había entrado.

~

Margarita se había adormecido ligeramente, agotada, cuando un suave quejido hizo que abriera los ojos. Haakon la observaba fijamente, seguramente sorprendido por encontrarla en su habitación, a la que hacía meses que no iba. La reina se levantó, se inclinó y le cogió la mano. Cuando había vuelto un rato antes, después de hablar con Lisbet, se lo había encontrado dormido otra vez y no se había vuelto a despertar hasta ahora.

—¿Cómo te encuentras?, ¿puedes hablar? —Antes lo había intentado y no había sido capaz de hacerlo, además, parecía estar muy desorientado. Ahora, después de escucharla, abrió la boca, pero durante unos segundos no salió ningún sonido de ella, hasta que, por fin, se escuchó débil, pero claramente:

—Tengo sed.

—Por supuesto, perdona. —Había olvidado el agua que la curandera le dejó para que bebiera en cuanto se despertara, que lo ayudaría en su recuperación; lo ayudó a erguirse lo suficiente para beber y le sostuvo la copa. Cuando terminó, se relamió los labios y volvió a apoyar la cabeza en la almohada con un suspiro de placer—. ¿Cómo estás?

—No lo sé. Es como si hubiera estado mucho tiempo viviendo una pesadilla. ¿Ha sido real? —Margarita apartó la mirada, indecisa sobre si debía contarle lo que había ocurrido durante esos meses, pero él alargó su mano y cubrió con ella la de su mujer—. Rita. —Escucharlo llamarla como antes, hizo que se le humedecieran los ojos—. Dime la verdad. Quiero saberlo.

—Has estado... enfermo.

—No creo que eso sea cierto. —Movió la cabeza, avergonzado al ver que su mujer, a pesar de todo, intentaba protegerlo—. He conseguido recordar algunas cosas... por ejemplo que, durante mucho tiempo, he estado tomando un brebaje que me transformaba en un pelele. —Se quedó callado, mirándola.

—Todavía no estás bien. Cuando te recuperes, te lo contaré todo. —Él se negó. Necesitaba saber.

—No creo que me hayan mantenido en esta condición para nada. Seguramente querían la corona, ¿es así?

—Sí —susurró Margarita.

—Ya que esa bruja era la que me hacía las pócimas, imagino que el que estaba detrás de todo era Otto Rhun.

—Sí, pero... —Haakon levantó la mano, provocando el silencio instantáneo de la reina.

—No sigas. No tengo perdón por haber dejado que me hicieran algo así.

—Tú no tienes la culpa.

—En parte, sí. —Lo conocía muy bien y, aunque no había visto antes esa mirada de culpabilidad en su rostro, supo qué era lo que quería decirle y prefirió anticiparse a su confesión; le pareció que sería menos humillante.

—Así que es cierto. Te acostaste con ella —susurró, como si decirlo en voz alta fuera superior a sus fuerzas—. Hasta ahora no lo había creído. En el fondo, no. —Miraba al anciano que tenía ante ella, como si no lo reconociera. El rostro de él estaba deformado por el arrepentimiento sabiendo el daño que había hecho a su mujer.

—Margarita, solo fue una vez. Te lo juro. Ocurrió en la primera ocasión en la que me dio aquello para beber; yo había bebido mucha hidromiel la noche anterior y estaba muy mal. Otto me dijo que ella conocía una receta con la que me recuperaría enseguida. Lo siguiente que recuerdo es despertarme en la cama junto a ella. —La reina comenzó a sollozar abrazándose por la cintura y él alargó los brazos hacia ella, con lágrimas en los ojos, y esperó el tiempo necesario hasta que Margarita se refugió en ellos. Mucho después, cuando los dos estaban tranquilos, él le dijo:

—Ahora, cuéntamelo todo.

~

ESBEN CAMINÓ junto a Horik buscando a Leif y a Ydril, pero a quien vio primero fue a Wulf que estaba inclinado sobre Inge, hablando con ella. Le hizo una seña a Horik y se dirigieron hacia ellos; mientras lo hacían, siguió mirando a su alrededor hasta que localizó a su hijo y a su mujer, y pudo respirar tranquilo. No se había dado cuenta de lo tenso que estaba hasta ese momento. Leif levantó la cabeza de repente y lo miró, como si presintiera su presencia y sonrió; se acercó en pocas zancadas hasta su padre y lo abrazó. En la fuerza de su abrazo, Esben sintió que su hijo también estaba preocupado, y enseguida lo escuchó de su voz cuando habló junto a su oído:

—¿Estáis todos bien? —Se separaron, pero Esben mantuvo durante unos segundos más la mano sobre el cuello de su hijo, resistiéndose a soltarlo.

Había tanta gente en el mercado que nadie se fijaba en ellos, pero tampoco podían entenderse. Se movieron hacia la zona de los árboles donde no había casi nadie y pudieron hablar tranquilamente. Entonces, Esben contestó:

—Sí, hijo. Todos bien. Hola, hija. —Recibió el beso de Ydril y la abrazó brevemente; por encima de su hombro vio a Wulf que se había acercado—. Hola, Wulf. —Inge estaba a su derecha reclamando su abrazo—. ¿Cómo estás, Inge?, ¿te han tratado bien estos desvergonzados? —Se inclinó sobre ella dándole un ligero apretón. La mujer rio por lo bajo, encantada.

—Muy bien, muy bien. Son unos blanditos, pero tienen buen corazón. —Los demás rieron al escucharla, pero no había tiempo que perder. Esben señaló a Horik mientras decía:

—He venido con Horik para que nos ayude a entrar en el torreón sin que nos vean. ¿Dónde están los demás? —Wulf susurró, igual que Esben.

—Repartidos por el mercado, pero acudirán en cuanto les hagamos la señal que hemos convenido.

—¿Y los caballos?

—Inge nos dijo antes de entrar que fuéramos al establo y

se los dejáramos a un muchacho que conoce. Ya lo había hablado con él.

—Bien. ¿Cuánto tardarán vuestros compañeros en seguirnos?

—Lo harán en cuanto vean esto... Leif —el gemelo asintió y los dos se quitaron las túnicas que Ydril les había dado para pasar desapercibidos, dejando que se viera el justillo de cuero que llevaban debajo, el uniforme típico de los soldados. Horik les echó una mirada rápida y ordenó:

—Seguidme. —Obedecieron en silencio. Esben caminaba junto a Inge y detrás de ellos Leif e Ydril; cerraba el grupo Wulf, que volvió un par de veces la cabeza para asegurarse de que sus amigos los seguían.

Salieron de la zona de los tenderetes que ocupaban casi todo el patio, y dejaron a su derecha la torre del homenaje, torciendo en la esquina. Horik, que iba primero, caminó pegado al muro exterior y los demás lo siguieron en silencio, hasta llegar a la parte trasera del torreón, desde donde se veía el fiordo. Entonces, se volvió hacia Esben y ordenó en voz baja:

—Esperad aquí. —No lo habían visto, pero había un soldado vigilando el portón trasero. Wulf desenfundó la espada, preparándose por si Horik necesitaba ayuda, pero Leif le puso la mano sobre la espada y movió la cabeza negativamente; cuando habló, su voz fue tan baja, que solo la escuchó su amigo:

—Si hubiera peligro, mi padre ya empuñaría la suya. Démosle un momento. —Wulf envainó la espada de nuevo y esperó.

Horik le había dicho algo al soldado y los dos se dirigieron a la esquina más alejada del muro; estuvieron tocando unos ladrillos en la base del muro y sacaron dos de ellos, provocando que apareciera una grieta en la pared; Horik metió la mano por ella y accionó una palanca que abrió una puerta oculta, hasta ese momento, en el muro. Entonces, se volvió hacia ellos y les hizo un gesto para que se aproximaran.

—Vamos —susurró Esben, que había cogido a Inge de la mano para ayudarla, ya que el terreno estaba lleno de rocas y de hierbajos. No estaba previsto que la gente pasara por allí y los que lo hacían, criados y soldados, ya estaban acostumbrados. Mientras Horik había estado trasteando para abrir la puerta oculta, habían ido llegando el resto de los berserkers y cuando Esben ordenó que marcharan, todos lo siguieron en silencio. Horik permaneció en la entrada hasta que todos se agruparon en torno a él, tenía que explicarles algunas cosas.

—En el túnel hace mucho frío y también es posible que nos encontremos alguna rata. —Miraba a Ydril e Inge que, al escucharlo, se estremecieron ostensiblemente—. Si veis alguna, no les hagáis caso. Son menos peligrosas que las de dos patas, os lo aseguro. —Todos, incluidas ellas, rieron la broma—. Podéis hablar entre vosotros, no hay problema, pero tiene que ser en voz baja porque no sé si en alguna pared pueda haber una grieta y que nos escuchen. Quizás el trayecto se os haga un poco largo, pero es porque tenemos que dar la vuelta al castillo hasta llegar a la parte delantera y, desde allí, subiremos por unas escaleras hasta llegar a las almenas; en una de ellas hay otra puerta por la que llegaremos a las habitaciones reales. Pasaré yo primero para guiaros y no os preocupéis por la puerta, Billung la cerrará cuando pasemos. —Miraron al soldado que los había ayudado, que asintió en silencio—. Vámonos.

Marcharon en el mismo orden que antes, pero, además, al lado de Wulf ahora marchaba Ragnar y, detrás, Orvar. Esta vez cerraban la comitiva Knut y Jan.

Ydril tenía fobia a los sitios cerrados. Cuando había visto que iban a entrar en un túnel, había tragado saliva, nerviosa, provocando una mueca de preocupación en Leif que le había preguntado si estaba bien. Le había asegurado que sí, con una sonrisa falsa que él notó y lo hizo preocuparse más, pero no habían podido hablar. Ahora, casi totalmente a oscuras, exceptuando por la débil llama de la antorcha que Horik había encendido antes de entrar, empezó a respirar rápida y superficialmente.

—¿Qué te pasa? —Leif sonaba alarmado.

—Nada. Estoy bien —contestó, pero su voz sonó estrangulada y todos se dieron cuenta. Leif le cogió la mano conociendo su miedo y la puso sobre su corazón, algo que solía calmarla, pero en esta ocasión no fue así. No podían parar porque los que iban detrás de ellos, no podrían seguir caminando y tampoco podían volver.

—Raine ha sentido mucho no venir —susurró Wulf a Ydril—. Le habría gustado mucho verte otra vez. Cuando pase todo esto, quiere que vengas a la granja a pasar unos días. —Leif dio las gracias en su interior a la rapidez de su amigo. Ydril necesitaba distraerse.

—Yo… a mí también me gustó mucho conocerla y me encantaría volver a verla —contestó, aunque estaba muy nerviosa.

—Entonces, ¿le digo que aceptas su invitación? —Ella intentó concentrarse en la conversación, reconociendo el intento de Wulf.

—Claro que sí.

—Estaremos encantados —apostilló Leif como si se autoinvitara. Y pensó para sí mismo, «gracias, Wulf».

—Bueno, bueno, ya veremos si dejo que tú vengas… —bromeó Wulf.

Entonces, intervino Ragnar:

—Pues me niego a que solo visitéis a Wulf y Raine. Yo también quiero que vengáis como invitados a nuestra casa… —Ydril, distraída por sus palabras, fue menos consciente del lugar donde estaban. Después de Ragnar, se pronunciaron

Orvar, Knut y Jan, asegurándole que Magnus estaba deseando que fuera a la isla a visitarlo y que lo sabían porque él mismo se lo había dicho en varias ocasiones.

Cuando salieron del largo túnel, Ydril se detuvo a pocos metros de la entrada, apoyada en el pecho de Leif, intentando respirar con normalidad mientras él le animaba en voz baja. Mientras lo hacía, se dio cuenta de que Wulf, Ragnar, Orvar, Knut y Jan estaban asomados a las almenas mirando el patio, escuchando en silencio algo que les estaba explicando Horik. Seguramente, les estaría diciendo qué soldados eran de fiar y cuáles no.

Esben estaba detrás de ellos, sintiéndose tremendamente orgulloso por la profunda amistad que sus hijos habían forjado con aquellos hombres.

CAPÍTULO 20

—¡Hemos pasado la cascada de Voring, ya solo queda media hora de camino! —susurró Guttorm a Otto, pero él no contestó.

Casi no habían hablado desde que habían comenzado a marchar junto al ejército de los Falk, más de tres horas atrás; aunque montaban detrás de Einar y Ulrik, si hablaban en voz baja, era imposible que los escucharan debido al ruido de los caballos y a las misteriosas conversaciones que solían mantener el padre y el hijo; lo hacían en un idioma extraño y musical que nadie más parecía entender. Después de una mirada a Guttorm que se la devolvió enfadado, Otto lo mandó mentalmente a la mierda y azuzó a su yegua hasta colocarse en el costado de la montura de Ulrik, que era a quien tenía delante. El patriarca de los Falk lo miró con los ojos brillantes y una mueca irónica en la cara. Otto ya sabía que no le gustaba y el sentimiento era recíproco, pero no estaba loco; Le sonrió como si fuera tan tonto como el otro se creía y le dijo con mucha más seguridad de la que sentía:

—Tenéis que deteneros aquí. Solo queda media hora hasta Bergen y Guttorm y yo debemos adelantarnos para preparar a mis hombres. —Miró hacia el horizonte—. Todavía quedan muchas horas de día, aunque no creo que vengamos a buscaros hasta el mediodía de mañana. Hay algunas cosas que tengo que disponer antes de volver a por vosotros, pero cuando lo hagamos, marcharemos sobre el castillo y derrocaremos al rey. —Ulrik le sonrió enseñándole los dientes de tal modo, que a Otto se le pusieron los pelos de punta.

—Nosotros vamos a avanzar hasta ese claro. —Ulrik levantó el brazo para señalar el lugar—. Ya habíamos decidido detenernos para descansar. —Miró a Otto con una sonrisilla burlona—. ¿A qué hora dices que vendrás mañana?

—Al mediodía, será lo mejor. —Otto se dio cuenta de que hablaba demasiado deprisa por lo nervioso que estaba, no sabía qué le pasaba. Einar había adelantado su caballo negro y lo observaba fijamente, pendiente de sus palabras, aunque dejaba hablar al padre. Otto no pudo soportar más la tensión y gritó:

—¡Guttorm, nos vamos! —Levantó la mano hacia los Falk como despedida y los dos se marcharon galopando por el camino, llenando el aire de polvo que levantaban las pezuñas de sus caballos.

—¡Qué hombre más cobarde! ¡Estoy deseando que nos quitemos la careta y medirme con él! —farfulló Ulrik. Einar siguió mirando el camino por el que habían desaparecido los dos traidores con aparente tranquilidad, incluso se inclinó para palmear el cuello de su yegua con cariño.

—Paciencia, padre, recuerda lo que prometiste a madre.

Ulrik contestó con un gruñido, como hacía siempre que su hijo le recordaba lo débil que era en las manos de su mujer. Einar se volvió hacia su segundo y ordenó:

—Que los hombres se preparen. Vamos a descansar en el siguiente claro.

Continuaron caminando en silencio hasta que Ulrik no aguantó más la curiosidad:

—¿Vamos a esperar tranquilamente a que vengan a buscarnos?

—Por supuesto que no, pero, como has dicho, los caballos necesitan descansar. Yo tampoco me fío de esos dos, así que nos pondremos en marcha antes de que vengan a buscarnos. Quiero llegar por sorpresa —Ulrik asintió con otro gruñido y siguieron cabalgando hasta el claro.

—ESTE ES el mejor sitio para vigilar el castillo —confió Ragnar a Wulf. Seguían en la almena, junto a la puerta de las escaleras que conducían a las habitaciones de los reyes, por donde acababan de bajar Inge e Ydril. Mientras, los berserkers «asaltantes» estaban quitándose las túnicas y los pantalones prestados y volvían a vestir sus ropas de soldados. Wulf asintió observando el patio bajo ellos y la muchedumbre. Esben también seguía junto a ellos y les comunicó cuál era, para él, el principal problema que debían solucionar.

—No sé si Leif os ha dicho que tenemos a dos soldados atados y amordazados en una habitación.

—Se te olvida la bruja —añadió Wulf con una mueca de enfado porque había podido hablar con Leif bastante rato durante el viaje, y le había explicado, con detalle, lo que aquella hechicera le había hecho al rey.

—Sí. No sabíamos dónde encerrarlos, pero no creo que podamos seguir manteniéndolos en un dormitorio sin que nadie se entere —Ragnar asintió, distraído. Estaba observando el emplazamiento del castillo: el fiordo, detrás de ellos con el mar a sus pies y los bosques que rodeaban dos de los cuatro lados de la muralla y, como broche final, a su izquierda, la ciudad de Bergen. Su mirada volvió a recorrer el patio y se detuvo en la construcción donde habían metido la carreta; todavía se podía ver la cabaña con claridad, aunque estaba empezando a anochecer. Preguntó:

—¿No podemos utilizar aquel almacén?, el que está junto al muro de protección. Está bastante aislado; incluso el edificio de los establos, que es el más cercano, está bastante alejado de él —musitó, pensativo.

Horik se acercó a él y contempló la antigua construcción de madera, valorando sus palabras.

—Tienes razón, podría ser un buen sitio... al menos hasta que podamos llevarlos a todos a las mazmorras. —Ambos estaban de acuerdo en que lo primero que tenían que hacer era encontrar un lugar donde poder encerrar a los soldados de Otto—. Pero antes tendremos que sacar todos los trastos viejos que hay allí, incluyendo la carreta en la que han venido Inge e Ydril —dijo Ragnar. Ninguno de sus amigos contestó; estaban observando el patio, que seguía lleno de gente recorriendo los tenderetes. A Horik se le ocurrió una cosa:

—Acabo de recordar que, aunque no se ve desde aquí, la parte trasera del almacén no está pegada al muro. Hay bastante espacio libre, creo que será suficiente para dejar la carreta y todo lo demás. —Wulf miró a Ragnar y entre ellos hubo una comunicación silenciosa que nadie más entendió; después, ordenó:

—Orvar, tú y yo bajaremos por el túnel para no llamar la atención y vaciaremos el almacén llevándolo todo a la parte trasera. —Volvieron a entrar por la puerta secreta que seguía abierta. En el último momento, antes de traspasar el umbral, Wulf se dirigió a Horik—: Quizás deberías acompañarnos para que avises a tus compañeros y que no se entrometan. Es mejor pasar desapercibidos, al menos hasta se haga de noche y toda esa gente se haya marchado a su casa. —Horik los siguió con un murmullo. Ya le había pedido a Ragnar que le diera algo de tiempo para avisar a los soldados leales a la corona, para que no se interpusieran entre los berserkers y los traidores al rey. Ragnar observó cómo se marchaban, esperando que Horik convenciera a sus amigos; ninguno de los berserkers quería enfrentarse con nadie leal al rey. Cuando desaparecieron de su vista, Ragnar pidió a Esben que le explicara quién estaba en cada una de las habitaciones del castillo y cuántos soldados había custodiándolas; después, se acercó a las almenas que coronaban el muro trasero y estuvo pensando durante unos minutos, mientras observaba cómo se ponía el sol sobre el mar con Esben a su lado. Entonces, sonrió. Ya sabía cómo iban a hacerlo.

~

Horik observó a una pareja de soldados amigos de Guttorm que se dirigían directos hacia ellos. Él, Wulf y Orvar ya habían vaciado el almacén de todo tipo de cacharros viejos y ahora ellos estaban colocándolo todo en la parte trasera, donde nadie lo vería; él se había quedado vigilando por si venía alguien y tosió un par de veces con fuerza para avisarlos. Unos segundos después, los soldados estaban a su lado.

—Hola, Horik.

—Hola. —Aunque mantenía una postura indolente, estaba preparado para empuñar su espada si era necesario. Abrió ligeramente las piernas, afianzando su posición y dejó ambos brazos pegados al cuerpo. Por detrás de los soldados cotillas, vio a Wulf y Orvar escondidos detrás de unos arbustos, listos para actuar si era necesario.

—¿Qué estás haciendo?

Horik contestó con voz aburrida:

—Limpiando. Esto está lleno de trastos inservibles.

—Hemos visto a dos extraños contigo. ¿Quiénes son? —Horik sonrió enseñando los dientes.

—¿Por qué te crees que puedes interrogarme, Flubuck? —El otro enrojeció por el agravio, pero no le dio tiempo a decir nada ya que, tanto Orvar como Wulf les dieron un golpe a cada uno de los soldados en la cabeza, que les hizo caer desmayados al suelo. Orvar indicó con toda tranquilidad:

—Dos menos. —Inclinándose, se echó al tal Flubuck sobre el hombro y lo llevó dentro. Horik observaba la tranquilidad del berserker boquiabierto y dijo a Wulf:

—Creo que no lo había oído hablar hasta ahora. —Wulf cogió al otro hombre, igual que su amigo, pero, antes de meterlo al almacén, contestó a Horik:

—Orvar tiene una rara virtud: solo habla cuando tiene algo que decir —bromeó—. Vamos, atemos y amordacemos a estos y después iremos a por los que están en la habitación con la bruja. —Horik meneó la cabeza con una risita y entró detrás de ellos, cerrando la puerta para que nadie viera lo que hacían. Cada vez le caían mejor los amigos de los gemelos.

GUTTORM DETUVO su caballo violentamente y Otto, cuya montura galopaba detrás de la suya, estuvo a punto de chocar con él antes de conseguir detenerla.

—¿Qué coño te pasa? —Guttorm lo miró, furioso.

—Tú puedes dejar que esos dos te humillen cuanto quieras, pero yo no voy a consentirlo. Cuando volvamos al castillo, cogeré los soldados suficientes y volveré a por ellos... —Otto, harto de él, pegó su caballo al suyo y lo agarró por el justillo de cuero.

—¡Cállate! ¡No quiero escuchar ni una palabra más! Deberías estar agradecido porque hayamos salido vivos. ¿O tanto te ciega la soberbia que no te has dado cuenta de que no nos soportan? ¿Y que los hombres de su ejército, que es una pequeña parte del que tienen en sus tierras, son totalmente leales a Einar? Todo lo contrario que los tuyos. —Guttorm había permanecido quieto, sorprendido por el ataque inesperado, pero ahora reaccionó y cogiendo las muñecas de Otto con fuerza, las apartó de sí.

—¡No vuelvas a tocarme jamás, si no quieres que te atraviese con la espada y te deje aquí tirado, para que los buitres se coman tu cadáver! —Otto observó los espumarajos de saliva que salían de la boca de Guttorm y se dio cuenta de que confiar en él, había sido el error más grande de su vida y que, ese error, posiblemente provocaría que los mataran a los dos. Respiró hondo y tomó una decisión en segundos.

—Me voy a casa de Eisbig a recoger a Mary; tengo que hablar con ella antes de que vea a los Falk. Tú haz lo que quieras. —Clavó los talones en los costados de su caballo para que galopara y escuchó a Guttorm hacer lo mismo, mientras gritaba a su espalda:

—¡No te creas que te vas a librar de mí, maldito! ¡Conseguiré lo que es mío, sea como sea! —juró.

Mientras lo escuchaba desvariar, Otto se prometió que se desharía de él a la menor oportunidad. Ahora mismo se sentía como si estuviera en medio del agua intentando no hundirse y tuviera una piedra enorme atada al cuello; esa piedra era Guttorm y él cortaría la cuerda que lo ataba a él, lo antes posible. Siempre había sabido lo que debía hacer para sobrevivir.

~

YDRIL HABÍA IDO al dormitorio de Adalïe para sustituir a Lisbet porque tenía que ir a ver a la reina; quería tenerla informada de lo que estaba ocurriendo en el castillo. Adalïe miraba a la otra muchacha con curiosidad, pero parecía tranquila. Ydril se sentó en el mismo lugar que Lisbet, en la cama, frente a Adalïe que seguía en una silla junto al fuego.

—Hola, ¿cómo estás? Pareces tener mejor color.

—Me encuentro muy bien. ¿Tú eres Ydril, verdad?

—Sí.

—Finn me ha hablado mucho de ti y de Leif. —Ydril sonrió.

—Los gemelos se quieren mucho. Todos ellos forman una gran familia —Adalïe suspiró—, y ahora eres parte de ella. Pronto volveremos a casa; aquello te va a encantar… —Se calló al ver el gesto de preocupación de Adalïe.

—¿Va todo bien? ¿Lo… lo de mi padre? —Ydril se sintió mal por no haberla tranquilizado antes que nada.

—Todo está saliendo según lo planeado, no te preocupes por nada. Creo que hoy terminará todo. —Adalïe se removió en la silla, parecía incómoda—. ¿Seguro que te encuentras bien?

—Sí. Pero me gustaría andar un poco. Lisbet no ha querido que lo hiciera, pero no puedo estar más tiempo sentada.

—Supongo que, si quieres, podemos dar un pequeño paseo por la otra habitación. Es mucho más grande que esta y no vamos a molestar a nadie, porque ella sigue cuidando del rey.

—¡Sí, por favor! Tengo que moverme. —Ydril se levantó por si necesitaba ayuda, pero no fue necesario. Aunque parecía andar normalmente, Ydril cogió su mano para que se apoyara en su brazo y, entonces, los ojos de Adalïe se abrieron como platos y se detuvo, mirándola fijamente.

—¿Qué pasa? —Adalïe ladeó la cabeza como si estuviera escuchando algo que solo estuviera al alcance de sus oídos.

—¿Estás embarazada? —Ydril la miró, atónita, e inclinó la cabeza, incapaz de hablar. Entonces, Adalïe puso las manos a ambos lados del rostro de Ydril y confirmó lo que ella ya sabía—: Sí, lo estás. Y de dos niñas, dos preciosas gemelas.

Luego, comenzó a andar tirando de una aturdida Ydril, que fue incapaz de decir nada durante todo el paseo; sorprendentemente, Adalïe habló por las dos, diciéndole en voz baja quién era en realidad, quién era su madre y de dónde procedía. Después, le explicó que se lo contaba porque no quería que la mirara de forma rara por haber adivinado que estaba embarazada de gemelas. Cuando terminó, Ydril seguía siendo incapaz de hablar.

WULF FUE el encargado de llevar a la bruja a sus nuevos «aposentos»; la encerró sola en una de las celdas sin hacer caso de los gritos que daba a través de la mordaza; afortunadamente, llevaba las manos atadas a la espalda, porque si no hubiera sido así, estaba seguro de que le habría sacado los ojos. Cerró la verja de hierro y, mientras echaba la llave, ella se pegó a la puerta de metal, echando chispas por los ojos, matándolo con la mirada. Wulf agarró la puerta y la sacudió varias veces para asegurarse de que estaba bien cerrada, y luego ayudó a sus compañeros a meter a los nueve soldados que habían reducido hasta ese momento, en las otras celdas. Todos estaban bien atados y amordazados, aunque estaban en el sótano del castillo y desde arriba nadie podría escucharlos por mucho que gritaran.

—Wulf. —Era Ragnar. Él y los gemelos acababan de llegar con tres soldados más. Abrió la celda que había junto a la de la bruja y los otros los metieron dentro. Después, Ragnar comentó—: Se nos acaba el tiempo, creo que es mejor que nos dividamos. Aquí pueden quedarse Knut, Jan y Orvar; y tú y yo, junto con Horik, terminaremos de hacer limpieza. —Su mirada se paseó por los prisioneros que estaban dentro de las celdas, intentando gritar, lo que les era imposible a causa de las mordazas.

—¿Y los gemelos? —Wulf le estaba dejando las llaves a Jan.

—Arriba con su padre, esperando a Otto; gracias a la

bruja saben que volverá hoy. El problema es que también lo acompaña Einar Falk.

—Esperemos que venga sin su ejército —musitó Jan; Orvar, a su lado, solo levantó una ceja y Knut, al verlo, soltó una carcajada.

—Nos vamos. Cuidad el fuerte, chicos. —Wulf le dio una palmada en la espalda a Jan, que resopló antes de volverse a fulminar con la mirada a Knut; este se reía de su amigo porque la «caricia» de Wulf lo había hecho trastabillar hacia delante involuntariamente.

—Al menos esto está tranquilo —musitó Otto para sí mismo contemplando la residencia del obispo. Se bajó del caballo, pero antes de entrar, se dirigió a Guttorm por primera vez desde que habían discutido en medio del camino —. Espera aquí y ten cuidado de los caballos, salgo enseguida.

Subió los tres escalones que lo separaban de la entrada y golpeó con la aldaba la puerta de la mansión. Poco después, le abrió una de las criadas que lo dejó pasar, al reconocerlo, con un murmullo. Le llevó hasta el salón donde estaba Eisbig. Otto se alarmó al ver que palidecía, cuando vio quién era su visitante.

—Obispo... —Otto habló con normalidad, pero tenía los pelos de punta imaginando lo peor. Y tenía razón—. Vengo a buscar a la chica.

—Hola, Otto. —Se levantó acercándose a él. Se frotaba las manos nerviosamente y Otto tuvo ganas de darle un puñetazo en la nariz para que dejara de hacerlo, y que le dijera qué había ocurrido; pero se aguantó las ganas y esperó—. Verás... ha ocurrido algo imprevisto... anoche envié a uno de los criados a contártelo, pero no te encontró en el castillo. —Otto, pensando que se volvería loco si algo más le salía mal, en dos zancadas se acercó lo suficiente al obispo como para que este tuviera que levantar la cabeza hacia arriba, para poder verle la cara.

—¿Dónde está?

—Es lo que estoy intentando explicarte... ayer hubo un incendio en casa y todos salimos corriendo, pensando solo en salvar nuestras vidas; cuando los criados apagaron las llamas, la muchacha no estaba. —Otto rodeó con sus manos el cuello del obispo y apretó; estaba enloquecido y furioso. Eisbig comenzó a boquear en busca de aire, mientras que su rostro se iba poniendo cada vez más colorado, hasta que una voz los interrumpió:

—¿Estás loco? ¡Vas a matarlo!

No sabía de dónde había salido Arild Schön, prior de los benedictinos, pero acababa de salvarle la vida a su compañero de juergas porque si no hubiera aparecido en ese momento, Otto estaba seguro de que habría seguido apretando hasta ahogar al obispo. Soltó a Eisbig y su atención se desvió al prior, que temblaba ostensiblemente temiendo que ahora la tomara con él, pero solo quería información:

—Alguien tuvo que ayudar a mi hija a escapar. ¿Sabes quién fue?

—Fue Roselia, la curandera, ayudada por otra mujer. A la otra la reconoció una de las criadas que estuvo trabajando hace años en el castillo. Venía disfrazada de monja, pero cuando salió de la casa, llevaba descubierta la cara y pudo ver que era Lisbet Lodbrok. —Otto sintió que lo recorría un odio tan feroz, que solo deseó poder vivir el tiempo suficiente para vengarse de esa familia. Soltando a su presa que se derrumbó, aterrorizado, en el suelo, corrió hacia su caballo seguido por Guttorm al que le explicó lo ocurrido a gritos.

Al llegar a la entrada del castillo, lo primero que les llamó la atención fue que no había nadie en el patio; no había ningún comprador ni nadie vendiendo su mercancía, a pesar de que los días de mercado la gente no se marchaba hasta que anochecía. Escamado, Guttorm miró hacia arriba, al puesto de vigilancia del portón, donde tenía a uno de sus hombres de confianza, pero no estaba, en su lugar había un desconocido; con el ceño fruncido y una sospecha revolviéndole el estómago, hizo que su montura siguiera al caballo de Otto, y se fijó en el resto de los soldados que había apostados por todo el patio y confirmó sus sospechas. Todos eran soldados del rey. Sus hombres, a los que había situado en los lugares más importantes, en cuanto el rey lo había nombrado capitán, habían desaparecido. Se volvió hacia Otto que estaba a punto de entrar en la torre del homenaje con una intención suicida: subir a las habitaciones donde la familia Lodbrok estaba alojada.

—¿Estás chiflado? —Lo sujetó por el brazo antes de que lo hiciera. Otto lo miró con ojos de loco, pero a él le dio igual—. Tenemos que marcharnos —susurró—. No sé qué ha ocurrido, pero ninguno de mis hombres está en su puesto; mire donde mire, solo veo hombres del rey. —Algo de lo que dijo consiguió que Otto reaccionara y miró a su alrededor, dándose cuenta de que Guttorm tenía razón. Además, todos los soldados los observaban fijamente, y algunos ya habían empuñado la espada.

—¿Qué podemos hacer?

—Es cuestión de segundos que nos ataquen y, después de todo, solo somos dos. Tenemos que ir a por los Falk antes de lo que pensábamos, volveremos con ellos y los aplastaremos a todos.

—Vamos.

Montaron y salieron galopando al camino, decididos a no parar hasta encontrarse con los Falk.

—HAY que prepararse para el ataque —ordenó Ragnar. Horik, Esben, y los demás berserkers escuchaban en silencio. Se habían reunido en el salón, minutos después de enterarse de la llegada y partida imprevista de Otto y Guttorm—. Se han dado cuenta de que les habíamos tendido una trampa y han huido; y, aunque es posible que no vuelvan…

Esben le interrumpió:

—No. Volverán. Han ido a buscar a los Falk. Saben que ellos dos, solos, no tienen nada que hacer.

—Estoy de acuerdo. Lo más importante que era encerrar a todos sus secuaces, ya está hecho; ahora tenemos que prepararnos para repeler el ataque.

—¿Y si cerramos el portón? —Pero Ragnar no estaba de acuerdo con la sugerencia de Knut.

—Este muro no está preparado para resistir un ataque en serio. Creo que nuestra mejor baza es la sorpresa. Somos menos, es cierto, pero los soldados que hemos puesto en las almenas son muy buenos con el arco. Si conseguimos que entren en el patio, será una buena encerrona.

—Reclamo mi derecho a terminar con Otto Rhun —la autoritaria voz de Esben les decía que no permitiría otra cosa y Ragnar no pensaba impedírselo.

—Por supuesto, nadie te va a negar ese derecho; tu familia es la más agraviada por ese cobarde y no dudo de que terminarás con él. —Leif y Finn se miraron porque a ambos les hubiera gustado tener esa oportunidad, pero no dijeron nada. Ragnar concluyó—: Estad preparados. No creo que tarden mucho en volver.

CAPÍTULO 21

Leif y Finn corrieron escaleras arriba donde los esperaban Lisbet, Ydril y Adalïe. Su madre se adelantó para preguntar:

—¿Qué ha pasado?

—Otto y Guttorm han venido y, nada más apearse de los caballos, han vuelto a montar y se han marchado sin hablar con nadie.

—¿Por qué? —en esta ocasión preguntó Finn, que se había acercado a Adalïe para abrazarla. Se había puesto pálida al escuchar que su padre había estado tan cerca de ella, aunque intentaba sonreír.

—Seguramente se han dado cuenta del cambio de la guardia. El que los hombres de confianza de Guttorm no estuvieran en la entrada, debe de haberles avisado de lo que pasaba.

—¿Y ahora?

—Vamos a esperarlos en el patio.

—¿Podemos bajar? —Ydril no pensaba quedarse allí, de brazos cruzados, mientras su marido peleaba.

—¿Estás loca? —Leif la miró, ceñudo. Lisbet decidió

intervenir para no perder más tiempo, algo que imaginaba que no tenían.

—¿Podemos hacer algo para ayudaros?

—No moveros de aquí —los dos gemelos contestaron a la vez, evidenciando el entendimiento que había entre ellos.

—Padre dice lo mismo, que no se te ocurra bajar —sentenció Leif dirigiéndose a su madre. Después de esas palabras y de abrazarlas rápidamente, se marcharon.

Ydril, malhumorada, dijo sin dirigirse a nadie en concreto:

—¿Acaso somos unas niñas a las que les ordenan lo que tienen que hacer? —Adalïe la miró con admiración y una sonrisa. Ydril entrecerró los ojos y siguió—: Yo puedo ayudar, pero tienen tanto miedo de que nos pase algo… —Lisbet le puso la mano en el brazo.

—Tranquila, haremos lo que queramos. Solo hay que esperar a que llegue el momento adecuado para bajar. Entonces no podrán decirnos nada, estarán demasiado ocupados. —Se volvió hacia Adalïe porque tanto Ydril como ella podían luchar con la espada, pero ella…—. Tú puedes esperarnos aquí.

—No, yo también quiero ayudar —contestó con una sonrisa luminosa—, aunque no sepa manejar una espada.

~

OTTO Y GUTTORM estaban tan enloquecidos que, cuando se dieron de frente con Einar, Ulrik y su ejército, no dieron importancia al hecho de que se los encontraran a medio camino, aunque Otto hubiera quedado con ellos en ir a buscarlos. Los dos sonrieron al ver al padre y al hijo, convencidos de que eran la salvación de sus problemas. Se detuvieron mientras observaban cómo Einar levantaba su mano derecha extendida, para ordenar a los hombres que lo seguían que hicieran lo mismo. Así, quedaron frente a frente, a escasos metros de distancia. Einar esperó a que Otto se explicara:

—Las cosas han cambiado. No queda ninguno de nuestros soldados en el castillo, al menos, no están a la vista.

—¿Quieres decir que han huido?

—No —Guttorm contestó por él—, lo que queremos decir es que, en los puestos de vigilancia más importantes, yo tenía a mis hombres de confianza y ahora no están, los han sustituido por hombres del rey. Alguien sabía lo que íbamos a hacer y nos ha traicionado.

—Ellos también pueden decir que vosotros habéis traicionado al rey —canturreó Ulrik, pero Einar le echó una mirada para que se callara. Todavía no había llegado el momento de desenmascararles, por eso aparentó seguir de acuerdo con ellos:

—Nosotros también hemos cambiado de opinión y hemos decidido que sería mejor llegar hoy mismo al castillo; de modo que marcharemos juntos, vamos. —Observó que los dos iban a colocarse en la segunda fila, detrás de él y su padre, y ordenó—. No, id vosotros delante. —Otto miró de reojo a Guttorm, que parecía desconfiar de Einar igual que él, convencidos de que tramaba algo. Esperaba que fuera únicamente que no se fiaba de ellos, porque la otra opción era demasiado espeluznante como para considerarla.

Nadie los detuvo cuando cruzaron el portón. Primero lo hicieron Otto y Guttorm, seguidos por Einar y Ulrik y sus ochenta soldados. Después de que entraran, dos soldados del rey corrieron a cerrar la enorme puerta de madera, dejándolos encerrados en el patio. Einar miró a su alrededor con tranquilidad. Estaban rodeados por unos treinta soldados y podía ver a media docena de arqueros en las almenas; hombres a todas luces insuficientes para pelear contra su ejército, pero, en cuanto se cerró el portón, de la torre del homenaje salieron ocho enormes soldados ataviados con la antigua guarnición que siempre llevaba la guardia personal del rey en el combate: justillo de cuero ceñido al torso, casco de metal que cubría la cabeza y los costados del rostro y, como armas, espada y maza sujetas al cinturón de cuero y escudo de metal. Llevaban el pelo trenzado, siguiendo una antigua costumbre de los berserkers, que se lo recogían para evitar distracciones en la pelea; además, los ojos de los ocho estaban iluminados por un fuego azul que hacía que su mirada fuera difícil de sostener.

Avanzaron hasta colocarse frente a los enemigos, a pocos metros de distancia, rodeados por un silencio roto solo por sus recias pisadas. En una primera línea se situaron Esben, escoltado por Finn y Leif; detrás de ellos lo hicieron Orvar, Knut, Ragnar, Wulf y Jan, en este orden. Cuando todos estuvieron colocados en su sitio, con las espadas desenfundadas y el escudo en la mano contraria, dieron el grito de guerra tradicional de la guardia real y abrieron sus piernas ligeramente, señal de que estaban preparados para la lucha.

Einar y Ulrik, al igual que el resto de su ejército, habían permanecido en silencio hasta ese momento, en el que el padre no pudo menos que decir:

—¡Por Odín, que no recuerdo haber visto jamás semejante derroche de valentía! —musitó con el tono de voz lo suficientemente bajo para que solo lo escuchara su hijo. Einar asintió igual de maravillado que su padre por la lealtad y el arrojo que demostraban los antiguos soldados del rey. Conocía a Wulf y sabía que ya no estaba en el ejército, de modo que imaginó que los demás se encontraban en la misma situación. Sobre él, había oído que tenía pareja y se había alegrado, porque siempre le había parecido un buen hombre. Lo miró directamente y Wulf irguió la cabeza devolviéndole la mirada. Einar inclinó la cabeza en respuesta y le pareció, a pesar de la distancia que los separaba, que su cuerpo se relajaba un tanto como si hubiera entendido lo que quería decirle: que no eran enemigos.

En el silencio sepulcral que imperaba en el patio de armas, todos se volvieron hacia el ruido que hicieron al salir por la puerta de la torre del homenaje cuatro mujeres. Se trataban de Lisbet e Inge, seguidas por Ydril y Adalïe. Cuando aparecieron, Esben, Leif y Finn maldijeron en voz baja, pero no se movieron de su sitio. Otto se quedó mirando fijamente a Lisbet, odiándose a sí mismo porque su estúpido corazón siguiera tan necesitado de ella como siempre; en cuanto a Einar y Ulrik, observaban a Adalïe como si hubieran visto a un fantasma. Entonces, Otto apartó la mirada de Lisbet y vio a su hija, y su rostro enrojeció por la furia. Temblando por la ira, gritó a Adalïe:

—¡Mary, ven aquí! —Ella se irguió como única contestación a su maleducada orden. Estaba pálida, pero lo miraba directamente a los ojos, sin miedo. Otto no se dio cuenta de que Ulrik sujetó el brazo de su hijo Einar para que no desenfundara la espada, porque él estaba pendiente de los gemelos. El que estaba a la izquierda de Esben avanzó un paso, pero su padre lo detuvo con un gesto. Otto sonrió. Sabía que no saldría vivo de allí, pero esperaba llevarse a unos cuantos por delante antes de morir—. ¿Qué ocurre, Esben?, ¿tanto le ha gustado a tu cachorro compartir la cama de mi hija? —Esben se adelantó un par de pasos. Su voz retumbó en el patio de armas:

—Baja del caballo y pelea conmigo, si eres hombre. —Otto lo odiaba tanto que lo haría con gusto, pero antes quería asegurarse de que esa familia no seguía riéndose de él.

—Lo haré enseguida, pero antes que mi hija se acerque a mí.

—¡Hijo de puta! —bramó Finn, levantando la espada con la punta dirigida al pecho de Otto en señal de amenaza—. ¿Para que puedas pegarle otra paliza? Jamás dejaré que vuelvas a tocarla, ¿me oyes? —Esta vez, Otto sí escuchó el juramento de Einar, que lo gritó detrás de él.

—Si no te matan ellos, lo haré yo. ¡Cobarde! —Giró la cabeza extrañado y volvió a ver el parecido tan extraordinario que había entre ese hombre y su hija.

—¿Quién eres?, ¿por qué os parecéis tanto?

Einar respiró hondo y gritó, para que todos lo oyeran:

—Adalïe y yo somos familia y a cualquiera que le ponga un dedo encima, le arrancaré la cabeza. —Miró a Adalïe, que lo observaba boquiabierta y le sonrió. De momento no podía hacer nada más.

—Y somos leales al rey, pero queríamos estar seguros de que estos dos obtenían lo que se merecían —continuó Ulrik. Los soldados del rey lo vitorearon al escuchar su confesión. Guttorm comenzó a mirar a su alrededor buscando una salida imposible.

Esben estaba harto de aquella farsa, sus ojos brillaban por la furia guardada durante tantos años:

—¡Ojalá nunca te hubieras cruzado en nuestro camino! —Su mueca de odio hacía que todos observaran la escena sobrecogidos—. ¡Otto Rhun!, te acuso de secuestrar a nuestros hijos hace veinticinco años y de ordenar su muerte solo porque mi Lisbet no te quería y, ahora, de traicionar al rey para hurtar su trono. —Dejó que sus acusaciones calaran en la mente de los demás—. ¡Por cualquiera de las dos razones mereces la muerte, pero por fin ha llegado la hora de hacerte pagar por todo lo que le has hecho a los míos! —El rostro de Esben parecía esculpido en piedra y sus ojos eran dos manantiales de luz gélida. Su cuerpo entero estaba en tensión, preparado para la pelea—. Eres un cobarde despreciable y no mereces tener una vida normal, ni una hija, igual que no te merecías a Lisbet. —Otto lanzó un bramido lleno de odio y corrió en dirección a su mayor enemigo, con la espada desenfundada y apuntando a su corazón.

Un instante antes, había mirado por última vez a Lisbet, despidiéndose de ella. Sabía que moriría en pocos minutos, aunque, al menos, se llevaría por delante al hombre que se la había arrebatado. Pero Esben se apartó justo antes de que llegara hasta él, y le hirió en un costado con el filo de su espada al hacerlo; Otto no sintió la herida, aunque enseguida comenzó a sangrar, y embistió contra él de nuevo; continuaron luchando y moviéndose incesantemente de un lado a otro, ambos atacando y defendiéndose de igual manera. Los berserkers tuvieron que apartarse para dejarles espacio, más tranquilos en cuanto vieron a los Falk, que habían descendido de los caballos y observaban la pelea apoyando a Esben. Finn y Leif permanecían cerca de la pelea por si su padre necesitaba su ayuda, aunque lo que a los dos les habría gustado realmente era estar en su lugar. Finn, preocupado, miraba de vez en cuando a Adalïe porque Esben había empezado a arrinconar a Otto, cuyos movimientos eran cada vez más lentos; tenía miedo por ella porque, a pesar de todo, era su padre.

Como todos estaban distraídos con la pelea, Guttorm aprovechó para coger, sin que nadie le viera, el cuchillo que llevaba atado al muslo derecho. Tenía unos pocos segundos para decidir dónde haría más daño, y miró hacia su derecha, donde estaban las mujeres. Le hubiera gustado lanzárselo a Adalïe, pero no podía verla bien; estaba detrás de Ydril, la mujer del otro gemelo. Estaban observando juntas la pelea y esa muchacha se interponía sin querer entre su cuchillo y Adalïe; esperó unos pocos segundos, pero la muchacha no se movía y era imposible que acertara a la hija de Otto desde allí, de modo que se decidió por ella, pensando que su muerte sería una bendición para él; en cuanto vieran lo que había hecho, lo matarían en el acto, no lo llevarían preso, ni lo torturarían para terminar asesinándolo con el mayor sufrimiento posible para él.

Antes de que alguien sospechara lo que iba a hacer, lanzó el puñal, seguro de que llegaría al corazón de la rubia Ydril; pero, en ese momento, Adalïe lo miró como si supiera lo que estaba pensando y empujó a Ydril con el brazo izquierdo, lanzándola hacia atrás, y apartándola de la trayectoria del cuchillo, que se hundió en su propio pecho. Al ver cómo había resultado su ataque final, el corazón enfermo de Guttorm se retorció de alegría y rio en voz alta. Aunque no la había acertado en el corazón, el puñal estaba clavado en el pecho e imaginó que la muchacha moriría pronto. Ese fue su último pensamiento antes de que Einar Falk lo decapitara con su espada, mientras lanzaba un bramido de furia.

El tiempo se paró cuando Adalïe cayó en brazos de Lisbet, que se había girado al escucharla gemir y hasta la pelea se detuvo. Entre Lisbet, Inge e Ydril la tumbaron despacio en el suelo y se arrodillaron junto a ella. Ydril lloraba emocionada:

—¡Me ha salvado la vida, el cuchillo iba dirigido a mí!

Finn desenfundó su espada y corrió hacia Otto que permanecía inmóvil, al igual que Esben, presenciando cómo a su hija se le iba la vida; con el filo de la espada apoyado en su cuello, Finn lo miró fijamente, pero su padre le puso la mano en un hombro y meneó la cabeza:

—Hijo, no tienes tiempo que perder. Corre junto a ella. —Finn obedeció, pero antes maldijo a Otto y le escupió; después, corrió hacia su mujer, arrodillándose a su lado.

—Adalïe, amor mío. —Ella abrió los ojos y lo miró, sonriendo, a pesar de la mueca de dolor que había en su boca —. Aguanta, por favor.

—Finn, me has hecho muy feliz —susurró y volvió a cerrar los ojos con un suspiro.

—¡Nooooo! —gritó, enloquecido. Sintiendo que se volvería loco, acercó el oído a su pecho y solo volvió a respirar porque escuchó el latido de su corazón—. Está viva, todavía vive —se repitió en un intento de no perder el control de su mente.

—Corre a buscar a Roselia —le dijo Inge a Ydril.

—¿Dónde está? —Ydril se limpió las lágrimas con las manos intentando tranquilizarse, pero Leif le puso la mano en el hombro para que no se moviera. Permanecía de pie, junto a su hermano, por si lo necesitara, aunque, como todos, imaginaba que estaba a punto de ocurrir lo peor.

—Yo iré más deprisa —Inge contestó, dirigiéndose a los dos.

—Está durmiendo en mi habitación. Lisbet la obligó a acostarse esta mañana porque ya no se tenía en pie. —Leif había salido corriendo antes de que terminara la frase, seguido por Ydril.

Einar, con un gesto de amargura en el rostro, pateó la cabeza de Guttorm, que había caído al suelo y que rodó hasta llegar a los pies de Otto; este, observó la cara de sorpresa de su compinche, asqueado, y se apartó un par de pasos para no rozarle con sus botas.

—¡Si no acabas tú con él, lo haré yo! —Einar gritó sus palabras a Esben, que mantenía su espada apoyada sobre el pecho de Otto, pero que no se decidía a terminar con él, distraído por la agonía de Adalïe.

—¡Quieto, Esben! —Todos levantaron la vista a la ventana a la que se había asomado el rey. Estaba pálido y su aspecto era enfermizo, pero volvía a ser él. Sus soldados, que lo habían visto durante los últimos meses como un muerto en vida, lo observaban maravillados—. La justicia que hay que administrar a ese traidor, no te pertenece solo a ti —explicó —, aunque por la reina sé que tú y los tuyos sois los más ofendidos, te pido que dejes que mis soldados lo encierren en las mazmorras, para que soporte el juicio y la muerte deshonrosa que se merece. —Esben le replicó, dolido y furioso al ver que cuatro soldados del rey habían rodeado a

Otto, después de escuchar a su rey, impidiendo que pudiera acercarse a él. Escuchó cómo Ragnar y Wulf desenfundaban las espadas tras él, siendo imitados inmediatamente por los demás berserkers, pero levantó la mano para detenerlos.

—¡Haakon! —bramó, recordando a todos que eran tío y sobrino—. ¿Acaso tú lo harías?, ¿lo dejarías con vida si le hubiera hecho a tu familia lo mismo que a la mía?, ¿si por su culpa te hubieras perdido veinticinco años de la vida de tus hijos?

—Es posible que no —admitió—, pero te aseguro de que si lo matas ahora, le estarás haciendo un favor. Si lo haces, dejará de sufrir, pero tú seguirás haciéndolo toda la vida. Míralo, está deseando que lo mates. —Esben observó la mirada de Otto y se dio cuenta de que Haakon tenía razón, en su mirada flotaba la esperanza de que lo matara rápidamente—. No lo hagas —repitió el rey—, además, un juicio es la única manera de compensar de verdad a los ofendidos. —Esben sabía lo que el rey le quería decir; que si moría así no sabían en manos de quién terminarían las posesiones de Otto, pero si lo hacía con la orden del rey, después de un juicio, en la misma sentencia se decidiría quién heredaría sus riquezas y, si Adalïe vivía, merecía ser la heredera de su padre. Después de pensarlo durante unos momentos y de mirar a Finn, que seguía inclinado sobre Adalïe suplicándole que siguiera con vida, Esben cedió y bajó la espada en silencio.

Los soldados que rodeaban a Otto se lo llevaron a las mazmorras mientras él gritaba y pataleaba, resistiéndose cuanto podía. Pero, cuando pasó junto a Adalïe, la miró y palideció apartando la mirada al verla cubierta de sangre. Esben se acercó a abrazar a su mujer, que se derrumbó sobre él. Adalïe casi no respiraba, todos estaban seguros de que le quedaban unos minutos de vida.

LEIF E YDRIL entraron sin llamar en el dormitorio, provocando que Inge se despertara sobresaltada. Llevaba un camisón blanco y se había soltado el pelo; los miraba asustada, sabiendo que algo terrible tenía que haber pasado. Ydril se acercó a ella, llorando:

—¡Adalïe está herida! ¡Guttorm me ha lanzado un cuchillo, pero ella me ha empujado para que no me alcanzara y se lo ha clavado a ella! —Roselia se sentó en la cama y alargó el brazo hacia el vestido que estaba a los pies de la cama, poniéndoselo encima del camisón, luego comenzó a ponerse las botas a la vez que preguntaba:

—¿Dónde está? —Era lo único que necesitaba saber ahora mismo.

—En el patio de armas —le contestó Leif. La anciana asintió y se levantó. Tenía la cara desencajada.

—Vamos. —Corrió hacia la puerta como si le fuera la vida en ello. Bajó las escaleras lo más deprisa que pudo y no se detuvo hasta llegar junto a Adalïe que permanecía tumbada en el suelo. Esben y Lisbet, abrazados, permanecían junto a su hijo que seguía arrodillado al lado de Adalïe, con las manos entre las suyas y hablándole al oído.

Roselia se postró a su lado y observó el mango del puñal que sobresalía del pecho de la muchacha, y la sangre que manaba de la herida. Puso la mano sobre su corazón y contó sus latidos. Con voz suave y musical, muy distinta a la que utilizaba cuando hablaba en el idioma vikingo, susurró unas pocas palabras al alma de Adalïe; aunque no entendían las palabras, su sonido hizo que los gemidos y las lágrimas de los presentes se detuvieran; y que, todos, tanto los que querían a Adalïe como los que no la conocían, desearan que la anciana siguiera hablando porque era la lengua más hermosa que habían escuchado nunca. Adalïe abrió los ojos de nuevo, con gran esfuerzo, deseando saber quién le había hablado y vio a Roselia. Susurró, con una voz casi sin vida:

—Es el idioma de mi madre —respondió en la misma lengua.

—Y el de mi infancia —replicó la anciana, observando que sus ojos estaban empezando a perder su color plateado. Su vida estaba apagándose poco a poco—. Tienes que vivir, por él. —Aunque no miró a Finn, las dos sabían a quién se refería—. Y por tu familia. —El horror apareció en los ojos de Adalïe pensando que se refería a Otto. Roselia le explicó —: No, no me refiero a ese malvado, sino a tu familia de la isla. Debes vivir para conocerlos.

—Me gustaría mucho ir, pero... —suspiró y sus ojos volvieron a cerrarse, pero Roselia no dejaría que muriese si podía evitarlo.

—Adalïe, abre los ojos. —Hizo un gesto a Einar que comenzó a hablar con la muchacha en el mismo idioma que habían usado Roselia y ella. Él y su padre se habían acercado hasta detenerse junto a los pies de Adalïe y, viéndolos tan cerca el uno del otro, se podía comprobar mejor el gran parecido existente entre Einar y ella.

—¿Quién eres? —Adalïe casi no tenía fuerzas, pero necesitaba saberlo.

—Mi madre y la tuya eran primas. Y si crees que tú y yo somos parecidas, espera a conocer a mi madre.

—¿Tu madre vive? —Los ojos admirados de ella se volvieron hacia Finn que la observaba con una mirada húmeda y llena de terror. El corazón de Adalïe se encogió al ver su sufrimiento; su muerte sería un golpe terrible para él y eso la distrajo de la conversación con su recién encontrado primo.

—Finn —susurró y acarició sin fuerzas la mano que él mantenía cubriendo las suyas, mirándolo con el amor incondicional que sentía por él brillando en los ojos; Finn sintió tal desesperanza que no pudo resistirlo y se dobló sobre la cintura, con la cabeza rozándola, pero, incluso en ese momento en el que estaba trastornado por el dolor, evitó abrazarla por temor a hacerle daño.

La desconsoladora e íntima escena era observada por todos los presentes en el patio. Ragnar entornó los ojos y miró a Wulf, que dio una orden en voz baja y todos los berserkers rodearon a Finn y a Adalïe, cubriéndolos de los ojos de los extraños. Hasta los más duros de los berserkers tenían los ojos húmedos, imaginando lo que ellos sentirían si estuvieran en el lugar de su compañero.

Roselia, mientras tanto, se había levantado y hablaba con Lisbet, Esben, Inge, Ydril y Leif, algo apartada de los demás, para que no pudieran escucharla:

—Ya se lo he dicho a Finn. Que nadie toque el cuchillo.

—¿No vas a quitárselo? —Ydril tenía los ojos hinchados y rojos, aunque hacía esfuerzos por no seguir llorando. Leif intentó que se calmara.

—Tranquilízate, que te pongas así solo empeora las cosas. No querrás que Finn o ella te vean así —Ydril asintió respirando hondo.

—Tienes razón, pero es que no lo vi venir y no entiendo por qué me ha salvado. Casi no me conoce…

Roselia la interrumpió:

—Es su propia esencia la que le ha hecho actuar así. Ninguno de los miembros de la estirpe de la que procede habría dejado que asesinaran a un inocente delante de ellos, si pudieran evitarlo.

—¿Aunque a cambio diera su propia vida?

—Aun así. Pero eso ahora no importa. —Miró a Leif—. Necesito que la subáis a la habitación donde ha estado descansando estos días. Tiene chimenea, y el lugar donde repose debe de estar caldeado cuando le retire el cuchillo.

—¿No decías que no había que quitárselo? —Lisbet intentaba reponerse y, como todos, estaban dispuestos a hacer lo que fuera para salvarla.

—No hasta que prepare un ungüento que hay que ponerle en la herida, para que no se desangre cuando lo haga.

—¿La llevamos ya? —preguntó Leif, muy preocupado por su hermano.

—Sí, pero tened mucho cuidado. Hasta que le quite el puñal, hay que intentar que no haga movimientos bruscos.

Leif se arrodilló junto a su hermano después de que Wulf y Ragnar lo dejaran pasar, y le explicó en voz baja lo que Roselia acababa de decirle. Finn lo miró con una débil esperanza brillando en los ojos.

—¿Puede salvarla?

—No lo sé, hermano, pero haremos todo lo que podamos. —Su gemelo tragó saliva y Leif hizo lo mismo. Su corazón lloraba por él y gritaba enfurecido al ver la ternura con la que se inclinaba sobre la muchacha. Después de susurrarle algo, la levantó con el mismo cuidado como si llevara entre los brazos su propio corazón. Lo que Leif sabía que era cierto.

CAPÍTULO 22

Esben estaba a punto de acompañar a Inge y Lisbet arriba, para acompañar a Adalïe, cuando Einar le hizo un gesto para indicarle que quería hablar con él a solas; aceptó, pero antes le dijo a Lisbet:

—Vete con Inge, yo subiré enseguida —ella asintió y las dos mujeres entraron en la casa.

Esben y Einar se acercaron al muro del torreón, donde ya no quedaba nadie y el *halcón oscuro* propuso:

—Nosotros podemos ayudarla. Hay un curandero en nuestra tierra muy poderoso. Creo que podría salvarla. —Esben miró a aquel extraño, sin saber todavía cómo tratarlo.

—Adalïe es la mujer de mi hijo, ellos decidirán lo que quieren hacer.

—Sabes, como yo, que se está muriendo. Si no nos damos prisa…

Esben lo interrumpió:

—He oído hablar de ti y sé que has luchado en el ejército del rey. Imagino que habrás visto muchas heridas.

—Sí.

—¿Crees que sobreviviría a una galopada a caballo?

—No, tienes razón. Pero hay que hacer algo.

—Lo estamos haciendo. Roselia, la anciana que ha ido a buscar mi hijo y su mujer, es una famosa curandera; además, proviene de la isla de Selaön y seguramente sabrá cómo tratarla mejor que nadie —Einar asintió.

—Por eso conoce el idioma de las hadas. —Esben entrecerró los ojos al escucharle.

—Ya que lo dices... tú también. ¿Te importaría explicarme cómo es posible? No es algo demasiado usual...

—Mi madre quería que lo aprendiera y, sabiendo lo difícil que es para los humanos —sonrió de medio lado—, o los medio humanos, cuando era niño solo me hablaba en ese idioma —sacudió la cabeza, impaciente—, pero eso no importa ahora. Lo primordial es salvar a Adalïe. —Esben estaba demasiado harto para ser paciente. No había podido matar a Otto; su nuera, a la que todavía no había podido conocer, se estaba muriendo y, ahora, este extraño venía a decirle lo que tenía que hacer.

—¿Qué crees que están intentando hacer ahora? —Se dio la vuelta, airado y le dijo sobre el hombro—: No me hagas perder más el tiempo, debo estar con mi familia.

—Permítenos entonces, a mi padre y a mí, que os acompañemos. —Esben se dio la vuelta y se los quedó mirando—. Te guste o no, también somos familia; como he dicho antes, mi madre y la de Adalïe son primas. —Esben lo había oído, pero no se lo terminaba de creer.

—Entonces, ¿por qué accediste a ayudar a ese cerdo? —Movió la cabeza, señalando despectivamente el lugar por el que se habían llevado a Otto.

—Mi padre estuvo a punto de cortarle el cuello cuando le explicó lo que quería, solo por haberle tomado por un traidor como él; Otto llegó a ofrecerle como parte del acuerdo a su propia hija, asegurándole que la casaría conmigo, entonces... —Einar se quedó en silencio, parecía recordar algo, pero Esben no tenía tiempo que perder y lo acicateó.

—¿Qué pasó?

—Entonces, Otto le dijo cómo se llamaba su hija en realidad; casi riéndose de ella, le explicó que la madre procedía de una isla extraña cuyo nombre no recordaba, y que había puesto ese nombre a la hija, pero que él la llamaba Mary, que le parecía mucho más fácil de pronunciar.

—Siempre ha sido un cerdo —confirmó Esben con una mueca despectiva—, y yo le odio más que nadie, pero no tengo tiempo...

Einar se impacientó y terminó la explicación:

—Mi madre también se llama Adalïe, ¿entiendes? Y procede de una lejana isla llamada Selaön. Son demasiadas coincidencias. —Esben no estaba convencido.

—Aun así, ambas podrían ser de la misma isla, incluso llamarse igual, y que no se conocieran... —Pero ya miraba al hombre que tenía delante de otra manera; era igual de protector que él con su familia y eso lo respetaba.

—Adalïe es un nombre que solo se utiliza en la familia de mi madre. Desde niño me contó que tenía una prima llamada Edohy, que era como una hermana para ella, a la que invitó a su boda con mi padre; pero, a pesar de que Edohy se embarcó para acudir al enlace, nunca llegó. Después de que pasaran los años sin noticias de ella, mi madre por fin creyó que había muerto. Por eso, cuando mi padre escuchó hablar a Otto de su hija y cuando dijo cómo se llamaba... mi padre creyó que hablaba de la hija de Edohy; además, las dos primas habían planeado que, si tenían una hija, le pondrían el nombre de la otra. Espero que ahora entiendas por qué tuvimos que seguirle la corriente.

—Sí, yo hubiera hecho lo mismo.

—Mi madre quería venir, pero mi padre y yo no la dejamos. Teníamos miedo de lo que hubiera pelea, pero no me perdonará si no llega a conocer a Adalïe.

—Ven, sube conmigo. Te presentaré a la familia.

~

YDRIL HABÍA ACOMPAÑADO a Roselia a la cocina para ayudarle a preparar el ungüento. La anciana le había ordenado machacar varias hierbas en un mortero de madera mientras ella calentaba miel, vino y especias, la base de la receta. La hechicera estaba susurrando algo en voz baja, como si conjurara la ayuda de alguien invisible. Las dos muchachas de la cocina habían salido al ver lo que estaban haciendo y las habían dejado solas. Ydril se decidió a decirle lo que le rondaba la cabeza desde que habían herido a Adalïe. Dejó el mortero y se acercó a la anciana que seguía junto a la olla de metal, tarareando una especie de cántico:

—Roselia —musitó—, tengo que decirte algo, es importante. —La anciana se quedó mirándola con los ojos entornados, pero vio algo en la cara de la joven que evitó que dijera nada—. Cuando me casé, soñé con mi padre, que está muerto hace muchos años y me avisó de que esto iba a ocurrir. Me habló de la herida de Adalïe, aunque, por entonces, todavía no la conocíamos; él sabía que íbamos a iniciar este viaje y me dijo que nos encontraríamos con el mal; él lo llamó la oscuridad. —Roselia la observaba boquiabierta.

—¿Se te ha presentado más veces?

—Solo otra más; en las dos se me presentó como si fuera un niño.

—Se siente culpable.

—Sí, ¿cómo lo sabes?

—Hace muchos años, me comunicaba con las almas perdidas. Sigue.

—Me llevó hasta un manantial que nace en un bosque que

hay cerca de nuestra casa, y me dijo que esa agua podía curar cualquier herida; había que lavarla con ella y, además, el herido tenía que beberla.

—Agua curativa… —musitó la hechicera— no sabía que la hubiera por aquí.

—Me anunció que encontraría en mi viaje a un espíritu puro que ofrecería su vida a cambio de la mía y que, cuando ocurriera, recordara el manantial. ¡Hay que llevar allí a Adalïe! —insistió, como final. Roselia se quedó pensativa y después, volvió a la olla donde siguió removiendo el ungüento. Ydril la siguió, decidida a insistir, pero la anciana la regañó:

—¡Sigue con ese majado!, si no terminamos el bálsamo a tiempo, morirá, y no servirá de nada ese manantial del que hablas.

Ydril machacó con fuerza las hierbas decidida a terminar el trabajo lo antes posible; haría todo lo que pudiera para conseguir que Adalïe se salvara. Le debía la vida.

A Otto lo pusieron en la misma celda en la que estaba Hallbera. No creía que lo hubieran hecho adrede, simplemente las otras estaban tan llenas que era imposible meterle en ninguna de ellas; de manera que la casualidad o la mala suerte quiso que estuvieran juntos. La bruja tenía un aspecto horrible, estaba amordazada y con las manos atadas y se colocó delante de él, haciendo tanto ruido que, aunque hubiera preferido estrangularla ni siquiera tenía espíritu suficiente para hacerlo y le desató las manos. Ella lo miraba con desprecio mientras se quitaba la mordaza, pero, al menos, sus primeras palabras lo distrajeron de la ruina en la que se había convertido su vida.

—¿Dónde está Guttorm? —Se la quedó mirando fijamente, al darse cuenta de que lo que decía su antiguo hombre de confianza era cierto. La bruja se había enamorado de él.

—Muerto. —Afortunadamente no se puso a gritar, solo se lo quedó observando durante largo rato. Sus ojos se apagaron, palideció y tragó saliva compulsivamente. Cuando pudo hablar, preguntó:

—¿Quién ha sido?

—Einar Falk lo ha decapitado por haber herido a mi hija.

—¿Por qué? —La bruja ahora estaba roja y parecía que le costaba respirar, como si estuviera lidiando con una fuerte emoción.

—Al parecer, la madre de ese salvaje y Edohy, eran familia. Guttorm lanzó un cuchillo a mi hija que se le clavó en el pecho. —Se quedó callado durante unos segundos, pensando, luego musitó—: A estas horas, seguro que estará muerta. —Ahora fue la bruja la que lo miró con curiosidad.

—¿Y su muerte no te afecta?

—No —mintió, porque lo que había sentido al pasar junto a ella y verla tendida en el suelo cubierta de sangre, no lo compartiría con nadie. Moriría con ese sentimiento guardado en el pecho.

—Tengo que matarlo y no me importa morir si lo consigo —musitó Hallbera, luego caminó hasta la reja que los separaba de la libertad y observó a los tres gigantes que los custodiaban. Uno de ellos la observaba fijamente. Lo llamó—: ¡Eh, tú! ¡Ven aquí! —Los otros dos amigos lo miraron con una sonrisa, pero él, sin ningún gesto en el rostro, se acercó. No se detuvo hasta estar a pocos centímetros de ella, separados por la reja. Entonces, ella canturreó suavemente con su voz más seductora—: Si me dejas salir, te haré rico. No tendrás que volver a trabajar para nadie nunca más... —Pero Knut, pues era él, la interrumpió:

—No te molestes, bruja. Ayer nos hicieron beber a todos una pócima de protección contra hechizos que nos dio una amiga tuya... Roselia, creo que se llama. No pierdas el tiempo intentando engañarnos, guarda tus palabras para el juicio. Allí te harán falta. —Hallbera se agarró a la reja con todas sus fuerzas, y parte de la furia que burbujeaba en su interior escapó de su cuerpo en forma de un grito que resonó por todo el castillo.

~

HAAKON RETROCEDIÓ DESPACIO, apoyándose en la pared y Margarita corrió el tapiz con que solía estar cubierta la ventana para que no pudieran verlos; luego, le ofreció su brazo para ayudarlo a llegar a la cama.

—Apóyate en mí. —Él la miró un instante antes de hacerlo, pero no dijo nada hasta que se sentó sobre la cama con un suspiro de cansancio.

—Gracias, Margarita. —Ella parecía nerviosa y comenzó a recoger los trastos de la habitación para dejarlos en el pasillo y que uno de los criados se los llevara; después de días de enfermedad, estaba llena de copas sucias, jarras y paños húmedos. Se interrumpió al escucharlo y se volvió hacia él. Haakon alargó la mano, invitándola a acercarse—. Ven, siéntate un momento conmigo. —Obedeció en silencio, aunque dejó algo de espacio entre los dos. Entonces, él suplicó—: Perdóname. —Margarita se levantó, pero él le puso, suavemente, la mano en el brazo—. Por favor. —Ella volvió a sentarse con la cara enrojecida—. Mírame. —Lo hizo—. Déjame que te lo cuente, luego, si no quieres, no me perdones. Lo entenderé.

—Está bien. —Su beneplácito llegó después del suspiro que le salió directamente del corazón.

—He recordado cómo ocurrió todo y quiero que lo sepas. Todo empezó cuando estuviste visitando a tu familia en verano. Otto la trajo una noche y cenamos juntos, en nuestra mesa —confesó. La reina se puso rígida, pero no dijo nada—. No me di cuenta de que me habían echado algo en la bebida o en la comida, pero debió de ser así porque no recuerdo nada después... solo que, cuando me desperté, ella estaba en mi cama. Esa fue la única vez, te lo juro... —Ella lo miró, incrédula.

—Entonces, ¿cómo ha llegado a controlarte de esa manera? Eras una simple marioneta en sus manos, Haakon —reprochó ella.

—Lo sé, créeme. Los pocos momentos en los que estaba lúcido, cuando dejaba de hacerme efecto el endemoniado brebaje, me sentía tan avergonzado de mí mismo que solo quería olvidar, por eso seguía bebiéndolo. Rita. —Ella se estremeció cuando usó el nombre por el que la llamaba antes en la intimidad. Lo hacía así desde que se habían enamorado más de treinta años atrás—. Si te he engañado, no ha sido por mi voluntad, te lo juro. Solo te he querido a ti en toda mi vida. Pero esa mujer... —meneó la cabeza sin saber cómo explicar lo que había sentido durante esos meses— o mejor dicho, su pócima, conseguía que perdiera mi voluntad y no podía luchar contra sus órdenes; en las pocas ocasiones en las que no estaba bajo su influencia porque se me había pasado el efecto de las hierbas, no recordaba mi comportamiento, pero intuía que había sido horrible por la forma en la que me mirabais todos.

—Creía que habías dejado de quererme. —La reina se tapó la boca para acallar el sollozo que iba a salir de ella. Haakon, lentamente debido a su debilidad, se acercó a ella hasta pegarse a su cuerpo y susurró:

—Jamás. Eres mi única dueña y lo serás siempre —juró. Luego, despacio, dándole tiempo por si quería apartarse, alargó la mano y entrelazó sus dedos con los de su mujer. Ambos se quedaron mirando las manos unidas durante largo rato.

~

YDRIL Y ROSELIA volvieron lo antes posible al dormitorio. La curandera llevaba entre las manos un tazón cubierto por un paño de algodón. Se dirigió a la cama donde estaba tumbada Adalïe, respirando a duras penas; Finn estaba arrodillado en el suelo, junto a ella, con la frente apoyada en el colchón. Ydril se acercó a Leif que estaba apoyado en la pared, sufriendo, mientras observaba a su hermano; le cogió la mano y la apretó con cariño, mirándolo también. Adalïe se había desmayado. Ydril intentó animar a su marido, explicándole lo que le había dicho la anciana hechicera en la cocina:

—Dice Roselia que cuando le extienda el ungüento sobre la herida, podrá respirar mejor y dejará de sentir dolor. Luego, la coserá.

—¿No necesita tu ayuda?

—Me ha dicho que solo la estorbaría. Pero puede que te necesite a ti para retirar el cuchillo —Leif asintió y se acercó a la cama. La curandera estaba examinando la herida, que ahora casi no sangraba, palpándola muy suavemente con las yemas de los dedos. Empezó a limpiar la sangre seca de alrededor y Leif aprovechó para hablar con su hermano que observaba, como si estuviera hipnotizado, lo que hacía la curandera con Adalïe. Seguía de rodillas.

—Finn. —Le puso la mano en el hombro y su gemelo lo miró. A Leif le impresionó ver su rostro, parecía estar ido. Lo sacudió ligeramente, asustado, y Finn volvió—. Vete con Ydril un momento, tengo que ayudar a Roselia. —Pero su hermano frunció el ceño y preguntó a la anciana:

—¿Qué hay que hacer? —Ella siguió limpiando la herida, a la vez que contestaba:

—Tengo que ponerle el emplasto que he preparado en la

herida, pero antes hay que sacarle el cuchillo. —Finn se levantó y dijo:

—Yo lo haré. —La anciana lo observó durante un momento y luego miró a Leif, después, asintió. De todos modos, Leif se quedó cerca, por si lo necesitaban.

Cuando limpió de sangre la piel que rodeaba la herida, la curandera colocó el tazón al lado de Adalïe y le explicó a Finn cómo debía hacerlo:

—Tienes que retirar el puñal lo más rápido posible y, a la vez, tener cuidado de no rozar la carne o podrías agrandar la herida. —Finn le hizo un gesto para que supiera que estaba preparado; también estaba pálido, pero su pulso era firme y seguro—. Cuando quieras —ordenó ella. Él miró durante un instante el rostro desvanecido de su mujer, y agarró el puñal cerrando la mano lentamente alrededor de la empuñadura, cuidando de no hacer ninguna presión sobre él; luego, conteniendo la respiración, tiró de él y salió con sorprendente facilidad. Entonces, la curandera, sin perder un instante, presionó un poco la herida para que saliera la sangre acumulada y, después, comenzó a cubrir la herida con el ungüento que aún humeaba. A su lado tenía también una aguja enhebrada, esperando ser utilizada.

Finn observó lo que hacía hasta que se distrajo por la discusión que mantenían su hermano y su cuñada, aunque ellos se creían que la estaban manteniendo en voz baja. Pero algo que escuchó le dijo que la pelea era por algo relacionado con Adalïe y se acercó a ellos. Como estaban de espaldas a él, no lo vieron venir.

—¿Qué pasa? —Ambos se volvieron con cara de culpabilidad, pero ninguno quería contárselo—. ¡Hablad, maldita sea! Mi mujer se está muriendo, si hay algo que tenga que saber, ¡decídmelo! —Ydril echó un vistazo a la cara tozuda de Leif y obedeció con voz suave:

—La noche de nuestra boda soñé con mi padre. Me avisó

de que esto ocurriría. —Finn la miraba como si se hubiera vuelto loca, pero ella continuó—: Pregúntaselo a Leif; se lo dije al día siguiente... aunque ninguno de los dos sabíamos a quién se refería. Cedric me dijo que alguien daría su vida por mí, pero que... si lavaba su herida con agua de un manantial que me mostró en el bosque y bebía de él, se salvaría. —Finn miró a Leif que confesó, a pesar de sí mismo:

—Es cierto, hermano. Me lo dijo, aunque yo no le hice demasiado caso. Pensé que solo sería un sueño. —Finn seguía tan impresionado que no era capaz de hablar.

—Mi padre también me dijo que, después de darme esa información, podría marcharse junto a mi madre. Quería resarciros, en parte, por lo que os había hecho —su voz sonaba estrangulada, pero carraspeó.

—Ydril, cariño —protestó suavemente Leif, pero ella no le hizo ni caso.

—Discutíamos porque Leif no cree que lo del manantial sirva de nada, pero yo sí lo creo. Mi padre no se me aparecería para contarme algo que no serviría para nada. —Finn miró a Adalïe a quien la anciana ya estaba vendando, y volvió a mirar a Ydril.

—¿Podrías explicarme cómo llegar a ese manantial?

—Mejor que eso. —De su faltriquera sacó un papel doblado que le entregó—. Al día siguiente, hice un mapa para que no se me olvidara. Así lo encontrarás con más facilidad.

—Iremos contigo. —Finn movió la cabeza, negándose a la petición de su hermano.

—No, prefiero ir solo. Esperad un momento. —Se marchó para hablar con Roselia. Después de hacerlo durante unos minutos mientras observaba a Adalïe, volvió junto a ellos—. Dice que está de acuerdo con Ydril, cree que es la única esperanza que tiene Adalïe. Además, puede dormirla durante unas horas para que no sufra en el caballo.

—Deja que te acompañemos, por favor.

—No, Leif. Será más rápido si voy solo, sobre todo si me dejas tu caballo. Ningún otro corre tanto como él.

«El muy maldito tenía razón», pensó Leif.

—Por supuesto, lo que necesites.

—Entonces, ayudadme a prepararlo todo. —Y, por primera vez desde que habían herido a su andsfrende, en los ojos de Finn se veía una chispa de esperanza.

Menos de media hora después volaba, montado en Gullfaxi, con Adalïe dormida entre sus brazos. Su familia y sus amigos observaron su marcha con un sentido silencio roto por Ragnar:

—Lisbet, me gustaría hablar con el rey. Queremos volver a casa. —Lisbet se sorprendió porque se lo dijera a ella y él contestó con una media sonrisa—. Sé que todavía no está bien y, si no puede verme, basta con que le digas lo que te he dicho... sé que tú, siendo familia, sabrás cómo hacerlo. —Ella se giró hacia Einar que presenciaba la conversación, junto a su padre, algo apartado de los demás; ambos se habían acercado a presenciar la marcha de su prima, aunque ella seguía inconsciente.

—¿Vosotros también os vais? —preguntó, dirigiéndose a él.

—No, nos quedaremos unos días. Espero llevarle a mi madre la noticia de que mi prima se ha recuperado. Puedes decirle a Haakon que cuente con nosotros si nos necesita.

Esben intervino:

—Ragnar tiene razón. Han permanecido demasiado tiempo alejados de sus familias, haciendo honor a su amistad. Además, todo está tranquilo ahora.

—Subiré ahora mismo a hablar con él. —Lisbet estaba de acuerdo con ellos.

El rey autorizó de todo corazón la vuelta de los berserkers a sus casas, transmitiéndoles, además, a través de Lisbet, su eterno agradecimiento.

FINN TUVO que detenerse a medio camino porque a pesar de que Gullfaxi no flaqueó en ningún momento, estaba tan sudado y respiraba tan agitadamente que temió por la vida del portentoso animal. Lo dejó suelto junto a una charca de agua limpia para que bebiera y comiera cuanto quisiera. Mientras el caballo descansaba, él se sentó en una roca a pocos metros de distancia, mirando al mar con Adalïe sobre su regazo. La colocó como pensó que estaría más cómoda, de lado y apoyada en su pecho, y subió la manta que la cubría para que no se enfriara. La observó; seguía respirando como si estuviera dormida y parecía tranquila. La venda seguía estando blanca, si la herida se hubiera abierto se habría vuelto roja, pero no era así.

—Adalïe, amor mío, te llevo al bosque que hay junto a la casa de nuestra familia. Allí hay un manantial que te curará. Pero tienes que aguantar hasta entonces. —La besó en la frente y siguió mirando al mar en silencio. Poco después, Gullfaxi lo golpeaba suavemente en la cabeza con el hocico. Se giró hacia él y sonrió, a pesar de todo, al ver que parecía impaciente por volver a ponerse en marcha.

—Mi hermano tiene razón, eres el mejor. —Gullfaxi relinchó, de acuerdo con él. Finn subió con cuidado a Adalïe a la silla y, luego, lo hizo él detrás—. Vamos, amigo. Vuela como el viento —murmuró. Gullfaxi relinchó comenzando a galopar.

Empezaba a anochecer cuando los tres entraban en el bosque del oeste. Finn siguió el mapa que Ydril le había dibujado y se dirigió al círculo de la luz; desde allí y, siempre según las indicaciones de su cuñada, hizo caminar a Gullfaxi unos cuantos cientos de metros más hasta toparse con los helechos gigantes que Ydril le había dibujado y, al atravesarlos, se topó con el manantial. Se trataba de un arroyo de aspecto inocente que nacía debajo de un montón de piedras lisas; mirándolo, por un momento a Finn todo aquello le pareció una locura, pero se apeó con Adalïe en los brazos y la dejó cuidadosamente sobre la hierba.

Tal y como le había explicado Roselia que debía hacer, la desnudó, hasta que sobre su delgado y blanco cuerpo la única tela que hubo fue la venda que cubría su herida. Después, cogió agua del manantial con las manos, sorprendiéndose al notarla templada a pesar del frío que hacía, y comenzó a echarla sobre la piel de Adalïe, frotándola con ella. Roselia le había explicado que los beneficios del agua se multiplicarían para Adalïe, si lo hacía de esa manera. Empezó por los pies y fue subiendo lenta e incansablemente, hasta llegar a su cara que también humedeció y frotó con suavidad. Cuando terminó, se sentó en la hierba junto a ella y la incorporó, sujetándola con el brazo izquierdo; la escuchó gemir, seguramente por la incomodidad de la postura, y murmuró:

—Aguanta un poco, amor mío. Es por tu bien. —Cogiendo el cucharón que Ydril había robado de la cocina, lo sumergió en la corriente llenándolo de agua. Entonces, dijo su nombre—: Adalïe. —Ella no reaccionó y él sopló sobre sus párpados, provocando que se agitaran, pero no abrió los ojos. Volvió a llamarla—: Adalïe. —Levantó un poco la voz a propósito; ella gimió, pero siguió sin despertarse y él empezó a impacientarse porque Roselia le había asegurado que se despertaría cuando la llamara—: Adalïe, te necesito —murmuró, asustado. Los párpados temblaron por el esfuerzo, pero consiguió separarlos y lo miró, desorientada, pero ahora no tenía tiempo para explicárselo todo—. Amor mío, voy a darte agua. Tienes que beber.

—No tengo sed —se quejó ella—. Quiero dormir. Estoy muy cansada —la debilidad de su voz lo aterrorizó.

—Adalïe —ordenó, con voz más fuerte al ver que estaba cerrando los ojos—. Abre los ojos. —Ella obedeció—. Bebe, porque yo te lo pido. Bebe por mí, por nosotros. Bebe, para que tengamos un futuro juntos porque si te vas, solo puedo seguirte. Te juro que no me quedaré aquí, sin ti. —Los ojos de ella brillaron con decisión e intentó levantar la mano para coger el cucharón, pero Finn se lo acercó y ella bebió. Luego, volvió a cerrar los ojos, agotada. Finn, sin saber cuánta agua sería necesaria, volvió a llenar la cuchara y volvió a hacer que bebiera, así hasta tres veces. Después, ella levantó la mano y susurró, mirándolo a los ojos:

—No me des más, por favor. Me duele el pecho. —Llevándose la mano a la herida, hizo un gesto de dolor. Finn tiró el cazo y deshizo el nudo de la venda, luego la desenrolló para quitársela y se quedó boquiabierto ante lo que vio: la herida se estaba cerrando ante sus ojos, los bordes ya estaban casi pegados, como si hubieran pasado varios días desde que Guttorm le había lanzado el cuchillo y no unas pocas horas. Con una sonrisa salvaje, cogió agua de nuevo y la vertió sobre la cicatriz, que chisporroteó soltando vapor y siguió cerrándose lentamente ante sus ojos. Adalïe gimió, dolorida:

—¿Por qué me duele tanto el pecho?

—¡Te estás curando, amor mío! —Ella abrió los ojos desmesuradamente al comprobar que era cierto, entonces, correspondió a la sonrisa de Finn y casi rio al ver la prisa que él se daba por echarle más agua, parecía capaz de estar toda la noche haciéndolo. Al ver que la herida casi estaba cerrada, lo sujetó por el brazo para que se detuviera.

—¡Mira!

—¡Gracias a los dioses! ¿Cómo estás? —Finn, a punto de llorar, la besó en los labios.

—Creo que… bien. —Incrédula, seguía mirándose el pecho. Había una gran cicatriz rosada donde poco antes había estado la cuchillada—. Me duele, pero creo que es porque me tiran los puntos. ¡Es increíble! —musitó. Él frunció el ceño.

—Es verdad. Voy a intentar quitártelos. Espera. —Cogió el puñal que llevaba en el cinto y se inclinó sobre ella—. No te muevas. —Muy despacio, metiendo la punta del filo en cada punto con sumo cuidado, fue cortándolos primero y luego, tirando de ellos hasta que se los quitó todos. Al terminar, se tumbó de costado y la abrazó por la cintura, emocionado. Ella posó una mano sobre su brazo y le confesó:

—Cuando ese hombre me clavó el cuchillo, estuve a punto de irme, pero te escuché llamarme y no fui capaz de hacerlo.

Acarició su pelo con un movimiento tranquilizador al notar cómo se estremecía. Finn recordaba perfectamente el momento al que se refería; se había arrodillado junto a ella y sentía que se iba, entonces le juró que, si moría, la seguiría en ese mismo instante. Durante los siguientes minutos, mientras ella se debatía entre la vida y la muerte, creyó que se volvería loco hasta que sintió que el hilo invisible que los unía, conseguía retener el alma de Adalïe. Levantó un poco la cabeza para observarla, parecía estar bien. Puso la mano sobre su herida y la acarició, reconociéndola.

—Es una fea cicatriz —afirmó Adalïe, aunque no parecía alarmada, solo sorprendida. Él se inclinó y besó la cicatriz con adoración.

—Todo lo tuyo es hermoso para mí. —Luego, la besó en la frente y volvió a abrazarla. Nunca se cansaría de hacerlo.

CAPÍTULO 23

Adalïe se había quedado dormida, pegada al cuerpo de Finn y arrullada por el sonido de la brisa entre los árboles. No recordaba qué había soñado exactamente, solo que su madre había hablado con ella y que parecía feliz. Apartó la cara del cuello de Finn, el mejor lugar del mundo para ella y lo miró; también se había quedado dormido. Se irguió un poco, lo suficiente para comprobar que no había soñado que la herida se había cerrado y, después, con una sonrisa de felicidad, observó el rostro del maravilloso vikingo que le había sido destinado.

El brillo plateado de la luna endurecía sus rasgos, recordándole a los invencibles guerreros que aparecían en las leyendas que, siendo niña, le relataba su madre; en ellas, vikingos, hadas, hechiceros y todo tipo de seres fantásticos, convivían en armonía. Su mirada se entristeció al posarse sobre sus ojeras oscuras, sabiendo que ella era la responsable de que las tuviera. Puso la mano sobre su fuerte corazón y cerró los ojos, sintiendo la corriente de amor que fluía entre los dos.

—Hola. —Abrió los ojos al escuchar su voz, ronca por el sueño.

—Hola.

—Estás bien —susurró, admirado—. Es cierto que te has curado.

—Sí, gracias a ti. —Notaba su moderación cuando lo que ella necesitaba no era eso, al contrario. Puso la palma de la mano en su mejilla, sin dejar de mirarlo a los ojos.

—Quiero que vuelvas a amarme, como aquel día en la cueva. —Hizo una mueca—. Aunque te confieso que, en cuanto podamos, me gustaría probar a hacerlo en una cama. —Finn sonrió, sorprendido por sus palabras, pero se repuso enseguida.

—Estoy dispuesto a hacerlo en cualquier sitio que quieras.

Hechizado por ella, le acarició los antebrazos con suavidad. A Adalïe empezó a latirle con fuerza el corazón, sintiendo un cosquilleo en el pecho y cerró los ojos al contacto de sus labios en la frente. Sus besos recorrieron su cara pasando por la sien, la mejilla y, finalmente, los labios, con besos tan suaves como el roce de la brisa. La pasión los envolvió lentamente formando una burbuja a su alrededor, dentro de la que solo existían ellos dos. Finn susurró, fascinado:

—Eres preciosa. Deja que te ame, cariño mío. —La ayudó a estirarse bocarriba sobre la hierba y recorrió su cuerpo dejando una estela de besos, hasta llegar a sus pechos en los que se detuvo, mordisqueándolos y tirando con suavidad de sus pezones.

—Haz conmigo lo que quieras —consintió ella, sintiendo que se derretía por dentro.

—Quiero darte todo el placer que seas capaz de soportar —murmuró, besándola de nuevo; ella contestó con otro gemido, aturdida por sus besos. Finn se apartó y se quitó la ropa lentamente, sin dejar de observarla. Cuando se quedó desnudo ante ella, Adalïe se ruborizó y él soltó una suave carcajada, tumbándose entre sus piernas. Colocó su miembro encajado entre sus piernas, rozando el pubis femenino, lo que le provocó un estremecimiento de placer. Ella arrugó la frente, preocupada.

—¿Te duele? —Él abrió los ojos, que había cerrado para disfrutar más del momento de sentir su piel rozando su pene y lo negó.

—No, me da placer. Solo el roce de tu piel me hace estremecer.

Adalïe se lamió el labio inferior, movimiento que él observó con avidez y volvió a besarla. Cuando se apartó de ella, minutos después, los ojos de Finn estaban iluminados por el fuego azul de los berserkers. Ella le acarició el fino pelo dorado que cubría su pecho antes de decir:

—Yo también deseo, más que nada, darte placer. Quiero que me enseñes.

—Pequeña, todo lo que haces me da placer. Solo necesito una cosa, que me quieras.

Como respuesta, ella alargó la mano y le acarició el pene, disfrutando del aspaviento de Finn que la miraba como si le hubieran crecido tres cabezas. De forma inexperta, lo tocó durante unos segundos, hasta que él cubrió su mano con la de él, enseñándole.

—Rodéalo con tu mano, así; ahora muévela arriba y abajo... sí... de esa manera —siseó, cerrando los ojos por la ola de placer que estaba sintiendo. Aguantó todo lo que pudo, hasta que tuvo que apartarle la mano.

—Es mejor que lo dejemos, cariño, o no podré controlarme.

Adalïe lo observaba ruborizada y con los ojos entrecerrados por la pasión; se lamió los labios hinchados por sus besos y alargó los brazos hacia él.

—Finn, por favor —suspiró.

—Sí, amor mío. —Su miembro palpitaba encajado entre su nido de rizos, pero él acunó su cara entre sus grandes manos y confesó—: Moriría por ti sin dudarlo y la última palabra que saldría de mis labios sería tu nombre, pero mi corazón revienta de alegría sabiendo que nos quedan una larga vida juntos. —Su mano derecha se perdió entre los muslos de ella para comprobar si estaba preparada para él y lo satisfizo ver que así era; su pubis estaba húmedo, esperándolo.

Adalïe, con las manos apoyadas en los hombros de Finn, soltó un pequeño grito cuando la penetró; ladeó la cabeza y cerró los ojos, temblando por la excitación.

—Tranquila —susurró él, a la vez que le cogía el lóbulo de la oreja entre los dientes y apretaba suavemente, sabiendo cuánto le gustaba. Se movió hacia atrás para impulsarse de nuevo hacia delante, consiguiendo entrar por completo dentro de ella en esta ocasión y se quedó quieto, contemplándola. Ella, al notar que no se movía, lo miró.

—¿Por qué te has parado? —Ahora lo tenía abrazado por la espalda, y un sexto sentido la hizo levantar las piernas, provocando que él se encajara aún más dentro de ella y que ambos se estremecieran. Finn apretó los dientes y gimió, por la extrema sensación de placer que le recorrió el cuerpo y que no se parecía a nada que hubiera sentido antes, y comenzó a moverse; siguió haciéndolo sin descanso, hasta conseguir que ella alcanzara un orgasmo que la hizo convulsionar hasta quedarse laxa debajo de él.

Finn seguía erecto cuando se retiró de ella; sus cabellos, húmedos por el sudor, parecían negros en la oscuridad de la noche, solo alumbrada por la luz lunar, mientras se arrodillaba entre sus piernas. Adalïe sacudió la cabeza, aturdida.

—Espera, ¿qué vas a hacer? —protestó, alargando una mano hacia él. Rozó sus cabellos húmedos y los acarició, intentando convencerlo, pero él no podía detenerse; abrió los labios verticales ocultos por el nido de rizos y tanteó su carne rosada con la lengua. Sus caricias la hicieron ronronear de placer en segundos y se sobresaltó al sentir cómo chupeteaba y mordisqueaba su clítoris hinchado y rojo. Finn continuó dándole placer mientras sujetaba sus piernas con los brazos, y Adalïe entró en una espiral placentera y enloquecedora que le impidió decir ni una palabra. De repente, sintió que otro orgasmo la golpeaba y su cuerpo se arqueó, rígido, manteniéndose pegados a la tierra solo su cabeza y sus pies.

Finn se irguió, con el fuego azul brillando en sus ojos y ella, satisfecha y agotada, pero necesitándolo, alargó los brazos hacia él. La penetró de nuevo y susurró algo junto a su oído. Al principio, ella no fue capaz de escuchar lo que decía, concentrada en seguir respirando, mientras él entraba y salía de ella, pero después, lo entendió.

—Adalïe... amor mío. Necesito que llegues otra vez.

—No puedo... —negó débilmente. Él levantó un momento la cabeza, sin dejar de moverse y la observó; estaba preciosa, ruborizada de pies a cabeza, con los ojos brillantes de amor por él y los generosos labios hinchados por sus besos.

—Quiero que lleguemos a la vez.

—No... no puedo —aseguró.

—Te ayudaré a conseguirlo. —Deslizó una mano por el vientre de ella hasta el punto donde sus cuerpos se unían y localizó su clítoris, que comenzó a masajear suavemente. Ella sollozó mientras los dedos de Finn mimaban su nudo de placer.

—Vamos, pequeña —murmuró él.

Siguió embistiéndola con brío hasta que ella gritó con el cuerpo palpitante y su vagina se cerró sobre el miembro masculino, provocando que Finn se estremeciera, recibiendo el mayor placer de su vida. Permanecieron abrazados largo rato y en silencio, al abrigo de los árboles y arrullados por el musical sonido del agua corriente del manantial.

MAGNUS ESTABA ENSIMISMADO PENSANDO en su familia. con la mirada fija en las orejas de su caballo, cuando escuchó la voz de Hans.

—¡Mira! ¿Esos no son dos de los amigos de tus sobrinos? —Dirigió la vista hacia donde señalaba el dedo de su primo y observó a dos hombres sentados bajo un árbol, mirándolos. Uno de ellos era inolvidable, debido a la enorme cicatriz que le atravesaba la mitad del rostro. Recordó que se llamaba Lars, construía arpas y, además, tocaba muy bien. Al lado de los dos hombres, dos caballos visiblemente fatigados y sudorosos, recuperaban el aliento.

—Al menos uno de ellos, sí —confirmó a Hans, deteniendo su montura para poder hablar con ellos. Los dos amigos de Finn y Leif se acercaron al borde del camino lo suficiente para que ellos no tuvieran que apearse.

—Hola —saludó Lars—. Qué casualidad que nos encontremos aquí. —Señaló a su amigo—. Creo que todavía no conocéis a Aren.

—No, aunque me han hablado mucho de ti. —Sonrió Magnus—. Y buenos días también a vosotros. —Hans murmuró otro saludo—.¿Recibisteis la nota de Ragnar?

—Sí —contestó Aren—, por eso estamos aquí. ¿Vosotros también vais hacia el castillo del rey?

—Sí.

—Podemos hacer el viaje juntos, si os parece bien —propuso Aren y Lars arrugó la frente antes de decir:

—Harald no nos dijo que fuerais a venir —aseguró. Harald era el emisario que les llevó la carta de Ragnar.

—No habíamos pensado hacerlo, pero según pasaban los

días, nos fuimos preocupando más, hasta que... —Magnus se encogió de hombros sin terminar la frase, pero Hans la terminó por él:

—No le hagáis caso. Estaba tan insoportable por la preocupación, que le dije que, o accedía a venir o le clavaba uno de mis cuchillos en el corazón. En cuanto hemos podido, hemos venido. —Hans compuso una sonrisa que le hizo parecer mucho más joven de lo que era. Lars, después de una involuntaria carcajada surgida al imaginar la discusión entre los dos frailes, dijo:

—Hemos tenido que detenernos para que los caballos descansaran. Tenemos algo de comida. ¿Queréis comer algo? —Lars fue a coger su bolsa con carne desecada, cuando oyó las risas de Hans.

—Nosotros también hemos traído comida. —Hans se apeó y pasó por delante de los dos jóvenes cargando una abultada bolsa de algodón que dejaba un rastro de olor tan apetitoso, que hizo que les rugieran las tripas. Lo siguieron sin preguntar, hacia el árbol donde ellos habían estado sentados antes y se sentaron en silencio, y observaron con gula el asado y el pan horneados esa misma mañana que sacó de la bolsa y dejó sobre la hierba. También sacó un cuchillo y cortó un trozo de pan y otro de carne para todos bajo la mirada divertida de Magnus que, mientras, dejó a sus caballos pastando junto a los otros dos; cuando lo hizo, se sentó en la hierba para comer.

Mientras saboreaban la comida que Hans había preparado, Magnus y él respondieron a las preguntas de los amigos de sus sobrinos, acerca de Otto y de todo lo que había hecho para derrocar al rey, incluyendo la poción que la bruja había estado suministrándole desde hacía meses. Los berserkers los miraban igual de ofendidos ya que, como todo su grupo de amigos, recordaban con gran cariño la época vivida en el ejército, donde habían forjado su amistad. Después de comer y de que los caballos se hubieran recuperado, se pusieron en marcha para llegar al castillo cuanto antes. Lars y Aren iban detrás de los monjes y aprovecharon para hablar entre ellos.

—No imaginaba que era tan grave, ahora entiendo la carta de Ragnar pidiéndonos ayuda. —Aren volvió la cabeza hacia él—. ¿Tú sabías algo?

—No. —Lars estaba igual de asombrado por todo lo que les habían contado.

—Cuando recibimos la nota de Ragnar en la que nombraba a los Falk pensé que se trataría de una escaramuza, pero que drogaran al rey durante meses... Ese Otto debe de haberlo planeado durante años.

—Sí. Lo conozco. —Aren lo miró con el ceño fruncido y Lars se explicó—: Solo me lo presentaron cuando fui a tocar para el rey hace seis meses.

—¡Es cierto, estuviste un par de días en la corte! ¿Y qué te pareció cuando te lo presentaron?

—No me fijé demasiado en él. —Se encogió de hombros —. Solo estaba deseando salir de allí y volver junto a Finna.

—¿Por qué no te acompañó?

—No quiso hacerlo —gruñó y Aren sonrió al escucharlo sabiendo cuánto le costaba a su amigo separarse de su mujer, igual que a él de la suya—. Cada vez le gusta menos venir a mis conciertos. Dice que prefiere quedarse en casa.

—Terminarás por no dar conciertos. —Lars sonrió pensando que seguramente tenía razón y la mitad del rostro que cubría su cicatriz se transformó en una máscara grotesca, pero Aren estaba tan acostumbrado a ella que ya ni siquiera la veía.

—Es posible —suspiró—. Pase lo que pase, al menos estaremos unos días con nuestros amigos.

—Sí.

Cuando llegaron al castillo, dos horas después, se

sorprendieron al ver que estaba lleno de soldados que no pertenecían al ejército real. Atravesaron el patio de armas para dejar sus caballos en los establos y volvieron, para entrar en la torre del homenaje, el centro de la vida de la corte... Aren y Lars seguían silenciosamente a los dos monjes, observando todo lo que había a su alrededor, que parecían conocer al dedillo el lugar. Iban armados hasta los dientes, preparados para pelear en cualquier momento, pero todo parecía tranquilo. Entraron en el comedor, detrás de Magnus y Hans, donde estaban empezando a cenar, entonces Lars dio un codazo a su amigo y le señaló una mesa cercana, donde Leif estaba comiendo y hablando con su mujer. Magnus también los había visto y se dirigió rápidamente hacia ellos, seguido por los demás viajeros.

—Buenas tardes —saludó con una sonrisa y los ojos brillantes al ver a su pupila. Ydril lo miró con los ojos desorbitados por la sorpresa durante un instante, pero enseguida se levantó de un salto y corrió a sus brazos riendo como una niña. Leif la siguió, encantado por ver a su tío y tan feliz a su mujer.

—¿Habéis venido juntos? —Como Magnus mantenía abrazada a Ydril, Leif saludó a Hans y a sus amigos; palmeó cariñosamente a Lars en la espalda, aunque se dirigía a los tres; le estaba muy agradecido por cómo se había comportado en su boda, sabiendo lo tímido que era.

—No, nos hemos encontrado con ellos por el camino —contestó Aren. Leif miró a Hans.

—¿Cómo va todo por la abadía?

—Bien. Magnus no aguantaba más allí sin saber qué estaba pasando, y los demás no le aguantábamos a él. —Hasta Magnus se carcajeó al escuchar la salida de su primo—. Luego, pretendió que yo me quedara en su lugar, pero le dije que, si quería, que se quedara él. —Leif rio por lo bajo—. Al final ha dejado al mando a Sverre. —Al ver la cara de ignorancia de Leif, aclaró—: Es otro monje. Un amigo. —Leif volvió la cabeza hacia su tío que había puesto la mano en su brazo para llamar su atención. Quería saludarlo.

—¿Ya tienes tiempo para mí? —bromeó, como si estuviera celoso. Ydril le dio un empujón cariñoso para que dejara a Magnus en paz.

—¡Ven aquí, gruñón! —ordenó su tío, abrazándolo.

—Sentaos, estaréis cansados y hambrientos —sugirió Ydril a todos—. Iré a pedir más comida.

Cuando volvió, se sentó en el sitio libre que le habían dejado entre Magnus y Leif. Frente a ellos, estaban Hans, Aren y Lars.

—¿Dónde están todos? —Aren estaba extrañado por no haber visto todavía a ninguno de sus amigos rondando por allí, y menos, habiendo comida cerca. Leif lo miró extrañado.

—Creía que lo sabíais. —Lars y Aren lo miraron con curiosidad.

—¿El qué? —preguntó Lars.

—Que se han marchado. Tenían ganas de volver a casa y, como aquí ya no había nada que hacer…

—¿Y tus padres? —Magnus, de repente, temió que les hubiera ocurrido algo.

—Bien, están arriba. Tranquilo. Nos han dicho que bajáramos nosotros a comer, porque tenían que hablar con los reyes sobre el juicio a los traidores. —Aren no entendía nada.

—¿Qué juicio? ¿Se ha acabado? —Incrédulo, miró a Lars que no supo qué decir. Lars continuó—: ¡Si hemos venido lo antes posible!

—Lo sé —aseguró Leif—, pero todo se ha resuelto mucho antes de lo esperado. —Hizo una mueca de dolor al recordar a su hermano y a su mujer—. Tengo mucho que contaros —aclaró—. Cenad mientras lo hago. Como ya sabéis, la andsfrende de mi hermano es la hija de Otto Rhun, el traidor —masculló sus palabras y sus amigos asintieron mientras empezaban a tomarse la sopa que dos criados acababan de traer de la cocina—, pues su compinche, Guttorm, cuando se vio acorralado, intentó matar a Ydril lanzándole su cuchillo, pero Adalïe la apartó a tiempo y se le clavó a ella en el pecho. —Todos dejaron de comer, quedándose boquiabiertos—. Finn se la ha llevado para intentar curarla.

—¿A dónde? —Se extrañó Magnus—. ¿Dónde va a encontrar mejores curanderos que en la corte?

—Ha ido al bosque del oeste. Allí hay un manantial de agua curativa y esperamos que la salve —susurró Ydril, con la mirada baja.

—Nunca he oído hablar sobre ese manantial —contestó Magnus, extrañado—. Y sabes cuánto me gustan las leyendas sobre ese bosque —Leif y ella asintieron. Lars que, desde que se había unido a su mujer había aprendido a descifrar algunos gestos femeninos, se dio cuenta de que Ydril no quería seguir hablando sobre ese tema y terció en la conversación:

—¿Y el ejército de los Falk? ¿Qué ha pasado? —Leif resopló antes de contestar.

—No os lo vais a creer, pero eran leales al rey desde el principio y, además, son familia de Adalïe. Cuando llegaron al castillo, tanto él como su padre reconocieron que solo habían aparentado ponerse de parte de los traidores, cuando Otto les dijo cómo se llamaba su hija. Resulta que la madre de Einar también se llama Adalïe y es un nombre que solo se utiliza en esa familia. La madre de Einar y la de Adalïe, eran primas.

—¡Qué dices! —Aren expresó su incredulidad ante lo que le contaba Leif.

—¡Lisbet! —Magnus se levantó al ver a su hermana y a su cuñado en la entrada del comedor y caminó hacia ellos.

Leif se puso en pie al igual que todos los demás, sintiendo

la falta de Finn. Esperaba poder reunirse con él pronto y que, cuando lo hicieran, tuvieran algo que celebrar.

—¡BÁJAME, puedo andar! —susurró Adalïe a Finn, pero continuó caminando con una sonrisa, disfrutando del momento.

Acababan de entrar en el castillo de su familia y se dirigía hacia su habitación, con ella en brazos. Afortunadamente, los dos hombres que estaban vigilando la puerta esa noche lo conocían y lo había dejado pasar sin preguntas, a pesar de que era de madrugada. En el último momento, los dos acordaron pasar antes por la cocina para comer algo, de modo que terminaron con los restos de un guiso de Frida que encontraron en la fresquera; después, volvió a cargar con Adalïe y comenzó a subir las escaleras.

—¿Cómo te encuentras? —susurró a medio camino.

—Me lo has preguntado tres veces desde que nos hemos despertado —le recordó suavemente.

—Dímelo otra vez —pidió, traspasando la puerta de su dormitorio, pero no dejó su preciada carga hasta que se detuvo junto a la cama.

—Estoy bien, ya te lo he dicho —aseguró ella pacientemente—. Y puedo andar, también te lo he dicho. —Después de dejarla, Finn se dirigió hacia un arcón que había en un rincón. Agachándose, cogió una camisa y volvió a su lado.

—Creo que, con esto, estarás cómoda. ¿Te ayudo a desnudarte? —Ella lo miró, divertida—. Solo quiero que descanses, no me mires así —se defendió con una sonrisa.

—Estoy segura. —Alargó la mano—. Gracias. —Al ver que se quedaba de pie a su lado, esperando a que se desnudara, dijo—: ¿Tú no vas a cambiarte de ropa? —Él se encogió de hombros.

—Suelo dormir desnudo, así que...

Empezó a desnudarse dejando caer la ropa sucia al suelo. Ella hizo lo mismo, pero dejó su vestido polvoriento colocado sobre una silla sin saber si, cuando se levantara, encontraría otra cosa que ponerse. Cuando se desnudó, antes de ponerse la camisa de Finn, se tocó la cicatriz, pero dejó de hacerlo en cuanto vio que él se había desnudado y se acostaba; no quería que se preocupara. Se puso la camisa y él levantó las sábanas por el lado de ella a modo de bienvenida. Se metió dentro con una risita y dejó que la abrazara y frotara sus brazos para quitarle el frío, y se acopló a su cuello, respirándolo.

—¿Qué vamos a hacer mañana? ¿Volver al castillo del rey? —el ligero temblor de sus palabras susurradas sobre el cuello de Finn, lo hicieron estremecerse y agradecer la previsión que había tenido al hablar con sus padres antes de venir.

—No, cariño. Esperaremos aquí a que venga mi familia. —Esperó unos segundos y, como ella no contestó, continuó —: No tienes por qué volver a verlo; cuando venga, mi familia nos contará cómo ha acabado todo. No te preocupes por nada. Duerme y descansa. —Adalïe suspiró y poco después se quedó dormida, lo que demostraba lo cansada que estaba; sin embargo, Finn se quedó despierto, acariciando su espalda mientras imaginaba lo que estaría ocurriendo en Bergen.

EPÍLOGO

Adalïe estaba sentada junto a Ydril, a la orilla del río. Las dos observaban la pelea de los gemelos que, más que pelear se insultaban, salpicándose con el agua de la corriente, como si fueran dos niños enormes.

—Son increíbles. —Ydril no podía dejar de sonreír cuando los veía así—. ¿Te importa que te pregunte algo? —Adalïe miró a la que ya consideraba su amiga, con una sonrisa.

—Claro que no.

—Casi no hemos tenido tiempo de hablar a solas desde que hemos vuelto y... quería saber cómo estabas. De verdad.

—Bien. —Su sonrisa se extinguió al ver la preocupación en la mirada de Ydril—. ¿No me crees? Te digo la verdad.

—Lo sé, pero después del juicio y todo lo que pasó... —alargó la mano para cubrir la de su amiga— no quiero recordártelo. Solo que sepas que, si necesitas hablar con alguien... —Adalïe apretó su mano.

—Gracias, pero no te miento. Sé que todos estáis preocupados por cómo estoy después de que ajusticiaran a mi padre, cumpliendo la sentencia del rey, pero me siento en paz. Sencillamente, no pienso en ello porque no sentía a Otto como a mi padre. En lo único que pienso es en vivir con Finn y hacerle feliz. —Vio cómo Ydril se mordía los labios—. ¿Qué? Puedes decirme lo que quieras, somos amigas. Eres mi primera amiga —confesó. Ydril intentó no emocionarse, algo que le costaba mucho debido a su incipiente embarazo.

—No sé si Finn te ha contado que Hallbera...

—¿... escapó? —terminó por ella, e Ydril asintió—. Sí, me lo dijo.

—Perdona, pensarás que soy una cotilla... —Adalïe levantó la mano para que no se preocupara.

—No voy a decirte que no me molestó que huyera, después de lo que le hizo a mi madre... —la sonrisa había desaparecido de su rostro y sus ojos se entrecerraron—, pero no hay nada que yo pueda hacer y, aunque Finn está dispuesto a buscarla ayudado por Leif y sus amigos, me niego a permitir que siga destrozando mi vida; ni ella, ni el recuerdo de mi padre. Todavía siento vergüenza por ser su hija al recordar lo que les hizo a los gemelos; por eso me alegré tanto cuando el rey decidió que se repartieran sus propiedades a partes iguales, entre ellos y yo.

—Eres muy generosa. —Ydril era sincera.

—No creas —negó. Todavía estaba sorprendida por la enorme fortuna que había dejado Otto—. Ni en diez vidas, podría gastarme mi parte; y ellos, más que nadie, se merecen que alguien les compense por lo que les hicieron, siendo tan pequeños. ¡Les apartaron de su familia durante veinticinco años! Una familia que los adoraba. —Todavía no entendía que la venganza fuera el único sentimiento que había llenado el corazón de su padre durante casi toda su vida—. Me alegro de que les concedieran la mitad de la herencia. Es lo justo. —De repente, se le ocurrió algo en lo que no había pensado hasta ese momento—. Ydril, ¿crees que mi padre se arrepintió en algún momento? —La rubia meneó la cabeza. No lo sabía—. Parecía siempre tan... duro, jamás vi en él una muestra de cariño hacia nadie. —Ydril se mordió la lengua para no decir lo que sabía, pero Adalïe lo notó—. Si sabes algo, dímelo, por favor. Es importante para mí saber cómo era en realidad, quizás, así, pueda entenderlo mejor.

—Antes de que lo ejecutaran pidió que le dejaran decir unas palabras, que dirigió a Lisbet. —Los ojos de Adalïe se agrandaron por la sorpresa.

—No lo sabía —susurró.

—Yo me enteré por Inge. Como sabes, Esben y Leif estuvieron en la... ejecución. —No quiso decir que lo habían decapitado, aunque así era como había muerto—. A mí Leif no me ha contado nada, pero Esben, a Lisbet, sí.

—¿Qué fue lo que dijo?

—Sin dejar de mirar a Esben, confesó que todo lo había hecho por ella. Que la quería y que la esperaría en el otro mundo. —Ydril se limpió los ojos, que se le habían humedecido involuntariamente—. Leif dice que lloró por todo y tiene razón —se quejó entre lágrimas—, pero me parece muy triste saber que siempre ha estado enamorado de ella.

—Sí. —Adalïe estuvo de acuerdo—. Es terrible, pero eso no disculpa lo que hizo. No tenía que haber engañado a mi madre haciéndola creer que la quería. No sé por qué haría algo así, si cuando la conoció, ya estaba enamorado de otra.

—No lo sé. Puede que lo hiciera para intentar olvidarla y, con el tiempo, se diera cuenta de que no era posible... no creo que lo sepamos nunca.

—No —Giró la cabeza al escuchar ruido de pisadas—. Ya vuelven.

Los gemelos salían del agua riendo y bromeando entre ellos; de repente, Finn corrió hasta Adalïe y levantándola con un fuerte impulso, la pegó a su cuerpo, empapándola. Pero ella, en lugar de quejarse, se abrazó a él y dejó que le diera vueltas y más vueltas, bajo la mirada feliz de la otra pareja.

El día había llegado, aunque todavía faltaban un par de horas para la ceremonia. Finn, acompañado por su hermano y sus amigos, habían salido de la casa en un intento de distraer al novio, que se había mostrado extremadamente nervioso desde el día anterior.

—¡Finn, deja de temblar! —bromeó Wulf, dándole un golpe supuestamente amigable en la espalda que lo desplazó un metro hacia delante. Cuando consiguió estabilizarse, Finn se volvió a mirarlo con el ceño fruncido y Wulf levantó las manos en son de paz—. Vamos, no me mires así —suplicó, aguantando la risa—. Ha sido solo una caricia, era para distraerte.

—Eres un blando —confirmó Einar que, en los dos días que llevaba allí acompañado por sus padres, había demostrado ser tan irritante como cualquiera de sus amigos—. Mi pobre prima no sabe dónde se mete; claro que aún está a tiempo de huir —concluyó con una sonrisa malvada.

Todos, excepto el novio, rieron a carcajadas. Finn los observó, sorprendido de que hubieran llegado a tiempo para su boda, hasta los que ahora vivían en la abadía de Magnus.

Wulf, Ragnar, Aren, Lars, Knut, Orvar y Jan habían acudido a su invitación, a pesar de lo lejos que algunos de ellos vivían y, además, en esta ocasión habían viajado juntos porque Aren y Lars se habían negado a llegar los últimos esta vez. Finn estaba tan feliz de tenerlos a su lado en ese día, que no se sorprendió al sentir que una carcajada, a la que siguieron muchas más, salía de su boca. Sigrid, Ölisse, Raine y Finna todavía no habían aparecido, ya que acababa de amanecer y debían de seguir durmiendo. Aunque, en el caso de Sigrid, era muy posible que el diablillo de Ari no la hubiera dejado dormir demasiado.

Lisbet también seguía en la cama, aunque estaba despierta

desde el momento en el que Esben se había levantado al escuchar un ruido en las escaleras. Volvió poco después y se metió en la cama de nuevo; ella se abrazó a él, poniendo la cabeza en su hombro.

—¿Quién era?

—Los chicos y sus amigos.

—Hablas de ellos como si tuvieran quince años.

—A veces lo parecen. —Ella suspiró con la mirada perdida. Él levantó su barbilla con la mano—. ¿Qué te pasa? Hoy es un gran día para la familia.

—¿Te crees que no lo sé? —Irguió la cabeza, ofendida porque lo dudara—. Pero no dejo de pensar en los años que Otto nos robó de estar con nuestros hijos, y de si yo hubiera podido hacer algo de otra manera para que él lo aceptara.

—Cariño —su voz se suavizó—, tienes que dejar de pensarlo, olvídalo ya. Pensé no decírtelo, pero te hubieras acabado enterando y...

—No, prefiero que me lo hayas dicho. Es solo que... imagino lo mal que lo pasarías cuando lo escuchaste decir esas cosas.

—¿Yo? No, ¿por qué? Nunca he dudado de que me quisieras, solo me enfadaba que estuvieras tan equivocada con Otto.

—Tenías razón —admitió.

—Pero no hubieras podido hacer nada, ahora lo veo claro. La única manera en la que Otto hubiera estado conforme con tu decisión, hubiera sido si lo hubieras elegido a él. —Su gesto se volvió más serio, hasta dudó al decirle—: No voy a consentir que nos siga destrozando la vida después de muerto. No dejes que te afecte más.

—No lo haré, te lo prometo. Ver lo felices que son nuestros hijos hace que todo, incluso el dolor de los años pasados, haya merecido la pena; pero lo que Otto nos hizo... es una herida que siempre llevaré en el corazón. —Rodeada por los fuertes brazos del amor de su vida, observó las finas arrugas que rodeaban sus ojos azules y su rubio pelo canoso, y se dio cuenta de que nunca lo había querido más que en ese momento—. Te quiero, Esben. Siempre has sido tú. —Lo besó, entregándose a él y se olvidaron del resto del mundo durante un largo rato.

ADALÏE SE MIRÓ en el pequeño espejo que le había regalado Lisbet y que guardaría siempre como un tesoro ya que nunca había tenido uno, e inspiró hondo al verse; Ydril, que le había ayudado a arreglarse, arrugó la frente preocupada.

—¿No te gusta? —Ella no veía nada mal. El suave vestido verde moldeaba el delgado cuerpo de Adalïe como si lo hubieran cosido sobre su piel, cubriendo hasta sus pies.

—Es precioso —susurró—. No parezco yo. —Ydril sonrió.

—Porque no te ves como te vemos los demás, pero tú eres así.

Le había dejado el pelo suelto y llevaba una corona de flores en el pelo, parecida a la que llevó Ydril el día de su boda; además, un ramo de flores que había recogido el novio esa misma mañana, esperaba sobre una banqueta a que lo recogiera. Al escuchar el roce de unos nudillos en la puerta, Adalïe la miró con cara de susto e ilusión a la vez. Ydril, que empezaba a conocerla, sonrió, mientras decía en voz baja:

—¿Abro? —ella asintió con la garganta tan seca que era incapaz de hablar. Ydril obedeció y las dos se quedaron mirando a la mujer que esperaba en el umbral.

Debía de tener los años de Lisbet, aunque en su caso, la edad era difícil de calcular. Era muy hermosa y su expresión resultaba dulce y decidida a la vez, pero no era ese el único motivo para que la miraran tan fijamente, sino el impresionante parecido que tenían la novia y ella. Cuando todos conocieron a Adalïe, la mayor, como habían empezado a llamarla, nadie pudo negar que las dos eran familia.

—Pasa, tía. —Ambas habían decidido que la llamarían así, ya que la madre de la novia y ella se habían querido como hermanas.

Ydril se despidió discretamente y salió cerrando la puerta. Cuando se quedaron solas, se observaron la una a la otra detenidamente, algo que no habían podido hacer el día anterior. Cuando los Falk habían llegado, ya estaban los demás invitados en la casa y no pudieron estar ni un momento a solas.

—Me hubiera gustado que habláramos ayer, pero me fue imposible —intentó justificarse la novia acercándose a su tía, pero esta le hizo un gesto para que no dijera nada más. Adalïe la mayor había insistido, al poco de llegar, en que necesitaba hablar con ella a solas, pero ella no había podido encontrar un momento para poder dedicárselo. Con tantos invitados, siempre estaba rodeada de gente.

—No te disculpes, cariño. Sé lo que supone preparar una boda y prefería que habláramos tranquilas.

—Me alegra mucho que hayas venido.

—Y a mí. —Adalïe se dio cuenta de que estaba siendo maleducada y señaló las dos sillas que había en la habitación.

—Siéntate, por favor. —Su tía inclinó la cabeza regiamente y aceptó.

—Gracias —contestó y se sentó con la misma elegancia con la que se movía, igual que lo hacía su madre. Estaba admirando el parecido que tenía con Edohy, cuando las palabras de su tía la distrajeron de sus pensamientos.

—¡No sabes cuánto te pareces a tu madre cuando tenía tu edad! —afirmó con una sonrisa melancólica.

—Pues yo estaba pensando en cuánto me la recuerdas.

—No, hija. Ella era mucho más bella que yo, y tú eres igual que ella —suspiró—. Mi amada Edohy.

—Tía.

—¿Sí, cariño?

—Ya te dije ayer que mi madre me había hablado de ti, pero no me dijo que vivías en el norte. No sé por qué. —Su tía meneó la cabeza.

—Yo tampoco lo sé. Creía que ella había muerto, si no, mi familia y yo la habríamos buscado y no habríamos parado hasta encontrarla; y, después de encontraros, os habríais venido a vivir con nosotros. Yo jamás hubiera abandonado a tu madre. Ni a ti, por supuesto. —Adalïe hizo una mueca amarga.

—Entonces, quizás haya sido mejor que no nos encontraras, ya sabes cómo era mi padre. Podría haberos hecho algo terrible.

—Tu padre era un malvado, estoy de acuerdo, pero no sabes cómo son mi marido y mi hijo cuando luchan por algo que les importa. No se detienen ante nada, además, harían cualquier cosa por la familia. Es uno de los motivos que hizo que me enamorara de Ulrik.

—Cuéntame qué ocurrió, tía. Por qué os marchasteis de Selaön para venir aquí.

La otra Adalïe suspiró, antes de empezar:

—Edohy y yo, siempre fuimos inseparables. Nuestras madres eran hermanas y estaban muy unidas, por eso, nosotras crecimos juntas y, como solo nos llevábamos seis meses de edad, todo lo fuimos descubriendo a la vez. En nuestra especie es muy difícil tener hijos y nosotros fuimos recibidas por nuestras familias como dos pequeños milagros, puede que esa fuera la razón de que siempre nos protegieran demasiado. —Sonrió, recordando—. Según íbamos creciendo, cada vez nos rebelábamos más contra nuestros padres, porque no nos dejaban hacer ninguna cosa de las que nos apetecía. Llegamos a jurarnos que un día huiríamos para recorrer el mundo que había fuera y que después volveríamos para vivir en nuestra isla. Lo considerábamos nuestro hogar, pero queríamos conocer otras tierras y a los humanos, por supuesto. —Meneó la cabeza, mirando a Adalïe—.¡Qué felices y qué tontas éramos a la vez!

—¿Los humanos? —Adalïe tenía los ojos color plata tan parecidos a los suyos, abiertos de par en par.

—Sí, por entonces, no habíamos visto a ninguno. Aunque, poco después, yo conocí a Ulrik, mi marido. Ya sé que él y mi hijo son conocidos por su ejército, pero todavía son mejores comerciantes que guerreros, aunque a Ulrik no le gusta que se lo diga. —Se inclinó hacia Adalïe y susurró confidencialmente—: Prefiere creer que es un temible guerrero.

—Es lo que parece.

—Lo sé, y no hay ningún hombre más valiente que él, pero Ulrik es mucho más de lo que aparenta.

—Se nota que sigues enamorada —le dijo su sobrina con una sonrisa traviesa.

—Sí. Creí que lo que siento por él se atenuaría con el paso de los años, pero no ha sido así. Mis padres y mis tíos, tus abuelos, se tenían cariño, pero ahora sé que ninguno de ellos estaba enamorado de verdad —se disculpó, de repente—. Perdona, debe de ser tardísimo. El novio va a aparecer dentro de poco a golpear la puerta para que bajes. —Adalïe rio por la idea porque Finn era muy capaz de hacerlo.

—Cuéntame qué pasó después, por favor.

—Por su trabajo como comerciante, Ulrik siempre estaba buscando mercancías especiales… diferentes a otras, que pudiera vender rápidamente porque nadie más las tuviera — Al ver la mirada de su sobrina, confesó—: Mi marido tiene alma de vikingo, pero su mente es la de un matemático y mi hijo es igual; siempre están sacando cálculos de todo, desde la cosecha de ese año, hasta lo que han ganado en una expedición de compras; tienen las mentes más rápidas que yo he conocido. Ulrik había oído hablar en varias ocasiones de un tipo de plata especial, superior a las demás, que se extraía de una isla lejana, pero a la que nadie sabía cómo llegar. No sé si sabes que Selaön es muy difícil de encontrar, a menos que seas de la isla o estés invitado; pero Ulrik conoció a un viejo joyero, un elfo que había salido de Selaön para vender sus trabajos y al que convenció para que lo dejara traerlo de vuelta en su drakkar. Así es como consiguió llegar a la isla. Yo estaba paseando por la playa cuando lo vi a los pocos minutos de llegar, él y el joyero estaban bajando de un barco. Había más marineros, pero yo solo me fijé en Ulrik. Nunca había visto a nadie como él.

—Todavía es impresionante. —Recordó la mirada salvaje y a la vez protectora con la que miraba a su tía, tan parecida a como la miraba Finn a ella.

—Sí, al menos para mí, lo es. Aún recuerdo que, cuando él me vio, se quedó muy quieto durante unos segundos; luego caminó hasta mí y me preguntó cómo me llamaba. Desde ese momento, fue como si hubiéramos estado esperándonos el uno al otro, toda la vida; no sé cuánto tiempo estuvimos juntos, pero yo tenía que volver a mi casa y quedamos al día siguiente. Nos vimos todos los días mientras estuvo allí. Él había pensado quedarse solo una semana y al final estuvo cerca de un mes. —Se quedó en silencio.

—¿Y luego?

—Me pidió que me fuera con él. Yo… no me atreví a hacerlo y le dije que me diera unas semanas para convencer a mis padres; después de discutir durante mucho rato, consintió en marcharse, pero antes me aseguró que, si no tenía noticias mías en poco tiempo, volvería y me raptaría como era costumbre en su pueblo. —Volvió a suspirar—. Esa noche no pegué ojo y al día siguiente hablé con mi madre, que no quiso escucharme. Me ordenó que me olvidara de él y que me fijara en alguno de los muchachos ricos que acudían a nuestras fiestas. Yo seguí insistiendo, pero —se encogió de hombros— no pasó mucho tiempo antes de que me diera cuenta de que mis padres no aceptarían nunca a un humano en la familia. Y yo ya sabía que no sería feliz con ningún otro.

—¿Qué hiciste?

—Huir, sin avisar a nadie. Solamente dejé una nota, para que se la entregaran un día después de que me fuera, a tu madre; en ella le explicaba todo, aunque Edohy ya sabía que yo quería a Ulrik. Supe que mis padres dijeron a todo el que quisiera escucharlos que no querían volver a verme y esa decisión, unida a la desaparición de tu madre, hizo que jamás volviera a la isla.

—¿Desaparición? —Su tía cogió su mano disculpándose.

—Perdona, se me había olvidado de que tú no lo sabes.

—¿Saber qué?

—Cuando iba a casarme, semanas después, le envié una invitación a tu madre con un barco de Ulrik para que la trajera. Por lo que sé, ella accedió a venir y subió al barco, pero tuvieron un problema con las velas y el capitán decidió detenerse en Tromso. Estuvieron unas horas detenidos arreglando las velas y, cuando iban a levar anclas para volver a ponerse en camino hacia nuestra casa, Edohy había desaparecido.

—¿Cómo?

—No lo hemos sabido hasta hace poco. Después del juicio a tu padre, Einar fue a hablar con él. Suele ser más templado que Ulrik y decidimos que era mejor que fuera él.

—No lo sabía.

—No se lo hemos contado a nadie, hasta ahora. Si tú no te hubieras casado hoy, de todos modos, habríamos venido a verte para decírtelo.

—Entonces es que le dijo algo.

—Sí. Einar dice que Otto parecía muy tranquilo, como si hubiera aceptado que al día siguiente iba a morir. Le contó que conoció a tu madre en Tromso, donde su barco también había parado para reponer comida y estaba paseando por el puerto cuando la vio. Él acababa de recibir la negativa de Lisbet a casarse con él y, aunque no había sido la primera vez que lo rechazaba, fue la ocasión en la que había sido más tajante, asegurándole que nunca lo querría de esa forma. Entonces, vio a tu madre paseando por la playa, se acercó a ella y estuvieron varias horas juntos, hablando y…

—¿La secuestró? —El suspiro de su tía le dijo que esa pregunta también se la había hecho muchas veces a sí misma.

—La verdad es que no lo sé. Tu padre le dijo a Einar que ella había accedido a irse con él y que, durante un tiempo, las cosas entre ellos fueron bien… hasta que Otto se dio cuenta de que se había equivocado porque nunca olvidaría a Lisbet.

—¡Es horrible! Pobre mamá.

—¿Ella no te contó cómo lo conoció? —Adalïe, triste, movió la cabeza.

—No le gustaba hablar sobre aquello, tampoco de vuestra isla porque se ponía muy triste; pero por algunas cosas que decía, creo que mi padre fue sincero y que ella se enamoró de él cuando lo conoció.

—Es posible. Las dos éramos muy ingenuas.

—¿Te contó Einar que una hechicera de Selaön llamada Roselia, me cosió la herida y gracias a ella sigo viva?

—Sí, ya le dije a él que no conocía el nombre. Pero en la isla vive mucha gente.

—Ella me dijo, cuando estaba cuidándome en casa del obispo, y también se lo repitió a Finn más tarde, que vuestra familia pertenece a la realeza, ¿es cierto?

—Nuestra familia —recalcó la otra Adalïe, haciendo sonreír a su sobrina, que repitió:

—Nuestra familia.

—Sí, es verdad.

—Y que son dueños de unas minas de plata.

—También es cierto, las minas de Mondüir.

—Increíble.

—Al principio pensé que tu padre engañó a tu madre porque era una rica heredera, pero cuando supe que él también era rico..., no creo que esa fuera la razón.

—No, yo no había sabido nada de esas minas hasta ahora. Ya te he dicho que mi madre no solía hablar de su vida en la isla. Era demasiado doloroso para ella.

—¡Mi pobre Edohy!

Llamaron a la puerta. Era Ydril, que las miró con expresión compungida.

—Perdonad, pero es la hora. Ya están todos preparados. —Miró a la novia—. Te están esperando.

Adalïe se levantó con una expresión de felicidad tan grande que provocó una sonrisa en las otras dos mujeres; recibió un beso en la mejilla de su tía, que salió rápidamente por la puerta porque la novia debía bajar las escaleras acompañada solo por Ydril. Adalïe irguió la cabeza y respiró hondo, mientras Ydril se aseguraba de que su ropa y la corona de flores estuvieran perfectas.

Finn estaba tan nervioso que, minutos antes de la boda, decidió salir solo de la casa pidiéndoles a todos que no lo siguieran. Paseó lentamente junto al agua, cuyo sonido siempre lo relajaba y miró hacia el horizonte, hacia el bosque y las montañas. Se detuvo y cerró los ojos; estaba lo bastante cerca de la casa para que, cuando llegara la hora, su hermano lo avisara con un grito, pero tenía que tranquilizarse antes de volver a entrar y no tenía mucho tiempo. Se sobresaltó al sentir la mano de su padre en su hombro y se giró hacia él.

—No te he oído llegar.

—Ya, puedo ser silencioso cuando quiero —bromeó su padre con una media sonrisa, aunque sus ojos estaban serios al ver el estado de su hijo—. Tu madre me ha enviado para que hable contigo.

—¿Por qué? —Se irguió, mirándolo de frente. Era algo

más alto que Esben, pero poco más, apenas unos centímetros. Su padre se encogió de hombros ante la pregunta.

—Hay ocasiones en las que no me planteo por qué tu madre me pide algunas cosas, solo obedezco. Tú también aprenderás a hacerlo; mi consejo es que no te resistas demasiado a ceder en estas cuestiones, es tan inevitable que ocurra como que llueva o que nieve. Las mujeres son una fuerza más de la naturaleza, la más poderosa, diría yo. —Cuando dejó de divagar, se puso serio de nuevo—. Imagino que tu madre quiere que intente tranquilizarte, aunque también podría haberme enviado para estar segura de que no huyeras antes de la boda. —Soltó una risita divertida, sabiendo que eso era imposible—. O que no te manches la ropa que tanto le ha costado coser.

—Ya —suspiró Finn.

—¿Por qué estás tan nervioso? Es evidente que esa muchacha está tan loca por ti como tú por ella...

—No son nervios exactamente, es impaciencia. No he podido dormir en toda la noche, aunque he intentado no moverme para que Adalïe no se despertara, mientras que solo podía desear que todo esto ya hubiera pasado. Hace días que no soporto la espera, solo quiero que nos casemos y comencemos nuestra nueva vida. —Los dos se giraron hacia la casa al escuchar la voz de Leif desde el umbral de la puerta.

—¡Venid! La novia está a punto de bajar.

—Ha llegado el momento, hijo. Deja de respirar como un oso y vamos allá.

Igual que en la boda de Ydril y Leif, los primeros en salir de la casa fueron Magnus y Hans y detrás lo hicieron Lisbet y Esben, cogidos de la mano. Los novios los seguían, seguidos por Leif e Ydril; después marchaban la tía de la novia con su marido y su hijo, y todos sus amigos. Ragnar, Sigrid y Ari, que había empezado a retorcerse en brazos de su padre, como una culebra de agua, intentando soltarse. Wulf y Raine,

Lars y Finna, y Aren y Ölisse, con Goi cogida de la mano; los seguían Knut, Orvar y Jan y, por último, los sirvientes de la casa: Frida y Mae y Dahlia y Seren y, cerrando la comitiva, Egil, el muchacho que trabajaba en los establos y Ger e Ibsen, que lo hacían en los campos. Magnus y los novios se colocaron frente a frente y los asistentes formaron un círculo a su alrededor, entonces, el fraile cogió las manos de Finn y Adalïe entre las suyas. Observó los ojos azules de su sobrino y los plateados de la muchacha, que desde ese día compartiría su vida, y su corazón se llenó de satisfacción al ver en ellos el amor que compartían.

—Hace un par de semanas que Finn me pidió que le casara. —Sonreía mirando a todos y el novio le imitó imaginando lo que iba a contar—. Y lo primero que le contesté fue que, si no le importaba retrasar unos meses la ceremonia, ya que me había costado mucho preparar el discurso de la boda de Leif e Ydril y, por ser tan seguidas, no iba a poder utilizarlo en esta. —Se quedó callado esperando a que todos dejaran de reírse y, entonces se puso serio y miró a los novios —. Esta vez no he preparado nada —avisó—, solo voy a ser sincero. Quiero decir a mis dos sobrinos antes de empezar que es un privilegio ser vuestro tío porque sois dos hombres fuertes, honestos y leales; y gracias a vosotros he recordado lo que descubrí cuando Lisbet y Esben se conocieron, que no hace falta más que un instante para querer a alguien —carraspeó después de mirar a los dos gemelos y volvió su atención a los novios—. Basta un momento para que dos almas que se buscan desde el principio de los tiempos, se encuentren. La unión que se forja con el amor verdadero persistirá por siempre, incluso después de la muerte y no habrá nada ni nadie que pueda separarlos. —Recorrió con la mirada a todos, observando la emoción callada que habían despertado sus palabras—. Finn y Adalïe quieren declarar ante vosotros que se aman y que van a compartir su vida, amándose hasta la muerte, incluso después. ¿Es cierto eso, queréis uniros para siempre? —Los novios no habían dejado de mirarse. Solo se escuchaba el sonido del agua del río circulando entre las piedras.

—Sí, lo es —contestaron a la vez.

—Entonces, vuestra unión está hecha y vuestros espíritus ya son uno. —Apartó sus manos de las de ellos que entrelazaron sus dedos—. Todos los que os queremos, deseamos que vuestras vidas permanezcan siempre unidas; y que el amor que se puede ver en vuestros ojos, os guíe y os proteja siempre. —Lisbet e Ydril lloraban silenciosamente, sin embargo, la novia no podía dejar de sonreír ni de mirar a Finn a los ojos. Leif le dio a Magnus los anillos que había custodiado, al igual que su hermano lo hizo para su boda. Los había encargado en el mismo sitio que Finn lo hizo para él. Magnus cogió uno con cada mano y se los enseñó a todos mientras recitaba la parte de la ceremonia que no había querido cambiar—. Los círculos de estos anillos simbolizan la eternidad y son de plata, porque ese mineral tiene un gran significado para nuestro pueblo. Los hombres arrancan ese mineral de las entrañas de la tierra con esfuerzo y sudor, luego se calienta y purifica con el fuego para poder darle forma y, después de dejarlo enfriar, se pule cuidadosamente. Cuando están terminados, son preciosos y perfectos, aunque esté hecho por seres imperfectos como somos los humanos. —A continuación, sonrió antes de decir—: Para continuar con la costumbre que inició su hermano, el novio quiere hablar y en esta ocasión, también espero que no sea para quejarse de la ceremonia. —Todos volvieron a reír—. Finn —el novio asintió, pero no dejó de mirar a su mujer, mientras sus manos seguían entrelazadas.

—Antes de la ceremonia me ha preguntado mi padre por qué estaba tan nervioso y le he contestado que no eran nervios, sino impaciencia. Y era cierto. No podía esperar más a que fueras mía y yo tuyo porque, desde que te conocí, supe que estábamos destinados el uno al otro, que eras mi andsfrende. Te quiero y te querré siempre, Adalïe. —Se inclinó y cogiéndola por la cintura, la besó delicadamente, pero ella le correspondió y se olvidaron de que todos los miraban. Los invitados aplaudieron y los jalearon, y se escuchó la voz de Magnus gritando:

—¡Bueno, estos ya están casados! ¡A comer! —Leif le dio una palmada al novio para que volviera a la realidad.

—Vamos, hermano, no seas abusón y déjame felicitar a mi nueva hermana.

Todos rodearon a los novios para felicitarlos después de Leif y, cuando terminaron, volvieron a entrar en la casa.

Como era costumbre, para comer se sirvió *suppemalt*, la famosa sopa que llevaba de todo, además de varios asados de carne y verduras para asegurarse de que ningún invitado se quedaba con hambre. En el salón se entremezclaban las voces de los invitados, formando una algarabía ininteligible para cualquiera.

Magnus y Hans, en esta ocasión, se habían sentado junto a los amigos de los gemelos. Habían preferido hacerlo así, para dejar sitio a la tía de Adalïe y a su familia. Lars y Aren se alegraron al encontrárselos en su misma mesa.

—¡Hombre, Magnus! —Los amigos lo felicitaron por la ceremonia, pero fue Ragnar el que le hizo una propuesta muy particular—: Estábamos hablando sobre cuánto nos hubiera gustado, a todos, que alguien como tú hubiera hablado en nuestra boda. Pero podrías hacerlo en las bodas de los berserkers, de ahora en adelante. ¿Te gustaría?

—¿Me tomas el pelo? —Miró a los demás y se dio cuenta de que no. Todos parecían pensar que era una buena idea. Lars y Aren, a los que ahora conocía un poco más que al resto, lo animaron.

—¡Venga, Magnus! No tienes nada que perder. Además, los curas siempre estáis deseando casar gente.

—No soy sacerdote —declaró, pero ninguno le hizo caso. Miró a Hans que parecía igual de sorprendido que él, y que se encogió de hombros sin saber qué aconsejarle. Después de pensarlo durante un par de minutos, Magnus se decidió—: De acuerdo, lo haré. Desde hoy estoy a vuestra disposición para las bodas o demás ceremonias que necesitéis. Pero tened en cuenta que siempre estarán por delante las necesidades del hospital.

—Claro, claro —confirmaron. Lars le tocó brevemente el brazo para que se sentara.

—Hay un sitio libre a mi lado, Hans puede sentarse junto a Aren.

—Así podréis contarnos lo ocurrido con el obispo —sugirió Wulf con un grito, estaba junto a Raine, a cuatro invitados de distancia. Magnus se quedó rígido y todos empezaron a gritar, pidiéndole que explicara lo ocurrido, pero él se negó. Formaron tanto barullo que el resto de los comensales se callaron, intentando averiguar qué ocurría.

—Yo os lo contaré —afirmó Aren. Magnus y Hans se miraron; mientras venían desde la abadía habían decidido no contarlo, pero no podían hacer nada si Lars o Aren lo hacían —. Ya sabéis que Lars y yo nos encontramos con Hans y Magnus —comenzó Aren, muy sonriente— en el camino, y decidimos viajar juntos hasta el castillo. Cuando llegamos, Lars y yo nos quedamos destrozados al ver que se había acabado la diversión. ¡Cabrones! —Sonriente, dirigió el insulto a los otros berserkers, provocando sus carcajadas y las sonrisas cómplices de sus mujeres—. Pero cuando Magnus se enteró de lo que había pasado y —la sonrisa de Aren se amplió anticipando que llegaba a la parte emocionante del relato— sobre todo, de la participación del obispo… —Miró al fraile con una sonrisa traviesa—. Empezó a gritar, insultándolo, a él y al otro fraile.

—Al prior —aclaró Magnus, con una sonrisilla en los labios. Aren miró a los demás antes de decir en voz baja, con mucha guasa:

—Nunca he oído tantos insultos y tan feos, os lo juro. —Magnus permanecía callado, intentando controlar la risa, pero su hermana no mostró la misma contención.

—Siempre ha sido muy mal hablado —confirmó cariñosamente, haciendo que todos rieran aún más, incluyendo a su hermano. Pero Aren no había terminado:

—Cuando se cansó de insultarlos, corrió hacia el establo seguido por Hans; pretendían ir a por el obispo y el prior y traerlos a rastras ante el rey, para que los juzgara junto a todos los demás.

—¿Y vosotros qué hicisteis, hacerlo desistir? —gritó Jan, conociendo la respuesta.

—¿Qué dices?, ¡los acompañamos!… con un poco de suerte, todavía podríamos divertirnos un poco. —Esperó a que todos dejaran de reír e iba a continuar, cuando Wulf preguntó:

—¿Y tú en qué pensabas, Lars? —Este lanzó una mirada acariciante a Finna, sentada junto a él, antes de contestar:

—Lo mismo que Aren, ya que había tenido que separarme de mi mujer, al menos esperaba que pudiéramos tener una pelea que mereciera la pena.

—¡Sigue, Aren! ¡Cuenta lo que pasó! —Los dos gemelos les pidieron a gritos que lo hiciera; ambos ya lo habían oído, pero se habían reído tanto al escucharlo que bien merecía la pena oírlo otra vez.

—Bueno, bueno, callaos y lo haré. Como os decía, fuimos con ellos hasta la casa del obispo. Nos sorprendió mucho cuando vimos la mansión en la que vivía, ¿verdad Lars? —este asintió con la copa en la mano y una sonrisa en el rostro

—. Entramos en la casa y unos cuantos hombres, sin uniforme, pero que peleaban bien, se enfrentaron a nosotros. Magnus y Hans hablaron con ellos intentando que nos dejaran pasar, pero nosotros no teníamos tanta paciencia y lo solucionamos enseguida, sin palabras. Luego, encontramos una criada que nos dijo dónde estaban las habitaciones del obispo y del prior y nos dividimos para que no se nos escapara ninguno de los dos. Yo me fui con Magnus, y Lars con Hans. Los dos religiosos estaban acompañados por dos hermosas mujeres, que se sorprendieron mucho porque nos atreviéramos a llevárnoslos de allí, en paños menores.

—¿Estaban desnudos? —preguntó Lisbet riendo.

—Sí. Pero como no hacían más que quejarse, pidiendo algo de ropa para no morirse de frío, les dejamos ponerse la sábana por encima. —Las carcajadas de todos le impidió seguir hablando y esperó a que se callaran—. Luego, los atamos a los caballos de los frailes y de esa manera los llevamos al castillo. Cuando el rey supo lo que habían hecho, ordenó que los encerraran con los demás y a nosotros nos dio las gracias.

Finn acarició el brazo de su mujer para llamar su atención.

—¿Qué?

—Mira. —Lars y Finna se habían levantado para coger sus arpas; la vez anterior lo habían hecho por sorpresa, pero, en esta ocasión, todos esperaban que tocaran juntos.

—¿Van a tocar? —Adalïe sabía que lo habían hecho en la boda de Ydril y Leif, pero no había esperado que lo hicieran en la suya. Todos le habían dicho que su música era distinta a todas las demás.

—Sí, esperaba que lo hiciera, sobre todo por ti. —Rodeó con su brazo izquierdo el hombro de Adalïe, que reclinó la cabeza sobre su pecho, mirando a la pareja.

Lars y Finna se sentaron frente a los asistentes, uno junto

al otro, pero dejando el espacio suficiente para no molestarse al tocar. Después de probar las cuerdas durante unos segundos, Lars miró a su mujer y ella asintió; entonces, empezaron. Él había llevado para la ocasión su arpa preferida, la de veintisiete cuerdas que había fabricado para que se acomodara a la privilegiada voz de su mujer. Finna iba a tocar la que había fabricado a la medida de sus pequeñas manos. Y tenía seis cuerdas, como ella había pedido.

La música que había compuesto Lars para la ocasión llenó el salón de un sentimiento cálido de felicidad y de paz. Era como volver al hogar después de mucho tiempo o encontrar a tu pareja después de buscarla durante toda tu vida. Como siempre ocurría en sus composiciones, el sonido se fue haciendo cada vez más rápido y fuerte, y él y Finna tocaban a la vez, sin duda, como si fueran uno. Los últimos minutos el ritmo era tan alegre que todas las parejas se levantaron a bailar, celebrando de la mejor manera posible el día tan especial que habían vivido. Cuando la música terminó, demasiado pronto para todos, aplaudieron como locos, obligando a la pareja de músicos a levantarse para saludar. Finn y Adalïe los abrazaron, muy agradecidos. Wulf se acercó a Lars y le convenció para que siguiera tocando algo así de movido un rato más, y pudieran bailar. Finn preguntó a su mujer:

—¿Quieres bailar? —Ella respiraba agitadamente. Estaba ruborizada y preciosa.

—No, pero me gustaría salir un poco. Tengo mucho calor.

Desaparecieron lo más discretamente posible en dirección al pasillo y, desde allí, a la puerta trasera del castillo. Cuando salieron, Finn se apoyó en el muro e hizo que ella apoyara la espalda en su pecho, para que pudiera ver el sol ponerse sobre el bosque del oeste. Luego, abrazó su cintura y hociqueó en su cuello:

—Allí está el manantial.

—Me encantan los bosques y ese parece lleno de secretos. Me gustaría volver algún un día.

—Cuando quieras. Tenemos toda la vida para ir adonde quieras. —Respiró profundamente su olor—.¡Por Odín! Necesitaba abrazarte. —Los latidos de los dos se acompasaron y por fin él se tranquilizó. Ella se volvió hacia él.

—¿Estás mejor? —La miró, sorprendido. No creía que se hubiera dado cuenta.

—Me he despertado un par de veces sintiendo tu impaciencia. —Acarició su mejilla.

—No veía el momento de hacerte mía ante todos.

—Soy tuya desde el momento en que te vi.

—Y yo tuyo.

La besó y solo se separaron al escuchar el chillido de un águila que planeaba en el cielo, por encima de sus cabezas. La miraron y sonrieron. Luego, ella volvió a su posición inicial, con la espalda contra el pecho de su marido, observando el hermoso paisaje de las tierras de su familia. Los brazos de Finn la rodearon dándole calor y protegiéndola, como habían hecho desde que se habían conocido. Como siempre haría.

QUERID@ LECTOR@

Espero que hayas disfrutado de las historias de los gemelos. No eran las que tenía pensado escribir en este momento de la saga, pero había tantas peticiones queriendo conocer su historia, que no pude resistirme. Ahora me alegro de haberlo hecho y, como también alguna se quejó de que la anterior novela no hubiera terminado en boda, espero que os haya compensado leer esta, en la que hay dos; además de resolverse algunos enigmas (aunque han surgido otros nuevos 😊).

Desde el principio de Adalïe me propuse que uno de los gemelos se casara al principio de la novela y otro al final, y he disfrutado inmensamente escribiéndola. Ha sido como sumergirme en aquellas novelas de aventuras que leía cuando era pequeña, pero añadiendo el amor a la receta.

Gracias por leerme y hasta la próxima.

Margotte Channing

ACERCA DEL AUTOR

Margotte Channing nació en Madrid, ciudad en la que vive con sus dos perros, Nala y Bob. Durante muchos años trabajó en un banco, aunque su sueño siempre fue ser escritora. Un día, hace tres años, decidió hacer caso a su corazón y lo dejó todo para dedicarse por completo a su gran pasión. Tras publicar 36 novelas, muchas de las cuales han sido bestsellers en Amazon, se siente feliz y agradecida a sus lectores gracias a los que puede seguir haciendo lo que más le gusta: tejer historias capaces de hacer soñar.

WWW.MARGOTTECHANNING.COM

Printed by Amazon Italia Logistica S.r.l.
Torrazza Piemonte (TO), Italy

22798609R00222